D1849471

Harper Collins

S. B. Caves

Ich weiß, wo sie ist

Thriller

Aus dem Englischen von
Anne Tente

Harper
Collins

HarperCollins®

FSC MIX Papier FSC® C014496

1. Auflage: Dezember 2018
Deutsche Erstausgabe
Copyright © 2018 für die deutsche Ausgabe by HarperCollins
in der HarperCollins Germany GmbH, Hamburg

Copyright © 2017 by S. B. Caves
Originaltitel: »I Know Where She Is«
erschienen bei: Canelo Digital Publishing Ltd., London

Umschlaggestaltung: HarperCollins Germany / Deborah Kuschel,
Artwork Canelo Verlag
Umschlagabbildung: Hayden Verry / Arcangel, Sjale / shutterstock
Lektorat: Carla Felgentreff
Satz: GGP Media GmbH, Pößneck
Printed in Germany
Dieses Buch wurde auf FSC®-zertifiziertem Papier gedruckt.
ISBN 978-3-95967-234-4

www.harpercollins.de

Werden Sie Fan von HarperCollins Germany auf Facebook!

TEIL EINS

1. KAPITEL

Francine bemerkte den Brief erst auf dem Weg in die Küche, als sie sich ein neues Glas Wodka holen wollte. Auf dem grauen Teppich fiel der weiße Umschlag auf. Automatisch ging sie davon aus, dass es sich um einen Werbeflyer für Fast Food handelte. Sie hob ihn auf und drehte ihn um. Er hatte keine Adresse, keine Briefmarke, und die Lasche war nicht festgeklebt, sondern nur hineingesteckt. Sie nahm ihn mit in die Küche, stellte ihr Glas auf die Arbeitsfläche und zog ein kleines, unliniertes Blatt Papier aus dem Umschlag. Fünf Wörter waren in gezackter Krakelschrift hingeschmiert:

ICH WEISS, WO SIE IST.

Sie brauchte einen Moment, um die Bedeutung zu erfassen. Scharf sog sie die Luft ein und ließ ihre Augen noch einmal über die Schrift gleiten, um sicherzugehen, dass sie sich nicht verlesen hatte. Sie öffnete den Umschlag und hielt ihn kopfüber, als würde so die Erklärung herausfallen. Ihr wurde bewusst, dass sie schwer atmete, und sie schwitzte plötzlich in ihrer Bluse.

Sie faltete das Blatt Papier wieder zusammen und steckte es vorsichtig zurück in den Umschlag, bevor sie zur Haustür ging und sie mit Schwung öffnete. Barfuß trat sie auf den kalten Betonboden hinaus und schaute nach rechts und links. Niemand da. Sie ging zum Balkon hinüber und suchte den verlassenen Vorplatz auf Bewegungen ab. Beim Umdrehen bemerkte sie, dass Licht unter der Tür von Nummer 40 hervorschien. Als sie klingelte, hörte sie von drinnen gedämpfte Fernsehgeräusche.

Die kleine chinesische Frau öffnete und starrte sie ausdruckslos von unten an.

»Hi.« Francine zögerte, weil sie nicht wusste, ob die Frau überhaupt Englisch sprach. »Entschuldigen Sie die Störung. Ich wohne nebenan.« Sie zeigte auf ihre Haustür, obwohl sich ihre Wege fast jeden Tag kreuzten. Zwischen ihnen gab es eine unausgesprochene Regel: Ich werde dich nicht mit Small Talk oder sinnlosen Höflichkeiten belästigen, wenn du mir dieselbe Freundlichkeit erweist. Das hatte gut geklappt, bis jetzt. »Jemand hat mir heute einen Brief unter der Tür hindurchgeschoben. Es stand kein Absender drauf. Haben Sie vielleicht irgendwen zu meiner Wohnung gehen sehen?«

»Nein«, antwortete die Frau mit einem zaghaften Kopfschütteln.

»Sie haben auch sonst niemanden hier im Haus herumlungern sehen? Jemanden, den Sie noch nie bemerkt haben?«

»Nein«, sagte die Frau, inzwischen abwehrend.

»In Ordnung, ich danke Ihnen.«

Die chinesische Frau ließ sie nicht aus den Augen, während Francine zu Nummer 36 hinüberging und dort klingelte. Nach drei vergeblichen Versuchen kehrte sie fluchend in ihr Apartment zurück. Sie schenkte sich einen neuen Wodka ein und betrachtete den Umschlag. Wie konnte man eine so kryptische Nachricht ohne Kontaktmöglichkeit hinterlassen? Als beim nächsten Schluck Wodka auf ihre Bluse schwappte, machte sie sich nicht die Mühe, den Fleck trocken zu tupfen. Sie drehte und wendete das Rätsel, um ihm irgendeinen Sinn zu entlocken. Obwohl der Alkohol sie ein wenig benommen gemacht hatte, konnte sie noch klar denken. Entweder erlaubte sich der Schreiber der Nachricht einen miesen Scherz – oder er sagte die Wahrheit. Vielleicht hatten ein paar Kids, die ihre Geschichte kannten, ihre Anschrift herausgefunden. Dieses Szenario erschien ihr allerdings sehr unwahrscheinlich. Seit sie eingezogen war, hatte sie niemand mehr behelligt. Und wie sollte jemand an ihre Adresse kommen, bei den Vorkehrungen, die sie getroffen hatte, damit genau so etwas nie geschehen würde?

Nein, das hier fühlte sich anders an. Gerade die Unbestimmtheit der Nachricht war verstörend. Wenn jemand alte Wunden aufreißen wollte, so ihre Erfahrung, dann tänzelte er nicht auf

Zehenspitzen drum herum; die kranken Schweine suhlten sich in jedem expliziten Detail, mit dem einzigen Ziel, sie zu verletzen.

Aber was konnte es noch bedeuten? Sie schleppte sich ins Wohnzimmer und nahm ihr Handy vom Sofa. Ihre vom Alkohol ungeschickt gewordenen Finger fanden Wills Nummer, aber sie stockten einen Moment zögerlich über dem Bildschirm, bevor sie schließlich daraufttippten. Während Francine wartete, dass er sich meldete, ging sie unruhig im Wohnzimmer umher und knabberte an ihrem Daumennagel, so fest, dass sie das Klicken ihrer Zähne hören konnte. Nach sechs-, sieben-, achtmal Klingeln ging die Mailbox an, und sie schmeckte Blut an ihrem Daumen. Sie beendete den Anruf. Als sie auf Wahlwiederholung drückte, fühlte sich das Handy ganz glitschig in ihrer Handfläche an. Wieder fand der Wählton kein Ende, und sie befürchtete einen kurzen, schrecklichen Moment lang, dass wieder nur die Mailbox anspringen würde. Aber dann ging er dran. Seine distanzierte Stimme verriet, dass er verwirrt war. »Francine?«

»Ja, ich bin's.« Sie räusperte sich. »Ja, hallo. Hier ist Francine.«

»Das habe ich verstanden. Ähm … wie geht es dir?«

»Ich glaube, es wäre eine gute Idee, wenn wir uns unterhalten, also richtig treffen. Kannst du zu mir kommen?«

»Was?«

In den Pausen, die stakkatoartig nach jedem Satz folgten, hörte Francine Sheila flüstern, unterwürfig und neugierig.

»Kannst du vorbeikommen? Jetzt, heute Abend? Ich muss dir etwas zeigen.«

»Was musst du mir zeigen?«

»Ich will darüber nicht am Telefon sprechen, Will. Ich hätte nicht angerufen, wenn es nicht wichtig wäre.«

Er schwieg, atmete wahrnehmbar aus. »Möglicherweise haben wir nicht dieselbe Vorstellung davon, was um acht Uhr abends wichtig ist, während es draußen nur so pisst«, erwiderte er. Francine hörte ganz leise einen piepsigen Aufschrei von Sheila.

Hitze breitete sich in ihrem Brustkorb aus, und sie spürte Schweiß ihren Rücken hinunterlaufen. »Du musst auch nicht lange bleiben, das verspreche ich dir. Ich will nur …« Sie schwankte, ihr Schädel so schwer wie ein Zementmixer. »Kommst du, oder kommst du nicht, Will?«

Ein paar Atemzüge lang überlegte er seine Antwort oder wartete auf Instruktionen von Sheila, da war Francine sich nicht sicher. Dann fragte er: »Ist es ein Notfall oder so etwas?«

»Ja, ich glaube schon.«

»Und du kannst mir nicht sagen, worum es geht?«

Nun war sie diejenige, die zögerte, weil sie wusste, dass er zurückschrecken, dass er mit ihr schimpfen oder sogar auflegen würde. »Es geht um Autumn.« Sie wollte es dabei belassen, aber der Wodka flößte ihr ein, dass dieser Satz noch ein Ausrufezeichen brauchte. »Natürlich geht es um Autumn. Warum sonst sollte ich dich anrufen?«

»Ich verstehe.«

»Du verstehst es also. Und kommst du vorbei?«

»Warum kannst du nicht zu mir kommen?« Daraufhin protestierte im Hintergrund ein aufgeregtes Geflüster, aber Francine konnte nichts verstehen. Sie hörte gedämpfte Geräusche, vermutlich weil er das Handy zuhielt, um mit Sheila zu sprechen. Dann sagte er laut zu Francine: »Ich meinte, ich kann dich irgendwo auf dem Weg treffen. Dass ich die ganze Strecke zu dir fahren soll, finde ich nicht ganz fair.«

»In Ordnung.« Francine rieb sich mit einer verschwitzten Hand über das Gesicht. »Ich fahre in zehn Minuten los und rufe an, wenn ich in der Nähe bin. Ist bei dir noch ein Diner oder so offen?«

»Ich werde nicht auf einen Kaffee und einen Donut bleiben, Francine. Ich hab noch zu tun.«

»Wie du meinst. Dann lassen wir uns einfach ein bisschen in der Sonne brutzeln, was?« Die Wut stieg ihr wie Galle im Hals auf. Sie schluckte sie hinunter, bevor sie fortfuhr: »Ich fragte nach dem Diner, um nicht im Regen zu stehen. Was, glaubst du, habe ich vor? Dich auf ein Date locken?«

Er seufzte. »Wir können doch bestimmt auch im Auto reden?«

Sie biss die Zähne aufeinander. »Ist in Ordnung für mich. Ich bin in einer Stunde da.«

»Lass mich nicht wieder warten.«

Bevor sie etwas erwidern konnte, hatte er das Gespräch weggedrückt. Und obwohl sie wusste, dass es kindisch war, nahm sie ihm übel, dass er das letzte Wort gehabt hatte, weil er sie damit nur ärgern wollte. Nein, vielleicht stimmte das gar nicht. Womöglich hatte er es nur wegen Sheila getan. Dieser Gedanke ließ die Anspannung, die sich wie ein Seil um ihren Hals gelegt hatte, nur noch weiter wachsen.

Im Badezimmer spritzte sie sich kaltes Wasser ins Gesicht, bevor sie mit einem Schluck Mundwasser gurgelte. Im Spiegel sah sie, dass ihre Augen glasig und blutunterlaufen waren, aber das würde als Erschöpfung durchgehen, falls er sie darauf ansprechen sollte.

Sie schlüpfte in ein weites Sweatshirt und eine unvorteilhafte Hose, die ihr einen weißen Mami-Arsch verlieh – ein Ausdruck, den sie aus einer der trashigen Reality-TV-Shows hatte, durch die sie regelmäßig zappte.

In Wirklichkeit war ihr Arsch nicht so flach, wie die Jeans vortäuschte, und außerdem war heute Donnerstag, was hieß, dass sie sich Pfannkuchen zum Frühstück und Wodka zum Abendessen genehmigte. Morgen waren dann acht Kilometer auf dem Laufband, Kniebeugen und die gottverdammte Rudermaschine fällig.

Je länger sie in der Wohnung umherlief, desto betrunkener fühlte sie sich. »Ich werde noch jemanden umbringen«, murmelte sie und beschloss, sich eine Thermoskanne Instantkaffee aufzugießen.

Sie schob den Brief in ihre Hosentasche und ließ die Hand während des gesamten Wegs durch die Wohnanlage auf der Tasche liegen. Sie wollte den Umschlag immer spüren, ihn daran hindern, sich Flügel wachsen zu lassen und in die Nacht davonzufliegen. Draußen prasselte der eisige Regen auf sie ein. Sie lief zu ihrem Wagen, kramte nach ihrem Schlüssel, und als sie endlich hinter dem Lenkrad saß, war sie komplett durchnässt. Aber zumindest befreite der kalte Schock des Regengusses sie von ihrer Lethargie. Die Tropfen trommelten auf das Autodach. In der Hoffnung, damit die Kälte zu bekämpfen, drehte sie die Warmhaltekanne auf und trank etwas Kaffee.

Sie musste die Scheibenwischer auf die höchste Stufe stellen, das Gummi quietschte rhythmisch auf der Scheibe. Ihre Brust klebte fast auf dem Lenkrad, so weit lehnte sie sich vor, um durch die verschwommene Windschutzscheibe zu spähen. Sie konzentrierte sich auf den Abstand zu den anderen Autos.

Auf der Schnellstraße wurde es leichter, weil sie nicht mehr dauernd anhalten musste. In der Ferne über den Bergen sah sie Blitze zucken, die unheimliche Lichtbilder im Himmel hinterließen. Der Donner war so laut, als wollte er die Welt entzweireißen. Francine war beklommen zumute, aber der Brief und nicht das Wetter machte ihr zu schaffen.

Sie war so in Gedanken versunken, dass sie fast die Abfahrt nach Sycamore verpasste. Seit Will dorthin gezogen war, hatte sie ihn erst zweimal besucht und erst einmal, seit er mit Sheila dort wohnte. Sie empfand die Stadt als nichtssagend. Das Kino mit sechs Leinwänden war der Höhepunkt an aufregender Unterhaltung und die Bowlingbahn der Treffpunkt der Wahl für Dates, weil man dort samstags zwei Bier zum Preis von einem bekam. In diesem Ort änderten sich die Dinge, wenn überhaupt, nur sehr langsam. Francine verstand, warum Will sich hier wohlfühlte.

Sie fuhr auf den Parkplatz eines hell erleuchteten Drive-in-Restaurants namens *Clucky's Chicken and Waffle* und wählte Wills Nummer.

»Bleib, wo du bist«, sagte er ausdruckslos. »In fünfzehn Minuten bin ich da.«

Obwohl der Rest des Kaffees inzwischen lauwarm war, stürzte sie ihn hinunter, ohne den Becher abzusetzen, und kaute anschließend auf einigen Pfefferminzbonbons aus dem Handschuhfach herum. Der Regen glich nur noch einem Sprühnebel, während der Wind seine aggressive Kraft behalten hatte. Im Auto nebenan aß ein glückliches Teenagerpaar Hähnchen-Nuggets aus einem großen Pappbecher. Sie konnte den Rhythmus leiser Musik aus der Stereoanlage hören. Das Mädchen stieg aus und ging in den Vorraum des Restaurants, und erst als sie in watschelndem Gang mit Servietten in der Hand zurückkam, bemerkte Francine, dass sie hochschwanger war. So jung, dachte sie. In dem Alter glaubte das Mädchen vermutlich noch an den Mythos der unsterblichen Liebe, dass das, was sie und ihr Freund hatten, einzigartig genug war, um alle Hindernisse abzuwenden, die die Welt da draußen ihnen in den Weg werfen würde. Aber einzigartig war nichts an ihnen. Die wilde animalische Lust würde ihre Macht verlieren, mit der Zeit würde die gegenseitige Faszination welken und zu Schweigen zerbröseln. Dann weiß man sicher, dass man jemanden wirklich nicht mehr mag: wenn man nicht mehr genug Gefühl aufbringen kann, um zu schreien.

Das stimmt nicht ganz, oder, Francine? Nicht Väterchen Zeit hat dich und Will umgebracht. Der Wodka hatte die schlechte Angewohnheit, ihre Gedanken zu vergiften, weshalb sie nur zu Hause trank, wo sie ihre ganze Bitterkeit am Fernseher auslassen konnte. Um die letzten Tropfen der Trunkenheit loszuwerden, rieb sie sich mit den Händen über das Gesicht.

Licht flutete ihren Wagen, als Will auf den Parkplatz einbog. Sie öffnete die Tür, um auszusteigen, doch Will war ihr einen Schritt voraus und lief schon auf ihre Beifahrertür zu. Sie machte ihm auf, er setzte sich und strich sich mit den Händen über seine Chinohose.

»Wie geht es dir?«, fragte er, sah sie aber nicht an. Ohne die wachsamen Augen seiner Partnerin war sein Tonfall deutlich weniger angespannt. Er hatte sich einen Bart wachsen lassen, der ihm gut stand, und sein Haar war länger. Er trug zwar eine Brille, aber Francine nahm an, dass seine Augen in Ordnung waren. Vielleicht ahmte er den Steve-Jobs-Look nach; vermutlich eine von Sheilas glänzenden Ideen.

»Mir geht es gut. Und dir?«

»Mir auch, hab viel zu tun. Im September ist immer einiges los.«

»Wie geht es Sheila?«

»Gut«, antwortete er schnell. »Uns beiden geht es gut. Also … worüber wolltest du reden?«

Francine schaltete die Innenraumbeleuchtung ein und gab ihm den Brief. Er nahm das Blatt Papier aus dem Umschlag, las es und schaute zu ihr auf. »Ich kapier das nicht.«

»Jemand hat es heute unter meiner Tür durchgeschoben.«

»Wer?«

»Ich weiß es nicht. Jemand hat es gebracht und ist dann wieder verschwunden. Es war noch nicht da, als ich von der Arbeit nach Hause kam.«

Er gab ihr den Brief zurück. »Ist das alles? Deshalb hast du mich herbestellt?«

»*Ich weiß, wo sie ist.* Es geht um Autumn.«

»Das ist ein übler Scherz.« Er zuckte mit den Schultern. »Ich nehme an, da war sonst nichts mehr?«

»Nein, da war nur dieser Brief. Aber damit ist doch eindeutig Autumn gemeint. Was ist, wenn die Person, die das hier geschrieben hat, tatsächlich die Wahrheit sagt?«

Offensichtlich mit seiner Geduld am Ende, sog er scharf die Luft ein. »Francine, du läufst einem Hirngespinst hinterher.

Schau dir die Handschrift an, sie sieht aus wie die Krakelei einer Vierjährigen. Das ist Unsinn.«

Sie hatte mit dieser Reaktion gerechnet. Seine Rolle in ihrer Beziehungsdynamik war immer schon die des ewigen Skeptikers gewesen. Sie hingegen hatte aktiv den Rat eines Mediums gesucht und sich über alternative Meditationstechniken informiert, um vielleicht eine Verbindung zu Autumn herzustellen. Francine hatte alles versucht, egal, wie lächerlich es schien oder ob Leute es für verrückt hielten, diese Methoden auch nur in Betracht zu ziehen. Alles war besser, als das Ganze zu ignorieren, den Verstand und die Gefühle darauf abzurichten, zu vergessen, dass es Autumn je gegeben hatte, damit man den Schmerz ertragen konnte. Zu vergessen war ein Zeichen von Schwäche, und der große grüblerische Teil von ihr hasste Will dafür.

»Mich hat keiner darauf angesprochen, seit ich in Morning House wohne. Meine Telefonnummer taucht in keinem Verzeichnis auf. Ich glaube nicht, dass es nur ein Scherz ist, Will. Ich weiß, dass das dumm klingt und ich nach einem Strohhalm greife, aber das könnte wirklich ein Hinweis sein. Glaubst du das nicht auch?«

Er setzte seine Brille ab und rieb sich mit Daumen und Zeigefinger über Augen und Nasenwurzel. »Im Dezember ist es zehn Jahre her. Vielleicht wird es in den Nachrichten erwähnt, oder es gibt Artikel in der Zeitung. Ich soll bei einem kleinen Feature im Frühstücksfernsehen auftreten. Sie werden rekonstruieren, wie sie jetzt aussehen könnte.«

»Und das wolltest du mir nicht mitteilen?«

»Es ist keine fünf Minuten lang«, sagte er gereizt. »Ich freue mich nicht gerade darauf zu sehen, wie unsere Tochter als junge Frau aussehen könnte, Francine, aber wenn es wieder öffentliche Aufmerksamkeit für den Fall erzeugt oder neue Hinweise gibt, dann bin ich dazu bereit. Ich habe es dir nicht gesagt, weil ich wusste, dass es zu viel für dich wäre.«

Sie schnaufte. »Zu viel für mich? Wovon redest du? Du hast keine Ahnung.«

»Hör zu, Sinn und Zweck dieses Beitrags ist es, Autumn wieder ins Bewusstsein der Leute zu rücken, Erinnerungen zu wecken. Wenn du bei der Live-Übertragung einen Zusammenbruch hättest, dann würden sie nur über dich berichten. Sie würden Autumn vergessen, und wir hätten nichts erreicht.«

Sie lehnte sich in ihrem Sitz zurück und umklammerte das Lenkrad mit den Händen, nur um irgendetwas zu tun. »Ich habe so viel geweint, wie man nur weinen kann. Ich bin ganz ausgetrocknet. Aber ich will, dass du mich über solche Dinge auf dem Laufenden hältst, Will. Das meine ich ernst. Du kannst nicht bestimmen, ob ich involviert bin oder eben nicht, wenn es um unsere Tochter geht. Es ist mir egal, welches Medientraining du durchlaufen hast. Schließ mich nicht aus.«

»Ich hab's begriffen. Wenn sich in den nächsten Monaten etwas tut, lass ich es dich wissen. Gibt es noch mehr zu besprechen?«

»Na ja, wir haben das hier noch nicht zu Ende besprochen«, sagte sie und hielt den Umschlag hoch. »Wenn du denkst, das ist alles Blödsinn, okay. Aber sollten wir das nicht wenigstens überprüfen? Wir könnten den Brief bei der Polizei auf Fingerabdrücke untersuchen lassen –«

»Stopp, stopp, stopp.« Er wedelte abwehrend mit der Hand. »Francine, reiß dich zusammen. Begreif, was du da sagst. Du willst diesen Zettel zur Polizei bringen und ihn auf Fingerabdrücke untersuchen lassen? Das ist doch verrückt.«

»Aber was wäre, wenn, Will?«

Er schüttelte den Kopf. »Darf ich?« Er hielt seine Hand auf, und sie gab ihm den Brief. »Nehmen wir also an, dieser Brief wäre von jemandem, der weiß, wo Autumn sich aufhält. Wir lassen mal außen vor, dass dieser Jemand zehn Jahre gebraucht hat, um uns zu kontaktieren. Und lass uns auch annehmen, dass die Absicht hinter diesem Brief ist, uns zu helfen, Autumn zu finden. Ist das so weit die Richtung, in die du denkst?«

»Es ist eine Möglichkeit«, antwortete sie trotzig.

»Du hast recht. Es ist natürlich höchst unwahrscheinlich, aber es ist möglich. Dieser Jemand will dir also mitteilen, dass er weiß, wo sich Autumn nach all den Jahren aufhält.« Er griff den Umschlag mit zwei Fingern an einer Ecke und hielt ihn wie ein offizielles Beweismittel hoch. »Aber er hinterlässt keine Information darüber, wie du ihn kontaktieren kannst. Klar, er hätte auch einfach an deine Tür klopfen können, aber warum sollte er sich die Mühe machen? Und zum Umschlag selbst: kein Absender, keine Briefmarke. Da fragt man sich doch, warum er überhaupt einen Umschlag benutzt hat, oder nicht? Dann ist da noch die Handschrift. Man braucht kein Genie zu sein, um zu dem Schluss zu kommen, dass das hier entweder von einem Kind oder einem Menschen geschrieben wurde, der geistig … *beschränkt* ist. Oder der Jemand hat die linke Hand benutzt, um die Handschrift zu verfremden. Wie auch immer, es ist dumm, Francine. Du projizierst etwas in diesen Brief, das es nicht gibt.«

»Verstehe.« Sie wollte nach dem Umschlag greifen, aber er zog ihn zurück. »Kann ich ihn wiederhaben?«

»Noch nicht.«

»Gib ihn mir.«

»Noch nicht«, sagte er nun strenger. »Du musst wieder vernünftig werden. Was du bezüglich unserer Tochter unternimmst, betrifft auch mich, verstehst du das? Selbstverständlich könntest du den Brief zur Polizei bringen, und sie täten dir eine Zeit lang den Gefallen, aber sobald du wieder gegangen wärst, würden sie sich über dich lustig machen. Ihre Freundlichkeit würde nur so weit reichen, dass sie dich nicht in deinem Beisein auslachen, aber es gibt andere, die nicht so rücksichtsvoll sein werden. Hast du einen Computer zu Hause?«

»Ja.«

»Gut. Such mal nach Autumn Cooper-Wright. Du wirst eine Handvoll Videos auf YouTube finden, *die Top Ten der mysteriösesten Vermisstenfälle*. Dann gibt es da natürlich noch die Blogs und die Verschwörungs-Websites, die alle ihre eigenen Erklärungen präsentieren, was mit ihr geschehen sein muss, von einer Entführung durch Außerirdische bis hin zu der Möglichkeit, dass wir beide sie getötet und in den Hügeln begraben haben könnten.«

»Herrgott nochmal, hör endlich auf. Glaubst du, ich wüsste nicht, welche schrecklichen Dinge im Internet behauptet werden? Ich habe mehr gesehen, als ich ertragen kann.« Sie schaute zur Seite und war einen Moment lang sicher, dass sie gleich weinen müsste. Doch als sie tief einatmete, ging das Gefühl vorbei. »Ich versuche das von mir fernzuhalten, so gut es geht.«

»Schau mal, ich will damit doch nur sagen, dass es da draußen eine Menge Leute gibt, die dir liebend gern dabei helfen würden, diesem Hirngespinst hinterherzujagen. Aber nichts davon würde einem von uns beiden guttun.« Vorsichtig legte er den Umschlag auf das Armaturenbrett, und dann saßen sie nur da, während die Stille anschwoll. Der Regen hinterließ nasse Schlieren auf der Windschutzscheibe, und die dürren, blattlosen Bäume auf dem Bürgersteig bogen sich im Wind. Schließlich sagte Will: »Ich sollte zurückfahren. Wirst du darüber nachdenken, was ich gesagt habe?«

»Das werde ich«, antwortete sie.

»Schön. Wenn du willst, sage ich dir Bescheid, wann der Fernsehbeitrag läuft. Ich weiß den Termin noch nicht.«

»Klar.«

»Okay. Also, fahr vorsichtig.« Er öffnete die Tür und stieg aus. Kurz bevor er die Tür zuschlug, lehnte sich Francine über den Beifahrersitz.

»Wenn ich irgendwelche Spuren bezüglich des Briefs finde, soll ich dich anrufen?«

Er schüttelte den Kopf und lachte traurig. »Warum ist es immer dasselbe mit dir, Francine?«

»Ich werde nicht aufhören zu suchen, Will. Du kannst dir den Mund fusselig reden. Aber ich werde nie damit aufhören.«

»Na gut. Aber ich will nicht in deinen lächerlichen Kreuzzug hineingezogen werden.«

»Deine Tochter zu finden ist also lächerlich?«

»Es gibt einen richtigen und einen falschen Weg, das zu tun, Francine.«

»Und keiner hat bisher funktioniert, oder etwa nicht?«

Seine Finger trommelten unruhig auf dem Autodach. »Fahr vorsichtig«, wiederholte er und schlug die Tür zu.

Sie beobachtete, wie er zu seinem Auto lief, und wartete, dass er den Wagen zurücksetzte, bevor sie den Schlüssel im Zündschloss drehte. Beim Verlassen des Parkplatzes fuhr sie am Auto mit den beiden Teenagern vorbei. Durch die beschlagenen Fenster sah es so aus, als würden sie lachen.

2. KAPITEL

Um fünf Uhr morgens, zwei Stunden bevor ihr Wecker klingeln würde, strampelte Francine sich von ihrer Bettdecke frei und zog sich an. Sie war sich nicht sicher, ob sie überhaupt geschlafen hatte. Pausenlos hatten ihre Gedanken sich im Kreis gedreht, das Koffein und die nervöse Aufregung hatten sie nicht zur Ruhe kommen lassen.

Auf dem Weg ins Fitnessstudio war der Himmel immer noch pechschwarz, es regnete jedoch nicht mehr. Es war nicht ungewöhnlich, dass sie vor der Arbeit eine Runde Freihanteltraining einlegte, aber heute hatte sie genug Zeit eingeplant, um zusätzlich zu schwimmen. Da das Schwimmbecken erst um sieben Uhr öffnete, ging sie noch kurz auf den Crosstrainer und das Laufband – eingestellt auf maximale Steigung – und wie gewöhnlich in den Kurzhantel-Bereich. Die ganze Zeit spähte sie zum Boxsack hinüber, den sie schon seit Langem ausprobieren wollte. Aber sie hatte immer befürchtet, dass sie die Kontrolle verlieren und herumschreien würde, wenn sich ihre Wut auf ihn entlud. Heute Morgen war das Gym fast leer, da konnte sie das Risiko eingehen, lächerlich auszusehen. Sie hob ein Paar Boxhandschuhe auf, die neben dem Sack lagen, und schlüpfte hinein, bevor sie dem Ding einige Übungsschläge verpasste. Es fühlte sich gut an. Sobald sie einen Rhythmus gefunden hatte, erhöhte sie sowohl die Häufigkeit der Schläge als auch deren Heftigkeit. Bald schon schmerzten ihre Arme, und ihre Lungen brannten. Sie schlug zu, bis sie ihre Hände nicht mehr heben konnte. Schließlich ließ sie ihre verschwitzte Stirn an den Boxsack sinken.

Danach schwamm sie eine Stunde lang ohne Unterbrechung. Sie konnte sich nicht erinnern, das überhaupt jemals zuvor getan zu haben, schon gar nicht nach einem so anstrengenden Work-out. Aber sie wollte ihren Körper pushen, bis ihre Angst und Nervosität zu Asche verbrannt waren.

Als sie sich an ihren Schreibtisch setzte, schmerzte ihr Körper überall. Es fühlte sich an, als ob sie ihrem Verstand einen Frühjahrsputz verpasst hatte, sodass sie sich nun auf das Wesentliche konzentrieren konnte. Sie arbeitete bis zum Mittag durch, beschäftigte sich mit Rechnungen, schickte Mahnungen und besprach sich nur mit ihren Kollegen, wenn es absolut unerlässlich war. Jeder der sechs Mitarbeiter, mit denen sie in ein winziges Hinterstübchen bei Worldwide Golfing Supplies gezwängt war, kannte Francines Geschichte, aber niemand hatte je versucht, mit ihr darüber zu sprechen. Das kam ihr sehr entgegen. Einer der Buchhalter, ein geschiedener Mann namens Henry, der Unmengen schwarzen Kaffees trank und zum Lunch ordentlich geschnittene Schinkenbrote verspeiste, hatte sie einmal auf einen Drink einladen wollen. Francines Antwort war von absoluter Ehrlichkeit gewesen: Nein, sie wollte nichts mit ihm trinken gehen – nicht jetzt und auch in Zukunft nicht. Sie hatte gehofft, dass ihr Gesichtsausdruck zukünftige Versuche unterbinden würde. Er hatte nie wieder gefragt.

Wie gewöhnlich ging sie während ihrer Mittagspause spazieren. Bevor sie auf ihr Auto zusteuerte, kaufte sie sich bei Starbucks einen Cappuccino und im Eckladen eine Zeitung. Sie aß gern in ihrem Auto zu Mittag, weil sie den Gedanken beruhigend fand, jederzeit den Motor anlassen und für immer wegfahren zu können.

Sie blätterte durch die Zeitung, während sie wartete, dass ihr Cappuccino abkühlte. Ziemlich plötzlich überwältigten sie der Schlafmangel und ihr morgendliches Training. Die Buchstaben verschwammen vor ihren Augen, und ihr Kopf fiel nach vorne.

Als sie aufwachte, stand ein vielleicht achtzehnjähriges Mädchen in der Mitte des Parkplatzes und starrte zu ihr hinüber. Der Wind blies ihm die Haare ins Gesicht und zerrte an seinem schäbigen Kleid. Seine Beine waren übersäht mit Schürfwunden und Schorf, und es versank förmlich in einer Bomberjacke für Männer. Francine gähnte, schaute auf die Uhr, dann zurück zu dem Mädchen, das sich nicht bewegt hatte.

Francine stieg aus und streckte sich. Das Mädchen drehte sich um und ging eiligen Schritts über den Parkplatz. Es blickte immer wieder über die Schulter, bis es schließlich hinter den automatischen Türen des kleinen überdachten Markts verschwand.

Francine kam zehn Minuten zu spät von ihrer Pause an ihren Schreibtisch zurück, aber niemand schien das zu bemerken. Während sie eine gepfefferte E-Mail an einen ihrer Lieferanten bezüglich des geringen Lagerbestands von fluoreszierenden Golf-Tees verfasste, begann es wieder zu regnen. Die ersten Tropfen klopften gegen das Fenster, und ein leises Donnergrollen lenkte sie ab. Sie hörte auf zu tippen und sah auf den Parkplatz hinaus. Das Mädchen mit der riesigen Bomberjacke stand neben ihrem Auto und spähte neugierig wie ein Kind vor einem Aquarium hinein. Francine stand auf, als die junge Frau die Hände über die Augen hob und sich ganz nah ans Fenster stellte, um besser hineinsehen zu können. Dann ging sie um das Auto herum zur Beifahrerseite. Dabei ließ sie ihre Finger träge über die Karosserie gleiten und unterzog die Rücksitze einer genauen Prüfung.

»Was macht sie da?«, murmelte Francine zu sich selbst. Sie eilte durch den Flur, auf der Treppe nahm sie zwei Stufen auf einmal. Draußen marschierte sie zum Auto. »Entschuldigung? Kann ich dir helfen?«

Vornübergebeugt hatte die junge Frau durch die Heckscheibe geschaut, blieb aber stocksteif stehen, sobald sie Francine hörte. Irgendetwas an ihrem Gesichtsausdruck irritierte Francine. Erst beim Näherkommen sah sie, dass die junge Frau stark schielte. Ihre Augen schauten in so verschiedene Richtungen, als wären sie Magneten, die sich abstießen. Kermit, der Frosch, dachte sie. Sie hat Augen wie Kermit. Da das Schielen Francine so ablenkte, war sie nicht in der Lage zu beurteilen, ob die junge Frau schön war. Sie wirkte mager, fast wie ein Vogel, und ihr blondes Haar war so matt, dass es an Silber grenzte.

»Ich habe gefragt, ob ich dir helfen kann?«

»Ich habe den Brief unter Ihrer Tür durchgeschoben. Haben Sie ihn bekommen?«

Francine blieb so abrupt stehen, dass ihre Füße in einer Pfütze landeten und sie bis zum Knöchel nass wurde. »Du warst das?«

Das Mädchen trat einen Schritt zurück, seine Finger glitten immer noch über die nasse Metalloberfläche, sein Blick konnte sich nicht auf eine Sache konzentrieren.

»Yes, Ma'am.« Es hatte eine tiefe, kehlige Stimme. »Ich wusste nicht, was ich sonst hätte tun sollen.«

»Ich weiß, wo sie ist«, sagte Francine. »Du weißt, wo *wer* ist?«

»Melody«, sagte das Mädchen, während es sich Schritt für Schritt Richtung Kühlerhaube bewegte. Es war, als ob die beiden *Reise nach Jerusalem* spielten. »Mel … Ihre Tochter.«

»Meine Tochter heißt Autumn.«

»Ich kenne sie als Mel«, sagte das Mädchen und strich sich ein paar dünne Haarsträhnen aus dem Gesicht. »Niemand nennt sie Autumn.«

Francines Hals wurde eng, während gleichzeitig Luft aus ihrer Lunge entweichen wollte. Sie würgte, und Schmerz schoss ihr durch den Magen. Sie war benommen. »Warte … warte eine Sekunde, bitte, bleib hier …« Sie brauchte einen Moment, um sich zu sammeln und ihren Atem wieder einigermaßen unter Kontrolle zu bekommen. Von oben hörte sie ein Donnergrollen. Flach atmend fragte sie: »Meine Tochter lebt?« Ihre Stimme brach fast vor Verzweiflung. »Wo ist sie?«

»Nicht nah.« Ohne sich umzudrehen, zeigte das Mädchen hinter sich. »Ein weiter Weg.«

»Wieso weißt du das alles?«

»Ich habe es allein rausgeschafft, und als Erstes wollte ich Sie finden. Die Leute denken vielleicht, wir wären schon lange, lange tot. Viele von uns leben noch.« Alle paar Wörter zuckte der Mundwinkel der jungen Frau zur Seite, ein nervöser Tick, der aussah, als hätte sie Schmerzen.

Francine wischte ihre Handflächen auf den Oberschenkeln. »Du kennst also meine Tochter?«

»Ja, ich kenne sie.«

»Und ich soll dir einfach glauben?« Sie bemühte sich, ihren Worten Autorität zu verleihen, aber ihre Stimme verriet sie.

»Wenn du müd' bist, kleines Mädchen, schließ die Augen und schlaf ein, schließ die Augen und schlaf ein, schließ die Augen und schlaf ein. Wenn du müd' bist, kleines Mädchen …«

»Wo hast du das gehört?«, flüsterte Francine. Das Schlaflied schnürte ihr die Luft ab. »Hat … hat Autumn dir das vorgesungen?« Wieder wollte sie auf das Mädchen zugehen, aber es wich zurück. »Ich werde dir nicht wehtun, versprochen.« Panik stieg in ihr auf. Ein falscher Schritt, und der scheue Vogel würde für immer wegflattern. Zu viele Fragen vernebelten ihren Verstand, zu viel Adrenalin pumpte durch ihre Adern. »Lass uns doch ins Trockene gehen. Wir könnten zu mir nach Hause fahren.« Die merkwürdigen Augen der jungen Frau weiteten sich, ihr Mund schnitt eine Grimasse. »Oder in ein Restaurant? Wenn dir das lieber ist, lade ich dich ein. Ich kann verstehen, wenn du nervös bist.«

Die junge Frau schaute weg. Ihr Blick war auf die in einiger Entfernung vorbeirasenden Autos auf der Schnellstraße gerichtet. Ganz langsam wiegte sie ihren Kopf hin und her, wie zum Takt eines Liedes, das nur sie hören konnte.

»Wie heißt du?«, fragte Francine und hoffte, dass man ihrer Stimme die verzweifelte Schärfe nicht anhörte.

»Lena«, sagte die junge Frau und malte mit dem Zeigefinger auf der nassen Kühlerhaube herum. Ihre zerbrechlichen Hände waren schorfig, die Nägel abgekaut.

»Lena, ich kann dir helfen. Sag mir, was du nun tun willst.«

»Ich habe großen Hunger«, sagte sie. »Ich habe lange nichts mehr gegessen.«

»In Ordnung, das ist ein Anfang. Willst du einen Hamburger und einen Milchshake? Oder etwas anderes? Was auch immer, du kannst es dir aussuchen.«

Sie zuckte kaum sichtbar mit den Schultern. »Einen Burger.«

»Ich könnte auch einen vertragen. Fünf Minuten von hier gibt es einen McDonald's. Wir können fahren oder laufen. Womit fühlst du dich am wohlsten?«

»Ins Auto steige ich nicht.«

»Dann laufen wir. Ich hole nur schnell meinen Regenschirm raus.« Francine öffnete die Hecktür und nahm den Schirm von der Rückbank. Nach dem Aufspannen hielt sie ihn hoch über ihren Kopf. »Dir muss eiskalt sein. Du könntest mit unter den Schirm kommen, wenn du magst.«

Obwohl Lenas Unterlippe zitterte und ihre Nasenspitze gerötet war, schüttelte sie schnell und bestimmt den Kopf. Francine zuckte mit den Schultern und ging voran. Sie achtete darauf, dass sie ihre Geschwindigkeit der des Mädchens anpasste, fürchtete aber, dass es jeden Moment seine Meinung ändern und wie ein aufgescheuchtes Pferd durchgehen könnte. Small Talk schien Francine nicht angebracht. Nein, es war besser, zu schweigen und Lena zu überlassen, wie und wann sie Francine mehr erzählen wollte.

Lena sah beim Laufen auf ihre Füße hinab. Sie trug seltsame weiß-pinke Turnschuhe, die statt Schnürsenkel jeweils drei Klettverschlüsse besaßen. Francine erwartete fast, dass die Absätze bei jedem Schritt aufleuchteten.

Die Türen öffneten sich automatisch, und als Begrüßung schlug ihnen der ölige Geruch von Pommes frites entgegen. Die hell erleuchteten Sitznischen waren nahezu leer, auf den Tischen lagen immer noch fettige Essensreste der Mittags-Rushhour. Als sie an der Theke angekommen waren, bemerkte

Francine, wie der junge Verkäufer einen Blick auf Lena warf. Er beäugte argwöhnisch ihre ungewöhnliche Aufmachung und seltsame Ausstrahlung und beobachtete, wie sie ihre Stirn in Falten legte, als sie mit offenem Mund auf die Karte starrte.

»Was würdest du gern essen, Lena?«, fragte Francine. Weil diese nicht sofort antwortete, versuchte sie, ihr zu helfen. »Möchtest du einen Big Mac? Einen Cheeseburger?«

Man konnte nicht erkennen, auf welchen Abschnitt der Karte Lena schaute. Soweit Francine das beurteilen konnte, hätten ihre Augen jeweils einen anderen Teil lesen können.

»Ich habe mich umentschieden«, sagte Lena mit einer Ernsthaftigkeit, die Francine überraschte. »Ich will die Nuggets.«

Francine bestellte für sich ein Burger-Menü und das Nugget-Menü für Lena. Während der Verkäufer das Essen auf ein Tablett legte, ließ er Lena keinen Moment aus den Augen, als ob sie ein wilder Hund wäre, der ihn jederzeit anfallen könnte.

Sie gingen zur nächstgelegenen und gleichzeitig saubersten Nische, obwohl der Tisch voller Krümel und Ketchupkleckse war. Francine lächelte und schob die Nuggets zu Lena hinüber. Deren unansehnliche Finger huschten hervor, klappten den Pappkarton auf und wählten ein Stück. Sie hielt es unter ihre Nase, bevor sie es mit den Lippen berührte, als ob sie vor dem Hineinbeißen prüfen wollte, wie heiß es noch war.

Francine nahm einen Bissen von ihrem Burger, um Lena die Befangenheit zu nehmen, obwohl sie lieber das gesamte Menü in den Müll gekippt hätte. Das Essen war nur ein geschmackloser Klumpen, der unter ihrem Gaumen festklebte. Irgendetwas daran, wie Lena aß, wie ein Nagetier, vergrößerte Francines Übelkeit noch, sodass sie ihren Burger auf das Tablett legte und an ihrem Softdrink nippte. »Wie sind die Nuggets?«

Lena leckte sich Krümel von den Lippen und steckte dann nacheinander die Finger in den Mund, um sie zu säubern. »Ich dachte, sie würden anders schmecken.«

Francine fragte sich, was das genau heißen sollte. Sie wartete, bis Lena drei weitere Nuggets seziert hatte. Währenddessen schoss die Hand des Mädchens immer wieder wie eine Kobra hervor, um einzelne Pommes zu greifen, die es dann in drei schnellen Bissen vertilgte.

»Woher bist du gekommen, Lena?«

»Vom großen Haus. Im Wald. Da wohnten wir.« Sie schaute misstrauisch hoch und fügte dann leiser hinzu: »Ich und Mel. Und der Rest von ihnen.«

»Hat euch jemand festgehalten?«

Lena nickte einmal, sehr langsam. Der ständige Wechsel zwischen langsamen und schnellen Bewegungen machte Francine zunehmend nervös.

»Wer hat euch da festgehalten, Lena? Weißt du seinen Namen?«

»Ich kenne die Namen aller Männer in dem Haus.«

»Wärst du in der Lage, sie der Polizei zu nennen?«

Die Lippen des Mädchens öffneten sich und wurden zu einem Lächeln, und für eine Sekunde schauten beide Augen Francine direkt an. Ein leises Glucksen entfuhr seinem Mund. »Sie wissen schon von uns. Was denken Sie denn – dass wir verschwinden und niemand es bemerkt?«

»Warum hast du dich dann bei mir gemeldet?«

»Ich habe es Mel versprochen. Und sie mir. Wenn eine von uns fliehen kann, kontaktiert sie die Eltern der anderen. Das haben wir ausgemacht.« Sie hielt inne, legte ihren Kopf leicht schräg, als wenn sie auf Anweisungen eines unsichtbaren Lehrers wartete, bevor sie hinzufügte: »Das hier fällt mir schwer. Ich habe große Angst.«

»Warst du noch nicht bei deinen eigenen Eltern?«

»Meine Mutter ist an einem Schlaganfall gestorben. Sie ist schon lange tot. Habe sonst keine Familie.« Sie zuckte mit den Schultern und schüttelte dann den Kopf. »Ich habe Sie im Telefonbuch gefunden.«

Nein, hast du nicht, wollte Francine sagen. *Ich bin nicht eingetragen.* Anstatt sich auf die Lüge zu konzentrieren, piekte sie ein kleines rotes Erinnerungsfähnchen für später hinein. Wie hatte Lena sie gefunden?

»Ich wollte Ihnen alles aufschreiben, aber manchmal weiß ich nicht, wie man das macht.«

»Wann bist du entkommen?«

»Das muss ...« Sie hielt ihre Hände hoch und zählte an den Fingern ab, während sie auf die Strahler an der Decke sah. »Ich glaube, vor zwei Wochen.«

»Und du bist nicht zur Polizei gegangen?«

»Nein.«

»Warum nicht?«

»Sie schicken mich wieder zurück. Sie wissen über alles Bescheid. Sie stecken mit denen unter einer Decke.«

Francine atmete tief ein, um Lena Zeit zu geben, weiterzuessen. Sie schaute auf ihr eigenes Menü hinunter. Ein gummiartiges, dreieckiges Stück Käse ragte zwischen den Brötchenhälften hervor. Das Mädchen hatte nicht die Wahrheit darüber gesagt, wie sie Francines Adresse herausgefunden hatte – das war Punkt eins. Und Francine konnte nicht umhin zu denken, dass Lena ihr noch mehr verschwieg. Sie nippte an ihrer Cola, während sie weiter darüber nachdachte.

Wenn du müd' bist, kleines Mädchen, schließ sie Augen und schlaf ein ...

»Verrätst du mir mehr über das Haus, in dem du und Autumn gelebt habt?« Sie weigerte sich, ihre Tochter Mel zu nennen. Der bloße Gedanke daran war abstoßend.

»Es steht tief im Wald. Da haben sie uns festgehalten. Es gibt niemanden weit und breit, nichts außer Bäumen und Hügel. Ein Bach fließt in der Nähe.«

»Kannst du mir Schritt für Schritt erzählen, wie du entkommen bist?«

Lena legte ihren Kopf zur einen, dann zur anderen Seite.

»Leslie sagte, dass er Bauchschmerzen habe. Ich sah, dass er krank war, denn er verzog das Gesicht so wie …« Sie änderte ihren Gesichtsausdruck so schnell, dass Francine ganz überrumpelt war. Im nächsten Augenblick war er wieder normal. »Ich riet ihm, er sollte sich aufrecht hinsetzen, wenn sein Bauch ihm wehtäte, weil ihm das vielleicht helfen würde. Er aber sagte, dass er sich nicht aufsetzen könne. Und dann machte er so.« Sie griff ihren eigenen Arm. »Er keuchte, er bekäme keine Luft mehr. Danach war er einfach still, und ich hörte ihn die Sauerei in seine Hosen machen. Das passiert immer, wenn Leute sterben. Wussten Sie das? Deshalb nehme ich an, dass er tot war.«

»Was hast du dann getan?«

»Ich habe ihn da liegen lassen. Es war noch früh, und deshalb würde es noch lange hell sein. Ich folgte dem Bachlauf bis zu einer Lichtung. Später kam ich dann aus dem Wald heraus und ging auf der Straße entlang. Jemand hat mich in seinem Auto mitfahren lassen.«

»Warum hast du Autumn nicht mitgenommen?«

»Sie war nicht im Haus. Vor ein paar Tagen haben sie sie zu einer Party mitgenommen. Ich durfte nicht mitgehen, weil Leslie das Haus nicht verlassen konnte und ihm immer jemand Gesellschaft leisten musste.«

Ein McDonald's-Mitarbeiter ging herum, um Tabletts einzusammeln und die Tische abzuwischen. Als er in ihre Nähe kam, verstummte Lena, senkte ihren Kopf und schaute aus dem Augenwinkel zu ihm hinüber.

»Hier ist es nicht sicher.« Sie schüttelte ihren Kopf. »Sie könnten diesen Laden kontrollieren, das ist eine Kleinigkeit für die, so klein …« Sie schnippte mit den Fingern. »Ein Klacks. Sie könnten hier hereinspazieren, sich hinsetzen, und das war's. Ihnen wird nicht gefallen, dass ich weg bin.«

»Keine Sorge«, sagte Francine so beruhigend wie möglich. »Solange ich hier bin, wird dir keiner ein Haar krümmen.«

»Keine Sorge!« Lena glitt von der Sitzbank, und das Tablett fiel zu Boden. Der rosa Milkshake schwappte aus dem Becher. »Sie haben doch keine Ahnung! Vielleicht warten sie schon auf mich.«

Ein alter Mann mit dicken Brillengläsern schaute zu ihnen hinüber. Francine stand auf und hielt die Hände in einer »Nicht-schießen«-Geste über ihren Kopf. »Bleib ruhig, Lena. Es ist alles in Ordnung.«

Hinter der Theke murmelte ein Mitarbeiter etwas wie »Was ist da los, verdammt?«, bevor er mit einem Mopp an ihrem Tisch erschien. Sie wandte sich dem jungen Mann zu und sagte: »Könnten Sie das bitte später aufwischen? Wir gehen gleich.« Als sie sich zu Lena umdrehte, atmete diese angestrengt durch den Mund. Unter den hellen Strahlern glänzte ihre pickelige Stirn nun verschwitzt. »Lena, alles in Ordnung?«

»Ich will nicht mehr hier sein.« Die junge Frau hob die Hand und fuhr sich mit den Fingern durch ihre Haare. »Ich muss hier weg, irgendwohin, wo sie mich nicht finden.« Sie zeigte vorwurfsvoll auf Francine. »Sie müssen mich hier wegbringen.«

»Das kann ich tun. Aber wir müssen noch weiterreden.«

»Ich will nicht mehr reden, verdammt!«, rief Lena. Ihr Blick war wieder starr auf einen Punkt gerichtet, ihr Hals blähte sich vor Wut auf. Francine zuckte zurück.

Ohne Warnung drehte Lena sich um und stampfte aus dem Restaurant. Nach einem Moment des Zögerns nahm Francine die Verfolgung auf und stürzte ihr nach. Sie wurde von einer Mauer aus Fleisch gestoppt – eine übergewichtige Frau mit ihrer Brut im Schlepptau war stehen geblieben, um sich das Drama anzuschauen. Francine schnaubte gereizt und manövrierte sich um die Frau herum. Sie hörte sie sagen: »Kennen Sie das Wort *Entschuldigen Sie mich* überhaupt?« Mit mehr Zeit hätte Francine sie gern darauf hingewiesen, dass das *drei* Wörter waren.

Lena lief im Zickzack über die stark befahrene Straße und entkam nur um Haaresbreite einer Kollision mit einem Wagen, der mit quietschenden Reifen schlingernd zum Halten kam.

»Lena!«, schrie Francine, aber die junge Frau schien sie über dem wütenden Hupen der Autos nicht zu hören.

Francine wartete auf eine Lücke im Verkehr, bevor auch sie die Straße überquerte. Sie konnte Lenas Spur durch eine Straße verfolgen, die zwischen den Hinterhöfen von zwei einander gegenüberliegenden Häuserreihen verlief. Wie betrunken hetzte die junge Frau umher und fuchtelte panisch mit den Armen. Francine hörte sie atemlos kreischen, ihre grelle Stimme richtete sich an Gott.

»Ich kann dir helfen!«, rief Francine. Ihre Worte wurden von den Mauern rechts und links zurückgeworfen. Was konnte das Mädchen zum Anhalten bewegen? Als Lena sich weigerte zu stoppen, schaltete Francine in den nächsten Gang. Glücklicherweise trug sie ihre Turnschuhe, in die sie immer schlüpfte, sobald sie im Büro angekommen war. Arme und Beine arbeiteten im Takt, und so schloss sie zu Lena auf, bis sie nur noch einen Steinwurf entfernt war. Als Lena herumfuhr und sie sah, schrie sie, als wenn eine verrückte Axtmörderin hinter ihr her wäre und nicht die Frau, mit der sie noch vor einigen Minuten geredet hatte.

»Ich werde dir nicht wehtun!«, rief Francine, als Lenas Beine nachgaben. Das Mädchen fiel auf den Boden und lag da, Arme und Beine ausgestreckt wie bei einem Seestern. Francine blieb schnaufend stehen. Ihr Atem malte geisterhafte Wolken in die Luft. Erst als sie sich hinunterbeugte, um Lena aufzuhelfen, bemerkte sie, dass das Mädchen kicherte.

3. KAPITEL

Sie steckten im abendlichen Berufsverkehr fest, und der anhaltende Regen sorgte dafür, dass die Fahrzeuge nur im Kriechtempo vorankamen.

»Wir müssen meine Tasche holen«, sagte Lena ohne jede Gefühlsregung. Es war ihr erster Satz, seit sie sich ins Auto gesetzt hatte. Francine hatte fast eine ganze Stunde gebraucht, um das Mädchen zu beruhigen, nachdem sie es eingeholt hatte. Dann hatte sich Lenas Stimmung plötzlich verändert. Es gab keine hysterischen oder unerwarteten Ausbrüche mehr. Auf einmal wurde sie ganz ruhig, vollkommen gefügig.

»Was?«, fragte Francine, die nicht zugehört hatte, weil ihre Gedanken meilenweit weg waren. *Das Haus. Im Wald.*

»Meine Tasche. Mein Zeug ist da drin. Ich habe sie hinter den Mülltonnen versteckt.«

»Welche Mülltonnen?«

»In der Nähe von Ihrem Apartment. Da habe ich auch Kleidung drin. Die Frau im Second-Hand-Laden hat mich einen Altkleidercontainer durchwühlen lassen; sie hat gesagt, ich kann nehmen, was ich will. Sie hat mir auch Kuchen gegeben.«

Lena fing leise an zu summen. Es war lange her, dass Francine an das Schlaflied gedacht hatte. Es nun aus dem Mund dieses Mädchens zu hören war wie ein Schlag in den Magen. Auch bei genauerem Nachdenken erinnerte sie sich nicht, wie sie damals auf das Lied gekommen war, ob sie einen bestehenden Song abgeändert hatte oder ob es ihre eigene Erfindung gewesen war. Eins wusste sie jedoch genau: Dieses Lied gehörte nicht in den Mund von Lena.

»Lena, es wäre vielleicht sinnvoll, wenn du einen Arzt aufsuchst.«

Ein tiefer, erschöpfter Seufzer entfuhr dem Mädchen. »Nein«, sagte es trübe. »Nein, nein, nein.« Es stützte einen Fuß auf dem Armaturenbrett ab. Auf seinen Knien waren lauter winzige

Kieselsteine, und kleine rote Blutspuren sickerten seine dreckigen, vernarbten Beine herunter.

Bisher hatte Francine ihn nicht bemerkt, aber in der Enge des Wagens fiel ihr Lenas Geruch auf. Sie roch nach moschusartigem Schweiß, nach beißender Feuchtigkeit, die sich tief in ihrer Kleidung festgesetzt hatte, und sie hatte durch die Unterernährung einen säuerlichen Mundgeruch. In der vielschichtigen Mischung von Aromen war noch eine Note, die Francine nicht ganz zuordnen konnte. Ihre Nasenlöcher blähten sich auf, als sie versuchte, die verschiedenen Gerüche voneinander zu trennen. Dann erst erkannte sie, dass es sich um Urin handelte.

»Du hast vielleicht Verletzungen. Oder du bist vom Herumrennen im Regen krank geworden.«

»Sie meinen so was wie Lungenentzündung?«

»Ich weiß es nicht. Ich meine nur, dass du es untersuchen lassen solltest.«

»Ich kann aber nicht zu Ärzten gehen und auch nicht zur Polizei. Vielleicht verstehen *Sie* es nicht, aber *ich* tue es, und ich sage Ihnen, dass ich nicht gehe. Wenn Sie mich zwingen, springe ich aus dem fahrenden Auto.« Sie drehte sich zu Francine und ließ sie mit ihrem Blick nicht mehr los. Francine schaute starr geradeaus auf die Scheibenwischer, die ihre langsamen Bögen vor und zurück beschrieben.

»Zwingen werde ich dich nicht. Ich denke nur an deine Gesundheit.«

»Wenn Sie sich um meine Gesundheit Sorgen machen, dann bringen Sie mich besser irgendwo hin, wo die mich nie finden werden.« Lena lachte bellend, ihre Stimme und ihr Hals hörten sich eingerostet und verschleimt an. Vielleicht ist sie wirklich krank, dachte Francine.

»Hören Sie. Sie sind überall. Wie der da.« Lena zeigte auf ein Auto, das sich auf der linken Fahrbahn Zentimeter um Zentimeter vorwärtsschob. »Der könnte auch einer sein. Oder der da.« Sie winkte einem Schauspieler auf einer in einiger Entfernung aufgestellten Werbetafel zu. »Er könnte definitiv auch einer sein. Wahrscheinlich ist er sogar einer. Verdammt, Sie kapieren es so gar nicht, oder?« Sie hob ihre Hand und löste einige Strähnen aus ihrem Haar, zog sie zwischen ihren Fingern auseinander und betrachtete sie wie ein Wunder. »Sie sind überall. Wie Ratten.«

Francine überlegte gut, bevor sie sprach. Langsam verstand sie, welche verbale Geschicklichkeit sie an den Tag legen musste, um Informationen aus Lena herauszubekommen. Immer wenn ein Gesprächsabschnitt gut zu laufen schien, änderte das Mädchen die Geschwindigkeit und damit die Richtung des Dialogs. Francine war kurz davor, die Geduld zu verlieren. Aber gerade jetzt kam es darauf an, ihre Gereiztheit nicht zu zeigen. Vielleicht so sehr wie noch nie zuvor in ihrem Leben.

»Wenn du weißt, wohin du willst, dann bringe ich dich ger-«

Bevor sie den Satz zu Ende bringen konnte, unterbrach Lena sie: »Sie haben wohl eine Rakete, was? Können Sie mich zum Mars bringen?« Sie gluckste, aber ihr Mund lachte nicht mit.

»Leider nicht.«

»Dann will ich auf die große Insel. Hawaii.«

Ohne die Feinheiten des Wunsches zu diskutieren, beispielsweise warum sie dorthin wollte und wie ihr das ohne irgendeinen Nachweis ihrer Identität gelingen sollte, sagte Francine: »Hawaii klingt gut. Ich wollte schon immer dort Urlaub machen. Aber bevor ich dich irgendwohin fahre, musst *du* mir helfen.«

»Ich Ihnen?« Lena schnaubte. »Ich habe Ihnen schon geholfen. Ich habe Ihnen von Mel erzählt.«

»Du hast mir nicht erzählt, wo sie ist.« Francine konnte den Gestank nach Urin inzwischen fast schmecken. Nun, da sie ihn identifiziert hatte, schien er das gesamte Wageninnere auszufüllen.

»Weil ich es nicht weiß. Ein Haus im Wald, scheißviele Kilometer entfernt im Scheißniemandsland.«

Francine stellte den Motor ab. Der Verkehr bewegte sich nicht. So ruhig, wie sie konnte, sagte sie: »Du lügst.«

»Klar lüge ich. Und warum weiß ich dann so viel über Mel?«

»Sie heißt *Autumn*«, knurrte Francine. »Autumn. Meine Tochter heißt Autumn.« Ihre Finger krallten sich so fest um das Lenkrad, dass ihre Handflächen von der Reibung brannten.

»Wir nennen sie –«

»Raus mit dir.«

»Was?«

»Steig aus. Wenn ich dich je wiedersehen sollte, rufe ich die Cops, und zwar schneller, als du bis zehn zählen kannst, hast du mich verstanden?«

Francine fuhr in ihrem Sitz herum, sodass sie Lena direkt in die Augen schauen konnte. Der Geruch aus Lenas Mund ließ die Luft zwischen ihnen regelrecht gerinnen. »Glaubst du, dass du mich mit meiner Tochter quälen kannst? Glaubst du, dass ich nicht schon mit Hunderten von Irren wie dir zu tun hatte?«

Eine Vielzahl von Gefühlen verzerrten Lenas Gesichtsausdruck. Verwirrung wich Boshaftigkeit, dann blieb nur noch eine ausdruckslose Maske. »Ich weiß, dass ihr richtiger Name Autumn ist«, sagte sie so folgsam wie eine mit Betäubungsmitteln vollgepumpte Patientin beim Zahnarzt. »Aber wir müssen sie Melody nennen. Ich habe sie immer nur so genannt. Wir haben alle neue Namen bekommen. Ich heiße in Wirklichkeit Cherry«, fügte sie leise hinzu.

»Ich glaube nicht, dass du die Wahrheit erzählst, Lena, ehrlich nicht.«

»Das kann ich verstehen, denke ich«, sagte sie mit einem Schulterzucken. »Sie müssen mir auch nicht glauben. Damit habe ich nicht gerechnet. Ich musste Ihnen Bescheid sagen, mehr nicht, und ich habe meinen Teil der Vereinbarung eingehalten.«

Francines Augen brannten. Sie fuhr sich mit der Zunge über die Lippen, schaute weg und blinzelte so lange, bis sie die

Situation wieder unter Kontrolle hatte. »Wenn du die Wahrheit sagst, würdest du mir dann nicht helfen, sie zu finden? Würdest du nicht wollen, dass sie auch frei ist?«

»Natürlich will ich das. Ich weiß nur, dass es unmöglich ist.«

»Aber warum? Warum ist es nicht möglich? Du könntest mir zeigen, wo sie ist, und ich nehme sie mit. Ich muss die Cops nicht einschalten. Ich könnte ... ihr Vater und ich könnten zusammen gehen. Wir würden Waffen mitnehmen.« Waffen mitnehmen? Was sagte sie da? *Alles klar, Francine, nach deinen paar Stunden am Schießstand hältst du dich wohl für den Terminator.*

»Sie ist in einem Haus in einem Wald. Aber sie wird manchmal in andere Häuser gebracht. Ab und zu nehmen sie uns für einige Tage mit, aber meistens bleiben wir im Haus. So sind wir niemandem im Weg, und niemand erfährt, was wir machen.«

»Was hält dich davon ab, mich zu ihr zu bringen?« Ohne darüber nachzudenken, nahm Francine Lenas Hand in ihre. »Bitte, Lena. Wenn du weißt, wie ich ihr helfen kann, dann sag es mir. Raus damit. Ich weiß, dass du das kannst. Lass die Rätsel sein und hör auf, so zu tun, als wärst du verrückt. Sag es mir einfach.«

»Nehmen Sie ruhig Waffen mit, aber die haben selbst einen Haufen davon«, sagte Lena nach einer langen Pause. Sie sah die Regentropfen auf der Windschutzscheibe an. Ihre Hand lag kalt und schlaff in Francines. »Noch nicht einmal bis in die Nähe des Hauses würden Sie es schaffen.«

Hinter ihnen hupte ein Auto und brachte sie kurzzeitig aus dem Konzept. Das Hupen wiederholte sich, nun mit einer wütenden Note, woraufhin Francine die Lücke vor sich in der Schlange bemerkte.

»Was sollen wir tun, Lena? Du musst eine Entscheidung treffen, hier und jetzt.«

»Ich kann nicht zurückgehen. Das können Sie nicht von mir verlangen.«

»Aber was erwartest du von mir?«

»Bringen Sie mich weit weg.«

»Nach Hawaii.«

»Ja. Oder noch weiter.«

Francine atmete langsam aus, es fühlte sich an, als würde sich ein Schraubendreher in ihr Herz bohren. »Das wird nicht geschehen, Lena. Das musst du verstehen. Du hast viel durchgemacht, und ich will so ehrlich mit dir sein, wie es geht. Aber ich werde dir nicht helfen, wenn du mir nicht beweisen kannst, dass du die Wahrheit erzählst.«

Trotzig stöhnte Lena auf. »Ich kann es aber nur beweisen, wenn ich mit zurückgehe. Und das mache ich auf keinen Fall. Gibt es keine andere Möglichkeit, Ihnen zu helfen?«

»Vielleicht ja«, überlegte Francine. Eine Trommel begann in ihrem Kopf zu schlagen, der Beginn einer Migräne ließ Schmerzblitze ihren Nacken hinunterschießen. »Aber du musst mir alles erzählen. Und kein Herumgezicke mehr, verstanden? Lena, schau mich an. Hast du das verstanden?«

»Ja. Klar.«

»Das Lied, das du summst. Autumn hat es dir vorgesungen, stimmt's?«

»Mir nicht«, sagte Lena traurig. »Wenn die neuen Mädchen ankommen, haben sie immer Angst. Sie weinen viel, besonders nachts. Wenn sie einen Aufstand machen, bedeutet das für uns alle Ärger. Deshalb singt Mel … *Autumn* für sie. Sie kann gut mit den Jüngeren umgehen.«

»Mein Gott«, flüsterte Francine. Ihre Luftröhre schnürte sich bis auf Stecknadelkopfgröße zusammen, sodass sie kaum noch Luft bekam. Keuchend ließ sie das Fenster ganz herunter. »Lena, ich muss mehr erfahren. Bitte … ich glaube dir, in Ordnung? Es tut mir leid, dass ich dich vorhin angeschrien habe. Aber genau deshalb musst du mir alles erzählen. Lass uns zu meiner Wohnung fahren. Dort sind wir sicher, und du kannst frei reden. Ich kann dir etwas zu essen geben und …« Sie zögerte, ob sie das große Risiko eingehen sollte. »Du kannst heute Nacht auf meinem Sofa schlafen«, sagte sie schließlich. »Klingt das okay für dich?«

Lena zuckte mit den Achseln.

»Und du kannst schön lange duschen. Ich wette, eine Dusche könnte dir ziemlich gefallen.« Lena starrte weiter auf ihre Hände hinunter. Francine wollte ihr den letzten Satz einhämmern, darauf bestehen, dass sie unbedingt baden müsste, aber sie hielt sich zurück. »Wenn du mir sagst, was ich wissen muss, und du absolut ehrlich bist, werde ich dafür sorgen, dass du sicher nach Hawaii kommst. Kennst du meinen Ex-Mann? Nein, vermutlich nicht –«

»Will irgendwer.«

Ein Schaudern lief über Francines Nacken. Sie kreiste mit den zitternden Schultern. »Will Wright. Woher weißt du das?«

Als Lena wieder nur mit den Achseln zuckte, spürte Francine, wie die Anspannung in ihren Schultern wuchs.

Nachdem Francine endlich auf den Parkplatz ihrer Wohnanlage eingebogen, und noch bevor der Wagen zum Stehen gekommen war, öffnete Lena die Autotür und stolperte hinaus. Francine zog die Handbremse an und sah das Mädchen zu den Mülltonnen hinüberschlittern. In einer Pfütze kniend durchsuchte es die Berge von Müllsäcken. Morgen kam die Müllabfuhr, und die Ratten bissen sich vermutlich fiepsend durch die Plastiksäcke und zogen Bananenschalen die Straße hinunter.

Das unruhige, unvorhersehbare Verhalten des Mädchens machte Francine nervös. Sie fühlte sich, als wenn sie gerade nach einem Langstreckenflug an einem unbekannten Flughafen angekommen wäre. Diese Fremde war in ihr Leben geschneit und raubte ihr sofort jegliche Energie. Sie brauchte Kaffee, und zwar viel davon.

Schließlich hielt Lena einen Rucksack hoch wie eine Trophäe. Francine stieg aus dem Auto, schloss es ab und ging zu ihr hinüber. Der Himmel wurde plötzlich gleißend hell, und der Regen prasselte so laut und stark auf die Fahrzeuge nieder, als wenn Pennymünzen aus den Wolken hinabfielen.

Sie liefen in die Lobby und schüttelten sich. Francine schaute auf Lenas Rucksack. Er sah aus wie der einer Erstklässlerin. Kaugummirosa mit einer plastikbeschichteten Disneyfigur quer über die vordere Reißverschlusstasche. Er war abgewetzt, ramponiert und platzte aus allen Nähten.

Im Fahrstuhl hinauf hielt sich Francine möglichst diskret die Nase zu, während Lena in ihrem Rucksack wühlte. Francine sah einen zusammengeknüllten dunkelblauen Pullover, ein Paar Socken, eine Gabel und einen Dosenöffner.

Als die Tür sich mit einem Pling aufschob, ging Francine hinaus, aber Lena blieb in der Hocke sitzen, zog ihre Sachen aus dem Rucksack und verteilte sie auf dem Boden neben sich.

»Hast du etwas verloren?«, fragte Francine.

Lena antwortete nicht, sondern drehte stattdessen den Rucksack um und schüttelte ihn kräftig aus. Ein zusammengeknäultes Paar Unterhosen, eine Nagelfeile und einige Zweige fielen hinaus. Sie überprüfte mit einem Blick, ob der Rucksack wirklich leer war, bevor sie ihn hinter sich warf. Als die Fahrstuhltüren zugingen, hielt Francine sie auf.

»Ich habe es«, sagte Lena und drehte etwas in ihrer Hand.

»Was hast du?«

Lena hielt ihr ein zerfleddertes Polaroid hin. Es war so verknittert, dass sie das Bild kaum erkennen konnte. Wo die Falze sich in der Mitte kreuzten, war ein kleines Loch. Obwohl das Bild verschwommen war, konnte man zwei Mädchen erkennen, die auf einer Veranda saßen, eine mit dunklen, die andere mit blonden Haaren. Lena zeigte mit einem dreckigen Finger auf die Dunkelhaarige.

»Mel«, sagte sie. »Autumn.«

Francine sah sie an, diese verrückten Augen, die in entgegengesetzte Richtungen blickten. Sie wollte etwas sagen, aber stolperte über die Worte.

Lena suchte ihre verstreuten Sachen zusammen und ergänzte: »Da sind ich und Autumn. Unsere Freundin Tammy hat es aufgenommen.«

Das Foto war zu verkrumpelt, um mehr als eine schemenhafte Vorstellung von den beiden zu bekommen. Francine hielt es sich nah vors Gesicht, während sie auf ihr Apartment zuging. Der Boden bot ihr keinen Halt mehr; sie lief wie auf einem Schwamm. Sie schaffte es bis zur Wohnungstür, konnte aber das Polaroid nicht loslassen, um die Schlüssel hervorzukramen.

»Bist du das, Baby?«, flüsterte sie und musste die Hände vor den Mund schlagen, um ein Aufschluchzen zu unterdrücken. Lena sollte sie nicht weinen sehen, das würde es ihr zu leicht machen, sie zu manipulieren. Im Grunde konnten die beiden auf dem Foto auch zwei ganz andere Mädchen sein. Sie wusste noch nicht einmal mit Sicherheit, ob die Blonde Lena war, obwohl sie vielleicht bei näherer Betrachtung eine Ähnlichkeit feststellte.

Ein Schrei vom Fahrstuhl ließ sie aufschrecken. Lena hatte ihren Fuß zwischen die Türen gesetzt, damit sie ihr Zeug zusammenräumen konnte. Sie nuschelte unverständlich vor sich hin. Als sie mit dem Einpacken fertig war, taumelte sie aus der Kabine und kam den Flur herunter.

»Sehen Sie die Blumen in ihrem Haar?« Sie stand neben Francine und zeigte auf die weiße Girlande in den vollen schwarzen Locken. »Die habe ich für sie gemacht. Sie sah so hübsch damit aus. Sie war immer hübscher als ich.«

Francine nickte und schluckte einen trockenen Kloß in ihrem Hals hinunter. Sie hustete, zog ihre Schlüssel hervor und schloss die Tür auf.

Nachdem Lena eingetreten war, schrumpfte die Wohnung. Mit der Anwesenheit des Mädchens schienen die Schatten über die Wände hinauszuwachsen.

»Trinkst du Kaffee?«, fragte Francine und ließ den Schlüssel in die kleine Schale auf der Küchentheke fallen. Die junge Frau war von der neuen Umgebung abgelenkt; ihre Finger spürten der Textur der Tapete nach und glitten über das gerahmte Bild von dem Schiff, das schon bei Francines Einzug dort gehangen hatte. »Lena? Möchtest du etwas trinken?«

Langsam drehte Lena ihren Kopf um. »Haben Sie heiße Schokolade?«

»Klar.« Francine öffnete den Hängeschrank über der Theke, dankbar, dass sie einen Moment nicht auf das dümmliche Gesicht des Mädchens schauen musste. »Ich mach dir einen.«

»Darf ich Ihre Toilette benutzen?«

»Natürlich. Sie ist gleich hier.« Sie zeigte auf die Tür zu Lenas Linken. Vorsichtig öffnete das Mädchen sie, zunächst nur einige Zentimeter. Es streckte tastend den Arm hinein und trat erst ein, nachdem es den Lichtschalter gefunden und betätigt hatte.

Sobald Lena außer Sichtweite war, griff Francine zum Wodka im Kühlschrank, drehte den Verschluss auf und nahm zwei große Schlucke. Sie wollte die Flasche schon zurückstellen, überlegte es sich aber anders und nahm noch schnell einen Schluck für gutes Gelingen. Der Alkohol beruhigte sie jedoch kaum. Sie stützte sich auf der Küchentheke ab und starrte hinunter auf das Polaroid. Das Mädchen auf dem Foto war nur ein verschwommenes Gesicht, trotzdem starrte Francine weiter, in der Hoffnung, dass sich mit größerer Schärfe des Bilds doch eine Ähnlichkeit finden würde.

Auf einmal hörte sie ein gedämpftes Geräusch aus der Toilette. Francine erstarrte. Sprach Lena etwa mit jemandem? Oder mit sich selbst? Das traute sie ihr durchaus zu. Aber der Tonfall klang nicht wie bisher. Lena sprach und hörte wieder auf, der Rhythmus war anders, wie in einem Gespräch. War sie am Telefon?

Leise schlich Francine zur Toilettentür und drehte das Ohr zur Tür hin, um das Gespräch besser verstehen zu können.

Lenas verstümmelte Sätze hallten von den Kacheln wider, verzerrten die Silben. Die einzigen Wörter, die Francine ausmachen konnte, waren »klar, klar« und »nein, nicht morgen, heute«. Dann verstummte sie. Mit einem Blick auf den Boden stellte Francine fest, dass der Schatten, den Lena warf, das Licht unter dem Türspalt der Toilettentür verdrängte. Dann war da ein kleiner Stoß, und die Tür klapperte leicht.

Francine stellte sich vor, wie das Mädchen mit dem Ohr an die Tür gepresst dastand. Dieser Gedanke – und die Stille – wurden augenblicklich von Lenas lautem Gekicher unterbrochen. Um nicht vor Schreck aufzuschreien, hielt Francine sich die Hand vor den Mund und trat eilig zurück. Sie stellte den Teekessel an, zog ein Messer aus dem Messerblock und legte es neben den Brotkasten.

Die Toilettenspülung wurde betätigt, und Lena kam mit glatt zurückgekämmten Haaren, die ihre abstehenden Ohren betonten, aus dem Bad.

Francine zwang sich zu einem unbehaglichen Lächeln. »Setz dich hierhin.« Sie zeigte auf den Stuhl an der Küchentheke und rührte Milch und Kakao in eine Tasse. »Du hast vorhin nicht viel gegessen. Hast du noch Hunger?«

»Nein.« Lena schüttelte ihren Kopf und schien fasziniert vom Würfelmuster der Arbeitsfläche.

Francine erhitzte die Milch in der Mikrowelle und stellte ihr den kochend heißen Kakao hin. Lena nahm den Becher hoch und stieß sie mit einem »Cheers« gegen Francines, sodass Kakao und Kaffee verschüttet wurden.

»Also, ich bin übrigens Francine, du kannst mich gern duzen«, machte sie den Anfang. Sie wärmte ihre Hände an der Tasse. »Du sagst, dass das Mädchen auf dem Foto Autumn ist.« Sie hielt Lena das Polaroid hin, das diese anschaute, als hätte sie es noch nie gesehen. Dann blinzelte das Mädchen einige Male und schien danach wieder zu verstehen, um was es ging. »Du behauptest, dass du mit ihr in einem Haus im Wald gelebt hast.«

»Mhm« Lena leckte sich die Finger ab. »Genau. Im großen Haus.«

Francine hielt sich mit einer weiteren Frage zurück, weil sie die junge Frau nicht überfordern wollte. Sie überlegte kurz, ob es sich lohnen würde, das Gespräch mit ihrem Smartphone aufzunehmen, entschied sich aber dagegen. Sie befürchtete, Lena könnte Ärger machen, wenn sie es bemerkte. Stattdessen holte sie Schreibblock und Stift von ihrem Nachttisch. Seit Autumn verschwunden war, wurde sie jede Nacht von einem bunten Reigen grotesker Träume heimgesucht. Ihr ohnehin kurzer Schlaf wurde unterbrochen von Schnappschüssen ihrer Tochter in verschiedenen Szenarios. Immer versuchte Autumn, Francine etwas mitzuteilen, wenn auch im Unterbewusstsein – oder parapsychologisch, wie Vikki Clements, die Expertin für Paranormales, es nannte.

»Eure Verbindung war so stark, dass sie dich auf einer übersinnlichen Ebene immer noch erreichen kann«, hatte Vikki erklärt und eine Pause gemacht, in der sie die Augen gerollt und gen Himmel geschaut hatte, um auf Instruktionen von ihrem spirituellen Führer Felix zu warten. »Sie hat deine Liebe nicht vergessen. Sie will, dass du sie findest.«

Sie hatte Francine viele Fragen gestellt. »Redet sie in deinen Träumen? Was sagt sie? Zeigt sie auf etwas, will sie deine Aufmerksamkeit auf etwas Bestimmtes lenken?« Die Antwort war immer ja gewesen. In den Träumen sprach Autumn mit ihr, als wenn ihr nicht bewusst wäre, dass sie gekidnappt worden war. Aber Francine war es bewusst, und so verzweifelt sie das ihrer Tochter auch erklärte – dass Autumn fliehen, dass sie weglaufen und dem launenhaften Reich entkommen musste, in das ihr Unterbewusstsein sie verfrachtet hatte – das Ergebnis war immer dasselbe: Autumn folgte ihrer Mutter nicht in die Sicherheit.

»Alles, was du brauchst, um sie zu finden, ist hier in deinen Träumen«, hatte Vikki konstatiert und sie aufgefordert, ihre

Träume aufzuschreiben, um ihren Sinn zu erkennen. Deshalb füllte Francine Heft um Heft mit Details und jagte Nacht um Nacht angestrengt den Fantasiegebilden im letzten Winkel ihres Wesens hinterher. Wörter, Sätze, die Umgebung, Autumns Kleidung, wer bei ihr war, all das rief sie sich in Erinnerung. Auf einer separaten Seite stellte sie jedes Mal ein Spinnennetzdiagramm auf, damit sie diese Traumlandschaften in etwas Brauchbares überführen und den Teil ihres Bewusstseins wiederbeleben konnte, der den Schlüssel zur Lösung des Rätsels bereithielt. Francine machte das sogar noch, nachdem eine Aufnahme viral gegangen war, in der Vikki Clements einem verdeckt recherchierenden Reporter gestanden hatte, dass sie eine Schwindlerin war.

Als Francine sich nun wieder hinsetzte, schlug sie eine leere Seite in ihrem Block auf und sagte: »Kannst du mir sagen, wann du Autumn zum ersten Mal getroffen hast?«

Lena nickte, ihre Lippen verformten sich zu einem merkwürdig kindlichen Grinsen. »Klar. Das erste Mal war an dem Tag, an dem wir sie geholt haben.«

4. KAPITEL

Francines Atem stockte. Sie hustete und bemühte sich angestrengt, ihre Übelkeit zu unterdrücken.

»Was ist mit dir los?«, fragte Lena.

»*Du* hast sie geholt?«

»Nicht ich allein«, erklärte sie bestimmt. »Les und ich zusammen.«

In dem Versuch, ruhig zu bleiben, nippte Francine zu schnell an ihrem heißen Kaffee. Er brannte sich seinen Weg ihre Speiseröhre hinab, spülte aber immerhin den stechenden Geschmack der Magensäure weg. »Erinnerst du dich noch an vieles von diesem Tag?«

»Nur dies und das. Es ist lange her.«

»Versuch es bitte.«

»Vielleicht erinnere ich mich auch an gar nichts.« Lena zuckte mit den Schultern.

»Ich bin sicher, dass du es kannst, Lena. Versuch es für mich, ja?« Francine biss sich auf die Innenseiten der Wangen, bis sich auf ihrer Zunge der Geschmack nach Eisen mit dem des Kaffees vermischte.

»Wir haben euch lange beobachtet«, begann Lena und kratzte ihre Backe. »Du gingst in ein paar Läden, und wir folgten dir einfach. Ich hielt Les' Hand und tat, als wäre ich seine Tochter, obwohl ... heute lachen wir darüber, aber wir sehen uns überhaupt nicht ähnlich.« Sie fand das lustig und schnaufte vor Lachen. Sie klang wie ein Schwein, das nach Trüffeln sucht.

»Wie habt ihr sie geholt?«

»Bist du mir böse?«

Francine biss die Zähne so fest aufeinander, dass die Kiefermuskeln hervortraten. »Wie könnte ich dir böse sein, wo du doch auch noch ein Kind warst? Kannst du mir mehr erzählen?«

»Wir haben darauf gewartet, dass du uns deinen Rücken zuwendest. Wenn es nicht so geklappt hätte, wie es geklappt hat, dann hätten wir auf dem Parkplatz zugeschlagen. So haben wir es bei den anderen gemacht, während die ihre Einkäufe in den Kofferraum räumten und so. Aber an diesem Tag mussten wir das gar nicht.« Sie rührte ihren heißen Kakao mit dem Finger um, dann leckte sie ihn ab. »Sie ging zum Donut-Stand, und dann sagte Les zu mir: ›Hol sie.‹«

Francine schloss kurz die Augen. Sie atmete tief ein, der Stift zitterte in ihrer geballten Faust. »Hol sie? Wie?«, fragte sie langsam und kühl.

»Ich habe ihr erzählt, dass sie im oberen Stockwerk Puppen verschenken.« Lena schüttelte ihren Kopf und kicherte dümmlich. »Das hat sie mir aber nicht geglaubt. Also versprach ich ihr zehn Dollar, wenn es nicht stimmte, aber auch das funktionierte nicht. Sie war wirklich clever.«

»*War?* Was meinst du damit, sie *war*?« Francine war kurz davor, sie anzuschnauzen.

»Als sie noch klein war, das meine ich nur. Sie war klug für ihr Alter. Wenn mir jemand erzählt hätte, dass sie Goldbarren verschenken, hätte ich das vermutlich geglaubt. Ich weiß nicht. Ist ja auch egal.«

Sie stand auf und ging an Francine vorbei zum Fenster bei der Spüle. Sie schob die Lamellen der Jalousie auseinander und spähte hinaus in die Dunkelheit. Dann schloss sie sie ganz.

»Was tust du da?«

»Ich will nicht, dass jemand hereinsehen kann.« Sie kaute an der Nagelhaut eines Fingers, und ihre riesengroßen Augen traten hervor. »Ich will nicht, dass sie mich finden, wenn ich so mit dir rede. Sie könnten uns von draußen beobachten.«

»Niemand beobachtet uns, Lena.«

»Das weißt du doch gar nicht, verdammt«, erwiderte sie in demselben leisen, wütenden Tonfall, den sie schon vorher benutzt hatte. Francines Nackenhaare stellten sich auf. »Du hast ja vermutlich noch nicht einmal eine Waffe hier, wetten?«

»Wir wurden nicht verfolgt, dafür habe ich gesorgt.«

»Dafür habe ich gesorgt«, äffte Lena sie nach. »Für einen Scheiß hast du gesorgt. Du hast keine Ahnung. Aber ich.« Sie stand mit ihrem Rücken zur Wand, die zum Flur führte, den Blick auf das Küchenfenster gerichtet. »Ich weiß, was sie machen, wenn sie uns kriegen.«

»Setz dich hin, Lena«, sagte Francine so überzeugend wie möglich. Sie zeigte auf den Stuhl. »Setz dich.«

Kurz schmückte Lenas Gesicht ein spöttisches Grinsen, bevor es wieder den dämlichen, leeren Ausdruck annahm.

»Also, Autumn wollte nicht mitkommen. Erzähl weiter.«

»Ich sagte auch etwas in die Richtung, dass der Weihnachtsmann uns umsonst Süßigkeiten geben würde, und das nahm sie mir dann ab. Das ist wohl glaubhafter, oder?«

Francine waren drei Bücher bekannt, die die Umstände, unter denen Autumn verschwunden sein könnte, thematisiert hatten, und wer weiß wie viele Blogs online. Lenas Version passte zu den weithin bekannten Berichten der Medien. Nach Augenzeugenberichten wurde Autumn zuletzt gesehen, als sie die Blue Cloud Mall mit einem Mann und einem anderen kleinen Mädchen verließ. Wie eine große glückliche Familie. Es war eine Top-Nachricht damals. Es wäre ein Kinderspiel für Lena gewesen, die Fakten zu recherchieren und sie mit eigenen Details anzureichern. Was sie sagte, *könnte* also der Wirklichkeit entsprechen … zumindest ihrer eigenen. Francine war unmöglich in der Lage zu beurteilen, ob das Mädchen log, denn Lena selbst glaubte vermutlich jedes einzelne Wort. Aber das hieß noch lange nicht, dass Francine sich erlauben durfte, auf diese Fantasien zu bauen, selbst wenn sie überzeugend vorgebracht wurden. Denn sie *wollte* ja glauben, dass Lenas Geschichte wahr war, weil damit wieder ein kleiner Funken Hoffnung entfacht wurde. Sonst bliebe ihr nur die erkaltende Asche.

Sie starrte in den schwarzen Kaffee. Ihre Kopfschmerzen waren verschwunden, aber mit ihnen auch jedes Mindestmaß an Kraft, dass sie noch besessen hatte. Sie fühlte sich knochenlos, wie ein Heliumballon.

»Dieser Mann, Les«, sagte sie. »Wie heißt er mit Nachnamen?«

»Das weiß ich nicht.«

»Du bist auch von Les gekidnappt worden?«

»Mhm.« Lena nickte und knibbelte trockene Hautfetzen von ihrer Unterlippe.

»Wie viele andere noch?«

»Ich weiß nicht.«

Francine verkrampfte sich, ihr Herz schlug doppelt so schnell. »Wie viele, Lena?«

»Viele.«

»Und alle wohnten in dem großen Haus, stimmt das?«

»Die meisten. Das Haus hat viele geheime Ecken, da bemerkt uns keiner. Wir gehen auch manchmal zu anderen Häusern, die nicht im Wald liegen, aber die haben auch Räume, von denen niemand wissen soll. Während der Fahrten verbinden sie uns die Augen, die dauern endlos.« Sie zuckt mit den Achseln. »Aber *unser* Haus, das große Haus, liegt im Wald.«

»Und was … was geschieht im großen Haus?«

»Sie ficken uns«, antwortete sie. »Machen uns Babys da drinnen.« Sie tippte sich auf den Bauch.

»Entschuldige mich«, sagte Francine, rutschte vom Stuhl und hielt sich an der Theke fest. Ihre Beine zitterten unkontrolliert, als sie an Lena vorbei ins Badezimmer eilte. Sie stellte den Wasserhahn an und kniete sich vor der Toilette auf den Boden. Säuerlicher Kaffee ergoss sich geräuschvoll aus ihrem Mund. Als nichts mehr in ihr war, was sie hätte erbrechen können, blieben nur noch die trockenen Übelkeitswellen, und sie sah Sterne in ihrem Gesichtsfeld aufblitzen. Ihr Stöhnen hallte im Toilettenbecken wider, sie weinte und legte den Kopf auf ihre Arme. Langsam verwandelte sich ihr lautes Stöhnen in ein atemloses Ächzen. Wann immer das Bild vor ihrem inneren

Auge aufstieg, biss sie sich in die Hand: Autumn, klein und zerbrechlich, ihr Gesicht nass von Tränen und dem Schweiß irgendeines Mannes. Von *Les*.

Sie ließ kaltes Wasser über ihr Gesicht laufen. Verquollene, blutunterlaufene Augen starrten sie aus dem Spiegel des Medizinschränkchens über dem Waschbecken an. *Behalte einen kühlen Kopf, Francine, verdammt. Behalte einen kühlen Kopf. Wenn sie sieht, wie fassungslos du bist, macht sie dich fertig.* Sie betätigte die Toilettenspülung, ohne sich die Mühe zu machen, ihr Gesicht abzutrocknen, und ging zurück in die Küche. Sie spürte, dass Lena sie beobachtete, es vielleicht sogar genoss, dass sie ihr diesen Schmerz zugefügt hatte. Sie öffnete den Kühlschrank und nahm den Wodka heraus. Sicher, *eigentlich* war es ein Freitag, aber unter diesen Umständen konnte sie gegen ihre Regel verstoßen. *Eigentlich* hatte sie sie mit den kleinen Schlucken vorhin schon missachtet. Aber das war ihr egal.

»Entschuldige bitte.« Sie setzte sich wieder an die Theke und wischte sich mit dem Handrücken ein paar verirrte Tränen ab. Dann drehte sie die Flasche auf, nahm einen Schluck und bewegte ihn im Mund mit der Zunge hin und her, bevor sie ihn entschlossen hinunterschluckte. »Ich habe den Burger wohl nicht vertragen.« Lena erwiderte nichts. »Du sagtest vorhin, dass die Polizei von der ganzen Sache wüsste. Ich glaube nicht, dass das stimmt.«

»Es stimmt.«

»Wie kannst du das wissen?«

»Weil die Hälfte der Truppe zu uns ins Haus kam. Die Cops nahmen eine nach der anderen. Es ist wie ein Witz, den alle verstehen, nur wir nicht. Es ist nur für sie lustig. Wir liegen einfach nur da und lassen sie machen, was sie wollen. So ist es einfacher für uns.«

Francine trank einen Schluck. »Aber was wäre, wenn ich es einer anderen Polizeidienststelle erzählen würde?«

»Sie würden sagen, dass es nicht stimmt. Was ist nur los, kapierst du es nicht, oder was?« Lena zeigte ihr einen Vogel. »Ich bin weggelaufen, da werden sie sowieso denken, dass ich rede, und sie woanders hinbringen.«

Francine kritzelte auf ihrem Block herum. Bisher hatte sie Folgendes geschrieben: *Haus – im Wald, Les, zahlreiche Mädchen – anderes Haus weit weg, Häuser mit Geheimnissen.*

»Du sagtest, dass sie euch zu anderen Häusern bringen. Kannst du sie beschreiben?«

»Ich bin müde. Ich will jetzt schlafen.«

»Nur noch zehn Minuten, Lena. Ich weiß, es war ein langer Tag.«

»Ich bin müde«, wiederholte sie trotzig, die Ellbogen auf die Küchentheke gelegt, den Kopf in den Händen. »Ich will nichts mehr erzählen.«

»Nur noch ein bisschen. Ich glaube, deine Kraft reicht noch.«

»Nein, tut sie nicht. Bitte, lass mich ins Bett gehen.«

»Nein.« Francine schüttelte den Kopf. »Noch nicht.«

»Ich bin durch mit Reden.«

»Wir sind durch, wenn *ich* sage, dass wir durch sind«, schrie Francine, und ihre Stimme dröhnte durch die stille Wohnung. Lena blinzelte durch die Finger vor ihrem Gesicht, ihr Blick war äußerst fokussiert. Es sah aus wie ein Partytrick, als hätte sie ihre Augen darauf trainiert, auf Befehl geradeaus zu schauen, während sie ihr Gesicht auf etwas komplett anderes ausrichtete. »Also, *ich* bestimme, dass wir zehn Minuten weitermachen und du danach duschen und ins Bett gehen kannst.«

Lena murmelte etwas in ihre Handflächen wie zu einer unsichtbaren Begleiterin. Schließlich sagte sie: »Was ist die nächste Frage?«

Francine klopfte mit dem Stift auf den Block. »Warum Autumn? Warum genau habt Ihr *sie* genommen?«

»Ich weiß nicht, warum sie. Ich weiß nur, dass sie sie wollten. Wie sie auch all die anderen wollten.« Sie lehnte sich zurück und nahm die Haare, die ihr ins Gesicht hingen, hinter dem Kopf zusammen. »Denkst du, ich hätte Insider-Informationen oder so etwas? Ich bin wie Mel. Ich bin ein Opfer. Ich helfe ihnen nicht, die Entführungen zu planen. Ich gehe nur als Lockvogel mit. Mel war auch einer. Schon oft.« Lenas Schultern senkten sich. Sie wechselte ihre Sitzposition, drehte sich zur Seite und lehnte ihren Kopf gegen die Theke. »Mel hat schon bei sehr vielen Mädchen mitgeholfen.«

»Das große Haus. Wer besucht es?«

»Alle möglichen Leute«, antwortete sie gähnend. »Sehr viele. Sie kommen, und wir sorgen dafür, dass die Männer sich wohlfühlen.«

»Wie oft geschieht das?« Francine war sich bewusst, dass sie grob wirken musste, aber es ging nicht sanfter. Sie war jenseits von sanft. Dazu hatte sie bereits zu viel gehört.

»Einmal im Monat kamen Männer zum großen Haus. Manchmal sind in anderen Häusern Partys, und wir arbeiten da. Ich gehe nur noch selten, weil ich zu hässlich bin. Aber das Foto, das ich dir gegeben habe … das war am Morgen eines Festtags. Darum sieht Mel auch so hübsch aus.«

Francines Kopf fühlte sich wie ein Schwamm an. Sie kämpfte sich durch die Weichheit, um noch eine Frage zu finden, eine strategisch wichtige Frage, die irgendwelche Erkenntnisse brachte, aber sie war zu müde. Sie legte ihren Stift zur Seite und massierte ihre Schläfen mit den Fingerspitzen. Sogar das Atmen war zur Qual geworden. »Also gut. Ich glaube, das ist genug für heute.«

»Kann ich dann schlafen gehen?«

»Erst noch duschen.«

»Ich bin zu müde«, sagte das Mädchen bockig.

»Ich will, dass du dich erst wäschst. Du wirst dich besser fühlen, glaub mir.« Sie hörte Lena schnarchen. Da es unecht klang, schlug Francine mit der flachen Hand auf die Küchentheke. Lena schrak auf. »Ich zeig dir, wie sie funktioniert. Komm schon.«

Sie führte die junge Frau ins Badezimmer, stellte das Wasser an und prüfte die Temperatur, um sicherzustellen, dass es nicht zu heiß war. »Nimm dir so viel Zeit, wie du brauchst. Mach dir keine Gedanken um deine Klamotten, ich suche dir etwas Sauberes heraus.« Während sie sprach, zog Lena sich aus. Francine schaute weg, aber fügte noch hinzu: »Lass die Tür einen Spalt auf. Ich will nicht, dass du abschließt, okay?«

»In Ordnung«, sagte Lena und stieg in die Badewanne. Francine erhaschte einen Blick auf die Silhouette des dürren Körpers und eilte dann hinaus, um die Anziehsachen zu holen.

Über das Rauschen des Wassers hinweg konnte sie hören, dass das Mädchen vor sich hin murmelte. Manchmal klang es, als führte sie mit jemandem am Telefon ein richtiges Gespräch. Und dann wieder hörte sie nur ein gackerndes Lachen, leise und unheimlich.

Während Lena duschte, dachte Francine über die Schlafplätze nach. Sie überlegte, ob das Mädchen im selben Raum schlafen sollte wie sie, fühlte sich mit der Idee aber nicht wohl. Francine wollte Lena in der Nähe haben, aber nicht so nah, dass sie nur ihren Arm auszustrecken brauchte, um ihr im Schlaf den Hals durchzuschneiden. Dann kam ihr ein interessanter Gedanke: Ein Tag wie dieser bedeutete, dass sie vielleicht einmal durchschlafen konnte. Sie hatte nicht den geringsten Zweifel, dass ihr Körper mit der Matratze verschmelzen würde, sobald sie sich hinlegte. Andererseits lief ihr Verstand immer noch auf Höchstgeschwindigkeit, Gedanken- und Ideenblasen platzen an der Oberfläche auf wie unruhige Kamerablitze.

Sie nahm zwei muffig riechende Kissen und ein Laken aus der Abseite und machte das Sofa zurecht. Dann stellte sie den Fernseher an, um mit dem Hintergrundrauschen die Stille im Apartment abzumildern. Als sie zur Geräuschkulisse einer vor sich hin plappernden Late-Night-Talkerin auf der Sofalehne saß und in die Ferne blickte, hörte sie ein Knarzen von der Badezimmertür. Sie sah hinüber. Mit einem Handtuch um ihren Körper gewickelt und von Wasserdampf umhüllt, stand Lena da. Eine nasse Spur zog sich von der Badewanne zu ihr hin. Ohne die Dreckkruste sah sie viel weniger bedrohlich aus. Ihre Blässe betonte zwar die Ränder um ihre Augen, aber sie sah weicher aus und insgesamt weiblicher.

»Fühlst du dich besser?«

Lena nickte. Ihr nasser Körper glänzte.

»Gut. Das Sofa ist ziemlich bequem. Du kannst fernsehen, wenn du magst, oder das Gerät einfach nur anlassen, falls du nicht schlafen kannst, wenn es zu still ist.«

»Danke.«

Francine legte die Jogginghose und das lange Garfield-T-Shirt, die sie aus ihrem Kleiderschrank gefischt hatte, auf das Sofa. »Du kannst die hier anziehen. Sie sind bestimmt warm genug.«

»Wann bringst du mich von hier fort?«, fragte Lena und löste zwanglos das um Brust und Bauch gewickelte Handtuch, um sich damit die Haare abzutrocknen. Ihr Körper war gezeichnet von einem Netz aus blassen Narben. Jede von ihnen war auf eine brutale Weise einzigartig. Eine Landkarte des Missbrauchs. Ein wütender Striemen schlängelte sich quer über ihren Brustkorb. Er sah aus, als wenn jemand sie hatte markieren wollen, sie aber zu schnell weggezuckt war.

Instinktiv wusste Francine, dass sie zu der jungen Frau hinübergehen, sie umarmen und ihr versichern sollte, dass sie nun keine Angst mehr haben musste. Sie wollte sie beruhigen, sie wollte –

Wenn du müd' bist, kleines Mädchen, schließ die Augen und schlaf ein …

»Das muss man gut planen«, sagte Francine zitternd. Sie stellte sich vor, wie Autumns Körper nun wohl aussah. Gefühle durften sie bei ihrem Vorhaben nicht stören. »Wenn ich alle notwendigen Informationen habe, können wir uns Gedanken machen, wo du langfristig unterkommst. Morgen treffen wir meinen Ex-Mann. Er hat gute Verbindungen zu Wohlfahrtseinrichtungen und ähnlichen Organisationen. Wir können dich anonym irgendwo unterbringen. Sie werden dir einen Job geben, ein Dach über dem Kopf, und niemand muss erfahren, wo du bist.«

»Du hast Hawaii gesagt.« Lena warf das feuchte Handtuch auf die Sofalehne.

»Ich will, dass du in Sicherheit bist, Lena. Wir können später konkrete Pläne schmieden. Aber ich habe keinen Zweifel, dass Will dich dahin bringen kann, wo du sein solltest.«

Langsam nickte Lena und griff nach den Kleidungsstücken.

»Ruh dich etwas aus. Wir werden morgen sehr früh losfahren. Wenn du heute Nacht etwas brauchst, ruf mich einfach. Ich bin gleich nebenan.«

Als Francine im Begriff war, den Raum zu verlassen, sagte Lena: »Danke, Francine. Ich weiß, dass ich nicht immer die richtigen Worte finde, aber ich habe einfach Angst. Ich möchte dir und Mel helfen. Entschuldige, Autumn und dir. Sie ist meine beste Freundin.«

Damit schien Lena vor Francines Augen zu schrumpfen, bis sie nur noch ein eingeschüchtertes kleines Mädchen war, das Angst im Dunkeln hatte. Und Francine fühlte sich noch schlechter, weil sie die Geduld mit ihr verloren hatte. Sie hätte nicht schreien sollen, der Anblick dieser jungen Frau – *dieses Kindes* – hätte sie nicht so durcheinanderbringen dürfen. Sie konnte sich nicht vorstellen, wie Lena unter der Erniedrigung gelitten hatte, unter den endlosen Stunden aus Terror und Schmerz.

Und vor allem durfte sie nie vergessen, dass Lena sich in nichts von Autumn unterschied.

»Alles wird gut, Lena. Du brauchst dir jetzt keine Sorgen mehr zu machen.« Sie lächelte und hoffte, das Mädchen damit zu beruhigen. »Gute Nacht.«

Francine verließ das Wohnzimmer und ging in die Küche. Sie schenkte sich ein Glas Wasser ein und nahm das Messer, das neben dem Brotkorb lag. *Nur zur Sicherheit*, sagte sie sich, und ihr war zugleich leichter und schwerer ums Herz als in den zehn Jahren zuvor.

5. KAPITEL

Schlagartig öffnete Francine die Augen. Einige benommene Sekunden lang blieb das Gefühl von Dringlichkeit bestehen, der Überrest des langsam verblassenden Traums. Dann befand sie sich wieder in ihrem Bett, die Laken kalt auf ihrer Haut, das grau-lilafarbene Morgendämmerlicht floss durch Spalten im Vorhang. Bewegungslos lag sie da und hörte auf die blechernen Fernsehgeräusche, die durch die Wand zum Wohnzimmer sickerten.

Der Wecker auf dem Nachttisch zeigte 06:49 Uhr – sie hatte vier Stunden leicht geschlafen, was vier Stunden mehr waren, als sie erwartet hatte. Ihr Verstand hatte alle Einzelheiten von Lenas Geschichte hin und her gewendet, und als Francine dann endlich eingedämmert war, hatte sie das mit dem Gefühl getan, dass es ein großer Fehler war, dem Mädchen die Geschichte abzunehmen. Nun aber, im ehrlichen, aufschlussreichen Licht des Tages, glaubte sie Lena. Auch wenn sie sicher war, dass die junge Frau einige Details absichtlich verschwieg. Sie wusste nur noch nicht, warum.

Francine stand auf, schlüpfte in eine Jogginghose und ein Kapuzenshirt und ging Richtung Wohnzimmer. Sie klopfte an die Tür und wäre nicht überrascht gewesen, wenn Lena sich hinausgeschlichen hätte und in die Nacht verschwunden wäre. Aber sie war noch da, saß im Schneidersitz auf dem Sofa und schaute eine seltsame Kindersendung.

»Morgen«, sagte Lena, ohne ihre Aufmerksamkeit vom Fernseher abzuwenden.

Sie frühstückten, und Francine fand ein Outfit, das Lena draußen tragen konnte. Als Lena angezogen war und etwas Mundwasser benutzt hatte, worauf Francine bestanden hatte, gingen sie hinunter zum Auto.

»Fahren wir zu Will?«, fragte Lena.

»Genau«, sagte Francine beim Einsteigen. Da es Samstag

war, rechnete sie damit, dass er zu Hause sein würde. Wenn nicht, müsste sie eben ein wenig Wortgymnastik mit Sheila betreiben, um ihn zu finden. Sie nahm ihr Handy aus ihrer Tasche, um ihn vorzuwarnen, überlegte es sich aber anders. Ein Überraschungsbesuch wäre die bessere Variante.

Sie hatte zwei Anrufe in Abwesenheit von der Arbeit, und oben rechts auf dem Bildschirm sah sie das Voicemail-Symbol. Darum würde sie sich am Montag kümmern und sich eine Ausrede einfallen lassen.

Bei Clucky's hielt sie an und schaute auf die Straßenkarte aus ihrem Handschuhfach. Sie fuhr die Route mit ihrem Finger nach und erinnerte sich daran, dass Wills Haus an einem lang gezogenen Straßenabschnitt an einem Hang lag. Oben auf dem Berg waren ein Friseur und ein Gemischtwarenladen – zumindest vor fünf Jahren. Der Karte nach waren es nur noch ungefähr drei Kilometer.

»Gehe ich recht in der Annahme, dass du nicht gut mit Karten umgehen kannst?«, fragte sie.

Lena schüttelte ihren Kopf, während sie weiter Smileys in das Kondenswasser auf der Autoscheibe malte.

Als sie wieder losfuhr, sagte Francine: »Du musst aber einen guten Orientierungssinn haben, wenn du es sogar aus einem Wald herausgeschafft hast. Hast du wirklich zwei Wochen gebraucht, um mich zu finden?«

»So ungefähr.«

»Wie bist du vom Wald zu meinem Apartment gekommen?«

»Anhalter.«

»Woher wusstest du, wo ich wohne?«

»Ich habe dich nachgeschlagen …«

»Die Wahrheit, Lena. Komm schon, das haben wir hinter uns. Wie hast du meine Wohnung gefunden?«

Lena zupfte an ihrer Unterlippe. »Es gibt ein Buch mit deiner Anschrift drin. Alles, was ich über dich wissen muss, ist da drin. So habe ich herausgefunden, dass meine Mutter gestorben ist. Und dass 2011 dein Führerschein wegen zu schnellen Fahrens für achtzehn Monate eingezogen wurde. Sie halten es auf dem neuesten Stand … für den Fall, dass sie dir einen Besuch abstatten müssen.«

Francine fühlte ihr Blut stocken. Ihr war schwindelig, und sie wollte schon anhalten, um sich wieder unter Kontrolle zu bringen. Die Benommenheit verschwand wieder, sie stellte aber lieber keine weiteren Fragen.

Sie fuhr noch einige Male rechts heran, um die Karte zu konsultieren, machte eine 180-Grad-Wende und hielt immer wieder nach Hinweisschildern Ausschau. Schließlich fuhr sie aus einer Kurve, die ihr entfernt vertraut vorkam, und sah den blau-weiß-rot gestreiften Innungsstab des Herrenfriseurs. Die Häuser erstreckten sich über eine größere Fläche mit jeweils mehreren Morgen dazwischen. »Rehe«, sagte Lena und zeigte aus dem Fenster. Daran erinnerte Francine sich: all die verdammten Rehe, die ihr vor das Auto gelaufen waren.

Einige Meter vor Wills Haus hielten sie an. Es war ein rustikaler zweistöckiger Bau mit bodentiefen Fensterfronten. Von seiner Größe abgesehen, stach er nicht weiter hervor, und man hätte ihn leicht übersehen können, weil er etwas von der Straße zurückgesetzt war und zum Teil von einer Reihe großer Bäume verdeckt wurde. Ein Außenstehender konnte nur von den zahlreichen Autos, die in der Auffahrt standen, auf Wills Reichtum schließen.

Der Geruch der Bäume erfüllte die Luft. Er passte zu der Beschaulichkeit der ruhigen Straße. Des ruhigen Hauses. Francine malte sich aus, wie es wäre, jeden Morgen hier aufzuwachen, die blöden Rehe herumspringen zu sehen und dem fernen Vogelgezwitscher zuzuhören, während sie auf der Verandaschaukel ihren Kaffee trank. Brächte ein solches Leben ihr auch nur einen Anflug von Frieden? Könnte sie an einem einfachen Ort wie diesem glücklich sein, ohne die Verkehrsstaus, die Einkaufszentren, die Zigaretten-Werbeplakate? War Will hier glücklich? Wenn er es war, dann hasste sie ihn dafür.

Als sie fast die Veranda erreicht hatten, konnte sie von drinnen das zerstreute Geplauder zweier Frühstücksfernsehen-Moderatoren wahrnehmen. Sie hörte, wie Sheila Will eine Frage stellte, und ihr Kiefer verkrampfte sich. Sie klopfte. Sheilas Gesicht erschien im großen Fenster, doch als sie sah, wer da stand, wich sie schnell zurück.

Die Tür wurde vorsichtig geöffnet. Will trug ein frisch gestärktes weißes Hemd und eine Chinohose, als wenn er gleich zu der Präsentation irgendeines mitreißenden Pitches stürmen würde. Vermutlich hatte er jedoch gar nicht vor, heute das Haus zu verlassen, geschweige denn zu arbeiten. So ein angeberischer Scheißkerl.

»Francine«, sagte er mit einem Grinsen im Gesicht und schüttelte erstaunt den Kopf. »Was ist los?«

»Wir müssen reden. Und zwar sofort.«

Er schaute auf Lena, die die umstehenden Bäume mit ihren Blicken absuchte. »Was geht hier vor?«

»Wir müssen reinkommen.«

»Sheila und ich wollten gerade los.« Er stellte sich so in die Tür, dass Francine nicht ins Haus sehen konnte.

»Was immer ihr vorhattet, ist hiermit abgesagt. Was ist, lässt du uns nun rein?«

»Entschuldigung«, sagte Will zu Lena. »Wie hießen Sie noch, Miss?«

»Lena«, antwortete sie, ohne ihn anzuschauen.

»Sie ist diejenige, die den Brief geschrieben hat«, erklärte Francine und beobachtete, wie er darauf reagierte. Sie sah keinen Argwohn, keine Neugier. Stattdessen wurde sein Blick hinter den Brillengläsern hart wie ein Kieselstein. Er wirkte wütend. »Wir haben viel zu besprechen«, fügte sie hinzu. »Dürfen wir reinkommen?«

Will schaute hinter sich, dann wieder zu Francine. »Ich finde es nicht in Ordnung, dass du aus heiterem Himmel in meinem Zuhause auftauchst und Fremde mitbringst.«

»Ach, tatsächlich? Sie weiß, wo Autumn ist. Können wir nun reinkommen, oder willst du das hier an der Tür regeln? Was immer du entscheidest, du kannst es nicht verhindern, Will.«

Er lachte ohne jede Freude. »Ich weiß nicht, was für eine Nummer du hier abziehst, aber es ist ziemlich gefährlich, was du da gerade tust. Das ist dir doch klar, oder?«

Sheila erschien hinter ihm. Sie trug einen kuschelig-gefütterten pinken Morgenmantel. »Lass sie rein, Will.« Sie warf einen verstohlenen Blick zu Francine und lächelte sie schüchtern an. »Habt ihr schon gefrühstückt?«

»Ja, danke.«

»Also gut«, erwiderte Will, als er ihnen widerwillig Platz machte, sodass sie eintreten konnten. »Je schneller du sagst, was du zu sagen hast, desto eher kannst du wieder verschwinden.«

Erst jetzt bemerkte Francine Sheilas Bauch.

»Ich hatte vor, es dir zu erzählen …«, fing Will an, als wenn der Bauch einer Erklärung bedürfte. Er machte den Mund wieder zu. Es gab dazu nichts mehr zu sagen.

6. KAPITEL

Die geräumige, lang gezogene Küche hatte Steinwände, einen schwarzen Marmorboden und eine Küchentheke und Arbeitsflächen aus Eichenholz. Es roch jedoch nicht wie in einer Küche. Kein Kaffee, kein Baconfett, noch nicht einmal die Spur eines verbrannten Toasts. Natürlich nicht. Als eines der ersten Geräte sah Francine einen glänzenden silberfarbenen Zylinder, der sich nach einigen Sekunden Betrachtung als eine Art Entsafter herausstellte.

Sie nahmen an einem massiven Tisch Platz, den man wahrscheinlich nur mit einem ganzen Trupp Männern bewegen konnte. Sheila stand an der Spüle und ließ leise das Wasser laufen, sodass sie noch hören konnte, was gesprochen wurde. Sie tat so, als müsste sie die Gläser, aus denen sie den grünen Saftbrei getrunken hatten, per Hand abspülen.

»Ich nehme an, ich sollte euch gratulieren.« Francine starrte zu Sheila hinüber, die ihr den Rücken zuwandte und sichtlich angespannt war.

»Danke dir«, erwiderte Will.

»Wie weit?«

»Siebter Monat«, antwortete Sheila.

»Siebter Monat«, murmelte Francine. »Du hättest es mir neulich abends sagen sollen, Will. Ich hätte eine Karte schicken oder Blumen mitbringen können.«

Will sah zu Lena hinüber, die ihrerseits den Blick nicht von Sheilas Bauch nahm. »Es war mir entfallen. Bei der Arbeit ist viel los um diese Jahreszeit.«

»Ja, das sagtest du.«

»Sollen wir nun zur Sache kommen?«, fragte Will und sah weiter unentwegt zu Lena.

Francine räusperte sich. Als sie gerade anfangen wollte, kam ihr ein absurder Gedanke. *Du hast uns noch nicht einmal ein Glas Wasser angeboten. Dieses ganze Geld, und immer noch keine Manieren? Schäm dich.* »Das hier ist Lena. Die letzten neun Jahre lebte sie mit Autumn in einem Haus mitten im Wald. Frag mich nicht, welcher Wald es ist, das habe ich noch nicht herausgefunden. Lena ist, wie Autumn, von einem Mann namens Les entführt worden. Vor zwei Wochen hatte Les einen Herzinfarkt, und Lena gelang die Flucht. Autumn war zu dem Zeitpunkt in einem Haus außerhalb des Waldes, bei einer … irgendwie gearteten Party. Tatsache ist, Lena ist sehr verängstigt und sehr vorsichtig, wenn es darum geht, dass man ihre Spur verfolgen könnte. Ich denke, du wirst verstehen, warum.«

Will legte die Finger zusammen, Fingerspitzen zur Decke, und versuchte offensichtlich immer noch, die verwirrte junge Frau einzuschätzen. Nach ein paar Sekunden sagte er: »Lena? Hier spielt die Musik.« Es schnippte mit dem Finger, um ihre Aufmerksamkeit zu erlangen. Ihr abwesender Blick richtete sich auf ihn. »Wo sind deine Eltern?«

»Die sind tot«, krächzte sie. »Mum starb an einem Schlaganfall. Mehr Familie habe ich nicht.«

»Verstehe.« Er schaute zu Francine, seine Miene drückte Besorgnis aus. »Wo wohnst du, Lena?«

»Wohnen?«

»Ja, deine Anschrift?«

»Ich wohne nirgendwo.«

»Warst du in einer Art Klinik?«

»Klinik?« Ihre Gesichtszüge verzerrten sich zu einem Ausdruck reinster Verwirrung.

»Genau. Erinnerst du dich an die Namen einiger der Pfleger? Oder vielleicht einer Krankenschwester?«

»Hör auf damit«, befahl Francine scharf. Will schaute sie ausdruckslos an. »Hör auf, sie absichtlich zu verwirren.«

»Ich könnte sie gar nicht mehr verwirren, als sie es ohnehin schon ist, glaube ich. Francine, diesem Mädchen geht es ganz offensichtlich nicht gut.« Er fasste sich an die Schläfe. »Du hättest sie sofort zur Polizei bringen sollen.«

»Nein«, rief Lena und sprang vom Stuhl auf, als hätte dieser ihr einen elektrischen Schlag verpasst. »Keine Polizei! Sie wissen Bescheid! Sie werden mich zurückbringen!« Hinter ihr schrie Sheila erschrocken auf und ließ ein Glas in die Spüle fallen. Blitzschnell wandte Lena sich Francine zu. »Du hast es mir versprochen!«

»Beruhige dich.« Francine sprang auf. »Niemand wird dich zur Polizei bringen.«

»Ich gehe nicht! Sie wissen es! Wie oft, verdammt, muss ich es dir sagen?« Lena hob ihre Arme, griff sich in die Haare und zog daran.

Sheila streichelte ihren Bauch und wich zum Fenster zurück.

»Tu das nicht.« Francine nahm das Mädchen bei den Handgelenken. »Hör auf damit. Beruhige dich wieder.« Sie zog Lena zu sich heran und verhinderte so, dass sie sich mehr Schaden zufügen konnte.

»Ich gehe nicht dahin«, murmelte Lena an Francines Hals. »Ich gehe nicht.«

»Du musst nirgendwohin gehen. Ich habe dir doch gesagt, dass ich mich um dich kümmere, nicht wahr?« Wütend schaute Francine zu Will hinüber. »Es ist alles wieder in Ordnung. Ganz ruhig. So ist es gut. Ganz ruhig.«

Will stand mit verschränkten Armen auf der anderen Seite des Tisches. Er schaute zu Sheila. Sie weinte lautlos, eine Hand auf dem Bauch, eine Hand vor dem Mund. Er fragte: »Schatz? Willst du nicht hochgehen?«

»Ich kann bleiben … Mir macht es nichts aus«, antwortete Sheila schwach.

»Das hier hat nichts mit dir zu tun«, sagte Francine und dirigierte Lena langsam wieder in den Stuhl neben ihrem. »Warum befolgst du nicht den Rat deines Mannes?«

Sheila wischte sich eine Träne aus dem Gesicht. »Was habe ich dir jemals angetan, Francine?«

»*Dich* betrifft das hier nicht«, erwiderte Francine. »Es geht hier um Wills und meine Tochter.«

»Unsere Tochter ist tot, Francine«, sagte Will.

Bevor sie seine Behauptung anfechten konnte, sagte Lena: »Nein, ist sie nicht. Mel lebt.«

»Mel? Wer ist Mel?«, fragte Will.

Francine schüttelte ihren Kopf. »So nennen sie Autumn dort. Sie haben ihren Namen zu Melody geändert.«

»Sie?«, fragte er. »Wer sind *sie*, Francine?« Er rieb sich die eine Gesichtshälfte, wie um eine beginnende Migräne abzuwenden. »Passt auf. Das hier führt zu nichts. Ich möchte, dass ihr mein Haus verlasst. Und in Zukunft warn mich bitte vor, wenn du gedenkst, hier aufzutauchen.«

»Willst du mich verarschen? Wir reden hier über unsere Tochter. Unsere kleine Autumn! Bedeutet dir das nichts? Oder ist dir, nur weil du nun ein anderes Kind erwartest, dein erstgeborenes egal?«

»Ich sollte doch hochgehen«, sagte Sheila, und ihre Slipper schlurften über den schwarzen Marmor.

»Ja, das solltest du«, erwiderte Francine.

»Nein, bleib hier«, sagte Will scharf und zeigte auf den Platz, wo sie gerade stand, als wenn er einem Hund einen Befehl erteilte. »Jeden Wahnsinn, den Francine von sich geben will, kann sie auch in deiner Gegenwart äußern. Dies ist dein Zuhause, und du hast jedes Recht, hier zu sein.«

»Geh hoch, Sheila. Nein, bleib hier, Sheila. Kann sie auch Platz machen und sich auf dem Rücken rollen, Will?« Francine bereute ihre Worte sofort. Sheila, das arme kleine Ding, fasste sich wieder an den Bauch und legte die Stirn in Falten, ihre Wangen glühten vor Scham. »Es tut mir leid. Das hätte ich nicht sagen sollen.«

»Verdammt noch mal, Francine. Du kommst nicht hierher, in mein Haus, und sprichst so mit meiner Frau, verstanden?«

»Ich habe doch gesagt, dass es mir leidtut. Ich bin nur … Will, dieses Mal ist es anders, davon bin ich überzeugt. Ich verstehe, wie verrückt das klingen muss. Glaubst du, ich würde hierherkommen und mich vor euch beiden lächerlich machen, wenn ich eine Wahl hätte? Aber schau mal …« Sie gestikulierte nervös. »Wenn es auch nur den Hauch einer Chance gibt, sie zu finden, würdest du nicht auch etwas unternehmen?« Diese Ansprache hatte sie ihre ganze Kraft gekostet. Sie lehnte sich gegen den Stuhl. Wann war sie jemals allein vom Sprechen so müde gewesen? »Gibt es nicht einen kleinen Teil in dir, der glaubt, dass Autumn immer noch irgendwo da draußen sein könnte?«

Er senkte seinen Kopf und massierte sich die Nasenwurzel. »Francine, ich konnte diesen gottverdammten Albtraum nur überwinden, indem ich Frieden damit geschlossen habe, dass ich meine Tochter nie wiedersehen werde. Das war nicht einfach. Ich würde natürlich gern hier sitzen, in Erinnerungen an sie schwelgen und hoffen, dass sie immer noch irgendwo da draußen ist. Aber wir müssen das logisch betrachten. *Zehn* Jahre ist es her, und es gibt nicht den geringsten Beweis, dass sie lebt.«

Francine hatte einen sauren Geschmack im Mund. Sie wollte auf den Marmor spucken, um den Geschmack loszuwerden. Oder einfach gleich in Wills Gesicht. »Aber sie haben auch nie einen Leichnam gefunden.«

»Und das werden sie vermutlich auch nie.« Er schluckte hart, sein Adamsapfel bewegte sich sichtbar auf und ab. »Tu dir das nicht an, Francine. Tu es *uns* nicht an. Wir müssen sie loslassen. Wir müssen weitermachen.«

»Weitermachen?«, wiederholte Francine und schaute auf Sheilas Bauch. »Ist das da Weitermachen für dich?«

Der Ausdruck von Mitgefühl verschwand aus seinem Gesicht und wich einem verachtenden Lächeln. »Warum fährst du nicht einfach nach Hause? Nimm deine Freundin und fahr einfach.«

»Du bist ein Scheißheuchler, weißt du das? Du läufst herum und hältst deine bescheuerten Seminare, redest von Autumn, erzählst all die kleinen Anekdoten, erkundest deine sogenannte *Trauer*. Aber du manipulierst die Leute nur mit deinen Lügen.« Sie schlug sich mit der Faust auf die Brust. »Ich habe nie die Hoffnung aufgegeben. Nie. Und jetzt, wo wir die beste Chance haben, sie zu finden, jetzt schmeißt du mich raus, als wenn ich irgendeine beschissene Verrückte wäre? Du machst mich krank. Du bist ein echter Feigling.«

Will trat so nah an sie heran, dass Francine seinen Atem spürte. Kurz dachte sie, er würde sie tatsächlich schlagen. »Du denkst, dass das, was du fühlst, Hoffnung ist? Ist es nicht. Es ist Schuld. Dieses Schuldgefühl hat dich all die Jahre vergiftet. Und wenn du keine Möglichkeit findest, es endgültig loszuwerden, dann wird es dich umbringen. Du musst lernen, dir zu vergeben, Francine.« Nach einem Moment fügte er hinzu: »Ich habe dir vor langer Zeit vergeben.«

Seine Worte waren schlimmer als ein Schlag. Immer schon hatte er seine moralische Überlegenheit über sie gehalten wie ein Damoklesschwert, aber bis jetzt hatte er es nie zur Hand genommen. Auf eine merkwürdige, kranke Art und Weise bewunderte Francine seine Selbstbeherrschung. Selbst als es zwischen ihnen bei der Scheidung und in den Streitigkeiten davor sehr unschön geworden war, hatte er ihr nie offen die Schuld zugeschoben.

Das war's. Diskussion beendet. Keine weitere Ansprache.

Doch, vielleicht noch eine. Sie zog das Polaroid aus ihrer Jackentasche und präsentierte es ihm.

Er nahm es, sein Blick flackerte über das Foto, dann wieder zu Francine. »Sag es nicht.«

»Das ist Autumn.«

»Francine …« Er schloss die Augen. »Francine, bitte …«

Sie wandte sich an Lena. »Erzähl es ihm. Erzähl ihm, wer das Mädchen mit den Blumen im Haar ist.«

»Mel … entschuldige, Autumn. Tammy hat das Foto beim großen Fest aufgenommen.« Lena zupfte einen Hautfetzen von ihren aufgesprungenen Lippen.

Will schaute noch einmal auf das abgenutzte Polaroid, hielt es nah an seine Augen, um es besser zu erkennen. »Francine, das könnte irgendwer sein.«

»Sie hat dir gerade gesagt, dass es Autumn ist«, erwiderte Francine entschieden, und ihre Stimme hallte in der Küche wider. »Du hast es doch gehört.«

Will hielt eine Hand hoch wie ein Verkehrspolizist, der ein Auto anhielt. Die Handfläche zeigte in Lenas Richtung. »Wie wäre es, wenn wir sie erst einmal aus dem Spiel lassen? Sie ist nicht gerade die verlässlichste Informationsquelle. Wenn du glaubst, dass das hier Autumn ist, solltest du zur ...« Er machte eine Pause, weil er sich offensichtlich an Lenas vorherigen Ausbruch erinnerte. »Du solltest Du-weißt-schon-wen informieren. Ich werde dich nicht daran hindern. Es ist dein gutes Recht. Und tatsächlich auch das, was man korrekterweise tun sollte.« Er gab Francine das Polaroid zurück, offensichtlich konnte er es kaum erwarten, es loszuwerden. »Ich will damit nichts zu tun haben, aber wenn sie denken, dass du auf einer richtigen Spur sein könntest, werde ich alles in meiner Macht Stehende tun, dir zu helfen. Wie klingt das?«

7. KAPITEL

Auf dem Nachhauseweg hielt Francine am Spirituosenladen und kaufte eine Flasche Wodka für sich und Süßigkeiten für Lena. Sie hatte vorher etwas essen wollen, aber sie konnte nicht so lange warten und schraubte die Flasche schon im Fahrstuhl auf. Es war billiges Zeug, doch es erfüllte seinen Zweck. Beim zweiten Schluck spürte sie, wie es seine Wirkung entfaltete, den Schmerz in ihrem Kopf zerfließen ließ und die Verkrampfung in ihrer Brust verflüssigte.

Sobald sie das Apartment betreten hatten, schaltete sie den Fernseher für Lena an und gab ihr einen Schokoriegel. »Im Hängeschrank über der Mikrowelle findest du Tee«, sagte sie, obwohl sie sich nicht sicher war, ob man das Mädchen mit so etwas Gefährlichem wie heißem Wasser allein lassen sollte. Sie ging mit einem Küchenstuhl nach draußen auf den Treppenabsatz vor ihrer Wohnung, wo sie mit ihrer Flasche saß, dem herabstürzenden Regen zusah und dem durch die Wohnanlage pfeifenden Wind zuhörte. Die Haare wehten ihr ins Gesicht, und die starken Böen trieben ihr Tränen in die Augen. Aber der Wodka wärmte sie. Sie war sich bewusst, dass sie jeden schlüssigen Gedanken ertränkte, aber was war die Alternative?

Als sie die Flasche zum Mund führte, bemerkte Francine, wie leicht diese geworden war. Überrascht realisierte sie, dass sie in weniger als einer Stunde über die Hälfte ausgetrunken hatte. Das war schon der zweite Tag in Folge, an dem sie sich unerlaubterweise die Birne zuknallte. So einen Ausrutscher hatte sie vermutlich seit … seit wann nicht mehr gehabt? Seit zwei Jahren? Vielleicht sogar drei.

Francine hatte sich längst damit abgefunden, dass sie nie ganz trocken sein würde. Sie wusste auch nicht mit Bestimmtheit, ob sie überhaupt trocken sein wollte. Aber sie hatte Möglichkeiten gefunden, das Trinken mit Regeln, die sie für sich selbst aufgestellt hatte, unter Kontrolle zu halten.

Als es damals richtig schlimm geworden war, als Will endgültig genug gehabt und sie wirres Zeug schreiend in ihrem Haus zurückgelassen hatte, traf sie mit sich selbst eine Verabredung, und die hatte ihr vermutlich ihr erbärmliches Leben gerettet. Eines Freitagmorgens war sie mit einem Kater aufgewacht – 10,0 auf der Richterskala und mit Nachbeben, die den gesamten Tag anhielten. Sie hatte in Monaten davor eine Art Kater-Toleranz entwickelt. Weniger schlimm waren sie nie geworden, aber sie hatte ihre kleinen Tricks, wie sie morgens aus dem Bett kam und sich so weit wiederherstellte, dass sie ihren Hintern zur Arbeit bewegen konnte. Doch an diesem Tag war sie im Badezimmer zusammengebrochen und in ihrem Erbrochenen aufgewacht.

Nach diesem Vorfall hatte sie Whiskey eine Zeit lang gemieden. Und sie hatte einen Deal mit sich selbst abgeschlossen. Nicht in einem Moment der Klarheit, mehr aus der widerwilligen Einsicht, dass es ihre Suche nach Autumn beeinträchtigte, sich ins Koma zu saufen. Wenn Autumn, wie Francine glaubte, immer noch lebte, dann musste sie weitersuchen, und das konnte sie im Vollrausch nicht. Deshalb machte sie Donnerstagabend zu ihrer Trinkzeit. Im Nachhinein betrachtet, wären Freitag oder Samstag vielleicht geeignetere Tage gewesen. So aber konnte sie sich freitags erholen und am Wochenende Autumn suchen. Und als ihr besoffenes Gehirn keine neuen Ideen für das weitere Vorgehen mehr produzierte und sie ganze Wochenenden damit verbrachte, mit Tränen in den Augen die Wand anzustarren, schloss sie eine Mitgliedschaft in einem Fitnessstudio ab.

Sie brauchte acht Monate, um fit zu werden.

Auch psychisch fühlte sie sich nach einem harten Training anders. Sie hatte irgendwo gehört, dass ein Work-out Endorphine im Gehirn freisetzte, und viele Menschen ihre Depression mit Bewegung überwanden. An dem Punkt war sie noch nicht, aber wenn sie Sprints auf dem Laufband hinlegte, war es, als wenn ein Staubsauger den Nebel in ihrem Gehirn aufsaugte. Sie schaltete ab, ihr Verstand war zu beschäftigt mit dem Ziehen hier und den Schmerzen da, um ihr Stolpersteine in den Weg zu legen. Bald war sie jeden Tag im Studio, manchmal sogar zweimal – vor und nach der Arbeit – außer donnerstags natürlich.

Der Wodka hatte ihren Mund ausgetrocknet, und sie spürte ein diffuses Stechen, vielleicht den Nadelstich der Schuld. Sie hatte zu viel getrunken, zu früh, und fühlte das entspannende Abebben der Wirkung des Alkohols nicht mehr. Stattdessen war sie schwer und träge und hätte nun gut auf dem Bett zusammenklappen können. Das würde jedoch nichts bringen. Vielleicht sollte sie noch etwas länger hier draußen die Kälte in ihre Knochen kriechen lassen.

Ungefähr eine Stunde später schlurfte sie zurück in die Wohnung und wusch sich ihr Gesicht. Sie blinzelte einige Male und versuchte, ihren Blick wieder zu fokussieren. Im Spiegel sah sie, dass ihre Augen blutunterlaufen waren. Sie dachte darüber nach, den Rest des Wodkas ins Waschbecken zu kippen, nahm aber von der Idee Abstand, bevor sie tatsächlich noch Sinn ergab. Schließlich hatte sie nur eine halbe Flasche getrunken, und bis Donnerstag war es nicht mehr lange hin.

Sie steckte ihren Kopf ins Wohnzimmer. Lena saß mit angezogenen Knien auf dem Sofa und schaute fasziniert eine Wiederholung von *Seinfeld*. Die Vorhänge waren zugezogen, und das flackernde Licht des Fernsehers ließ ihrer beider Schatten über die Wände tanzen.

»Wie geht es dir?«, fragte Francine und quetschte sich auf die Sofalehne.

»Mir ist übel. Hab zu viel Schokolade gegessen.«

»Tja, daran wird's liegen. Möchtest du etwas Heißes trinken?«

»Ich habe hier schon einen Tee.« Sie streckte ihre Hand nach unten aus und hob einen Becher hoch.

Francine war fast ein wenig stolz, dass Lena ihn sich offensichtlich ohne Verbrennungen gekocht hatte. »Gut gemacht.« Ein aufgestautes Lachen erfüllte den Raum.

»Er wird mir nicht helfen, oder?«, fragte Lena und zupfte wieder an ihrer Lippe.

Francine schaute auf den Fernsehschirm. »Ich weiß es nicht.«

»Du hast aber gesagt, dass er das tun würde.«

»Ich glaube, es dauert etwas, ihn zu überzeugen. Du musst verstehen, dass das ein Schock für ihn ist. Er wird seine Meinung ändern.«

»Die Zeit läuft uns weg.«

»Was meinst du?«, fragte Francine und stellte mit der Fernbedienung den Ton leiser.

»Ich bin schon zwei Wochen weg. Sie suchen da draußen nach mir. Sie werden mich hier finden.«

»Das ist unmöglich, Lena. Sie vermuten dich bestimmt am anderen Ende des Landes.«

»Nein, du kennst sie nicht. Sie wollen verhindern, dass ich rede. Auf die eine oder andere Weise werden sie herausfinden, dass ich hier bin. Sie wissen, wo du wohnst. Deshalb müssen wir abhauen.«

»Wenn sie dich bis jetzt nicht gefunden haben, dann werden sie das auch nicht. Vielleicht denken sie, dass du zu eingeschüchtert bist, um zur Polizei zu gehen. Das stimmt ja auch, oder?«

»Sie wissen, dass ich nicht zur Polizei gehe.«

»Genau. Deshalb hast du auch niemanden, an den du dich wenden kannst. Wenn sie so mächtig sind, wie du sagst, warum sollten sie sich vor dir fürchten?«

Sie lachte. »Sie *fürchten* sich nicht vor mir. Sie wollen mich nur wiederhaben, weil ich ihnen gehöre.« Sie biss sich auf die Lippe. »Im Diesseits bezahlst du, was du schuldest.«

»Wenn du so von ihnen eingeschüchtert bist, Lena, dann kannst du am besten Freiheit erlangen, wahre Freiheit, indem du mir etwas gibst, mit dem ich weiterarbeiten kann.« Francine machte eine Pause und dachte sorgfältig über den nächsten Satz nach. »Wenn ich Autumn finde, dann kannst du bei mir bleiben, ihr beide zusammen. Ich bin sicher, sie wird eine Menge Hilfe brauchen, und du bist diejenige, die die letzten zehn Jahre für sie da war.«

Du bist auch diejenige, die mitgeholfen hat, sie mir zu nehmen … »Ihr seid doch fast wie Schwestern, oder? Wenn sie wieder bei mir ist, dann können wir drei uns aufmachen und in Hawaii leben.«

Lena schien nicht zuzuhören. Francine nahm das Handy aus der Hosentasche.

»Lena, komm, setz dich kurz zu mir.« Lena tat, wie ihr geheißen. Francine zeigte auf die spitze Markierung auf der Smartphone-Karte. »Diese Nadel zeigt an, wo wir gerade sind. Siehst du das hier?« Sie fuhr mit dem Finger eine schlangenförmige Linie entlang. »Das ist der Highway, der direkt in dieses Wohnviertel führt.« Sie schaute Lena an, um zu überprüfen, ob sie ihr folgte. »Siehst du die Namen von diesen anderen Orten hier? Kommen sie dir irgendwie bekannt vor?«

Lenas schorfige Unterlippe wölbte sich vor, als sie auf das Display sah. Lange Zeit sagte sie nichts, auch wenn ihr Blick schnell über die Karte flatterte.

»Lena, kannst du diese Ortsnamen lesen?«

»Natürlich kann ich lesen, verdammt«, maulte sie durch gebleckte Zähne. »Ich soll mir das anschauen, sagst du mir, und ich schaue es an. Hör auf, mich zu hetzen.«

»Okay. In Ordnung.« Francine wollte nicht mehr bei dem Mädchen, sie wollte beim Wodka sein. Lenas Launenhaftigkeit machte sie unberechenbar. Als wenn man einen streunenden Hund mit Schaum vor dem Mund neben sich sitzen hätte und nur darauf wartete, dass er zubiss.

Einige Minuten vergingen. Und dann noch ein paar. Lena murmelte schnell und leise vor sich hin. Francine verstand wieder »nicht morgen, heute« und »du bezahlst, was du schuldest«. Schließlich lehnte Lena sich zurück und schaute weiter *Seinfeld*.

»Lena?«

»Ich kenne diese Orte nicht. Ich kenne ihre Namen nicht.«

»In Ordnung. Aber schau dir das hier an.« Francine tippte mit dem Finger auf eine hellgrüne Fläche auf der Karte, die ein Waldgebiet darstellte.

»Könnte es das sein, was meinst du? Irgendwo in diesem Gebiet?«

»Ich habe doch gesagt, ich weiß nicht, wie der Wald heißt. Ich weiß gar nichts über ihn.«

Francine beugte sich vor und rieb sich über das Gesicht. Die Adern in ihren Schläfen pochten. »Aber was soll das alles hier? Was? Was schlägst du vor, wie wir Autumn finden sollen, wenn ich nicht die leiseste Ahnung habe, wo wir anfangen sollen zu suchen?« Sie stand auf und ließ das Smartphone auf das Sofa fallen. »Schau mich an, wenn ich mit dir rede, Lena. Was soll ich jetzt tun? Wenn ich nicht zur Polizei gehen darf, dann kannst nur du mir helfen. Und du scheinst darauf nicht gerade erpicht zu sein. Also sag du mir: Was ist der nächste Schritt?«

Lena starrte zu ihr hoch. Wie sie so dasaß, im grellen Wohnzimmerlicht, mit ausdrucksloser Miene, ähnelte sie einer fehlerhaften Puppe, die am Fließband aussortiert wurde. »Wir sehen fern.«

»Ist das dein Vorschlag?«

»Klar.«

»Du musst das noch einmal für mich wiederholen«, sagte Francine mit geballten Fäusten.

»Ich sagte, wir sollten fernsehen. Es gibt *Saturday Night Splendour*.«

»Was?«

»*Saturday Night Splendour*. Das kennst du doch, mit Glenn Schilling.«

»Lena, Glenn Schilling interessiert mich einen Scheiß.«

»Sollte er aber«, sagte Lena und ihre Wangen zuckten, als wenn sie ein Lachen unterdrückte. »Weil wir manchmal zu Partys in sein Haus gebracht werden.«

8. KAPITEL

Die Limousine fuhr kurz vor achtzehn Uhr auf den Parkplatz des Studios, auf den Platz, der mit dem Schild *Mr. Glenn Schilling* markiert war.

»Also, ich glaube nicht, dass das angemessen ist«, sagte der Fahrer. »Das Kind wird sich eine Erkältung holen.«

Glenn schaute zu der Menschenmenge, die sich am Hintereingang des Studios drängelte, in einer Schlange aufgestellt, als wenn sie auf den Einlass in einen Nachtclub warteten. Am Anfang der Reihe sah er eine Frau, die ein unruhiges Kleinkind auf dem Arm hielt.

»Oje. Ich denke, Sie könnten recht haben, Bob.«

»Sie hat noch nicht einmal einen Regenschirm. Aber immer schön ihr Smartphone parat. Sehen sie das, Mr. Schilling? Den Kleinen auf der einen, Handy auf der anderen Seite.«

»Nun ja, wenigstens schüttet es nicht, was, Bobby?« Glenn beugte sich vor und tätschelte Bob die Schulter. »Wie dem auch sei, das Kind ist sicherlich warm angezogen.«

»Das will ich hoffen«, sagte Bob beim Aussteigen. Er ging um den Wagen herum und öffnete Glenns Tür.

Der gewöhnliche Aufschrei der Vergötterung begrüßte Glenn, als er aus dem Wagen stieg und winkte. Die Blitze der zahlreichen Handys tanzten wie Glühwürmchen durch das Grau. Ein stämmiger Sicherheitsmann nahm ihn in Empfang und führte ihn die letzten zehn Schritte zum Studio. Einer der Fans hatte sich sogar die Mühe gemacht, ein Pappschild zu basteln, das nicht nur mit Glitter, sondern mittlerweile auch mit Regentropfen besprenkelt war.

»Hier entlang, Mr. Schilling.« Der Sicherheitsmann deutete zur Tür.

»Nur eine Minute«, sagte Glenn und blieb neben der Frau am Anfang der Schlange stehen. Er hatte sie hier schon einige Male gesehen, aber noch nie mit ihrem Kind. Vielleicht hatte sie sich nur so bis ganz vorn durchkämpfen können.

»Glenny! Oh mein Gott, Glenny, kann ich ein Foto mit Ihnen machen?« Die Frau war Ende dreißig, ihre Wangen waren vor Kälte gerötet. Ihr Sohn war vielleicht vier Jahre alt und eigentlich zu groß, um ihn auf den Arm zu nehmen. »Würde es Ihnen etwas ausmachen?«

»Natürlich nicht«, erwiderte Glenn. »Darf ich?« Er nahm ihr Smartphone und gab es dem Mann vom Sicherheitsdienst. »Wären Sie vielleicht so nett, einige Schnappschüsse von uns zu machen?«

Der Typ nickte. In seinen massigen Händen sah das Handy wie ein Kinderspielzeug aus. Glenn rückte mit der Frau zusammen und legte einen Arm um ihre Schulter, bevor er beim Aufscheinen des Blitzes lächelte. Der Sicherheitsmann gab ihr das Gerät zurück.

»Vielen, vielen Dank! Danke! Wir lieben *Splendour*. Mensch, meine Mutter wird sich so über das Foto freuen.«

»Keine Ursache«, sagte Glenn und kniff dem Jungen in die Wange. Sie fühlte sich eiskalt an. »Danke, dass Sie sich heute Abend die Mühe gemacht haben, zur Show zu kommen. Ich muss nun los. Es war nett, Sie kennenzulernen.« Weitere Foto- oder Autogrammwünsche ignorierend, lächelte er und winkte der Menge noch einmal zu, bevor er rasch hineinging. Dort begrüßte Shirley ihn mit einem Klemmbrett und einem Lächeln. »Wie geht es Ihnen, Mr. Schilling?«

»Mir geht es ganz gut, meine Liebe.« Als die Tür sich hinter ihm schloss, sperrte sie die Geräusche von draußen aus. »Es ist heute kalt draußen.«

»In Ihrer Umkleide sollte es schön warm sein.«

»Das ist gut. Hören Sie, könnten Sie dafür sorgen, dass jemand rausgeht und den Leuten heiße Getränke bringt? Es ist wirklich eisig.« Er rieb sich die Hände und fror trotz seiner Kleidung. »Das wäre doch kein allzu großer Umstand, oder?«

»Nein.« Shirley schüttelte ihren Kopf. Dieser Wunsch brachte sie aus dem Konzept. »Natürlich nicht. Ich sage dem Catering Bescheid.«

»Das weiß ich sehr zu schätzen«, erwiderte er. »Wie geht es übrigens Ihrem Mann mit seinem Fuß?«

»Mit seinem Rücken«, korrigierte sie ihn lächelnd. »Die Heilung geht voran. Ich glaube, er liebt es, dass ich herumrenne und mich um ihn kümmere, während er daliegen und fernsehen kann.«

Glenn lächelte. »Das kann ich mir vorstellen. Grüßen Sie ihn schön von mir, ja?«

»Das werde ich.« Sie öffnete die Tür zu seiner Umkleide. »Viel Glück für die Show, Mr. Schilling.«

»Danke, Shirley.« Er hängte seine Jacke auf den Kleiderständer, setzte sich in den Make-up-Sessel und nahm sich ein paar Minuten Zeit, um sich zu sammeln. Auf dem Tisch vor ihm lagen die Notizen für die Show. Er überflog sie. Die heutigen Gäste waren unter anderem ein französischer Tennisspieler, ein Fernsehkoch, der sein neues Buch promotete, und die neue weibliche Comedy-Sensation Millie Cheeseman. Er seufzte, legte die Notizen zur Seite und wartete auf seine Stylistin DeeDee.

Eine Stunde später holte Shirley ihn ab. Inzwischen war er herausgeputzt und aufgehübscht, seine Haut orange von der Foundation und seine Silberhaarmähne zu einer nach hinten gekämmten Tolle aufgebauscht. Er trug einen stahlblauen Anzug, ein schwarzes Hemd, keine Krawatte. Letzteres war sein Markenzeichen. Ein Goldring mit einem blutroten Rubin auf dem kleinen Finger war der einzige Schmuck.

Die Musik der Hausband schwebte durch die weißen Korridore. Da er die Show schon seit zweiundzwanzig Jahren moderierte, hatte er keine nervösen Schmetterlinge mehr im Bauch, obwohl er hin und wieder noch ein verirrtes Flügelschlagen spürte. Als die Vorhänge sich hoben, die Lichter ihn blendeten und die anonyme Menge ihm zujubelte, schaltete er auf Autopilot. Die Trägheit fiel von ihm ab, und plötzlich tanzte er, schnippte mit den Fingern im Rhythmus des Pianos und der Trompete, bewegte sich mühelos und leichten Fußes auf der glänzend gebohnerten Bühne. Vor dreißig oder mehr Jahren hatte sein Umhertollen das Publikum entzückt. Er hatte sich elegant bewegt, noch nicht eingesperrt in die rostige Rüstung, in die sein Alter ihn nun zwängte. Mittlerweile war er eine Parodie seiner selbst. Er konnte zwar immer noch die Bühne auf- und abgleiten und im Takt der Musik bleiben, aber der Jubel, der folgte, war fast demütigend: Fremde, die ihn schon seit ihrer Kindheit im Fernsehen sahen, honorierten voller Respekt, dass ein Mann seines Alters noch nicht auf tatteriges Schlurfen reduziert war.

»Vielen Dank. Danke.« Er lächelte und verbeugte sich. »Wie wäre es mit einem Applaus für die Carlisle Kings?« Er zeigte auf die Hausband und genoss eine weitere Runde Applaus, bevor er zu seinem Eröffnungsgag überleitete: eine Anekdote darüber, wie er mit seinem Hund Brutus einen Tierarzt besuchen wollte, die beiden aber wegen Glenns schwindender Sehkraft bei einem Bestattungsunternehmer landeten. Als er sich der Pointe näherte, gab er mit seinem Show-Lachen den Zuschauern einen Hinweis. Keiner von ihnen merkte, dass er diesen Witz in den vergangenen Jahren schon mindestens fünfmal leicht abgeändert zum Besten gegeben hatte.

»Wie auch immer! Machen wir gleich weiter«, verkündete er, setzte die extragroße Brille aus seiner Brusttasche auf, bevor er auf die Stichwortkarte sah, um noch den letzten Lacher aus diesem Gag zu pressen. »Ich habe fantastische Gäste für euch heute Abend.«

»Wie war die Show, Mr. Schilling?«

»Ganz gut, Bob. Ganz in Ordnung.« Er tupfte sein Gesicht mit einem Taschentuch ab, bevor er das große Glas Brandy nahm, das Bob ihm eingeschenkt hatte. »Cheers, Bob«, sagte er und trank genussvoll einen großen Schluck.

»Keine Sorge, Mr. Schilling. Ich bringe sie im Nu nach Hause.«

Glenn sank in die Ledersitze zurück und schloss die Augen. Er hatte den Zuschauern seinen letzten Rest Energie geschenkt, und er nahm an, dass sie das auch wussten. Waren die Einschaltquoten nach all der Zeit nicht genau deshalb noch so hoch? Weil er die heruntergekommenen jungen Männer immer noch in die Tasche stecken konnte, die alle paar Jahre wie Unkraut aus dem Boden schossen. Die wie am Fließband hergestellten Celebs, die sich zuerst einen Namen auf YouTube machten, konnten sich seinetwegen gern sechs Wochen in ihrem Ruhm sonnen, bevor sie alle ohne Ausnahme wieder im Nebel des Vergessens verschwanden. Er hatte schon mehr Fachkniffe vergessen, als sie je lernen würden. Mit seinem Charisma konnte er jeden hübschen Idioten in den Schatten stellen. Sein Witz war scharf genug, um dem aufgeblasenen Ego jedes noch so hoffnungsvollen Comedians einen Stich zu versetzen. Er war der König der Samstagabend-Shows.

Und er war müde.

Ausgelaugt und aufgedreht, das war das Ende vom Lied. Nach jedem Auftritt kam er nach Hause und wollte nur noch schlafen, war aber zu angespannt, um wegzudämmern. Schlaftabletten nahm er nicht gern. Cindy aß sie wie Kaubonbons, deshalb schlief sie meistens schon beim Frühstück ein.

Am Anfang seiner Laufbahn war es Teil der Jobbeschreibung gewesen, sich eine Kokainsucht zuzulegen. Anders war es nicht möglich, einen so wahnsinnigen Terminplan einzuhalten und trotzdem ansatzweise noch ein Mensch zu bleiben. Er hatte Jahre damit zugebracht, einen Gig nach dem anderen in verrauchten Kellerbars abzureißen, manchmal sogar zwei oder drei Shows an einem Abend, damit er sich selbst einreden konnte, dass es sich auszahlte, sich lächerlich zu machen.

Und dann hatte er eines Tages den Sprung geschafft. Er gab das Kokain auf, besiegte die Medikamentensucht und fand einen Weg, in Maßen zu trinken. Heute machte er eine Show in der Woche, zweiunddreißig im Jahr, und verdiente mehr, als er je ausgeben könnte oder wollte. Er wurde von der Öffentlichkeit verehrt, von den Kollegen gelobt und hatte mit jedem amerikanischen Präsidenten der letzten drei Jahrzehnte zu Abend gegessen. Harmlose Schlaflosigkeit war ein Preis, den er dafür gern zahlte.

Bob fuhr vor das Eingangstor, und George winkte sie herein. Die Limousine rollte über den Kieselsteinweg, umrundete den Brunnen und blieb vor der Eingangstreppe stehen. Glenn kippte den letzten Rest Brandy hinunter, wünschte Bob eine gute Nacht und ging hoch zu seinem Herrenhaus. Seine Knie knackten bei jedem Schritt, und nach dem langen Sitzen fühlte sein oberer Rücken sich so gebogen an wie ein Hirtenstab. »Alt, alt, alt«, sagte er und drückte seinen Daumen auf den Sensor am Eingang. Die Tür öffnete sich mit einem Klick, und er ging in die riesige Empfangshalle.

Cindy war bestimmt schon eingeschlafen. Er überlegte kurz, sich im Schlafzimmer neben ihr auf das Bett zu kuscheln und fernzusehen. Vielleicht gab es einen annehmbaren Spielfilm oder eine dieser Polizei-Realityshows, die er merkwürdigerweise ganz gern mochte. Seufzend beäugte er die Treppe. Er sollte sie um seiner Gelenke willen in Angriff nehmen. Andererseits hatte er gerade eine ganze Show gemeistert. Er nahm den Fahrstuhl. Es ärgerte ihn, dass die nicht einmal vier Sekunden lange Fahrt sich so entwürdigend anfühlte.

Oben angekommen, schlurfte er den Flur hinunter, seine Slipper versanken im plüschigen Teppich. Er schaute auf seine Rolex. Es war kurz nach ein Uhr. Im Hauptschlafzimmer schaute er kurz zu seiner schräg auf der Matratze liegenden Frau hinüber, bevor er sich bis auf die Boxershorts auszog. Er dachte daran, wie viel Kraft es ihn kosten würde, Cindy auf ihre

Seite des Bettes zu manövrieren. Mehr, als er aufzubringen bereit war. Stattdessen schlenderte er durch den Glastunnel, der den südlichen mit dem östlichen Flügel des Gebäudes verband, und betrachtete still die Größe des Mondes.

Im Arbeitszimmer schenkte er sich einen Cognac ein und ging zum Batman-Bücherregal, wie Cindy es nannte. Wenn es tatsächlich ein Bücherregal im Batcave wäre, bräuchte er nur eins der Bücher herauszunehmen, und der Zugang zum geheimen Korridor würde sich öffnen. Leider war seine architektonische Ausstattung nicht ganz so ausgefeilt. Er hielt die äußere Regalwand fest und zog. Sie löste sich von der Wand, glitt geräuschlos zur Seite und erlaubte ihm den Zugang zu seinem Denkraum. Wieder Stufen, wenn auch nur sechs, doch dieses Mal bewegten sich seine Beine voller Begeisterung, und vor Aufregung stockte ihm der Atem.

Er hatte außerdem eine Erektion.

Der Raum war schmal und fensterlos, ein Großbildschirmfernseher und DVD-Player nahmen den meisten Platz ein. Da die aktuellste DVD schon eingelegt war, musste er nur den Fernseher anschalten, bevor er sich auf dem Ledersofa zurücklehnte, an seinem Cognac nippte und sich die Boxershorts herunterzog.

Die gedämpften Schreie der Mädchen auf dem Bildschirm waren Musik in seinen Ohren. Er stöhnte, das Geräusch schwebte fast auf seinem alkoholgeschwängerten Atem. Er wartete auf die Sequenz mit den Schreien, die ungefähr bei Minute neun begann. Das war der beste Teil. Er hatte die Bilder schon so oft gesehen, dass sie ihn fast langweilten. Aber die Laute, die diese Mädchen von sich gaben, die waren echt. Da gab es kein übertriebenes Lustgeächze oder entzücktes Knurren. Nur exquisites Leiden. Er schloss die Augen, hörte ihrer Musik zu und erlebte das Event noch einmal. Er erinnerte sich an jeden einzelnen Sinnesreiz mit lebendiger Klarheit: wie ihre Haare sich an seiner nackten Hüfte anfühlten, wie sich die Rippen abzeichneten, das letzte kleine Stück des Steißbeins. Sein Penis zuckte, als er sich daran erinnerte, wie er den Mädchen jedes neue Instrument vorgeführt hatte, und er schwelgte darin, wie sich ihre Augen vor Todesangst geweitet hatten. Bei Minute 9:47 kam Glenn Schilling zum Höhepunkt. Er hatte noch nicht einmal begonnen, sich selbst zu berühren.

Es würde ihm schwerfallen, bis Mittwoch auf die nächste Session zu warten.

Aber wenigstens konnte er nun einschlafen.

9. KAPITEL

»Lena, sieh mich an, Schatz. Konzentrier dich. Ich will dir in aller Deutlichkeit etwas klarmachen. Hörst du, was ich dir sage?«

Die junge Frau schaute von den Dosenspaghetti auf. Nachdem sie *Saturday Night Splendour* angesehen hatten, ohne miteinander zu sprechen, hatte Lena plötzlich angefangen zu reden. Die langen Pausen zwischen ihren Monologen hatten Francine vor Frustration fast um den Verstand gebracht. Doch dann war ihr klar geworden, wie hungrig Lena inzwischen sein musste. In der Hoffnung, dass sie sich danach besser konzentrieren könnte, hatte Francine Nudeln in der Mikrowelle erwärmt und ihr dazu zwei Scheiben Toast mit Butter geschmiert.

»Was du mir erzählt hast, alles, ist sehr schwerwiegend. Du musst mir versichern, dass es der Wahrheit entspricht.«

Lena saugte einige Spaghetti in den Mund. Ihre Wangen waren mit Tomatensauce besprenkelt. »Es ist die Wahrheit. Sie bringen uns zu dem Haus am Meer.«

»Ich glaube dir«, sagte Francine. Ihre Handgelenke schmerzten vom Schreiben, aber auf diese Weise war es einfacher. So konnte sie die wichtigen Punkte hinter Spiegelstrichen schon ordnen, anstatt eine Tonaufnahme von dem ganzen langen, oft abschweifenden Bericht zu machen. Sie streckte ihre Finger. »Wenn ich andere Maßnahmen ergreifen soll, brauche ich einfach … ich muss einfach wissen, an welcher Stelle du womöglich nicht genau genug warst, oder ob du bestimmte Sachverhalte eventuell übertrieben hast.«

Lena schüttelte den Kopf und legte ihre Gabel auf den Tisch. »Was meinst du mit ›andere Maßnahmen ergreifen‹?«

»Damit meine ich …« Gott, sie wusste nicht, was sie damit meinte. Schmerz bohrte sich mitten durch ihren Schädel. Jeder Nerv in ihrem Rücken zwickte. »Damit meine ich, dass ich mir etwas überlegen muss.«

»Du kannst nicht zu den Bullen gehen. Die wissen es schon.«

»Ich könnte mich vermutlich selbst dann nicht an die Polizei wenden, wenn sie es noch nicht wüssten. Das ist eine sehr ernsthafte Anschuldigung, und du bist der einzige Beweis, den ich vorbringen kann.«

Lena zuckte mit den Schultern. Nicht mein Problem.

»Du hast mir gerade erzählt, dass einer der berühmtesten Männer Amerikas junge Mädchen vergewaltigt ... dass meine Tochter zu seinen Opfern gehört ... dass *du selbst* eins der Opfer bist. Aber ich habe nur dein Wort. Und ich kann nicht zu den Bullen gehen, weil sie deinen Angaben zufolge da mit drinstecken.«

»Das tun sie ja auch.«

»Das ist das Einzige, was für mich keinen Sinn ergibt, Lena. Wie kann die Polizei das wissen und es geschehen lassen?«

Lenas Blick zuckte umher, wie bei einem Frosch, der eine Fliege beobachtet. »Die Polizei arbeitet für sie. Sie kommen zu unserem Haus und lachen über uns. Sie *lachen*.«

Francine nickte erschöpft, bevor sie den Stift aus der Hand legte. »In Ordnung. Lassen wir es für heute dabei bewenden. Du hast mir eine Menge erzählt, über das ich nachdenken muss.«

»Was wirst du tun?«

»Ich weiß es nicht«, erwiderte Francine und blinzelte einige Male, weil ihre Augen vor Müdigkeit brannten. »Viele Möglichkeiten habe ich nicht gerade, oder? Vielleicht schaue ich, ob ich mit Glenn Schilling sprechen kann.«

»Nein, das darfst du nicht«, sagte Lena mit bebender Stimme. »Du verstehst nicht, welche Schwierigkeiten du damit verursachst.«

»Genug, Lena.« Francine hielt abwehrend die Hand hoch. »Ich will nicht mehr hören, was ich *nicht* tun kann. Irgendetwas muss ich tun.«

»Du weißt nicht, wie sie sind ...«

»Lena, genug, habe ich gesagt. Ich will von dir keine Proteste mehr hören. Du musst damit gar nichts zu tun haben. Ich mache es allein.«

»Aber was ist mit mir? Was werde ich tun? Sie werden kommen und mich holen, wenn du weg bist. Sie werden mich zurückbringen!«

»Ich denke ja auch nur laut«, erwiderte Francine. »Ich bin müde.«

»Francine?« Lenas Stimme war zerbrechlich und wie die eines Kindes. »Tu es nicht. Leg dich nicht mit ihnen an.«

»Aber was soll ich wegen Autumn tun?«

»Selbst wenn du sie zurückbekommst … Sie ist nicht mehr dasselbe kleine Mädchen, das du verloren hast.« Sie blinzelte, und eine Träne fiel auf die Küchentheke. »Keine von uns ist noch so.«

Francine versteifte sich. »Lass uns Schluss machen, ja? Stell deine Schale in die Spüle, wenn du fertig bist.«

Francine drehte sich um und ging ins Schlafzimmer, ohne Lena eine gute Nacht zu wünschen. Sie zog sich nicht aus, sondern ließ sich einfach auf die Matratze fallen. Ihre Gedanken flatterten wie Federmäuse in einer Höhle herum, flogen ziellos umher und kamen nicht zur Ruhe.

Als Francine aufwachte, wusste sie sofort, dass etwas nicht stimmte. Verwirrt setzte sie sich auf und schaute sich panisch im Schlafzimmer um. Sie hatte das Licht angelassen. In vielerlei Hinsicht war ihr das Gefühl, das sie empfand, nicht fremd: Wie oft war sie betrunken ins Bett gegangen und mitten in der Nacht aufgeschreckt, weil sie überzeugt war, dass sie den Herd nicht ausgestellt oder die Wohnungstür nicht richtig zugemacht hatte. Obwohl natürlich die alkoholinduzierte Paranoia dafür verantwortlich gewesen war, hatte Francine sich jedes Mal aufgerafft und nachgeschaut. Dieses Mal spürte sie in ihrem Unbehagen jedoch eine kalte Klarheit: Irgendetwas, und es war nicht nur Einbildung, hatte sie aufgeweckt.

Sie hörte, dass der Fernseher im Wohnzimmer immer noch lief. Ihr erster Gedanke war, dass sie ein lautes Geräusch gehört haben musste – einen Schrei oder eine Explosion in einem Spielfilm. Oder vielleicht hatte Lena etwas fallen gelassen.

Sie ging in den Flur hinaus. »Lena?«, rief sie leise genug, um das Mädchen nicht aufzuwecken. Die Tür zum Wohnzimmer war weit geöffnet. Sie schaute in den Raum. »Lena?« Sie war nicht da. Francine stieß die Badezimmertür auf. Leer. Und dann traf es sie wie ein Blitz eiskalter Panik. *Lena war weg.* Sie lief zur Haustür, die noch einen kleinen Spalt offen stand, sodass ein kühler Luftzug in das Apartment wehte. Sie riss die Tür auf und trat hinaus. »Lena!«, rief sie und scherte sich nicht darum, dass sie höchstwahrscheinlich die Nachbarn aufwecken würde. Sie lief zur Balustrade des Balkons und schaute in den dunklen Hinterhof, aber von dem Mädchen war keine Spur zu sehen.

Sie lief zurück in die Wohnung, glitt in ihre Turnschuhe, schnappte sich die Schlüssel und eilte hinaus in die Nacht. Immer wieder rief sie Lenas Namen, lauter als vorhin, doch die einzige Antwort war der Widerhall ihrer eigenen Stimme. Sie schaute hinter die Müllcontainer, vielleicht kniete Lena wieder im Müll, an der Stelle, wo sie ihre Tasche versteckt hatte, aber auch hier war das Mädchen nirgends zu sehen.

Francine setzte sich ins Auto und fuhr mit Fernlicht los. Eine Katze tauchte vor ihrer Kühlerhaube auf und entkam den Rädern nur knapp. Francine suchte beide Straßenseiten ab. War Lena vielleicht zu Fuß unterwegs und wollte per Anhalter fahren? Wohin ging ein Mädchen um diese Zeit? Und warum war sie ohne jede Vorwarnung einfach gegangen?

Ich hätte sie zur Polizei schleifen und sie zwingen sollen, alles zu erzählen.

Nein, das hätte gar nichts gebracht. Das einzige Ergebnis dieses Szenarios wäre gewesen, dass sie Lena im Eilverfahren in eine Gummizelle gesteckt hätten. Sie wäre mit Sicherheit ausgeflippt, und die Polizisten hätten sie nicht ernst genommen.

Warum nimmst du sie dann ernst, Francine?

Weil Lena die Wahrheit sagte und Francine ihr glaubte. Und nun lief die junge Frau irgendwo allein da draußen herum, verstört und verwirrt.

Francine fluchte und krallte die Fingernägel ins Lenkrad. Bisher hatte sie nur zwei Leute auf der Straße entdeckt, beide waren Männer. Mist, es konnte gut sein, dass Lena schon bei irgendwem im Auto saß und die Stadt verließ.

Vielleicht steuerte sie in ihrer Angst und Aufregung gezielt ein Viertel an, das dichter bewohnt und wo mehr los war. Die große Werbefigur für Johnny's Donuts tauchte aus dem Nebel auf, ein paar Autos parkten davor. Der Laden hatte rund um die Uhr geöffnet. Lastwagenfahrer hielten hier für ihre nötige Dosis Koffein oder Zucker, um nicht zwischen zwei Auslieferungen hinter dem Steuer einzuschlafen. Francine parkte, stieg aus und eilte durch die automatischen Türen. »Entschuldigen Sie«, sagte sie atemlos zu der molligen Aufseherin hinter der Theke, »hat irgendwer eine junge Frau in der Nähe herumlaufen sehen?«

»Eine junge Frau?«, fragte die Aufseherin, deren Bauch unter dem grün-weiß gestreiften Shirt hervorquoll. »Was meinen Sie damit?«

»Sie ist eine Freundin von mir … ungefähr achtzehn Jahre alt, blond, sehr dünn. Haben Sie irgendwen gesehen, der so aussieht?«

»Nein, ich glaube nicht«, sagte die Frau. »Aber Sie können die da fragen.« Sie zeigte auf zwei Männer, die an zwei separaten Tischen ihre Donuts aßen.

»Entschuldigt, dass ich euch störe, aber hat einer von euch ein Mädchen gesehen, ungefähr so groß, mit glattem blonden Haar?«, rief Francine ihnen zu.

Die Männer schüttelten die Köpfe.

»Was hat sie ausgefressen?«, fragte einer.

»Sie hat nichts ausgefressen. Sie wohnte bei mir und –« Das

Ende des Satzes wurde verschluckt von lautem Reifenquietschen, einem wütenden Hupen und einem Schrei.

Francine lief hinaus und suchte hektisch die Ursache des Chaos. Noch ein Quietschen von Reifen auf dem Asphalt, ein weiterer panischer Schrei und ein Mensch, der laut »Ruft die Polizei an, verdammt« rief. Das kam von der anderen Seite von Johnny's Donuts. Francine rannte die Straße hinunter und um die Ecke. Unter der Brücke stauten sich die Autos. Sie lief über die Straße in Richtung des Aufruhrs. Mindestens fünf Menschen sprachen in ihre Handys, aber die merkwürdige Position der Wagen zueinander erschwerte es zu erkennen, was geschehen war. Sie hörte jemanden rufen: »Hat irgendwer den Rettungsdienst erreicht?«, ein anderer fragte: »Wie heißt diese Straße hier?«

»Was ist passiert?«, rief Francine, obwohl sie noch weit weg war. Sie sah winzige Glasscheiben, die im Scheinwerferlicht wie Diamanten glitzerten, auf der Straße liegen. Und Blut auf dem Asphalt, dunkelrot und zähflüssig. Einige Leute hatten sich über irgendetwas gebeugt. Als sie näher kam, sah sie die zusammengestauchte, eingedellte Kühlerhaube eines Fords, dessen Windschutzscheibe komplett zerborsten war. Ein weiterer Wagen stand diagonal auf der Straße, seine Räder hatten schwarze Bremsstreifen verursacht. Der Airbag war aktiviert worden, aber darüber hinaus schien das Fahrzeug keine sichtbaren Schäden aufzuweisen.

Zwei Frauen redeten auf einen groß gewachsenen Mann ein, der seine Hände über den Mund geschlagen hatte. Er zitterte heftig. Blut lief über sein Gesicht, kleine Glassplitter steckten in seiner Haut. Die Frauen schienen weniger besorgt wegen der Schnitte im Gesicht, sondern konzentrierten sich darauf, dass er sich beruhigte.

Auf der anderen Seite des Autos wankte ein Mann von der Menschenansammlung weg und fiel stillschweigend in Ohnmacht.

Die Haare auf Francines Unterarm stellten sich auf. Ihre Eingeweide fühlten sich kalt an, schienen wie verflüssigt, während sie die surreale Szene, die sich ihr darbot, betrachtete. Sie bemühte sich, dem Durcheinander einen Sinn abzugewinnen, war aber nicht so ganz da, wie eine Touristin im Albtraum eines anderen Menschen.

»Drück meine Hand, wenn du mich hören kannst. Hörst du mich, Liebling?«

»Der Krankenwagen ist unterwegs.«

»So ist es richtig, das machst du gut.«

Francine war bei den Autos angekommen und spähte durch die hinuntergebeugten Menschen hindurch. Ihre Nasenflügel bebten bei dem Gestank von verbranntem Gummi und dem Hauch von Kupfer, den das Blut ausströmte. Es gelang ihr, kurz einen Blick auf die Trümmerteile zu werfen sowie auf eine blutige Hand, die von einer Frau in einem gelben Regenmantel gehalten wurde. Francine neigte ihren Kopf zur Seite. Ihre Oberschenkel zitterten, als sie noch näher heranging. Sie sah einen einzelnen Schuh an der Bordsteinkante liegen, circa eineinhalb Meter von den Autos entfernt, einen weißen Turnschuh mit Klettverschluss, in dem sich der Regen sammelte.

Ihr Blick stoppte bei einem Knochen, der aus einer verwaschenen grünen Sweathose ragte. Erst nach einigen Sekunden erfasste sie das Bild und verstand, dass es sich um einen Schienbeinknochen handelte, der sich durch die Haut und den Stoff gebohrt hatte. Die zusammenkauernden guten Samariter redeten alle gleichzeitig; sie boten ihre Unterstützung an und bekräftigten, dass es Hoffnung gebe. Eine von ihnen sagte: »So schlimm ist es nicht. Die Ambulanz ist jeden Moment da. So schlimm ist es nicht. Sie werden dich in Nullkommanichts wieder in Ordnung bringen, verstanden? So schlimm ist es nicht.« Aber es *war* so schlimm, denn selbst Francine konnte sehen, dass sie zu einem toten Mädchen sprachen.

Lenas Mund stand offen, und ein perfekter Heiligenschein

aus Blut umgab ihren Kopf. Jetzt, im Tod, starrten ihre Augen geradeaus, in den sternenlosen Himmel. Ihre Haut war zwar so aschgrau, als wäre jegliche Farbe durch das Loch in ihrem Kopf aus ihrem Körper herausgeflossen, aber ihr Gesicht trug den Ausdruck totaler Ruhe.

Die Krankenwagensirene lenkte Francine von dem Anblick ab, und sie wich einen Schritt zurück. Sie brauchte nicht mehr zu sehen. Das Bild des zerbrochenen Mädchenkörpers hatte sich so in ihr Gehirn gebrannt, dass sie es nicht allzu bald vergessen würde. Sie wankte wie betrunken von dem Horror weg und stützte sich an einem der parkenden Fahrzeuge ab.

»Das ist beschissen, was?«, sagte eine Frau mittleren Alters mit lockigem braunen Haar, die mit zugekniffenen Augen durch ihren Zigarettenqualm spähte. »So etwas habe ich noch nie gesehen. Wollen Sie eine Zigarette?«

»Nein danke«, erwiderte Francine und drehte Lena den Rücken zu. Die Straße wurde bei der Ankunft der Rettungswagen von blauem Licht überflutet. »Haben Sie es mitbekommen?«

»Oh ja«, erwiderte die Frau und zog ihre Mundwinkel nach unten. »Ich fuhr hinter dem Auto, vor das sie gelaufen ist. Es hätte genauso gut mich treffen können.«

»Was ist geschehen?«

Die Frau deutete mit ihrer Zigarette Richtung Brücke. »Sie ist gesprungen. Alles, was ich gesehen habe, war, dass sie auf das Auto runtergeknallt ist. Bumm!« Sie zeigte auf den Mann mit den Glassplittern im Gesicht, der nun mit dem Rücken an die Wagenreifen gelehnt saß. »Sie hätte ihn umbringen können. Wenn sie nicht die Kühlerhaube erwischt hätte, wäre sie durch das Dach gekracht und hätte vielleicht seinen Schädel zertrümmert. Ich habe keine Ahnung, warum sie noch mit ihr reden. Sie ist ein Geist.«

Die Polizei kam kurz nach der Ambulanz bei der Unfallstelle an und ging bei ihrer Untersuchung nicht gerade feinfühlig vor.

Als ein Beamter mit einem Notizblock auf Francine zuhielt, schüttelte sie den Kopf. »Ich habe nichts gesehen«, sagte sie, bevor der Cop den Mund öffnete. »Ich bin erst danach gekommen.« Der Polizist nickte und wandte sich an die rauchende Frau, die mehr als glücklich war, ihre Version der Ereignisse noch einmal abzuspulen.

»Möge Gott ihr beistehen, das ist meine Meinung«, erklärte die Raucherin. »Schaut nur, wie scheißhoch die Brücke ist.«

Francine überlegte kurz, ob sie das Wenige, was sie über Lena wusste, der Polizei mitteilen sollte. Aber das würde zu weiteren Fragen führen. Außerdem wäre sie die halbe Nacht damit beschäftigt, die ganzen letzten drei Tage mit ihnen durchzukauen. Und vielleicht stünde sie selbst unter Verdacht, sobald sie mit ihrem Bericht fertig wäre. Die Polizei könnte Francine vermutlich für nichts davon ins Gefängnis stecken – sie war sich, trotz ihres derzeitig nervlich angespannten Zustands, ziemlich sicher, dass es nicht illegal war, jemandem einen Patz zum Übernachten anzubieten. Aber Francine wusste nicht, wie sie erklären sollte, warum das Mädchen mitten in der Nacht plötzlich weggelaufen und von einer Brücke direkt in den unter ihm rauschenden Verkehr gesprungen war.

So selbstverständlich wie möglich entfernte sie sich von der Menge und ging Richtung Parkplatz. Sobald sie hinterm Steuer saß, bemerkte sie, dass sie ihre zitternden Hände und Beine nicht kontrollieren konnte. Sie umklammerte das Lenkrad so fest, dass ihre Unterarme schmerzten, während sie zugleich die Zähne zusammenbiss, um die emotionale Welle aufzuhalten, die sie zu überrollen drohte. Lena so zusammengestaucht und zerbrochen zu sehen war der traurigste, erschütterndste Anblick, den sie sich vorstellen konnte. Es wäre entsetzlich genug, irgendwen Unbekannten so zu sehen, geschweige denn jemanden, den sie kennengelernt hatte, wenn auch nur kurz. Lena war noch ein Kind gewesen, vielleicht eine der wenigen Freundinnen, die Autumn gehabt hatte. Sie hatte Anstrengungen auf sich genommen, um Francine aufzusuchen, und sich in echte Gefahr begeben, um Autumn zu helfen.

Francine schrie auf und schlug mit beiden Händen auf das Lenkrad. Als ihr die Stimme versagte und ihre Wut verraucht war, drehte sie den Schlüssel im Zündschloss. Sie versuchte, nicht an Lenas puppengleiche, gen Himmel starrenden Augen zu denken, aber je mehr Widerstand sie gegen dieses Bild leistete, desto bedeutender und lebendiger wurde es. Francine stellte sich vor, wie Lena irrlichternd am Straßenrand entlanglief und vor sich hin murmelte, über ihre eigenen Füße stolperte, während die Autos vorbeisausten und ihr die Haare ins Gesicht wehten. Sie stellte sich vor, wie Lena über das Brückengeländer stieg und vielleicht einen Moment dort innehielt, um nach unten zu sehen.

Der Fall, wie kurz oder lang er auch gedauert hatte, musste ihr wie Freiheit vorgekommen sein.

10. KAPITEL

Sie gab verschiedene Suchkombinationen bei Google ein, konnte aber nichts finden, was sich direkt auf Lena bezog. Wie war es möglich, dass im Netz nichts über den Unfall stand? Ihre Knochen hatten aus ihrer verdammten Kleidung geragt. Selbst wenn die Polizei sie nicht identifizieren konnte, musste es doch irgendeinen Bericht über eine Frau geben, die auf eine vielbefahrene Straße gesprungen war, oder? Allerdings nicht, wenn sie die ganze Sache unter den Teppich kehren wollten. Nicht, wenn sie genau wussten, wer Lena war, und wenn ihre Existenz ein Mysterium bleiben sollte.

Diese Überlegung führte Francine zu einer neuen Suche. Sie gab *Lena verschwunden* ein, erinnerte sich dann aber daran, dass das nicht ihr richtiger Name gewesen war. Wie lautete er – Cheryl, Charlene, so etwas in der Richtung? Gedankenverloren saß sie über ihre Tastatur gebeugt, bis der Name aus der Tiefe ihres Gedächtnisses auftauchte. Sie erweiterte ihre Suche auf *Cherry Kind gekidnappt*. Sie überflog die ersten Treffer und fand einen archivierten Artikel von 2005 aus dem *Hillsboro Scribe*.

Die Zeitung hatte ein Schulfoto von Lena benutzt, um den Bericht zu bebildern. Sie unterschied sich von der jungen Frau, die Francine kennengelernt hatte. Dicke Brillengläser vergrößerten ihre schielenden Augen, und sie lächelte verschmitzt. Sie sah *glücklich* aus. Francine fiel es schwer, sich vorzustellen, wie anders sie als Kind gewesen sein musste, wie schnell sie gelächelt, wie schnell sie gelacht hatte. Und nun war sie tot, und es gab keine Familie, die um sie getrauert hätte.

Ich trauere um dich, dachte sie und hielt die Computermaus umklammert. Als sie das Foto durch den mit Fingerabdrücken verschmierten Bildschirm anschaute, kamen ihr wieder die Tränen. Das waren genug Beweise. Sie war endgültig sicher, dass das Mädchen tatsächlich entführt worden und nicht nur aus irgendeiner Pflegeeinrichtung geflohen war, wie Will vermutet hatte. Warum hatte Francine auch nur den Gedanken zugelassen, Lena könnte gelogen haben, wenn sie doch tief in ihrem Inneren die ganze Zeit gewusst hatte, dass das Mädchen die Wahrheit sagte? Sie wollte nur auf Nummer sicher gehen, nahm Francine an, und das war verdammt sinnvoll. Es zeigte ihr auch, dass sie ihren Verstand noch nicht verloren hatte; ein Teil von ihr war noch in der Lage nachzudenken, beispielweise über mögliche Konsequenzen. Und was sie jetzt vorhatte, würde eine Menge Konsequenzen nach sich ziehen.

Sie probierte unterschiedlichste Wortkombinationen, um Glenn Schillings Anschrift herauszufinden. Überrascht las sie Seite um Seite über seine verschiedenen Anwesen und Häuser, unter anderem über eine Villa in Oakridge und ein Apartment mit Meerblick in Little Peace, einem kleinen Ort am Wasser mit ungefähr sechstausend Einwohnern. Niemand hatte die exakten Adressen, obwohl die Bildersuche zahlreiche Fotos hergab.

Forbes hatte in einem Bericht über sein Herrenhaus in Oakridge die genialen architektonischen Details gelobt. Offenbar hatte er das Gebäude in neun Jahren von Grund auf errichtet. Francine nahm an, dass das dreiundzwanzig Millionen teure Anwesen mehr an Sicherheitstechnik aufzubieten hatte als den guten alten Wärter, der ein elektrisches Tor bedient. Aber vielleicht auch gerade nicht. Triefte dieser Artikel nicht vor Arroganz? Mr. Untouchable, Mr. Showtime, Mr. Do-It-Yourself.

Sie machte sich ausführliche Notizen über die ungefähre Lage der beiden Unterkünfte und die Anschrift der Beachwood Studios, von wo aus jedes Wochenende *Saturday Night Splendour* ausgestrahlt wurde.

Glenn Schilling würde Besuch bekommen. Aber vorher musste sie noch etwas anderes erledigen.

11. KAPITEL

Die Waffe lag im Handschuhfach. Francine konnte sich nicht erinnern, warum genau sie sie gekauft hatte. Es war vor Jahren gewesen, als sie in Morning House eingezogen war und sich ständig bestimmte Dinge besorgt hatte, von denen sie glaubte, dass sie sie irgendwann brauchte. Während dieser sechs oder sieben Monate hatte sie, wie sie im Nachhinein mit ziemlicher Sicherheit sagen konnte, den Verstand verloren, wie ein Loch gesoffen und war nicht in der Lage gewesen, oben von unten zu unterscheiden. Und sie hatte die Waffe gekauft und bei der Polizeidienststelle vor Ort registrieren lassen.

Wenn sie nun darüber nachdachte, hatte sie sie sich damals vermutlich beschafft, um sich eine Kugel durch den Kopf zu jagen. Stattdessen hatte sie das Schießen auf einer Schießanlage ausprobiert. Die ersten Male war sie ein absolut hoffnungsloser Fall gewesen. Am Abzug hatte sie nur mit fest zugekniffenen Augen gezogen, weil sie Angst vor dem Mündungsfeuer hatte. Die Waffe hatte wild in ihren Händen ausgeschlagen, und der Rückstoß war ihr die Arme bis zu den Schultern hinaufgekrochen, um es sich dort bequem zu machen. Nach einer Stunde auf dem Schießstand war sie komplett ausgelaugt gewesen, aber nach einer Weile hatten die Muskeln sich an die Anstrengung dieser Trainingsstunden gewöhnt. Ein paar Wochen später war sie sogar in der Lage gewesen, die papierne Zielscheibe ein paarmal pro Ladestreifen zu treffen. Ein Clint Eastwood wurde sie allerdings nie.

Jetzt fuhr Francine in die hinterste Ecke des Parkplatzes und ging zum Barnes & Nobles hinüber. Die Warteschlange vor dem Buchladen erstreckte sich bis zum Starbucks und noch weiter auf dem Bürgersteig entlang. Sie hatte trutschige Frauen mittleren Alters erwartet, solche, die an den ganzen Positives-Denken-Quatsch glaubten, und war überrascht, College-Studenten und Männer in den Dreißigern zu sehen. Sie ging zum

Anfang der Warteschlange. Niemand schien sie zu erkennen. Warum auch? Das einzige Bild von ihr in diesem Buch war ein drei Zentimeter großes, grobkörniges Schwarz-Weiß-Foto. Francine hatte schriftlich die Erlaubnis zur Verwendung des Fotos und ihres Namens gegeben und war dafür mit einem Scheck über fünftausend Dollar vom Verlag belohnt worden. Nach einem Aufkleber auf der Neuauflage zu urteilen, hatte sich das Buch über eine Million Mal verkauft, und das berechtigte Francine wohl zu einer Überprüfung ihrer ursprünglichen Vergütung.

Sie entschuldigte sich bei der Frau am Anfang der Schlange und klopfte so lange an die Glastür, bis ein pickliger, sehr junger Buchhändler diese einen kleinen Spalt weit öffnete.

»Kann ich Ihnen behilflich sein?«

»Ja«, begann Francine. »Ich möchte Mr. Wright eine Mitteilung überbringen.«

»Die Signierstunde fängt in zehn Minuten an«, sagte der Junge. »Wenn Sie sich hinten anstellen könnten, dann werden wir bald die Türen für alle öffnen.«

»Ich weiß.« Sie stellte einen Fuß in die Tür. »Wenn Sie ihm etwas von mir ausrichten, wird er mich sehen wollen.«

»Was denn?«, schnaufte der Junge.

»Sagen Sie ihm, Frankie ist draußen und muss ihn wirklich nur kurz sprechen.« *Frankie*. Der Name klang nun so fremd wie damals Francine. Nur Will hatte sie Frankie genannt, jedenfalls bis zur Scheidung.

In einem dieser schlaftrunkenen Augenblicke zwischen Sex und Wegdämmern hatte er ihr gestanden, dass er anfangs geglaubt habe, Frankie sei ihr richtiger Name. »Ich hatte keine Ahnung, dass du Francine heißt«, hatte er gesagt und den Kopf auf die Hand aufgestützt. »Du hast dich damals vorgebeugt und gesagt: ›Ich bin Frankie.‹«

»Sei nicht albern. Niemand hat mich in meinem ganzen Leben Frankie genannt.«

»Du aber. Vielleicht hattest du zu viel Eggnog, keine Ahnung.«

Sie schlug nach seinem Arm. »Du warst doch derjenige, der zu viel hatte. Herrgott, du hast mir eine Stunde lang erzählt, warum du George Harrison so cool fandst. Und die Beatles. Alles nur, weil sie den einen blöden Song gespielt haben, du Loser.«

Sie hatte noch kein Jahr als Assistentin in der Buchhaltung von Dusseldorf International Furniture gearbeitet, als sie Will bei der Weihnachtsfeier des Betriebs begegnet war. Er hatte in der Presseabteilung gearbeitet. »Weißt du, wir stellen sicher, dass unsere Markenreichweite möglichst groß ist. Ich sage dir, in sechs, sieben oder maximal acht Jahren isst jeder an einem Tisch von Dusseldorf. IKEA ist so out.«

An dem Abend hatten sie sich ein Taxi nach Hause geteilt, aber auf halbem Weg hatte er sie bei den Schultern genommen und geküsst, und sie waren in seinem Apartment gelandet.

Zehn Monate später, im Herbst, war Autumn zur Welt gekommen.

Der Buchhändler erschien wieder am Eingang. »In Ordnung, kommen Sie herein«, sagte er und hielt ihr die Tür auf.

Francine folgte dem jungen Mann durch den Laden und die Treppen hinauf. Will saß an einem Tisch, auf dem mehrere ordentliche Stapel seiner Memoiren lagen. Zwei lebensgroße Poster hingen an zwei Stellwänden zu beiden Seiten seines Sitzplatzes.

»Was willst du hier?«, fragte er mit versteinerter Miene.

»Ich habe den Tourplan auf deiner Website gesehen und dachte, ich leiste dir moralische Unterstützung«, sagte sie trocken. »Ich habe nicht vor, dich in eine peinliche Lage zu bringen«, fügte sie hinzu, um ihn zu beruhigen. Offensichtlich funktionierte es nicht. »Ich bin nur hierhergekommen, um nicht bei dir zu Hause aufzutauchen. Ich dachte, das sei besser.«

»Besser wofür?«

Francine schaute zu einer Buchhändlerin hinüber, die ungeniert lauschte. Als sie bemerkte, dass sie erwischt worden war, machte sie sich an einem anderen Tisch zu schaffen. »Ich will deine kleine Vorstellung nicht durcheinanderbringen. Ich weiß, dass das hier Arbeit für dich ist, und ich will keine größeren Umstände machen.«

»Nun, du bist aber ein Umstand, Francine. Besonders dahin gehend, wie du dich in letzter Zeit verhalten hast.« Er stand auf und überragte sie um gute fünfzehn Zentimeter. »Es ist inakzeptabel.«

»Ich habe nicht vor, eine Pest zu sein.« Sie hob beschwichtigend die Hände.

»Dann sag mir doch einfach, was du willst, sodass ich hier weitermachen kann.«

»Ich will nach dem Signieren mit dir sprechen. Nur ich und du, eine Stunde. Nebenan ist ein Coffeeshop, da könnten wir –«

»Auf keinen Fall.«

»Was?«

Tiefe Falten gruben sich in seine Stirn, als er sie finster anschaute. Mit leiser, harter Stimme sagte er: »Ich werde nicht in aller Öffentlichkeit mit dir zusammensitzen, damit die Paparazzi auftauchen und Bilder von uns beiden schießen. Sie rufen mich pausenlos an, weil es bald zehn Jahre her ist, und das wäre genau das, was sie sich wünschen.«

»Paparazzi?« Sie musste fast lachen. »In Ordnung, dann folge ich dir irgendwohin, wo es ruhig ist.«

»Francine, hör mir zu: Das wird nicht geschehen. Egal, was du dir da in deinem verrückten Kopf zusammengesponnen hast, ich will da nicht reingezogen werden. Ich habe kein Interesse, Schluss, Ende.«

Francines Nacken wurde so warm wie bei einem Sonnenbrand.

»Nein, kein Schluss, Ende, du Scheißkerl. Ich lass mich nicht wegschicken wie ein streunender Köter. Du wirst dir anhören, was ich zu sagen habe, oder –«

»Oder was? Oder *was*, Francine?«

»Oder das Büchersignieren wird um einiges interessanter, so sieht's aus.«

Er schüttelte angewidert den Kopf. »Mach doch, was du willst.«

»Es war nicht meine Absicht, dass es so weit kommt.«

»Das ist mir egal. Würdest du mir die Freundlichkeit erweisen, die nächsten paar Stunden außer Sichtweite zu bleiben, damit ich zumindest beim Signieren so tun kann, als wäre ich glücklich?«

»Ich werde wie ein Geist sein«, erwiderte sie.

12. KAPITEL

Sie fanden eine heruntergekommene Bar ein paar Kilometer weiter und setzten sich in eine Nische. Will bestellte einen Whiskey, Francine ein Mineralwasser.

Will zog sich seinen Pullover aus, machte die ersten drei Knöpfe seines Hemds auf und begann, seinen Nacken zu massieren. Er hatte sie nicht direkt angeschaut, seit sie angekommen waren.

»Also, wo ist deine unheimliche kleine Freundin?«, fragte er sie, als die Getränke auf dem Tisch standen. Er hob das Glas an seine Stirn wie ein Kühlpad.

Sie wartete mit ihrer Antwort, bis der Barmann außer Hörweite war: »Sie ist von einer Brücke gesprungen.«

»Verstehe.«

»Das ist kein Witz. Sie ist wirklich von einer Brücke gesprungen.«

»Das ist mir egal. Warum sitze ich hier, Francine?«

»Weil ich dachte, dass du vielleicht an einigen Enthüllungen interessiert bist, die ich über die Entführung unserer Tochter erfahren habe.«

»Enthüllungen … Herrgott noch mal«, murmelte er und nippte an seinem Whiskey. »Erzähl mir nicht, dass du wieder zu der Handleserin gerannt bist, und sie dir gesagt hat, wo Autumn begraben ist? Ist es das?«

»Wie kannst du nur so reden? Wie kannst du so einen geschmacklosen Witz machen?«

»Das war kein Witz«, erwiderte er und ließ das Eis im Glas klirren. »Es würde mich nicht überraschen, wenn dir einer dieser Wahnsinnigen, mit denen du dich umgeben hast, eröffnet hätte, dass Autumn im Grand Canyon liegt. Oder wenn du sogar schon hingefahren wärst und nach ihr gesucht hättest.«

»Sie lebt noch, Will. Und sie ist keine zweihundert Kilometer von uns entfernt.«

»Soso, keine zweihundert Kilometer also?«

»Willst du hören, was ich dir zu sagen habe, oder nicht?«

»Warum machst du dir überhaupt die Mühe, es mir zu erzählen, Francine? Das ist doch ganz offensichtlich irgendeine durchgeknallte Theorie, die für niemanden Sinn ergibt.«

»Dieses Mal nicht«, erwiderte Francine. »Das hier ist wirklich wahr.«

»Wirklich wahr. Verstehe.«

»Was ich dir nun sage, wird merkwürdig klingen. Ich hatte selbst erst Schwierigkeiten, es zu glauben, aber ich zweifle nicht daran, dass es stimmt.«

»Warum solltest du auch?«, murmelte er.

»Also, es geht los. Einer der Männer, die direkt in die Entführung unserer Tochter involviert sind, ist …« Sie unterbrach sich, um einen Kloß im Hals hinunterzuschlucken. »Es ist Glenn Schilling.«

Will hob gerade sein Glas zum Mund und erstarrte. »Glenn Schilling?«

»Es gibt viele Männer, nicht nur ihn, aber er ist der bekannteste, nehme ich an. Sie haben diese Partys im Wald und in seinem Haus, und sie bringen die Mädchen dahin. Und sie machen Sachen mit ihnen …«

»Glenn Schilling? Aus dem Fernsehen? Den meinst du, oder?«

»Ja.«

»Du liegst falsch. Du liegst so falsch, es ist zum Fürchten.«

»Ich liege nicht falsch.«

»Doch, verdammt«, sagte er am Ende seiner Geduld. »Du kannst nicht einfach solche Behauptungen in die Welt setzen, Francine. Der Mann ist eine Ikone.«

»Und?«

»Und? Er hat vermutlich mehr Geld für Kinderkrankenhäuser gesammelt als jeder andere in diesem Land.«

»Das heißt noch rein gar nichts.«

»Nicht?« Er legte seinen Kopf schief, sein Blick verriet Verachtung. »Er war freundlich genug, zu einigen der Fundraiser-Events zu kommen, die ich vor einigen Jahren für Autumn auf die Beine gestellt habe. Ich habe mit diesem Mann gesprochen. An ihm ist nichts Böses. Er würde dir sein letztes Hemd geben, wenn du danach fragen würdest. Jedes Mal, wenn ich ihn getroffen habe, schrieb er mir auf der Stelle einen Scheck über zehntausend Dollar aus.«

»Nun, da sieht man es«, fauchte sie. Das Blut stieg ihr in die Wangen. »Er hat das nur gemacht, weil er sich an deinem Leid ergötzte – an unserem. Zehntausend. So viel trägt er vermutlich lose in der Hosentasche herum und verliert es jedes Mal, wenn er seine Anzüge in die Reinigung gibt.« Sie krallte sich an der Tischplatte fest. »Schilling steht in Kontakt mit den Leuten, die Autumn haben, Will. Das musst du mir glauben.«

»Woher weißt du das plötzlich alles? Wer hat dir diese Perle der Weisheit dargebracht? Nicht deine kleine schielende Klapsen-Kumpelin, hoffe ich. Herr im Himmel, es ist schlimmer, als ich dachte.« Er ließ vor Verzweiflung den Kopf in die Hände sinken. »Francine … du kannst das doch nicht ernsthaft glauben, oder? Ganz ehrlich?«

Wenn du müd' bist, kleines Mädchen …

»Sie ist vielleicht durcheinander gewesen, aber da ist was dran, Will. Ich weiß es. Ich kann es *fühlen.*«

»Reden wir von derselben Wahnsinnigen, die vollkommen ausrastete, als ich sagte, du solltest sie zur Polizei bringen, und dann von einer Brücke gesprungen ist? Scheiße noch mal, ihre Worte kann man wohl mit Gold aufwiegen. Was hat sie dir noch erzählt? Ich hoffe, du hast ihr auch die Lottozahlen für diese Woche entlockt.«

»Sie sagt, dass Glenn Schilling mit der Sache zu tun hat. Er ist der Dreh- und Angelpunkt, um unsere Tochter zu finden.«

»Also gut. Er ist der Dreh- und Angelpunkt. Dann geh doch

zur Polizei und erzähl ihr das alles, wenn du wirklich davon überzeugt bist. Dann lass *die* das untersuchen.«

Sie schüttelte ihren Kopf. »Kann ich nicht. Lena sagte, die Polizei weiß schon über Glenn Bescheid und über die Partys. Wenn ich mich an die Polizei wende, dann erreiche ich damit nur, dass die Autumn wegbringen, vielleicht in einen anderen Staat. Verstehst du es nicht? Wenn sie Wind davon bekommen, was ich weiß, dann werden wir sie nie finden. Wir müssen das alleine in Angriff nehmen.«

»*Wir*, Francine?«

»Ja, *wir*. Du, ich, ihre Eltern. Wir finden sie zusammen und bringen sie nach Hause. Wir sollten uns das näher anschauen, Will. Was kann das schaden? Denk doch mal nach. Irgendetwas an Glenn Schilling ist doch wirklich merkwürdig, oder? Und die Dinge, die Lena erzählt hat … Betrachte es doch so: Wenn sie wirklich so verrückt war, wie sie uns vorkam, wie wäre sie überhaupt in der Lage gewesen, sich diese ganze Geschichte über Autumn zusammenzubasteln? Glenn Schilling ist die einzige Spur, die wir haben. Und der müssen wir folgen.«

»Ich kann das nicht.« Er schloss die Augen. »Ich kann mir diesen Irrsinn nicht länger anhören. Ich ertrage das einfach nicht. Ich gehe jetzt.«

Er rutschte zur Seite, um aus der Nische aufzustehen. Francine lehnte sich über den Tisch und hielt ihn am Arm fest. »Was, zum Teufel, ist mit dir geschehen, Will? Sie ist unser kleines Mädchen. Ist sie dir egal geworden? Du liebst sie nicht, ist es das? Dein eigen Fleisch und Blut!«

»Fass mich nicht an, Francine.« Er sprach langsam. »Lass mich los.«

Sie gehorchte und lehnte sich zurück. »Es tut mir leid. Manchmal habe ich einfach das Gefühl, dass du, wenn du die Wahl hättest, froh darüber wärst, Autumn nie wiederzusehen. Ich frage mich, warum, und alles, was mir dazu einfällt, ist, dass ihre Rückkehr dein jetziges Leben irgendwie verändern würde.

Zumindest warst du kein Millionär, bevor sie verschwunden ist.«

Seine Augen wurden schwarz wie Kohle. Seine Kiefer mahlten. »Wie kannst du das wagen, verdammt?«, zischte er so giftig, dass Francine befürchtete, er würde sich im nächsten Moment herüberbeugen und sie schlagen. Er war ihr gegenüber nie gewalttätig gewesen, hatte nie auch nur einen Hang zum Einsatz körperlicher Gewalt gezeigt, auch nicht in ihren heftigsten Auseinandersetzungen. Nun war er auf eine ruhige Art zornig; und als er so dasaß, voller kalter Wut, erkannte Francine, dass er sie hasste. Sie konnte seinen Abscheu, der in immer neuen Wellen von ihm ausging, förmlich spüren.

»Du bist nicht mehr als eine schreckliche, schreckliche Hexe. Du tust mir leid, Francine. Das tust du wirklich. Ich hoffe, du bekommst die Hilfe, die du benötigst.«

»Es stimmt doch, oder? Du hast deine Karriere allein auf dem Verschwinden unserer Tochter aufgebaut. Du machst jetzt so viel mehr Geld als jemals zuvor.«

Seine Mundwinkel verzogen sich zu einem betrübten Lächeln. »Ach so, darum geht es eigentlich? Jetzt kommt also alles auf den Tisch? Weißt du, ich hätte nicht gedacht, dass wir dieses Gespräch je führen würden – ich hatte gehofft, dass nicht. Aber wenn du mit Vorwürfen anfängst, dann ist es an der Zeit, dass du ein paar unbequeme Wahrheiten hörst. Bist du bereit?«

Sie verschränkte ihre Arme.

»Du bist diejenige, die Autumn an jenem Tag aus den Augen gelassen hat. Nicht ich. Ich habe dir nie die Schuld dafür gegeben, weil ich weiß, dass es nicht dein Fehler war. Aber du hättest auf sie aufpassen müssen, und das hast du nicht. Das ist Punkt eins.« Er zählte ihn mit seinem Zeigefinger ab. »Punkt Nummer zwei: Ich habe alles getan, um die Aufmerksamkeit für unsere Tochter zu erhöhen. Ich bin in TV-Shows aufgetreten, während du dir zu Hause selbst leidtatst und zu betrunken warst, um auch nur dein Gesicht zu zeigen. Ich war in der Nachbarschaft unterwegs, habe Flyer verteilt und alles in meiner Macht Stehende getan, um sie zurückzuholen. Und du? Hast den ganzen Tag Wodka getrunken und dann unser Geld an verdammte Hellseher und Fernsehprediger verplempert. Ich habe damals kein Wort dazu gesagt, weil ich wusste, dass es immer noch die Hölle für dich war. Weil ich wusste, dass du dir die Schuld gabst, und weißt du was, Francine, mit gutem Recht. Weil *du* unsere Tochter an dem Tag im Stich gelassen hast. Darauf läuft es doch hinaus. Aber *ich* hätte es genauso gut sein können, ich hätte sie losschicken können, sich einen Snack zu besorgen, während ich mir Schuhe angesehen hätte. In dieser Gleichung gibt es also dich. Du verhältst dich wie eine verdammte Irre, trinkst, bis du das Bewusstsein verlierst oder in die Kissen weinst. Du bist absolut keine Hilfe. Und dann gibt es mich, jemanden, der das Schicksal unserer Tochter ins öffentliche Bewusstsein rückt, der sich zusammenreißt, damit er mit der Presse reden kann, mit der Polizei oder den Nachbarn, die vorbeischauen und helfen wollen. Hast du jemals einen Gedanken darauf verschwendet, dass ich mich vielleicht auch nur betrinken wollte? Hast du nie daran gedacht, dass ich auch leide?« Seine Stimme zitterte. Er biss sich auf die Unterlippe, und seine Augen glänzten feucht. »Natürlich nicht. Du erinnerst dich vermutlich ohnehin an nichts davon. Ich bekam keinerlei Unterstützung von dir. Wenn es je eine Zeit gegeben hat, in der Autumn dich gebraucht hätte, dann war es damals, als das alles geschah, als wir zusammen daran hätten arbeiten können, sie zu finden. Es bringt nichts, jetzt zu mir zu kommen, Francine.«

Er nahm schnell den letzten Schluck Whiskey und wischte sich mit dem Handrücken über die Augen. »Also, kommen wir zu Punkt Nummer drei.«

»Du hast genug gesagt«, erwiderte Francine. Sie starrte die Kratzer auf dem Tisch an, Tränen liefen ihr über die Wangen, ihre Nase triefte.

»Nein, habe ich nicht. Noch lange nicht. Punkt Nummer drei: Du bist verbittert, was mich angeht, weil ich es geschafft habe, den Schmerz in etwas Positives zu überführen. Ob du es glaubst oder nicht, meine Bücher haben Menschen da draußen geholfen, Francine. Sie könnten sogar dir helfen, wenn du dir die Mühe geben würdest, sie zu lesen. Sieh dir allein die Signierstunde heute an. Die vielen Leute wollten mich treffen, weil ich ihr Leben besser gemacht habe. Weißt du, wie viele Frauen mich ansprechen, weil sie missbraucht worden sind? Hast du eine Ahnung, wie viele Männer mir sagen, dass mein Buch ihnen geholfen hat, mit ihrem Leben weiterzumachen, nachdem ihre Frauen sie verlassen haben? Und ja, ich bestreite damit meinen Lebensunterhalt. Du erinnerst dich aber vielleicht daran, dass ich meinen eigentlichen Job kündigen musste, weil ich das erste Jahr nach Autumns Verschwinden alles getan habe, was ich nur konnte, um sie zu finden. Man geht nicht einfach so zurück in den Bürojob, nachdem so etwas geschehen ist. Und du missgönnst es mir, dass ich anderen helfe, Francine?«

»Ich … ich missgönne dir nichts«, sagte sie gereizt und zog die Nase hoch.

»Und ob du das tust. Komm schon, alles kommt auf den Tisch, oder? Und wenn wir gerade dabei sind, lass uns über Sheila sprechen. Du hasst es, dass mein Leben weitergegangen ist, weil du möchtest, dass alle so unglücklich sind wie du. Tatsache ist: Sie ist meine Frau, und wir bekommen ein Baby.«

»Ich will das nicht hören.« Sie wollte aus der Nische aufstehen, aber dieses Mal hielt Will sie zurück.

»Oh nein, du darfst noch nicht gehen. Du wirst dir das ein einziges Mal anhören, und dann nie wieder. Alles, was du die letzten zehn Jahre getan hast, war, in Selbstmitleid zu versinken, dich an Strohhalmen festzuklammern und deine Hoffnung in Unsinn zu stecken. Nichts davon hat das Geringste damit zu tun, Autumn wiederzubekommen. Es ging nur darum, dass du die Schuld loswerden wolltest. Du brauchst keinen Medizinmann, keine Hellseherin und keine Kirmeszigeunerin. Du brauchst eine Therapie. Ich sage das nicht, damit du dich klein und schwach fühlst. Ich sage es, weil ich die letzten zehn Jahre in Behandlung war und vermutlich nur die mich davon abgehalten hat, frontal gegen eine Mauer zu rasen.«

Die zwei saßen lange da, ohne etwas zu sagen.

»Ich will nie wieder darüber reden«, sagte Will plötzlich sanft. »Ich hoffe, du respektierst das. Und ich hoffe, du nimmst an, was ich gesagt habe.« Dann schob er ein paar Scheine unter sein leeres Glas und ging.

Als er gerade eingestiegen war, kam Francine aus der Bar und rief seinen Namen. »Was gibt es noch?«, fragte er, während er das Fenster hinunterließ.

Sie stütze sich mit einer Hand auf dem Autodach ab. »Es tut mir leid, Will. Ich weiß nicht, ob ich dir das je gesagt habe.«

»Du musst dich bei mir nicht entschuldigen, Francine.«

»Du hasst mich, oder?«

»Nein, natürlich nicht.«

»Es ist nur … manchmal fühle ich mich so allein.«

Er nickte. »Das geht mir genauso. Ich denke jeden Tag an sie. Und nichts wird sie je in meinem Herzen ersetzen.«

»Gut«, sagte Francine. »Und deshalb frage ich mich, ob du mir einen Gefallen tun kannst.«

Sie sah, wie sich sein Brustkorb auf und ab bewegte. »Welchen Gefallen?«

»Du kennst doch einige Stars, oder? Ich meine, ich habe dein Buch im Laden gesehen, und viele große Namen haben dich da drauf gelobt.«

»Ich kenne sie nicht persönlich. Meine Agentur schickt ihnen die Bücher, damit sie Quotes geben.«

»Meinst du, die haben auch Glenn Schillings Adresse?«

Will schüttelte den Kopf. Das Fenster surrte wieder nach oben, und er fuhr los.

Francine stand da und schaute ihm nach.

TEIL ZWEI

13. KAPITEL

Die Dunkelheit war so absolut, so schwarz, dass sie sich nicht orientieren konnte. Eine Krone aus Schmerz lastete schwer auf ihrem Kopf, und die machte ihr mehr aus als der echte Ring um ihren Hals. Der Eisenring war mit einer Schraube an der Wand befestigt. Durch circa zwei Fingerbreit Zwischenraum zum Hals wurde sichergestellt, dass sie atmen konnte. Sie wusste, wie sie sitzen musste, um wenigstens ein paar magere Stunden Schlaf zu finden. Ihre Kopfschmerzen aber reagierten auf die kleinste Bewegung, quälende Funken brannten sich ihre Wirbelsäule hinab.

Sie saß mit dem Rücken an die feuchte Wand gelehnt und machte ein Spiel daraus, die einzelnen Kettenglieder zu identifizieren, indem sie die abgerundeten Eisenteile abtastete. Sie fragte sich, ob einige vielleicht eine Schwachstelle hatten. Ihre Finger kamen bei dem Ring um ihren Hals an, sie konnte die Einkerbungen und Kontur der Schrauben spüren. Selbst eine Säge würde ihr nichts nützen. Sie wäre stumpf, bevor sie dem Eisen auch nur den geringsten Kratzer zugefügt hätte.

Von irgendwoher hörte sie ein Tropfgeräusch, wusste aber nicht zu sagen, woher es kam. Manchmal klang es laut, dann wieder leise, wurde langsamer, dann wieder schneller. Oder es waren zwei Tropfen gleichzeitig – aber warum, das verstand sie nicht. Sie hatte ihre Hand in die Dunkelheit ausgestreckt, in der Hoffnung, etwas Flüssigkeit in ihrer Handfläche aufzufangen. Dabei half auch nicht, ihren Körper möglichst weit von der Kette wegzustrecken. Also leckte sie stattdessen die Wand ab; ihre trockene, raue Zunge fuhr über die unregelmäßige Oberfläche. Sie war dankbar für das brackige Schwitzwasser, das sich auf der Steinwand niederschlug, dankbar, obwohl es insgesamt nicht mehr als ein Schluck war. Es stillte zwar nicht ihren Durst, aber es befeuchtete ansatzweise ihren Mund, und das war die einzige Gnade, auf die sie hoffen durfte.

Sie überlegte, in ihre Hand zu urinieren, um etwas zu trinken zu haben, aber dieser Aufenthalt im Keller war nicht der erste und würde wahrscheinlich auch nicht der letzte sein. Wenn sie sich der Verwahrlosung hingab, würde sie in eine noch weitaus schwierigere Lage kommen, sobald diese Bestrafung vorbei wäre – und sie *würde* irgendwann vorbei sein, auch wenn sie nicht wusste, wann. So lange war sie hier unten bisher nie eingesperrt gewesen, auch wenn sie nicht nachvollziehen konnte, seit wann genau sie hier unten saß. Mehr als eine Woche vermutlich. Vielleicht zwei. Sie war sich nur der Dunkelheit bewusst, und die erstreckte sich schon ewig.

An den Besuchen des Wärters konnte sie die Anzahl der Tage nicht ablesen. Er kam nur sporadisch und kurz, und er sagte nie etwas, wenn er sich mithilfe einer Taschenlampe einen Weg durch den Keller bahnte und mit dem Lichtstrahl ihre Gesichter anleuchtete.

In der ersten Nacht hier unten hatte Mia ihren Mund aufgemacht. Sie war neu, vielleicht seit einem Jahr hier, und zum allerersten Mal im Keller. Sie war klug genug, nur zu flüstern, als sie die anderen fragte, was los war, und warum sie bestraft wurden, aber als die Antwort nur Schweigen war, wurde ihre Stimme lauter. Sie war wütend, weil die anderen sie ignorierten. Als ihre zornigen Worte immer noch keine Reaktion hervorriefen, fing sie an zu schreien. Binnen kurzer Zeit wurde die Kellertür geöffnet, und ein Umriss löste sich von dem gelben Rechteck aus Licht. Und dann gab es da nur noch das schreckliche Geräusch, wie Mia zum Schweigen gebracht wurde. Dass man sie nicht getötet hatte, kam erst viel später heraus, als sie anfing, durch ihren gebrochenen Kiefer hindurch Schluchzer von sich zu geben.

Sie lebten mit dem Kettenrasseln der jeweils anderen, dem gelegentlichen Husten und Niesen und mit dem Geräusch, den die Körper auf dem nackten Boden machten, wenn ein Mädchen die Sitzhaltung veränderte. Manchmal knarzte die Decke über ihnen, und wenn sie sich nur lange genug anstrengte, hatte Autumn den Eindruck, über ihnen jemanden sprechen zu hören. Aber das konnte genauso gut nur in ihrer Vorstellung geschehen, eine akustische Halluzination. Da sie nahezu verrückt vor Durst und Schlafmangel war, begrüßte sie diese Sinnestäuschungen fast schon. Einmal hatte sie zum winzigen Kellerlicht hochgeschaut, und es hatte ihr offenbart, dass sie sich gar nicht in einem Keller, sondern in einem Park befand. Es war ein schöner, sonniger Tag, der Himmel erstrahlte gleißend blau, und um sie herum lächelten und lachten die Menschen. Sie konnte sogar das frisch gemähte Gras riechen und bewunderte ein paar weiße Schmetterlinge, die umeinander flatterten, während die Sonne durch ihre lichtdurchlässigen Flügel schien. Und da oben auf dem Hügel sah sie eine Person, eine Frau …

Dann schlug die Dunkelheit zu und zerschmetterte das Trugbild, jedes noch so schöne Detail wurde in die entferntesten Winkel ihres Bewusstseins versprengt.

Die Mädchen hörten Schritte draußen vor der Kellertür, und als sich alle erwartungsvoll aufsetzten, rasselten ihre Ketten. Sie nahmen das kratzende Geräusch des Schlüssels im Schloss wahr und Stimmen – von zwei Männern. Ein Klicken, ein Brummen, und dann der grelle Lichtblitz, als die Natriumdampflampen flackernd angingen. Während sich die Mädchen die Augen zuhielten, hallte ein verhaltenes, vielstimmiges Aufstöhnen im Keller wider. Jemand ruckelte gegen seinen Ring und musste husten.

»Hoch mit euch, Ladys, hoch mit euch!« Es war Josephs Stimme, hell und vergnügt.

Durch ihre Finger hindurch erkannte Autumn einen anderen Mann. Sie hatte ihn noch nie gesehen. Er wirkte groß und stark, trug einen roten Bart und eine Glatze.

»Auf, auf!«, sagte Joseph. »Hört auf, so hin und her zu rutschen, so schlimm ist es nicht.« Er klatschte schnell in die Hände, um ihre Aufmerksamkeit zu gewinnen. »Streckt euch,

Leute. Ihr geht gleich alle wieder nach oben ins Haus, aber zuerst möchte ich euch Abraham vorstellen. Ladys, hört ihr mir zu?«

»Ja«, krächzten sie im Chor.

»Gut, das freut mich. Abraham ist euer neuer Aufseher, und ich möchte euch bitten, ihn mit dem gleichen Respekt und der gleichen Höflichkeit zu behandeln, mit der ihr Leslie begegnet seid, Gott sei seiner Seele gnädig. Nun denn, ich bin sicher, jede von euch wird ihm dabei behilflich sein, sich hier einzugewöhnen, während er die Tricks und Kniffe lernt, und ich bete zum Allmächtigen, dass ihr ihm keine Probleme bereitet. Denn wisst ihr«, – er klopfte Abraham auf den Rücken und grinste zu ihm hinauf – »es wird sich hier einiges ändern im Vergleich zu der Zeit mit Leslie, als ihr frei herumlaufen und euer eigenes Ding machen konntet. Abe hier wird den Laden fest im Griff haben, weil er weiß, wie glücklich er sich schätzen kann, so eine wichtige Position in unserer Familie ergattert zu haben. Also, ich gehe jetzt herum und lass euch von der Leine. Ich weiß, dass ich das euch feinen jungen Damen gegenüber nicht zu betonen brauche, aber bitte macht nichts, was mich an Abrahams ersten Tag blamieren könnte. Während ich manchmal ein Softie bin, ist er mit Sicherheit keiner. Ein oder zwei von euch werden das vielleicht schon herausfinden, bevor der Tag vorbei ist.«

Joseph schloss die Halsringe der Mädchen auf. Eine nach der anderen standen sie auf, schwankten mit geschlossenen Augen auf der Stelle und massierten ihre Nacken. Er stellte Abraham jedes Mädchen vor, das an der Reihe war, und sagte ihm, wie es hieß und wie lange es bereits da war.

»Und das ist Melody«, sagte er, als sie bei Autumn angelangt waren. Mit gebeugtem Kopf kniete sie vor ihm und ließ sich loshaken. »Sie ist eine Veteranin hier im Camp, wohnt sogar schon länger hier als ich. Mel ist nun das Mitglied, das uns am längsten dient. Stimmt's, Mel?« Er tätschelte ihr den Kopf, sodass ihr Schädel fast vor Schmerz explodierte.

»J-a«, antwortete sie mit rauer Stimme.

Joseph beugte sich zu ihr herunter, nahm sie vorsichtig beim Arm und half ihr auf die Füße. Sie blinzelte durch ihre Wimpern und versuchte zu lächeln, erreichte damit aber nur, dass ihre trockenen Lippen erneut aufplatzten.

»Wir bringen euch wieder in Ordnung«, sagte er sanft, fast freundlich.

»Sie ist viel älter als der Rest«, bemerkte Abe. Seine Stimme war dunkel, die Wörter schienen tief aus seinem Bauch zu kommen.

»Ja, aber sie ist eine vorbildliche Bewohnerin. Die höheren Chargen mögen sie alle sehr, und sie macht so gut wie keine Schwierigkeiten. Hat nie versucht, sich vom Acker zu machen, obwohl sie genügend Gelegenheiten dazu hatte, als der Dummkopf Leslie Mist gebaut hat.« Er streichelte über Autumns Schulter, bevor er diese beruhigend drückte. »Und, was man nicht denken würde, wenn man sie so ansieht, sie ist eines unserer besten Zuchttiere. Bei wie viel bist du jetzt angelangt, Mel?«

»Vier«, flüsterte sie.

»Sie haut sie immer weiter einfach so raus.« Joseph grinste und ging zum nächsten Mädchen weiter.

Im Gänsemarsch wurden sie durch das Haus nach oben geführt. Autumn schaute durch die Gitterfenster im Flur nach draußen und schätzte, dass es früher Morgen war. Es regnete, und durch die blattlosen Äste der Bäume auf dem Grundstück sah sie das rauchig-weiße Tageslicht.

Sobald sie den Duschraum betreten hatten, sollten sie sich ausziehen und die durchnässten Kittel am Eingang lassen.

»Ihr riecht echt muffig, und wir können uns bestimmt darauf einigen, dass sich das für Ladys nicht gehört.« Joseph nahm einige Flaschen Duschgel aus einem Korb und händigte sie den Mädchen aus. »Seid bitte sorgfältig, denn ich will, dass ihr nach Rosen duftet. Keine schmuddeligen Haare, keine dreckigen Nägel. Schrubbt euch, bis eure Haut rosa ist – das gilt natürlich nicht für dich, Gloria«, sagte er mit einem Lachen. Gloria war schwarz. Die Zwölfjährige war seit fast drei Jahren da. »Sauber, sauber, sauber, das ist das Wort des Tages.« Er klatschte in die Hände. »Kommt schon, habt keine Angst. Ihr kennt diese Duschen doch.«

Autumn ging in eine Kabine und drehte die Hähne auf. Sie zuckte zurück, als das kalte Wasser auf ihre Haut spritzte. Dann legte sie den Kopf in den Nacken und trank, bevor sie die Waschlotion aus der Flasche in ihre Handfläche drückte. Sie schäumte ihre Haare ein, massierte die Kopfhaut mit den Fingern und kratzte den Dreck ab. Da ihre Augen schmerzten und trocken waren, rieb sie sie. Als sie sich umdrehte, damit auch ihr Rücken nass wurde, sah sie die Reihe der Mädchen an. Eins von Mias Augen war zugeschwollen und glänzte violett, ihr Kiefer war an einer Seite geschwollen. Schade für sie. Da ihr nun die Geschicklichkeit mit dem Mund fehlte, würde sie vermutlich nach draußen gebracht und eingeschläfert werden.

Das Duschwasser, das sich zu ihren Füßen auf dem Boden sammelte, war braun vor Dreck und Resten von Exkrementen und Menstruationsblut. Autumn trat zur Seite und konzentrierte sich darauf, sauber zu werden. Während die Mädchen sich wuschen, versorgte Joseph Abe mit wissenswerten Kleinigkeiten, hin und wieder auf eine von ihnen zeigend.

»Gut, jetzt sorgen wir dafür, dass ihr reizenden Ladys euch abtrocknet.« Er nahm einen Stapel kratzige braune Handtücher von der Bank und warf sie den Mädchen nacheinander zu. Autumns warf er nicht weit genug, und es landete vor ihr in der kupferbraunen Pfütze. Sie hob es hoch – es war bereits durchnässt – und legte es um sich.

»Tempo, Tempo, Tempo, das ist kein Schönheitswettbewerb. Wir müssen uns um eure Aufgaben für heute kümmern, aber zuerst erwartet Daddy eure Anwesenheit in der Versammlungshalle. Wir gehen also in die Schlafsäle, ziehen die schönen neuen Kleider an, frisch gewaschen und gemangelt, und dann lächeln wir so.« Er legte den Kopf zur Seite und zeigte ein aufgesetztes Grinsen, das bis zu den Ohren reichte. Abe lächelte nicht. Er sah die Mädchen finster an, wobei seine buschigen Brauen seine Augen fast ganz verdunkelten.

»Ach! Eine Sache sollte ich noch erwähnen. Daddy hat heute nicht die allerbeste Laune. Deshalb ist es in eurem eigenen Interesse, genau zuzuhören, und nicht einmal auch nur zu schniefen, während er redet. Habt ihr das verstanden? Ich sagte, habt ihr das verstanden, Ladys?«

»Ja, Joseph«, antworteten die Mädchen vereinzelt.

»Ausgezeichnet, dann legen wir los.«

Der Schlafsaal war vollkommen unverändert. Die Laken auf den Stockbetten waren nicht glatt gezogen, die Kissen lagen schief. Barfuß gingen sie rasch über den Holzfußboden zu ihrem jeweiligen Bett und standen in Hab-Acht-Stellung, während sie auf den nächsten Befehl warteten. Zwei Reihen von Autumn entfernt lehnte sich Mia an den Metallrahmen und hielt sich mit beiden Händen ihren verletzten Kiefer, als wenn sie ihn daran hindern wollte abzufallen. Joseph zog die Tür des Wandschranks auf und kramte ein Bündel weißer Kittelkleider hervor, das er Abe überreichte. »Alle haben die gleiche Größe, sodass es egal ist, wer welches bekommt. In zehn Minuten ist Abmarsch.«

Abe gab ihnen die Kleider und nahm sich hier und da kurz Zeit, ein Dekolleté oder ein Hinterteil zu bewundern. Nach vier Kindern waren Autumns Brüste groß und rund, was er sofort bemerkte, obwohl er, nach seinem nur flüchtigen Blick auf sie zu urteilen, nicht an ihr interessiert war.

»Wie heißt du, Prinzessin?«, fragte er Alma und blieb eine Sekunde länger stehen, als er ihr das Kleid hinhielt. Alma war vierzehn Jahre alt und noch nicht reif. Sie war klein und zierlich, hatte unscheinbares Haar und Sommersprossen. Wenn sie einen besonders langen und vollen Arbeitstag hatten, oder wenn man sie nach nur wenigen Stunden brüllend aus dem Bett scheuchte, bekam sie gelegentlich Akne. Nach den Wochen im dunklen Keller ähnelte ihre Haut einer wütenden Kraterlandschaft.

»Alma«, erwiderte sie.

»Schön, dich kennenzulernen«, sagte er und ließ seine Finger über ihre Hand gleiten, bevor er weiterging.

Joseph und Abe warteten vor dem Schlafsaal und redeten miteinander, während die Mädchen sich anzogen. Autumn streifte sich ihr Kleid über. Für die kleineren Mädchen waren die Kittel lang genug, aber bei ihr wurde gerade eben der Po bedeckt. Da es im Saal kalt war, zeichneten sich ihre harten Brustwarzen wie Jellybeans unter dem Stoff ab.

»Mia kann sich auf was gefasst machen«, sagte Wendy, während sie ihre Haare mit dem Handtuch trocken rubbelte. »Schau sie nur an.«

»Ich sehe es«, antwortete Autumn, die mit ihrem eigenen Aussehen beschäftigt war. Sie prüfte ihre Lippen im Stahlspiegel, der an der Wand neben dem Bett befestigt war. Das verzerrte Spiegelbild ließ ihre Schnitte im Gesicht schlimmer aussehen, als sie in Wirklicht waren, aber trotzdem waren sie nicht gut. Sie suchte nach der Vaseline und schmierte sich einen Batzen auf die Lippen.

»Das ist alles nur Lenas Schuld«, sagte Wendy. »Ich habe darüber nachgedacht, und sie muss der Grund sein, warum die uns die ganze Zeit da unten gelassen haben. Meinst du nicht auch?«

Beiläufig schaute Autumn zur Tür, um sicherzugehen, dass Joseph und Abe sie nicht beobachteten. »Ja, denke ich auch.«

»Vielleicht hat sie es nach draußen geschafft«, sagte Wendy eine Spur zu begeistert. Sie war siebzehn Jahre alt und hatte vor ungefähr zwei Monaten ihr drittes Kind geboren, einen Jungen. Ihrem runden Bauch sah man die Schwangerschaft noch an, und ihr Gesicht war immer noch etwas geschwollen. »Ich wette alles, dass sie es rausgeschafft hat.«

»Rede leiser«, warnte Autumn sie, während sie ihr tropfnasses schwarzes Haar kämmte, das über ihre Schultern fiel, sodass der Stoff des Kittels feucht wurde. »Sie müssen sie geschnappt haben. Nur deshalb haben sie uns rausgelassen.«

»Das glaube ich nicht. Wenn sie sie die ganze Zeit über nicht gefunden haben, dann hat sie es geschafft.« Ein Lächeln erschien auf ihren Lippen. »Mel, sie ist wirklich entkommen.«

»Sei nicht so dumm. Lena hat sich doch schon hier im Haus verlaufen. Sie kann unmöglich den Weg aus dem Wald gefunden haben.«

»Vielleicht ist sie immer weiter in eine Richtung gegangen und hat die beibehalten. Bis sie auf eine Straße oder so etwas gestoßen ist.«

»Nein, sie haben sie gefunden. Im Keller haben sie uns nur festgehalten, bis sie einen Ersatz für Leslie gefunden hatten.« Autumn achtete sehr darauf, Leslies Namen nur zu flüstern, besonders seit Daddys Reaktion, als sie alle zurück ins Haus gekommen waren und die Nachricht gehört hatten. Er war ausgerastet und hatte alle Mädchen sofort in den Keller sperren lassen. Kurz danach hatten sie Gewehrschüsse gehört.

»Aber was, wenn sie sie nicht geschnappt haben, Mel? Was, wenn sie wirklich entkommen ist?«

»Dann ist sie eben entkommen.« Autumn zuckte mit den Schultern. »Schön für sie.«

»Und wenn sie es geschafft hat, dann –«

»Sag's nicht, Wendy. Hör einfach auf.«

»Aber du hast es selbst gesagt. Lena war verrückt wie ein Sack Flöhe und dumm wie Brot, aber sie hat es hinbekommen. Wenn sie Lena gefunden hätten, dann hätten die sie doch zurückgebracht und uns zusehen lassen, wie sie aufgehängt wird.«

Autumn fand ihren Kranz und setzte ihn sich auf. Auf dem Grundstück gab es viele Äste und Blattwerk, und sie flocht oft Ranunkeln zu Haarschmuck oder machte Kronen aus Pflanzen für die anderen Mädchen. Ihr Hobby lenkte sie ab. Es war so etwas wie ihr Markenzeichen geworden, eine Fähigkeit, die sie vor langer Zeit gelernt hatte und eine, die sie auch den anderen beibringen wollte. Streng dich besonders an – das war der Schlüssel zum Überleben an diesem Ort. Tu, was sie von dir verlangen, und setz noch einen drauf. Es muss nicht viel sein, ein Tropfen Rosenwasser hier, ein wenig Glitter da. So wurde man nicht langweilig und blieb weiter nützlich.

»Sie ist tot, Wendy. Vermutlich ist sie eine Zeit lang draußen herumgelaufen und landete wieder beim Haus. Wir sehen sie nie wieder.« Autumn hielt sich ihre Faust vor den Mund und hustete, um den Kloß in ihrem Hals loszuwerden.

Wendy streckte ihren Arm aus und hielt Autumns Hand fest. »Mel, hör zu, was wäre, wenn –«

»Das reicht jetzt, Leute.« Joseph kam wieder in den Saal. »Wir wollen Daddy nicht warten lassen. Es geht los.«

Alle eilten durch den Raum, die nackten Füße machten ein tapsendes Geräusch auf dem Massivholzfußboden. Sie wurden die spiralförmige Treppe hochgeführt. Joseph, der ewige Gentleman, hielt den Mädchen die Doppeltüren auf, und Abe scheuchte sie hindurch.

Da Autumn lange nichts Weiches mehr mit ihren Füßen berührt hatte, fühlte sich der Flurteppich wunderbar an. Sie seufzte vor Genuss, bevor sie ihre Zähne zusammenbiss, als sie den Teppich hinter sich lassen und die Versammlungshalle betreten musste. Durch den kühlen Luftzug, der durch den großen offenen Raum strich, war es hier sogar noch kälter als im Schlafsaal. Die Mädchen ließen sich auf ihre Plätze auf den zur Bühne hin ausgerichteten Sitzbänken nieder. Sie saßen mit geradem Rücken, den Blick nach vorne gerichtet. Hinter sich konnte Autumn hören, wie Mia versuchte, den Speichel einzusaugen, der ihr auf der verletzten Seite aus dem Mund tropfte. Das ist nicht gut, dachte sie. Das ist wirklich schlimm. Sie wollte sich umdrehen und Mia sagen, dass sie damit aufhören, dass sie ihren blöden Mund schließen und still sein sollte. Und dass sie, wenn sie nicht selbst dafür sorgte, dass die Schwellung zurückging und sie wieder vorzeigbar war, hinters Haus gebracht werden würde.

Die dreiundzwanzig Mädchen sprachen kein Wort. Abe und Joseph standen links und rechts des Hinterausgangs und betrachteten würdevoll die Prozession. Die größtenteils neuen Aufseher standen entlang der gegenüberliegenden Seite des Raums und warteten auf Daddys Ankunft.

Autumns Blick richtete sich auf die Decke. In den Plastikgehäusen, die die Leuchtröhren umgaben, sah sie die Schatten der eingeschlossenen Motten und Fliegen und fragte sich, wie diese es überhaupt hineingeschafft hatten. Sie fühlte den Drang zu gähnen, wusste es jedoch besser. Ihre Lider fielen ihr zu. Wenn sie einschlief, während Daddy sprach, dann konnte sie ihm gleich das Messer reichen. Sie kniff sich so heftig, wie sie konnte, ins Handgelenk, quetschte ihre Haut zwischen ihren unebenen Fingernägeln zusammen und hinterließ kleine Halbmonde auf ihr. Das Quietschen rostiger Türangeln hallte durch den Raum, gefolgt von langsamen und schweren Schritten hinter dem Bühnenvorhang. Zuerst erschien Horace, der den Blick auf Daddy teilweise verdeckte, solange er ihm beim Gehen half. Es dauerte lange, bis Daddy den Sessel erreicht hatte, der für ihn auf die Mitte der Bühne gestellt worden war, und noch länger, bis er mit Horaces Unterstützung eine Position gefunden hatte, in der er ohne allzu viele Schmerzen sitzen konnte. Vor Anstrengung schnaufte er mit offenem Mund und nahm sich einige Momente Zeit, um zu Atem zu kommen. Zunächst verstand Autumn nicht, warum er sich die Mühe gemacht hatte, überhaupt selbst zu laufen – er war seit Jahren auf den Rollstuhl angewiesen, sein Rücken hatte einen so grotesken Buckel, dass niemand sicher war, ob er überhaupt laufen *konnte*. Aber dann kam sie drauf: Er wollte ihnen zeigen, dass er immer noch körperlich gesund war, dass er immer noch einen gewissen Bewegungsradius hatte, falls eine seiner Töchter ihn auf die Probe stellen wollte. Dummer alter Mann, dachte sie. Du brauchst jemanden, der dich auf die Toilette setzt und dir wieder hinunterhilft, dein Essen zu Brei zerstampft und dich mit dem Löffel füttert, dich wie ein kleines Baby abends ins Bett bringt. Und da sollen wir beeindruckt sein, wenn du es über die Bühne schaffst, ohne wie ein Kartenhaus zusammenzuklappen?

Aber sie konnte sehen, dass seine kleine Show *tatsächlich* einige Mädchen überwältigt hatte. Sie starrten ihn an. Ihre Augen glänzten voll Staunen, weil sie nicht verstanden, wie ein Mann, der fast zweihundert Jahre alt war, in der Lage war, eine solche übernatürliche Aufgabe zu bewältigen. Zweihundert! Hatte Autumn das je geglaubt? Ja, als sie klein und neu im Haus gewesen war. Aber dann war sie, als sie ungefähr dreizehn Jahre alt war, eines Nachts von einem neuen Aufseher aus dem Bett geholt und in Josephs Büro gebracht worden. Er hatte sie bei der Hand genommen und gesagt, dass er sie verdammt süß fände und dass sie keine Angst vor ihm haben müsste. Dann hatte er sie auf den Tisch niedergedrückt, bevor er sie unbemerkt wieder ins Bett zurückbringen wollte. Das alles hatte weniger als zehn Minuten gedauert, aber in der Zeit hatte der Wärter drei entscheidende Fehler gemacht. Der erste war, dass der Idiot vergessen oder absichtlich ignoriert hatte, dass das gesamte Haus von Sicherheitskameras überwacht wurde. Der zweite Fehler war, dass er Autumns Gesicht auf die Tischplatte drückte, als er in sie hineinstieß, weil ihr das erlaubte, einen Blick in ein wichtiges Buch zu werfen, das aufgeschlagen auf Josephs Schreibtisch lag. Als ihr Blick über die Seiten wanderte, sah sie die echten Namen und Adressen einiger Mädchen aus dem Haus, auch einige Schulen, die sie besucht hatten, und die Berufe der Eltern. Unten auf der rechten Seite las sie den Namen *Cherry*.

Der dritte schwere Fehler des dreisten jungen Aufsehers war gewesen, dass er Autumn das tatsächliche Alter von Daddy verriet. Er hatte sie ausgelacht, weil sie geglaubt hatte, er könnte zwei Jahrhunderte alt sein. »Scheiße, bist du wirklich so dumm? Kein Schwanz kann so lange leben. Weiß doch jedes kleine Scheißkind«, hatte er gesagt und sich die Unterhose über seinen erschlafften, tropfenden Penis gezogen. »Oder bist du komplett bescheuert? Menschen leben meistens noch nicht mal hundert Jahre, geschweige denn zweihundert. Was glaubst du, was er ist, ein Drachen oder so was? Der Wichser geht auf die neunzig zu, wenn überhaupt.«

In der folgenden Nacht war Autumn wieder aufgeweckt worden, dieses Mal von den Protestschreien des jungen Wärters. Ein Mädchen namens Latoya, das damals im oberen Bett bei den vergitterten Fenstern ihren Schlafplatz gehabt hatte, hatte gesagt, dass sie den Mann in einem Käfig nach draußen auf die Rasenfläche gebracht hätten. Er wäre nackt gewesen, und die Männer, die ihn nach draußen brachten, hätten brennende Fackeln getragen.

Sie hätten Benzin über den Käfig geschüttet und die Fackeln gegen die Stäbe gehalten. Die Mädchen hatten zugehört, wie die Schreie anschwollen zu etwas, das mehr gewesen war als der Ausdruck menschlicher Qual. Dann war das Brüllen ganz verstummt, und danach hatte man nur noch das Gelächter der anderen Aufseher gehört.

Autumn hatte erwartet, dass Daddy ihr dasselbe antun würde, weil sie das Buch gesehen hatte, aber das hatte er nie getan. Vielleicht hatte ihr die Tatsache, dass sie damals mit ihrem ersten Kind schwanger gewesen war, das Leben gerettet; nur so konnte sie es sich erklären. Das Erstgeborene eines Mädchens hatte für das Haus immer einen großen Stellenwert.

Nun glitt Daddys Zunge zwischen seinen Lippen hervor, um sich auf die Rede vorzubereiten. »Ich habe mehr von euch allen erwartet«, fing er an und reckte seinen Hals wie eine Schildkröte, die den Kopf aus ihrem Gehäuse schob. »Während ihr gefeiert und euch amüsiert habt, ist einer unserer

Betreuer verstorben. Er war über zwanzig Jahre Teil dieser Familie, schon lange, bevor ihr geboren wurdet.« Seine entzündeten Augen rollten in ihren Höhlen, seine eckigen gelben Zähne knirschten zwischen den Worten. »Begeht nicht den Fehler zu glauben, dass Lenas Handlungen keine Folgen für euch haben.« Er zeigte mit zitterndem Finger auf seine Töchter. »Ihr funktioniert nur als ein Ganzes. Wenn eine sich schlecht benimmt, dann wird die Strafe alle treffen. Nur so kann ich sicherstellen, dass ihr selbst« – er wischte sich über den Mund – »eure Schwestern davon abbringt, etwas Dummes zu tun.« Das plötzliche Anschwellen der Stimme ließ einige Mädchen zusammenzucken.

Lange sagte er nichts mehr, sodass Autumn schon dachte, er sei eingeschlafen. Aber als Horace auf ihn zuging, schüttelte er blitzartig seine Starrheit ab und fuhr fort: »Lena hat jede Einzelne von euch betrogen. Und für was? Leslie hat sich um euch alle gekümmert, dafür gesorgt, dass ihr etwas zu essen im Bauch hattet und Kleidung zum Anziehen, und wie hat sie es ihm gedankt? Sie hat ihn im Stich gelassen zu einer Zeit, als er …« Er zögerte, suchte nach Worten. »Zu einer Zeit, als er … hilflos war. Sie hat ihn sterben lassen. Vergesst nicht, wer sich all die Jahre um sie gekümmert hat. Das waren wir. Wir haben ihr ein besseres Verständnis der Welt vermittelt und ihr erlaubt, Teil von etwas Majestätischem zu sein.« Er machte eine weitere Pause, während sein eingestaubt-verwirrter Verstand die nächsten Sätze seiner Rede zusammensetzte.

»Ich will jeder von euch eine Frage stellen. Wollt ihr weggehen? Hebt eure Hand. Kommt schon, seid nicht schüchtern. Wer gehen möchte, dem ist vollständig verziehen. Also, los geht's. Hebt eure Hände.«

Autumn schaute hinab in ihren Schoß, ihre Hände wurden schwer wie Granit. Es gab keine Kraft der Welt, die sie dazu hätte bringen können, auch nur einen Finger nach oben zu strecken. Sie dachte an Mia und Wendy, umklammerte mit einer Hand fest die andere und hoffte bei Gott, dass keiner der beiden Mädchen dumm genug sein würde, in die Falle zu gehen.

»Gar keine?« Seine Mundwinkel gingen nach oben. »Nun, das überrascht mich. Wo ich doch genau weiß, dass einige von euch hier unglücklich sind. Dass einige unzufrieden damit sind, eine Bleibe zu haben, von Menschen umgeben zu sein, die ganz buchstäblich töten würden, um euch zu beschützen! Einige von euch schmieden sogar ein Komplott gegen mich.«

Schweißperlen kamen auf Autumns Stirn zum Vorschein und liefen ihr Gesicht hinunter. Ihr Rücken wurde feucht, und der Baumwollstoff klebte auf der Haut. Um sich von dem Zittern in ihren Armen abzulenken, biss sie sich auf die Innenseiten der Wangen. *Wendy, du Idiot! Du hast uns mit deiner blöden großen Klappe hier reingeritten. Wie oft habe ich dir gesagt, dass du nicht im Haus sprechen darfst, dass jeder Raum Ohren hat? Du dummes, dummes Mädchen.* Sie schloss ihre Augen und wartete darauf, dass er ihren Namen nannte, um den Betrug zu veranschaulichen.

»Wenn eine von euch tatsächlich gehen möchte, solltet ihr eines vorher bedenken. Ich halte euch hier nicht gegen euren Willen fest. Jede von euch kann gehen, wie und wann es ihr gefällt. Aber denkt an Folgendes. Ich habe euch aufgenommen, ihr seid meine Töchter. Ich habe euch Liebe gelehrt, und mit dieser Liebe geht Disziplin einher. Ich erlaube keine Anarchie. Ich werde euch alle dazu erziehen, gehorsam und anständig zu sein. Und wenn es mich das Leben kostet.«

Er versuchte aufzustehen. Horace kam ihm rasch zur Hilfe. Als er endlich aufrecht stand, sagte Daddy: »Meine Liebe ist wie eine Tür, die nur zu einer Seite aufgeht. Wenn ihr bei mir seid, werde ich euch die Welt schenken, wie ich es bisher wahrhaftig getan habe. Wenn ihr gegen mich und dieses Haus seid, dann wisst ihr, wo die Tür ist. Aber Gott stehe euch bei, wenn ihr euch dazu entscheidet, durch sie hindurchzugehen.«

Horace half Daddy von der Bühne. Autumn war nass geschwitzt, ihr Haar klebte an ihrem heißen Gesicht. Sie sah zu Wendy hinüber und schüttelte den Kopf. Wendy konnte ihr nicht in die Augen schauen.

»Okay, Soldaten«, sagte Joseph, nachdem Daddy die Halle verlassen hatte. »Wir müssen euch wieder in Schwung bringen. Es gibt noch viel zu erledigen bis nächste Woche. Wir erwarten Besuch, und das Haus ist zum Saustall verkommen, während ihr euch auf dem Unterdeck ausgeruht habt.« Er nannte ihn nie den Keller, als wenn das Wort zu gewöhnlich wäre, um Teil seines ausgewählten Vokabulars zu sein. Aber in Wirklichkeit wollte er vermeiden, die Wahrheit über ihre Situation auszusprechen: dass sie in einem Keller an ihrem Hals angekettet gewesen waren und in ihrer eigenen Pisse, Scheiße und in ihrem Blut sitzen durften. »Wir müssen das Haus putzen, bis es picobello ist, und dann solltet auch ihr etwas Zeit darauf verwenden, selbst wieder anständig auszusehen. Nächste Woche werden wir viele Gäste unterhalten, und ich will, dass ihr alle funkelt.«

14. KAPITEL

Die Stille, die sich nachts über Oakridge legte, war nicht immer perfekt. Die unheimliche Ruhe, für die die Nachbarschaft bekannt war, wurde gestört von den Klick- und Zirplauten der Insekten auf den sauber gemähten Rasen, und von dem schartigen Schreien der Kojoten, die durch die umliegenden Täler streiften. Es gab jedoch keine Sirenen, keine hochgedrehten Motoren oder quietschenden Reifen, keine betrunkenen Auseinandersetzungen oder hämmernde Musik. Selbst die Lautstärke, mit der Regen hinabfiel, war hier gedämpft, darum bemüht, die wertvolle Ruhe nicht zu stören, als ob es ein Abkommen darüber gäbe. Die herrschaftlichen Häuser lagen so weit auseinander, dass Wochen oder sogar Monate vergehen konnten, ohne dass man die direkten Nachbarn gesehen hätte. Jedes Grundstück war eine eigene abgeschlossene Wohnanlage: riesig groß und rasend teuer, erbaut für die Elite. Hinter den doppelt verglasten Fensterscheiben und den Samtvorhängen erschufen die Bewohner sich ihre eigene Idealwelt. Hinter den bewehrten Türen sah man mehr Drogen-und Alkoholmissbrauch als in einem durchschnittlichen Sozialwohnungsbau. Dieses dreckige Geheimnis war der Gemeinde von Oakridge bewusst, und sie hütete es wie einen Schatz.

Cindy Schilling verstand diesen Umstand vielleicht besser als jeder andere in der Nachbarschaft. Im zarten Alter von siebzehn Jahren war sie mit dem Segen ihrer Eltern aus ihrem Zuhause im ländlichen Alabama ausgezogen, um eine Karriere in Hollywood zu verfolgen. Sie sagte ihnen ganz sachlich, dass sie eine berühmte Schauspielerin werden würde und mit einundzwanzig Jahren vermutlich ihre erste Million verdient hätte. Das konnte man sich gut vorstellen. Da sie als Kind die Schönheitskönigin der Gegend und später der schönste Teenager der Stadt gewesen war, war sie bereit, die Welt zu erobern. Sie wusste, dass sie, wenn sie ein Gebäude betrat, die Schönste war. Sie wusste, dass Männer dahinschmolzen, wenn sie mit ihnen redete. Sie wusste, dass Frauen, die ihr auf dem Bürgersteig entgegenkamen, sie mit einer Mischung aus Neid und Feindseligkeit ansahen, und es gab keine andere Sache auf Erden, die ihr ein so großes Lächeln auf das Gesicht zauberte.

Bewaffnet mit dreihundert Dollar und einem Portfolio professioneller Porträtaufnahmen und Fotos in glamourösen Posen (aufgenommen von einem Typen in einem Einkaufszentrum, der an dem Tag ein besonders günstiges Angebot hatte), war sie mit dem Fernbus am Bahnhof angekommen und ergatterte mit ihrer Überredungskunst sofort ein Meeting in einer Agentur.

Starshine Cross war eine erfolgreiche, unabhängige Agentur mit Sitz im Zentrum von L. A. Mutig ging sie zum Empfang und sagte der Herrin über die Telefone, dass sie einen Termin hätte.

»Mit wem?«, fragte die Empfangsdame unbeeindruckt.

»Du meine Güte, ist mir das peinlich, aber ich habe den Namen komplett vergessen.«

»Wirklich?« Die Rezeptionistin war gelangweilt, hatte sie doch schon tausendfach eine Variante dieser Abzocke gehört: Alberne junge Mädchen wollten den Durchbruch schaffen, ohne die geringste Ahnung vom Geschäft zu haben. »Nun, wie heißen Sie? Beginnen wir damit.«

»Cindy Wilcox.«

Die Frau hinter dem Tresen seufzte, als sie durch die Kalendereinträge schaute, weil sie diese Scharade mitspielen musste. »Es gibt keine Cindy Wilcox im Terminplan für heute.«

»Dann muss offensichtlich ein Fehler vorliegen. Ich habe einen Zwölf-Uhr-Termin mit …« Sie legte eine Pause ein und bediente sich ihrer schauspielerischen Fähigkeit, um einen Erinnerungsverlust vorzutäuschen. »Mensch, wie war nur sein Name? War es Michael?«

Die Rezeptionistin bestätigte das weder, noch verneinte sie es. Ihr Gesicht blieb regungslos. Während Cindy sich ihren nächsten Schritt überlegte, kam ein Mann aus dem Aufzug und schlenderte durch die Empfangshalle. Er trug eine Sonnenbrille, einen Blazer mit einem Poloshirt drunter und eine weiße Hose. Die Diamanten, die seine Uhr zierten, reflektierten regenbogenfarbenes Licht in den Raum. Er schob sich seine Sonnenbrille in die Haare und ließ seinen Blick über Cindys Körper wandern. Sie lächelte ihn an.

»Er könnte es gewesen sein«, sagte sie zu der Frau am Empfang, ohne den Blickkontakt mit ihm zu unterbrechen.

»Ich könnte *was* gewesen sein?«, fragte er lächelnd.

»Daniel, das Mädchen behauptet, sie hätte einen Termin, aber sie ist nicht eingetragen und weiß nicht, mit wem das Treffen« – sie malte hinter Cindys Rücken mit ihren Fingern Anführungszeichen in die Luft – »ausgemacht ist.«

Der Mann schaute auf seine Uhr. »Nun, mein nächster Termin ist erst in einer Stunde. Vielleicht mögen Sie mit in mein Büro durchkommen?«

»Ja, mit Vergnügen«, erwiderte Cindy und drehte sich mit einem spöttischen Lächeln zur Rezeptionistin um, bevor sie mit ihrem Fang in sein Büro stolzierte.

Sie tauschten nur wenige Höflichkeiten aus, bevor Cindy ihr Portfolio präsentierte, wobei sie darauf achtete, ihm möglichst viel Haut zu zeigen. Er blätterte durch die Fotos in der Plastikmappe und hielt hier und da inne, um eine bestimmte Pose zu bewundern.

»Also, Sie suchen eine Agentur, die Sie repräsentiert, ist das richtig?«

»Ja, ganz genau. Ich will hauptsächlich Kinofilme machen, bin aber auch fürs Fernsehen offen.«

»Verstehe. Haben sie je als Schauspielerin gearbeitet, Cindy?«

»Ich bin in Highschool-Theaterstücken aufgetreten, aber bisher nicht professionell. Irgendwo muss man ja anfangen, oder?«

»Das stimmt.« Er grinste. »Aber bedauerlicherweise nehmen wir nur erfahrene Klientinnen und Klienten an, Schauspielerinnen und Schauspieler, die schon zahlreiche Arbeiten vorweisen können. Unbekannte werden nur aufgenommen, wenn sie auf Empfehlung kommen.«

»Wenn das so ist, dann empfehle ich mich selbst.« Sie schenkte ihm ihr bestes trällerndes Lachen, das ihre perfekten perlweißen Zähne zeigte.

Er lachte zwar mit, war nun aber reservierter. Cindy gab nicht auf, auch wenn ihr Lächeln die Augen nicht mehr erreichte. Sie setzte an, Robert Duvalls Napalm-Rede von *Apocalypse Now* vorzuführen.

Daniel unterbrach sie. »Ich glaube, dass Sie gut sind«, begann er, aber nun war Cindy dran, ihn zu unterbrechen.

»Ich wette, Sie haben nie eine Frau in dieser Szene gesehen, oder? Ich wollte Ihnen nur meine Bandbreite zeigen, damit Sie wissen, dass ich alles spielen kann.«

Ihre Bemerkung ignorierend, fuhr er mit seinem ursprünglichen Gedanken fort. »Ich glaube, dass Sie gut sind. Aber Sie müssen mehr Lebenserfahrung gewinnen. Sie müssen zu Vorsprechen gehen, mehr Charakter bekommen. Das wollen Sie jetzt vermutlich nicht hören, aber es wird Sie darauf vorbereiten, was später kommt.«

Sie seufzte. »Wollen Sie, dass ich Ihnen einen blase?«

»Entschuldigen Sie?«

»Soll ich Ihren Schwanz in meinen Mund nehmen? Wird das dieses etwas verkrampfte Gespräch voranbringen?« Sie stand auf und ging um seinen Schreibtisch herum.

»Ich denke, es wäre am besten, wenn Sie jetzt gehen.«

»Mist, habe ich Sie falsch eingeschätzt? Sie wirken nicht wie eine Schwuchtel.«

»Ich bin nicht schwul.« Er stand auf und öffnete ihr die Tür. »Sie müssen gehen. Jetzt.«

Sie lachte und schnappte sich ihre Tasche und die Mappe. »Schauen Sie mich noch einmal in aller Ruhe an, denn in einem Jahr werden Sie in Ihre Frühstücksflocken heulen und sich fragen, warum in aller Welt Sie diese Gelegenheit haben ziehen lassen.«

Daniel reagierte nicht auf den Spott und sagte nur: »Versuchen Sie es bei einer der kleineren Agenturen. Ich wünsche Ihnen viel Glück.«

»Tunte.«

Cindy entschied sich dafür, Daniels Rat nicht zu folgen. Sie trieb sich in Bars herum und schlich sich mit verführerischen Versprechungen an Türstehern vorbei. Sie ging zu Partys, kam mit Kokain in Kontakt und vergaß bald die Schauspielerei. Es gab einen viel einfacheren Weg, ihr eigentliches Ziel zu erreichen, nachdem sie sich klargemacht hatte, auf was ihr Streben wirklich gerichtet war. Berühmt zu sein war in Wirklichkeit nur ein Nebenprodukt des einen wahren Bedürfnisses – reich zu sein. Und in einer Stadt wie Hollywood brauchte sie nicht zu arbeiten, um reich zu werden. Sie musste nur einen vögeln, der reich war, und sich an ihn dranhängen.

Mit achtzehn Jahren hatte sie genug gelernt, um zu wissen, dass man sich auf die Jungs mit Geld nicht verlassen konnte. Natürlich gaben sie einem genug Koks und hatten mehr Pillen als ein Apotheker, aber sie waren unverbindlich, was die Gefühle anging. Sie liebten es, zu feiern und Sex zu haben, aber anschließend legten sie ihr das Geld fürs Taxi in ihre verschwitzte Hand und warfen sie raus. Nie verabredeten sie sich danach zum Dinner oder gab es auch nur eine Begrüßung, wenn sie sich an einem der Hotspots wiedertrafen. Sie brauchte ein Jahr, um zu erkennen, dass sie mit dem Feiern um des Feierns willen nicht schnell genug ans Ziel gelangte. Sie lebte von Tag zu Tag und bestahl die Männer, die sie mit nach Hause nahmen, bevor sie sich wieder in ihre kakerlakenverseuchte Eigentumswohnung auf der Eastside zurückzog.

An dem Tag, an dem ihre Flugbahn sich ändern sollte, saß sie in einem Taxi auf dem Weg ins Roxy, um es mit einem jungen Gitarristen zu versuchen, über den alle redeten. Es ging das Gerücht, dass er kurz davorstand, einen gigantischen Deal mit Sony zu unterschreiben, und Cindy wollte etwas davon abhaben. Das Taxi fuhr an einem Auditorium vorbei, vor dem Limousinen parkten und in das, einer nach dem anderen, eine Gruppe älterer Männer im Frack eingelassen wurde. Der Instinkt siegte, bevor ihr Gehirn überhaupt realisiert hatte, was sie da tat. Cindy sagte dem Taxifahrer, er sollte halten, und gab ihm rasch einige Dollarscheine.

Aus dem Taxi auszusteigen war die beste Entscheidung, die sie je getroffen hatte. Denn in dem Gebäude war ein Mann namens Glenn Schilling, den Cindy, auf charmante Weise naiv, wie sie als Teenager nun einmal war, nicht erkannte. Die Größenordnung ihres Fangs wurde ihr erst viel später klar, als ihre Liebesbeziehung schon in vollem Gang war.

Sieben Monate später heiratete sie Glenn Schilling in einer privaten Zeremonie in Puerto Rico. Als sie bei der Hochzeitsparty Champagner nippten, lehnte sie sich zu ihm vor und sagte ehrlich und ernsthaft: »Dich zu heiraten hat all meine Träume wahr gemacht.« Sie erzählte ihm nicht, dass damit nicht nur ihr Plan, wahnsinnig reich zu werden, aufgegangen war, sondern dass sie ihr Ziel ein Jahr vor dem selbst gesetzten Zeitpunkt erreicht hatte.

Nun saß Cindy also in ihrem kalbsledernen Sessel am Fenster und rauchte eine Zigarette. Müde vom Valium und Tequila starrte sie schon länger in den Himmel und hoffte, Blitze zu sehen. Hin und wieder leuchteten die Wolken auf und stoben auseinander. Sie liebte es, wenn ein Sturm wütete, denn sie sehnte eine Katastrophe herbei. Dieser Tage drehten sich ihre Fantasien nur um globale Ereignisse, das Polareis, das endlich schmolz, oder Erdbeben, die einen Kontinent entzweirissen. Sie wollte, dass die Welt auf den Kopf gestellt wurde und alle am Arsch waren, wollte Elend und Tod für alle.

Aber als sie auf dieses eine perfekte Donnergrollen wartete, geschah etwas Merkwürdiges. Unter der betäubenden Wärme ihres Stumpfsinns machte sich ein Déjà-vu mit einem leichten Stechen bemerkbar. Sie sah ein blaues Auto vorbeifahren, das sie, da war sie sich sicher, erst vor einigen Minuten gesehen hatte. Obwohl sie ihrem Verstand nur eingeschränkt trauen konnte, war sie ziemlich überzeugt. Als der Wagen ein drittes Mal vorbeifuhr, die Räder auf dem Asphalt entlangkrochen, mühte Cindy sich auf die Beine und ging zu dem Fenster auf der gegenüberliegenden Seite des Hauptschlafzimmers. Das Haus neigte sich zur Seite und ruckelte um sie herum, aber das ignorierte sie, öffnete den Vorhang einen kleinen Spalt und spähte auf die regenglatte Straße hinunter. Das Auto rollte aus, bis es nur wenige Meter weiter stehen blieb und die Scheinwerfer ausgingen. Cindy beobachtete das Fahrzeug eine Minute und wartete darauf, dass der Fahrer ausstieg. Als minutenlang nichts passiert war, presste sie die Handflächen gegen die Fensterscheibe. »Etwas Seltsames geht da draußen vor«, murmelte sie. »Ein Auto … parkt genau gegenüber auf der Straße da unten … fuhr vorbei … fuhr vorher schon ein paarmal vorbei. Ich glaube, irgendwer beobachtet uns.«

Sie wartete auf eine Reaktion, und als keine kam, wankte sie umher, um Glenn zu finden, bevor sie sich daran erinnerte, dass er oben in seinem Denkraum war.

Sie betrachtete noch einmal das Auto. »Vielleicht sollten wir George sagen, dass er das überprüft«, sagte sie mühsam, ihre Lippen schwer, und hatte bereits vergessen, dass Glenn gar nicht mit ihr im Zimmer war. »Könnte was bedeuten … meinst du nicht auch?«

15. KAPITEL

Der korpulente Verkäufer im Mini-Markt versicherte Francine, dass Triple Xplosion nicht nur der Drink mit der brutalsten Dosis Koffein im ganzen Laden war, sondern dass sie auch anderswo vermutlich keinen besseren finden würde, zumindest keinen legalen. »Vertrauen Sie mir. Trinken Sie den, und Sie werden die nächsten zwei Tage nicht schlafen. Leute auf Crack haben eine bessere Nachtruhe.« Francine kaufte ein Sixpack.

Schillings Haus zu observieren war langweilig, aber der Mann im Laden hatte nicht gelogen. Das Zeug ließ ihre Nervenenden aufglühen und machte es irgendwie erträglich, die Villa anzustarren. Sie hatte gesehen, wie der Vorhang vor dem Fenster im ersten Stock sich einige Male bewegte, aber wegen des Regens, der die Windschutzscheibe hinunterlief, war es schwierig, durch ihr Fernglas eine klare Sicht zu bekommen.

In den langweiligen Phasen schlich sich der Zweifel wieder an, und Francine biss sich die Daumen blutig, während sie über alles nachdachte. Warum hatte Will nicht einmal die Möglichkeit in Betracht gezogen, dass Lena die Wahrheit sagte? Jemanden auf und an ihrer Seite zu haben würde alles so viel einfacher machen. War das, was sie erzählt hatte, tatsächlich so schwer zu glauben? Und wenn dem so war, warum konnte Francine sich nicht eingestehen, dass Lena vielleicht gelogen hatte? Je länger sie das Rätsel in ihrem Kopf herumwälzte, es von jedem Blickwinkel aus analysierte, desto überzeugter war sie. Die Tatsache, dass Lenas Geschichte über Schilling so weit hergeholt schien, machte sie umso plausibler.

Die ersten vierundzwanzig Stunden geschah nichts. Ungefähr einmal die Stunde sah sie, wie der Umriss einer Person den Vorhang bewegte. Die Silhouette war definitiv weiblich – Schillings Frau oder eine Hausangestellte. Sie hatte das Anwesen aufgrund des *Forbes*-Artikels als seines identifiziert und sah sich in ihrer Annahme bestätigt, als sie im Vorbeifahren die erhaben in die Tore eingearbeiteten Initialen GS erkannte. Nun musste sie sich nur bis Samstag nicht von der Stelle rühren, wenn er sich zu seiner Show aufmachte.

Francine wollte nah beim Haus bleiben, um ein Gefühl dafür zu bekommen, und hoffentlich auch einen Blick auf die Ikone selbst werfen zu können. Die Umsetzung ihres Plans wäre so vielleicht leichter, als wenn sie ohne Vorbereitung dort auftauchte. Aber als sie Glenn Schilling endlich erblickte, als er die Villa verließ und zur Garage schlenderte, überkamen sie Zweifel. Schilling war bloß ein gebrechlicher alter Mann, der, wenn man das Anwesen und die Umgebung ignorierte, einfach nur auf dem Weg zur Post oder zum Supermarkt hätte sein können, um Brot zu besorgen. Trotzdem ließ sein bloßer Anblick ihr Herz höherschlagen und ihren Mund trocken werden. Er mochte hinfällig erscheinen und lange nicht mehr der tolle Hecht sein, der jeden Samstag auf der Bühne auf und ab tanzte, aber er war böse. Das durfte sie nicht vergessen.

Als sie das dritte Mal die Tankstelle ansteuerte, fragte der Verkäufer sie, warum sie andauernd die Toilette benutzte, und schaute argwöhnisch zwischen ihr und ihrem parkenden Auto hin und her. Sie spulte eine Entschuldigung ab, die nicht überzeugend klang. Als sie einen Blick in den Spiegel warf, erkannte sie, warum sie ihm so verdächtig vorkam. Der Schlafmangel, kombiniert mit schlechter Ernährung, hatte seine Spuren hinterlassen. Eine Schar roter Pickel loderte auf ihrer Wange. Ihre Augenringe waren so dunkel, dass sie wie ein Opfer häuslicher Gewalt wirkte. In wenigen Tagen waren die Pfunde nur so geschmolzen, ihr Kopf wirkte plötzlich zu groß für ihren dürren Hals. Der Verkäufer dachte vermutlich, sie würde Crystal Meth nehmen.

Im gnadenlosen WC-Licht brachte sie sich wieder in Ordnung und fuhr eilig zurück zu Schillings Haus, hielt unterwegs jedoch nach anderen Plätzen Ausschau, die für eine

Pause geeignet waren, da die Tankstelle nun nicht mehr infrage kam.

Sie schaltete den Motor aus, wickelte einen Schokoriegel aus und richtete ihre Aufmerksamkeit wieder auf die Fenster. Um Mitternacht schrieb sie *Tag 3. Keine Anhaltspunkte* in das Heft, das sie mitgebracht hatte. In zwei Tagen würde Glenn Schilling sich auf den Weg ins Fernsehstudio machen, um *Saturday Night Splendour* aufzunehmen. Was dann? Bisher war ihr der Plan ganz vernünftig vorgekommen: warten, dass Schilling die Villa verlässt, über die Mauer klettern, irgendwie einbrechen, ohne die Alarmanlage zu aktivieren, und so lange herumsuchen, bis sie etwas gefunden hatte, das ihn mit Autumn in Verbindung brachte.

Wenn sie sich zu lange bei den Unwägbarkeiten aufhielt, würde sie sich das Vorhaben selbst ausreden, das war ihr klar. Denn je mehr sie darüber nachdachte, was sie wirklich vorhatte, desto haarsträubender schien es ihr. Was war, wenn sie es wirklich schaffte, hineinzukommen? Und was sollte werden, wenn sie in diesem perfekten Szenario tatsächlich das ganze verdammte Haus mit äußerster Sorgfalt durchsuchen konnte und immer noch nichts fand? Was war dann ihr nächster Schritt?

»Hör auf damit«, flüsterte sie und vertrieb den Zweifel aus ihren Gedanken. »Hör einfach auf.«

Francine war einige Male ausgestiegen, um zu Fuß an der Grundstücksgrenze entlangzugehen, damit sie einen Eindruck vom Grundriss und dem Aufbau des Hauses bekam. Soweit sie erkennen konnte, waren an jeder Ecke des Daches Sicherheitskameras installiert. Wie Wasserspeier sahen sie aus. Ein Wärter bewachte das Eingangstor. Aber wenn sie es bewerkstelligte, über die Mauer auf der Rückseite des Anwesens zu klettern, könnte sie bestimmt einfach direkt zum Hintereingang spazieren. Glenn Schilling war ein Nationalheiligtum und besaß eine

Menge verrückter Fans, aber Francine würde nicht wenig Geld darauf verwetten, dass keiner seiner Groupies so weit gegangen war, wie sie es vorhatte.

Die Tage verschmolzen zu einem einzigen langen Zeitraum, zu einem ewigen Dämmerlicht, das sie einhüllte. Ohne die Ausflüge in die Nachbarschaft hätte sie leicht glauben können, dass die Zeit tatsächlich stillstand. Auf Schillings Straße hatte sie weder andere Autos entlangfahren, noch hatte sie Hundeausführer oder Nachbarn ihren Geschäften nachgehen sehen. Es gab nichts außer dem Prasseln des Regens auf dem Wagendach.

In den frühen Morgenstunden des Samstags trank sie die letzte Dose Xplosion. Eine ganze Woche hatte sie Wachdienst geschoben. Wie konnte sie nur so schwachsinnig sein? Warum war sie einfach losgestürzt, ohne richtige Planung und ohne überhaupt zu versuchen, jemand anderen um Rat zu fragen? Weil keine Zeit war, beruhigte sie sich selbst. Keine Zeit für Vernunft.

Ein ungewohntes Geräusch weckte Francine auf. Sie sah auf die Uhr am Armaturenbrett. Stunden waren vergangen. Eine Limousine fuhr vorbei, und Francine duckte sich schnell in ihrem Sitz. Sie wischte einen Streifen im Kondenswasser der Autoscheibe frei, durch den sie beobachten konnte, wie der Wagen auf Schillings Anwesen rollte. Sie startete den Motor und fuhr die Straße hinauf, machte eine Kehrtwende und blieb an der Ecke stehen, sodass sie das Fahrzeug im Blick hatte, wenn es das Grundstück wieder verließ, ohne selbst gesehen zu werden. Sie wollte nicht, dass Schilling ihr Auto bemerkte. Einige Minuten später kam die Limousine wieder durch das Tor, bog nach links und fuhr, ohne anzuhalten und ohne an Francine vorbeizukommen, weiter.

Francine zögerte kurz, unsicher über ihren nächsten Schritt. Dann schaltete sie den Motor aus und eilte hinüber zur Mauer auf der Rückseite des Anwesens. Diese war doppelt so hoch wie sie und besaß keine augenfälligen Vorsprünge, an denen man sich hätte hochziehen können, nur glatten Stein bis oben hin. Anlauf nehmen und springen wäre eine Möglichkeit, wenn Francine es schaffen würde, sich dabei so hoch zu strecken, dass sie die Mauerkuppe umfassen könnte.

Angesichts der Schwierigkeit dieser Aufgabe wurde sie vom Gewicht der Realität geradezu erdrückt. Es war unmöglich, das Hindernis zu erklimmen. Sie musste einen anderen Weg hinein finden. Sie ging an der Mauer entlang, bis sie zu einem zylindrischen Pfeiler kam, der die Ecke markierte. Probehalber trat sie mit einem Fuß auf den Sockel und legte beide Arme um die Säule. Sie versuchte, sich an ihm hochzuschieben, aber fiel sofort hinunter. Beim nächsten Versuch drückte sie die Zehenspitze ihres rechten Fußes in den Spalt zwischen Mauer und Pfeiler. Es war mörderisch; die Anstrengung, die das Klettern ihren Armen und Beinen abverlangte, war gewaltig.

Schlussendlich schwang sie das rechte Bein hoch und legte es auf dem Mauersims ab. Ihr Kopf platzte fast vor Stress, ihr Bizeps verkrampfte sich, als sie mit der Säule rang. Kalte Schmiere schien in ihrem Bauch zu einem Klumpen zu gerinnen. Dabei war ihr extrem warm, und der Schweiß lief ihr von den Achseln den Körper hinab. Sie überprüfte, ob sich die Waffe immer noch in ihrer Jackentasche befand, zog das andere Bein nach und ließ sich in die Hecke hinter der Mauer fallen. Ein stechender Schmerz schoss ihre Schienbeine hinauf, als sie landete.

16. KAPITEL

Der Geruch von feuchtem Gras und exotischen Blumen erfüllte Francines Nase, als sie zu den dunklen Fenstern des Hauses hinaufschaute. Nur im Erdgeschoss brannte Licht, dort, wo sie die Küche vermutete. Sie schleppte sich aus den Büschen und bewegte sich zunächst am äußeren Rand des Anwesens. Laut ihren Aufzeichnungen kam die Hausangestellte morgens um ungefähr sieben Uhr und ging abends um sechs, jedenfalls unter der Woche. Francine wusste nicht, ob sie am Wochenende noch zusätzliches Personal beschäftigten.

Im Garten standen viele Statuen, und als sie sich dem Gebäude näherte, kam ein großer mit Unterwasserlampen beleuchteter Swimmingpool zum Vorschein. Er war die Verkörperung von Verschwendungssucht: ein Pool in einer Stadt mit fast zweihundertdreißig Zentimetern Regen im Jahr.

Sie war außer Atem, als sie die Stufen erreichte, die zum Wintergarten führten. Sollte sie einen Moment ausruhen? Plötzlich stand sie mitten in blendendem Licht. Reflexartig rannte sie über das feuchte Gras und schlüpfte hinter eine kniehohe Steinmauer. Sie kniff die Augen zusammen, während sie auf den Alarmton wartete, aber sie hörte nur Stille.

Auf allen vieren beobachtete sie, ob es in der Küche irgendwelche Anzeichen für Bewegung gab. Eine Minute verging, dann noch eine, und als sie immer noch keine Aktivität wahrnahm, stand sie rasch auf und jagte zu den Schiebetüren, die in die Küche führten. Sie befand sich nun auf dem Präsentierteller für jeden, der in die Küche kam oder durch den angrenzenden Flur ging. Die Fenstergriffe ließen sich nicht drehen, die Türen mussten abgeschlossen sein. Sie unternahm keine weiteren Versuche, gab die Küchentüren auf und huschte schnell auf die Längsseite des Hauses.

Als das Licht des Bewegungsmelders erlosch, war sie wieder in Dunkelheit getaucht, und nur die Unterwasserlampen vom Pool erleuchteten den Weg. Ihr Atem klang zu laut in ihren Ohren, aber sie konnte nichts dagegen tun. Aufgrund des Adrenalins war sie kurz davor zu hyperventilieren. Mit dem Rücken zum Gebäude schob sie sich die Wand entlang und gelangte zu einer anderen Tür. Ein kleines grünes Licht leuchtete über dem Keypad. Sie wagte nicht, es zu berühren. Stattdessen probierte sie, den Türgriff zu drehen, aber auch dieser Zugang war verschlossen.

Sie umrundete weiter die Villa, bis sie an die Vorderfront des Anwesens kam, wo sie sich im Schatten hinter einer Säule verbarg. Sie befand sich am Ende einer langen Auffahrt und konnte den kreisrunden Brunnen, den Wärter und die Straße dahinter sehen. Sie wandte sich um. Vor ihr befand sich der Haupteingang: eine große zweiflügelige Tür. Während der Schweiß ihr das Gesicht hinunterrann, überlegte sie, was wohl geschehen würde, wenn sie einfach hinüberging, klingelte und demjenigen, der öffnete, die Waffe ins Gesicht hielt. Bevor sie den Gedanken noch in die Tat umsetzte, eilte sie lieber über den Betonfußboden des Eingangs zur anderen Seite des Hauses und tastete sich dort weiter.

Neben der Garage kam sie mit einem leichten Rutschen zum Stillstand. Das Tor, es war *offen* – nur halb, aber das reichte. Sicherlich war das mehr als reiner Zufall, es war ein Gottesgeschenk. Trotzdem zögerte sie. Was sie bisher getan hatte, konnte erklärt werden, sollte man sie erwischen und festnehmen: ihr dünnes Nervenkostüm, das anstehende Jubiläum von Autumns Verschwinden. Über Schillings Mauer zu springen und über seinen Rasen zu laufen, das war verzeihlich. Alles, was darüber hinausging, war es nicht.

Jede Faser ihres Körpers befahl ihr aufzuhören. Ein inneres Warnsystem, das mit dem vernunftgetriebenen Teil ihres Gehirns vernetzt war, ließ das rote Warnblinklicht aufblitzen. Und so nahm sie sich die Zeit, einen Schritt zurückzutreten und den ernsthaften Fehler, den sie gleich begehen würde, als solchen anzuerkennen. Dann überzeugte sie sich mit einem Blick über die Schulter, dass der Sicherheitsmann sie nicht sehen konnte, legte sich flach auf den Boden und kroch auf ihrem Bauch unter der Garagentür hindurch.

Ohne etwas zu sehen, ließ sie die Arme und Hände über den Boden gleiten, stand auf und tastete sich durch die Garage, bis sie gegen einen Wagen lief. Sie rechnete mit einem Alarm, sobald ihre Knie das Auto berührt hatten. Die gesamte noch in ihrem Körper befindliche Feuchtigkeit verwandelte sich in Schweiß, ihr Mund hingegen wurde trocken wie Pergament. Aber nichts passierte.

In kleinen Babyschritten bewegte sie sich in die Richtung, in der sie den Zugang zum Haus vermutete. Als ihre Füße an einen Treppenabsatz aus Stein stießen, streckte sie die Arme aus, fand das Geländer und zog sich an ihm die Stufen hoch. Sie strich mit den Handflächen über die Tür am Ende der Treppe, bis sie den Knauf fand. Mit angehaltenem Atem drehte sie ihn und öffnete die Tür einen Spaltbreit. Sie betrat das Haus nicht sofort, sondern horchte, ob es Geräusche gab. Kein einziges. Sie drückte die Tür auf. In der Stille des Hauses klang das langsame Quietschen der Angeln so laut wie das Bremsen eines Zuges.

Die Tür führte in einen langen Flur mit großen Gemälden in aufwendig geschnitzten Holzrahmen zur Rechten und zur Linken. Jedes war separat beleuchtet, um die Feinheiten der Pinselstriche auf der Leinwand zu offenbaren. In der Mitte des Korridors bemerkte sie eine Sicherheitskamera. Francine ignorierte sie einfach, weil sie wusste, dass ihr kein anderer Weg ins Haus zur Verfügung stand.

Es roch wie in einem Hotel, bemerkte sie abwesend, als sie sich fragte, welche Richtung sie einschlagen sollte. Weil die Treppe ihr am logischsten erschien, ging sie hinauf. Ihre nassen Turnschuhe hinterließen dabei schwache Fußabdrücke auf dem Teppich. Egal. Wenn man sie nicht ohnehin sofort schnappte, würde Schilling bestimmt denken, dass sie von einem nachlässigen Gärtner stammten. Und außerdem hatte sie ja nicht vor, etwas zu stehlen, sonst würden die Gemälde schon längst nicht mehr an der Wand hängen.

Oben angekommen, ging sie am Fahrstuhl vorbei und probierte es mit einem der Zimmer, die vom Flur abgingen. Sie öffnete die Tür, streckte eine Hand in den dunklen Raum und schaltete das Licht an. Es war ein Arbeitszimmer mit einem Mahagonitisch, auf dessen hinterem Ende ein Globus stand. An den Wänden hingen präparierte Schmetterlinge und Käfer sowie die Skelette verschiedener größerer Flügeltiere, die vielleicht einmal Fledermäuse gewesen waren. Sie schloss die Tür wieder und sah in einen anderen Raum – ein Schlafzimmer mit einem großen Fenster nach vorne heraus. Auf der gegenüberliegenden Seite des Raums schimmerte ein gigantisches Aquarium. Gemächlich bewegten sich die Schatten der Fische über die Wände. Obwohl dieser Raum nicht so aussah wie ein Hauptschlafzimmer, sah sie sich um, fand aber nichts Interessantes.

Der Raum nebenan war mit einem großen Pooltisch, einer Bar und einem sechseckigen Tisch in einer Ecke ausgestattet, auf dem säuberlich aufgestapelt Poker-Jetons lagen. Es gab auch eine altmodische Jukebox, aber von der hielt sie sich fern, weil sie befürchtete, dass sie wie die Lampen im Garten auf Bewegung reagierte. Überzeugt, dass es hier für sie nichts Nützliches gab, ging sie wieder hinaus und fuhr mit der Suche fort. Die nächsten Türen den Flur hinunter waren abgeschlossen, und sie hielt erst an, als sie sich dem Raum näherte, der das Hauptschlafzimmer sein musste. Von drinnen konnte sie das leise blecherne Geräusch eines Fernsehers hören. Zu wissen, dass auf der anderen Seite der Tür jemand war, ließ ihr Herz wild in ihrer Brust schlagen. Sie schob die Hand in die Vordertasche ihrer Regenjacke und nahm die Waffe heraus. Das Metall fühlte sich rutschig in ihrer feuchtkalten Hand an, und sie bemerkte, dass der Lauf sich unruhig hin und her bewegte, weil sie zitterte. Sie atmete tief ein und machte die Tür auf.

Der gebogene Fernsehbildschirm war dünn wie Papier. Sein Licht ergoss sich in den Raum und tauchte ihn in wechselnde Farben. Francine drehte sich um und sah eine nackte Frau in einem Himmelbett. Ihre Augen waren zu Schlitzen verengt und glänzten unnatürlich. Francine atmete scharf ein und wollte mit der Waffe auf sie zielen, aber die Frau bewegte sich nicht. Auf dem Nachttisch stand ein obszön großes Weinglas mit rotem Lippenstiftrand, umringt von vielen Medikamentenflaschen. Francine trat näher heran und bemerkte, dass die Tischplatte von dunkelgrünen Marihuana-Knospen und Tabak aus einer zerknitterten Zigarettenpackung übersät war. Nun erst roch sie den stechenden Geruch nach Gras, der in den Chiffonvorhängen des Himmelbetts hing.

Die Frau war komplett weggetreten, ihr Brustkorb hob und senkte sich langsam, die Lippen waren violett vom Rotwein. Unnatürlich ragten die Brustimplantate aus ihrer abgemagerten Brust empor, und die sonnenbankgebräunte und wunde Haut wirkte am gesamten Oberkörper zu straff. Die Schamhaare waren zu einem kleinen Dreieck frisiert, wie Francine bemerkte. Ein lebensgroßes Schwarz-Weiß-Foto, das am Kopfende des Bettes an der Wand hing, zeigte Schilling und diese Frau in Kleidungsstücken, wie man sie zu Preisverleihungen trägt.

Francine steckte den Revolver wieder in die Tasche und durchsuchte ein paar Schubladen, in denen sie Seidenunterwäsche sowie eine Auswahl an Dildos und Vibratoren fand. Sie betrat den begehbaren Kleiderschrank und schaute durch die Jacketts, die über der haarsträubend großen Schuhsammlung hingen. Dann ging sie zu einer Tür in der gegenüberliegenden Schlafzimmerwand.

Es dauerte ein wenig, bis sich ihre Augen an das Licht gewöhnt hatten und sie ganz sicher sein konnte, dass das, was sie dahinter zu sehen glaubte, wirklich da war. Es war ein Glastunnel, der in einen anderen Teil des Gebäudes führte. Von außen war er nicht zu sehen, weil er sich zwischen zwei abgeschrägten Abschnitten des Dachs befand. Sie erinnerte sich, dass sie auf einem der Fotos Schilling in diesem Tunnel gesehen hatte. Er hatte eine Pfeife im Mund gehabt und durch die kreisrunde Glasdecke in die überwältigende Sonne geschaut. Ein unheimliches, kribbelndes Gefühl breitete sich in Francine aus, und kurz bevor sie den Tunnel betrat, erkannte sie, dass es Angst war. Wovor, konnte sie nicht genau formulieren, nur dass es sich anfühlte, als wenn das Adrenalin sich aufgelöst hätte und ihr Verstand zurückgekehrt war. Diesen einen Moment lang war sie wieder vollkommen zurechnungsfähig und verstand, was für eine phänomenal schlechte Idee dieses Vorhaben war. Sie war in das Haus eines der beliebtesten Entertainer des Landes eingebrochen, und sie war bewaffnet.

Ja, aber vergiss nicht, warum *du bewaffnet bist, Francine. Du hast die Knarre, weil dieser kranke Scheißkerl dein kleines Mädchen verletzt hat. Er weiß, wo sie ist. Nur das hat dich die ganze Woche über wachgehalten, nur das hat deinen verdammten Scheißhintern hoch- und über die Mauer gekriegt, und nur das hat dich dahin gebracht, wo du sein musst.* Das verschwommene Polaroid blitzte vor ihrem inneren Auge auf, und sie verlor ihre Vorbehalte wieder.

Sie setzte sich gerade in Bewegung, als eine Stimme sie stoppte. »Ich glaube, um diese Zeit muss unsere Wäsche nicht mehr gemacht werden.«

Francine wirbelte herum und sah die Frau, die jetzt am Türrahmen des Schlafzimmers lehnte. Sie war immer noch nackt, ihr Kopf leicht zur Seite gekippt.

»Und wenn doch, kann es warten. Es gibt unten wahrscheinlich mehr für Sie … mehr für Sie zu tun unten in den … in einem der anderen Räume. Das hier ist … Sie sollten nicht hier oben sein.«

»Ist alles in Ordnung mit Ihnen, Mrs. Schilling?«, fragte Francine. Ihr Instinkt befahl ihr, so zu tun, als ob sie zum Personal gehörte.

»Cindy«, flüsterte die Frau. »Ich mag es nicht, wenn Sie mich alle Mrs. Schilling nennen.« Ihr Kopf rollte nach hinten, und sie schwankte im Stehen. »Das klingt so … so … verdammt alt.«

»Sorry, Cindy«, erwiderte Francine. »Warum bringen wir Sie nicht wieder ins Bett?«

»Was … machen Sie hier … oben so spät abends?«

»Ich sorge dafür, dass alles in Ordnung ist«, sagte Francine und suchte in Cindys Gesicht nach einem Anzeichen, dass Cindy sie erkannte. Da war keins. Der Frau lief der Speichel aus dem Mund, und sie wischte ihn sich mit dem Handrücken ab.

»Machen Sie etwa Frühlingsputz … Ist es das?«

»Ja, genau das. Soll ich Ihnen behilflich sein, wieder ins Bett zu gehen, Cindy?«

»Ich bin kein verdammtes Kind … Es sei denn …? Sind Sie eine Lesbe oder so etwas?«

»Nein, keinesfalls.«

»Mein Mann mag es nicht … wenn die Angestellten da hinüber …« Sie zeigte auf den Tunnel hinter Francine. »Das ist Ihnen nicht gestattet.«

»Doch, mir ja.«, sagte Francine kalt. *Denn das ist genau der Ort, wo ich hinmuss, oder?*

»Nei-hein.« Cindy schüttelte unsicher ihren Kopf. »Glenn wird wirklich wütend sein, wenn er Sie da findet.«

»Das wird er nicht«, erwiderte Francine und brachte ein zuckersüßes Lächeln zustande. »Seine Instruktionen waren dergestalt, dass ich diesen Teil des Hauses reinigen soll. Gehen Sie am besten wieder zu Bett.«

Cindys Mund stand offen, als sie auf Francine zuwankte. In einer anderen Umgebung hätte sie wie eine Crack-Süchtige ausgesehen, die Passanten anbettelte. Sie murmelte »Nein, nein, nein« und schüttelte herausfordernd den Kopf. »Sie dürfen nicht hier oben sein.«

»Lassen Sie uns darüber nicht streiten, Cindy«, erwiderte Francine ohne jeden Anflug eines Lächelns. Sie nahm die Frau beim Arm und fühlte nur Knochen. Es war, wie nach einem Bündel Stöcke zu greifen. »Sie müssen zurück ins Bett gehen und mich mit der Arbeit weitermachen lassen. Kommen Sie, ich bringe Sie zurück.«

Als Francine sie so routiniert Richtung Zimmer manövrierte, wie Mütter ihre Kleinkinder vor sich herschoben, griff die andere Frau nach dem Türrahmen und zwang sie zum Stehenbleiben. Sie sah zu Francine auf, und in ihren Augen glomm nun ein schwacher Funken des Wiedererkennens, einer Kerze am Boden eines dunklen Brunnens gleich.

»Sie arbeiten nicht für meinen Ehemann«, sagte sie. Plötzlich sprach sie jedes Wort sehr klar aus, weil der Nebel sich langsam lichtete. »Sie arbeiten nicht ... Was machen Sie in unserem Haus?«

»Ich bin eine spezielle Reinigungskraft. Ihr Mann hat mich erst heute beauftragt.« Francine zwang Cindy, Schritt für Schritt zurückzugehen, bevor sie sie auf das Bett stieß. »Schlafen Sie nun ein und lassen Sie mich meine Arbeit machen.«

Selbst in ihrer Lethargie schien ein kleiner Teil von Cindy die Androhung von Gewalt, die hinter Francines Worten lauerte, zu erkennen. Sie zog sich die Bettdecke bis zum Hals, um ihre Nacktheit zu bedecken.

»Sie werden mir keine Schwierigkeiten machen, oder?«, fragte Francine.

Cindy blinzelte, als verstünde sie die Frage nicht ganz, und sagte dann: »Sie haben Laub in Ihrem Haar.«

»Machen Sie sich darüber keine Sorgen«, erwiderte Francine, bevor sie zu der Schublade mit den Vibratoren ging, um nach Handschellen zu suchen. Als sie keine fand, nahm sie eine Seidenstrumpfhose heraus und ging wieder zum Bett. Sie hörte auf, sich zu verstellen. »Ich werde Sie nun fesseln. Wenn Sie schreien oder mich mit etwas anderem ärgern, komme ich zurück und tue Ihnen weh. Strecken Sie Ihre Arme aus.« Sie fesselte Cindys Handgelenke an die Bettpfosten und knotete die Strumpfhose so fest, dass die Adern der Frau hervortraten. Falls Francine ihr Schmerzen zufügte, dann bemerkte Cindy sie gar nicht. »Kann ich darauf vertrauen, dass Sie ein gutes Mädchen sind?«

»Ja«, sagte Cindy. »Wir haben kein Geld hier im Haus. In diesem Teil des Gebäudes ist nur das Arbeitszimmer meines Mannes.«

»Gut, dann wird es wohl nicht allzu lange dauern.«

»Warten Sie!« Cindy ruckte hoch, ohne dass sich ihre Fake-Brüste von der Stelle rührten. »Ich habe etwas Schmuck, wenn Sie den wollen … Diamanten. Den können sie haben.« Sie saugte herunterlaufenden Speichel zurück in den Mund. »Wenn Sie mich losbinden, zeige ich Ihnen den Safe.«

Francine nahm den Revolver aus der Tasche und ließ Cindy Zeit, ihn sich anzuschauen. »Geben Sie mir keinen Anlass, Sie zu verletzen, Cindy, bitte. Wenn Sie um Hilfe schreien, muss ich Sie leider zum Schweigen bringen.« Ohne weiter auf das Betteln der Frau zu achten, ging sie zur Tür.

Der Raum am Ende des Tunnels war geräumig und vom Boden bis zur Decke mit Büchern vollgestellt. Auf einem Eichenholzschreibtisch standen eine Karaffe mit einer bernsteinfarbenen Flüssigkeit und unterschiedliche Kristallgläser. Beim Anblick des Alkohols wurde Francines Mund trocken, aber sie widerstand dem Drang. Die Gefährlichkeit der Situation hatte ihre Sinne geschärft, und ihr Verstand war vollkommen klar. Sie schaute sich im Raum um, sah die Leiter zur nächsten Ebene, entschied sich aber dagegen hochzugehen. Es gab eine Tür am gegenüberliegenden Ende des Arbeitszimmers, die jedoch verschlossen war.

»Du hast hier Geheimnisse versteckt, nicht wahr?«, sagte sie laut. Sie setzte sich in einen Ledersessel und nahm sich einen Moment Zeit, den Raum ausführlich zu betrachten. Wie in dem Zimmer, in das sie vorhin geschaut hatte, bestand die Bibliothek aus Magazinsammlungen und anderen gebundenen Büchern.

Warum benötigte er zwei dieser ganz ähnlichen Räume? Wenn Cindy anders reagiert hätte und sich nicht mühsam von ihrem Drogenhigh hinuntergeschleppt hätte, um Francine daran zu hindern, weiterzugehen, wäre ihr vielleicht gar nichts aufgefallen. Aber nun erkannte sie, wie künstlich das alles hier wirkte: die endlosen Regalreihen mit den Büchern, die alle gleich aussahen, und das Fehlen jeglicher Details in der Raumgestaltung, die im gesamten Rest der Villa so augenfällig waren.

Langsam ging sie an den Regalreihen entlang, ließ ihre Fingerspitzen über die Bücher gleiten und las die Titel auf den Buchrücken. Es gab Enzyklopädien, Atlanten, medizinische Fachblätter. Nichts sprang ihr ins Auge, aber sie war absolut sicher, dass hier etwas war. Sie marschierte ins Schlafzimmer zurück. Wie ein in die Falle gegangenes wildes Tier kaute Cindy an ihren Fesseln. Sie war so dünn, dass sich die einzelnen Wirbel ihres unebenen Rückgrats abzeichneten.

»Wollen Sie abhauen, Cindy?«, fragte Francine, der ihre Rolle langsam Vergnügen bereitete.

»Bitte … lassen Sie mich gehen. Ich werde nicht die Cops rufen. Sie können alles nehmen, was Sie brauchen …«

»Halten Sie den Mund und hören Sie mir gut zu. Ich werde Ihnen einige Fragen stellen. Und ich will, dass Sie mir ehrliche Antworten geben. Wenn ich den Eindruck bekomme, dass Sie lügen, erschieße ich Sie. Haben Sie das verstanden?«

»Ich weiß nicht, was Sie von mir wollen …« Cindy wimmerte und drehte sich weg.

»Beruhigen Sie sich. Ich will, dass sie mir erzählen, was im Arbeitszimmer ist.«

Cindys bereits geweitete Augen schienen noch größer zu werden. »Bücher, mein Mann schreibt …«

»Cindy, spielen Sie nicht mit mir.«

»Da ist nichts. Es ist nur ein anderer Teil des Gebäudes.«

»Warum will Glenn dann nicht, dass andere Leute dort hingehen?«

»Weil er da zum Denken hingeht.«

»Darauf wette ich. Cindy, Sie sagen mir jetzt, was er da verbirgt.«

Sie schüttelte ihren Kopf, und ihre Augen zuckten zur Seite. »Nichts«, beharrte sie. »Es ist nur sein Arbeitszimmer … Wovon reden Sie, *verbergen*? Er ist ein verdammter Star, er –«

»Sie lügen mich an, Cindy. Ich weiß immer, wenn ich angelogen werde, und Sie« – Francine nahm wieder die Waffe aus ihrer Tasche, damit Cindy sie sehen konnte – »sind eine schlechte Lügnerin. Eine einzige Chance noch. Ich meine es ernst.«

Cindy nickte mitleiderregend.

»Gut. Ich frage also noch einmal. Was versteckt er da?«

»Ich … ich weiß es wirklich nicht. Wenn ich es wüsste, würde ich es Ihnen sagen. Bitte …« Cindy neigte jämmerlich den Kopf zur Seite. Aus beiden Nasenlöchern lief ihr der Rotz und sammelte sich über der mit Kollagen aufgespritzten Oberlippe. Das Kissen, auf dem ihr Kopf lag, war triefend nass. »Wer sind Sie?«

»Wollen Sie das wirklich wissen?«

Cindys Blick verriet ihre Todesangst.

»Ich bin die Mutter von Autumn Cooper-Wright. Sie wurde vor fast zehn Jahren entführt. Ihr Mann kennt sie. Und wenn ich Ihren Gesichtsausdruck gerade richtig deute, dann würde ich darauf tippen, dass Sie vermutlich genau wissen, wovon ich spreche.«

17. KAPITEL

»Sie sind verrückt. Ist Ihnen nicht klar, dass sie Sie einsperren werden? Sie werden für den Rest Ihres Lebens im Gefängnis sitzen.« Cindys Stimme war schrill vor Panik.

»Wer wird mich einsperren?«, fragte Francine und ließ ihren Daumen über Cindys schweißbedeckte Stirn gleiten. »Niemand weiß, dass ich hier bin.«

»Glenn wird bald zurück sein.«

»Glauben Sie, ich habe Angst vor Ihrem Mann?«

»Nein, ich weiß ... ich weiß ...«

»Sie wissen es nicht? In Ordnung, ich werde es Ihnen sagen. Sie halten den Schlüssel zum Rest ihres Lebens in den Händen. Dieses Haus ist voller Geheimnisse, nicht wahr? Nun, ich erzähle Ihnen ein kleines Geheimnis über mich, Cindy. Obwohl ich es vorher nicht genau wusste, bin ich mir nun sicher, dass ich meinen Verstand verloren habe. Und an meine Tochter zu denken, daran, was Ihr Ehemann ihr vermutlich angetan hat, dieser Gedanke führt dazu, dass ich diese Waffe in Ihren Mund stecken und Ihr verdammtes Gehirn über das ganze Bett verteilen möchte. Und nicht nur der Gedanke ist es, ich selbst möchte es auch. Glauben Sie mir, Cindy, mich juckt es, jemanden zu verletzen.«

Bevor sie in der Lage war zu antworten, hatte Cindy ins Bett gemacht.

Francine schob Cindy durch den Tunnel, die Waffe gegen deren Rücken gepresst. Sie hatte darauf bestanden, dass Cindy sich anzog, und nun quälte diese sich mit gekrümmten Schultern und unsicheren Schritten vorwärts. Sie weinte dabei und erklärte, dass sie und Schilling kurz vor der Scheidung stünden, dass sie nie hätten heiraten sollen.

»Hätte ich das gewusst ... ich hätte mich nie darauf eingelassen ... Sie wissen nicht, wie es für mich war.«

Francine widerstand dem Drang, sie nach Details zu fragen. Sie wusste, dass jegliche Art der Unterhaltung Cindy nur ablenken würde, dass Cindy ihr aber nur nützlich war, wenn sie eingeschüchtert und kooperationswillig war.

»Da sind wir«, sagte Francine und ließ die Waffe sinken. »Zeigen Sie mir, was genau ich suche.«

Cindy drehte sich um, die Lider über ihren blutunterlaufenen Augen geschwollen und faltig. »Ich will Ihnen danken. Ich möchte Ihnen wirklich sagen, wie sehr ich das begrüße.«

»Was begrüßen?«

»Dass Sie zu meiner Rettung kommen.«

»Ich bin nicht hier, um *Sie* zu retten«, erwiderte Francine mit Verachtung in der Stimme.

»So meine ich das wohl auch nicht, aber Sie geben mir die Chance, frei zu sein. Ich habe seine Geheimnisse zu lange für mich behalten. Viel zu lange.«

»Also, dann ist das Ihre Chance, Ihr Herz auszuschütten. Aber tun Sie es in vollem Umfang.«

Cindy atmete tief ein. »Bevor ich es Ihnen zeige, will ich nur … erklären. Ich bin nicht wie er. Das müssen Sie mir glauben. Ich bin gar nicht wie er.«

»Ich glaube Ihnen«, sagte Francine langsam. »Machen Sie schneller.«

Cindy schluchzte noch einmal auf, bevor sie in die Ecke zurückwich und das Regal berührte. »Ich kann das nicht tun.«

»Was tun?«

»Er ist dahinter«, sagte Cindy. »Sein Denkraum.«

Francine ging vorsichtig zum Regal. Dort standen Nachschlagewerke über Botanik. »Hier hinter?«

»Ja, ich schwöre es. Ziehen Sie einfach.«

Mit der linken Hand fasste Francine nach einem Regalbrett und zog. Das Regal löste sich ein wenig von der Wand. Einige Bücher fielen hinunter. Sie zog stärker, und mit einem Klick löste sich das Regal ganz aus der Verankerung. Während sie es zur Seite schob, bewunderte sie die Genialität des Designs. Dann sah sie die schmale Treppe, die hinaufführte.

»Sie zuerst«, befahl sie.

Die Luftdichte hatte sich mit dem offenen Regal merklich verändert. Francine spürte die Aufregung in ihrem Magen. Sie folgte Cindy in einen kleinen dunklen Raum hinauf. »Machen Sie das Licht an«, forderte sie Cindy auf.

»Es gibt keins, nur den Fernseher.«

»Dann machen Sie den an.«

Cindy fummelte in der Dunkelheit herum, bis das blaue Licht eines Bildschirms das muffig riechende Zimmer erhellte. Als Francine sah, wie klein der Raum tatsächlich war, zog sich ihr Brustkorb zusammen, ihr Herz begann zu rasen. Dutzende DVDs glänzten auf dem Boden im Licht des Bildschirms. Es konnten an die hundert sein, möglicherweise mehr. Sie sah das rote Stand-by-Licht des DVD-Players, beugte sich hinunter und drückte auf *Play*. Dann wartete sie darauf, dass die Daten gelesen wurden. Nun war etwas auf dem Bildschirm zu sehen, das Innere eines Hauses. Es war aber nicht Schillings, das konnte Francine trotz des fragwürdigen Geschicks des Kameramanns sehen.

Nackte, aufgedunsene Männer mit erschlafften Schwänzen standen in einem Korridor. Sie rauchten und tranken aus eleganten Gläsern. Man hörte auch Gelächter, das von den Wänden mit der Paisleymuster-Tapete zurückgeworfen wurde. Der Kameramann bewegte sich geschmeidig durch das Haus, bis er zu einer vollgestellten Küche kam, in der eine welke blondierte Frau mittleren Alters ein Tablett mit Horsd'œuvres vorbereitete und keckernd über einen Witz lachte, den ihr jemand erzählt hatte. Der Kameramann setzte die Tour fort und blieb in der Tür zu einem verrauchten Raum stehen, der leer geräumt worden war. Mit verbundenen Augen stand ein nacktes Mädchen in der Mitte eines Kreises von gut gelaunten Männern. Als der Kameramann etwas rief, schauten alle Männer in die

Kamera und winkten. Am anderen Ende des Raums sprach eine Frau mit kurzen Haaren so entspannt mit einem sehr alten Mann, als wenn es den unanständigen Akt in der Mitte gar nicht gäbe.

Francine umklammerte ihre Waffe so fest, dass sich das Kreuzmuster des Griffs in ihre Handflächen bohrte. Sie hatte den Drang, auf den Bildschirm zu schießen und dann die zweite Kugel in Cindys Kopf zu jagen. Francine schaute auf den Boden, war dem mitleiderregenden Stöhnen jedoch immer noch ausgesetzt. »Stopp«, bat sie. »Drücken Sie auf Stopp.«

»Ich bin so nicht, ich schwöre bei Gott. Ich schwöre, ich bin das nicht. Ich gehe nicht zu diesen Veranstaltungen. Sie glauben mir doch, nicht wahr? Ich schwöre es.«

»Stellen Sie das verdammte Ding aus!«

Cindy stolperte zum Abspielgerät und ließ es die DVD auswerfen. »Sie müssen mir glauben … ich habe damit nichts zu tun. Ich bleibe zu Hause … ich bleibe zu Hause …«

Francine beugte sich hinab, schnappte sich eine Handvoll DVDs und stopfte sie in ihre Vordertasche. Die Zeitungen hätten vielleicht Interesse daran, einen Blick auf die Filme zu werfen. Darüber konnte sie später nachdenken. Jetzt musste sie zusehen, dass sie wieder aus dem Haus kam. Sie griff in Cindys Haare und zwang sie, die Treppe hinunterzusteigen. Wieder im Arbeitszimmer angekommen, ließ sie Cindy das Regal so zurückschieben, dass es genau wie vorher aussah. Dann gab sie ihr mit der Waffe zu verstehen, dass sie das Zimmer verlassen sollte.

Vom Foyer aus konnte sie den Wächter am Haupteingang gerade noch erkennen.

»Sehen Sie den Typen da?« Sie deutete durch die riesengroße Scheibe an der Haustür. »Rufen Sie ihn an und sagen Sie ihm, er soll nach Hause gehen.«

Cindy ging zum Wandtelefon und nahm den Hörer ab. »Ich glaube nicht, dass das funktioniert«, erwiderte sie.

»Warum nicht?«, fragte Francine, ohne den Wärter aus den Augen zu lassen.

»George arbeitet seit über dreißig Jahren für Glenn. Er will bestimmt wissen, warum ich ihn nach Hause schicke, und er würde es mir ohnehin nicht abnehmen.«

»Sie sind seine Chefin. Sorgen Sie dafür, dass er Ihnen glaubt.«

»Ich sag Ihnen doch, das wird er nicht«, jammerte Cindy. »Ich kann ihn anrufen und mit ihm sprechen, aber er wird dann nur hochkommen und nachsehen, ob es mir gutgeht. Das wollen Sie nicht, oder?«

»Dann überlegen Sie sich etwas, um ihn zum Teufel zu jagen.« Francine schaute zu der antiken Standuhr hinüber. »Geht die richtig?«

»Eigentlich ja.«

»Dann ist Ihr Mann in zehn Minuten mit der Sendung fertig. Wir sollten verschwunden sein, bevor er wiederkommt.«

»Wir?«

»Haben Sie eine Schwester?«, fragte Francine.

»Ja, ich habe zwei.«

»Ihre Namen?«

»Kelly-Jo und Loretta.«

»Rufen Sie George an und sagen Sie ihm, dass Loretta am Flughafen ist. Sie ist gerade gelandet und hat niemanden, der sie abholt. Sagen Sie ihm, dass Sie kein Taxi hinschicken können, weil …« Francine musste kurz nachdenken. »Sagen Sie ihm, dass Glenn das mit ihm absprechen sollte. Tun Sie so, als wenn Glenn das versäumt hätte.«

Cindy drückte einen Knopf auf der Tastatur und stellte das Telefon auf Lautsprecher. Durch einen Spalt in den Vorhängen beobachtete Francine George, während Cindy ihr Märchen erzählte.

»Nun, wann kommt sie denn an?«, fragte George mit einer Mischung aus Verärgerung und Panik.

»Ich glaube, ihr Flug landet um zehn Uhr. Bitte, bitte, versprechen Sie mir, dass Sie sie abholen. Ich habe ihr versprochen, dass Sie kommen. Wenn ich ihr jetzt sage, sie soll ein Taxi nehmen, dann hat sie nur wieder eine Panikattacke. Ich könnte Glenn umbringen, dass er das vergessen hat.«

»Bis zehn schaffe ich es nicht«, antwortete George. »Vielleicht muss sie kurz warten.«

»Das fände ich trotzdem besser, als wenn sie in ein Taxi steigt. Ich rufe meine Schwester an, sobald sie gelandet ist, und sage ihr, dass Sie auf sie warten.«

»Was ist mit dem Tor hier?«

»Machen Sie sich darum keine Sorgen.« Cindy gab ein mühelos trällerndes Lachen von sich. »Es macht mir nichts aus, hinauszugehen und es zu öffnen. Gott, Sie lassen mich ganz schön faul dastehen, George.«

»Ich weiß nicht recht, Cindy. Würden Sie es nicht bevorzugen, wenn eine Limousine sie abholt?«

»Mein Gott, nein. Sie hasst, wenn andere sich ihretwegen Umstände machen. Bitte George, es würde mich wirklich beruhigen, wenn Sie das für mich tun könnten.«

Es entstand eine Pause.

Francine starrte Cindy an.

»In Ordnung, dann mache ich mich besser schnell auf den Weg«, sagte er schlecht gelaunt. »Ich muss ganz schön aufs Gaspedal treten, wenn ich rechtzeitig da sein will. Hoffen wir, dass es keinen Verkehrsstau gibt.«

Cindy legte auf. Francine sah, wie George das Tor öffnete und in Richtung seines Autos lief, das er weiter unten am Straßenrand geparkt hatte.

»Was machen wir jetzt?«, fragte Cindy.

»Wir müssen die Aufnahmen der Sicherheitskamera löschen. Dann dürfen Sie noch Ihre Pillen mitnehmen. Ich möchte Ihren Entzug nicht miterleben.«

»Meine Pillen? Wovon reden Sie?«

»Die, die neben Ihrem Bett stehen. Sie können mitnehmen, was immer Sie ihrer Meinung nach brauchen.«

»Wohin bringen Sie mich?«

Francine antwortete nicht.

18. KAPITEL

Der Servierwagen war vollgeladen mit Portionsmahlzeiten, bestehend aus Dosenmakrele, einer großen Scheibe Brot, einem eiskugelgroßen Batzen salzigen Kartoffelpürees und einer fleckigen Banane als Nachtisch. Es gab einen Turm ineinandergestapelter Plastikbecher, die sie mit Leitungswasser aus dem verbeulten Metalleimer füllen sollte. Jeden Tag gab es dasselbe Abendessen für die Mädchen in den Zellen. Zweifellos langweilig, aber zehnmal nahrhafter als die Cracker und Stangenbohnen, die sie vorher bekommen hatten. Als viele der schwangeren Mädchen krank wurden, hatte jemand darauf hingewiesen, dass dieser Umstand vielleicht von Vitaminmangel herrührte. Manche Mädchen hatten Skorbut bekommen; ihre Gaumen hatten geblutet, bis sie überall wund gewesen waren, und die scharfen Kanten der Cracker hatten sie noch zusätzlich verletzt, bis die Mädchen schließlich nach jedem Bissen Blut gespuckt hatten.

Autumn öffnete die Essensluke und schob ein Tablett mit der Mahlzeit durch das schwarze Rechteck, bis blasse, verzweifelte Hände erschienen, um es entgegenzunehmen. Ihr wisst nicht, wie gut ihr es habt, dachte sie und erinnerte sich an den Geschmack von Blut in ihrem eigenen Mund, die Geschwüre, die ihre Haut aufplatzen ließen.

Sie erreichte Janets Zelle, zog die Luke auf und spähte durch das Rechteck hinein. »Wie geht es dir?«, flüsterte sie.

Janet kam zur Tür und streichelte sich über den Bauch. »Er wird immer größer. Mein Rücken tut mir weh.«

»Es ist ein Junge«, sagte Autumn, während sie einen Becher mit Wasser füllte und das Tablett hineinschob.

»Glaubst du?«

»Höchstwahrscheinlich.« Sie lächelte Janet verständnisvoll an.

»Woran erkennst du das?«

Autumn zuckte mit den Schultern. »Einfach so.« Sie selbst hatte drei Jungs und ein Mädchen geboren, zumindest erinnerte sie es so. Nach den Geburten konnte sie das Geschlecht der Kinder nur schwer erkennen, denn die Babys wurden rasch aus ihr herausgezogen und sofort weggebracht, auf Nimmerwiedersehen. Auch wenn Autumn sich wegen des überwältigenden Schmerzes und der Erschöpfung bei der Tortur nicht an alles genau erinnern konnte, sah sie immer noch jeden ihrer drei Söhne vor sich, für die paar Sekunden, in denen die Krankenschwester die Babys auf dem Arm gehabt hatte, rot und blutig. Sie erinnerte sich an die hellen, spitzen Schreie der Kleinen und daran, wie sie mit den Beinen in der Luft gestrampelt hatten. Und dann waren sie nicht mehr da gewesen.

Ihr erstes Baby hatte sie mit dreizehn Jahren bekommen. Danach wurde es einfacher. Sie lernte, den Schmerz zu begreifen und sich darauf einzustellen. Zu wissen, wie schlimm die Wehen sein würden, ließ die Angst vor ihnen ein wenig schrumpfen. Aber das Erste war Furcht einflößend. Deshalb wusste sie genau, was Janet mit ihren Rückenschmerzen gerade durchmachte. Autumns erster Junge war so groß gewesen, dass er gegen ihre Wirbelsäule gedrückt hatte und ihren Bauch grotesk hatte anschwellen lassen. Sie hatten auch darüber gesprochen, ihn vor der Zeit herauszuschneiden. Clarissa, eins der älteren Mädchen damals, hatte allen, die es hören wollten, erzählt, dass Autumn sterben würde, wenn sie versuchte, ihn ohne Kaiserschnitt zur Welt zu bringen. Aber letzten Endes hatte er sich seinen Weg herausgekämpft, und Autumn ist nicht gestorben. Sie hat sie ertragen, den unvorstellbaren Schmerz und die Qual, die über die körperliche Empfindung hinausging. Sie hörte und hörte nicht auf, eine scheinbar endlose Welle des Leidens. Autumn war an das Bett gefesselt und wurde herumkommandiert von Männern, die sie kannte, und einigen, die sie nicht kannte – von denen jeder der Vater des Kindes hätte sein können – sowie von ein paar erfahrenen Mädchen, die in der Vergangenheit bereits bei Geburten geholfen hatten. In der Ecke des Medizinraums hatte Daddy gesessen mit seinem schwarzen Gehstock über den Knien. Er war bei jeder Geburt anwesend, ohne jede Ausnahme. Er hatte den Beobachtern wie den Krankenschwestern Anweisungen gegeben und Autumn gezüchtigt, wenn sie zu laut geschrien hatte. »So heftig ist der Schmerz doch nicht, um Gottes willen«, hatte er gesagt, und Verachtung hatte aus jedem seiner Worte gesprochen. »Sei eine Frau, verdammt.«

Die anderen Männer hingegen hatten sie strahlend angelächelt und ihr den Kopf getätschelt wie einem Hund, der gerade die Frisbeescheibe apportiert hatte. Die Mädchen waren ihrer Arbeit nachgegangen und hatten alles getan, was ihnen möglich war, um sicherzustellen, dass das Baby überlebte; Autumn selbst war offensichtlich nur von nachgeordneter Bedeutung gewesen. Der Schmerz war in ihr explodiert, als das Baby seinen Exit-Plan in die Tat umsetzen wollte, und hatte einen schrecklichen Höhepunkt erreicht, als jemand sagte: »Das ist der Kopf.« In diesem Moment hatte einer der Männer Daddy aus seinem Stuhl geholfen und ihn an den Fuß des Bettes geführt, wo man den besten Blick hatte. Ein schmales Lächeln war auf seinen Lippen erschienen, und so schlimm ihr Zustand damals auch gewesen war, Autumn würde nie vergessen, wie er seine schwache, geäderte Faust geballt und sie siegreich in die Luft gestoßen hatte.

»Hast du noch Blutungen?«, fragte sie Janet nun, während sie sich umschaute, um zu überprüfen, ob der Wärter am Ende des Flurs noch las.

»Nur hin und wieder ein paar Flecken. Ist das normal?«

»Klar«, sagte Autumn, obwohl sie nicht wirklich wusste, ob das stimmte. Sie hatte das Gefühl, dass Janets Baby es schaffen würde, aber in der Vergangenheit hatte sie sich auch schon getäuscht. »Ich muss weiter, okay?« Sie steckte ihren Arm durch die Öffnung und drückte Janet die Hand, dann schob sie den Servierwagen zur nächsten Zelle. Die Räder quietschten, als sie über die unebenen Kacheln holperten.

Als sie an der letzten Zelle ankam und die Luke öffnete, streckten sich ihr keine Hände entgegen, um das Tablett entgegenzunehmen. Autumn beugte sich hinunter und spähte hinein. »Alles in Ordnung da drinnen?«

»Hey«, rief der junge Aufseher, der nun von seinem Buch aufsah. »Was fällt dir ein?«

»Ich schaue nur, ob es India gut geht.«

»Kümmere dich nicht darum. Lass das Essen da und mach weiter.«

Autumn wagte einen zweiten Blick. »Sir?«

Der Wärter stand auf. Er war neu, nach Leslies bedauernswertem Dahinscheiden rekrutiert. Gerüchte im Schlafsaal besagten, dass Daddy nach Lenas Flucht mehr Zucht und Ordnung herstellen wollte und militärische Expertise angefordert hatte. Dieser hier nahm seine Arbeit extrem ernst, wie es schien. Seit er angefangen hatte, trug er ausnahmslos Army-Kleidung, wenn Autumn ihn sah. Er war immer glatt rasiert, trug glänzende Stiefel, eine echte Army-Cap, die nicht nur seinen Kopf bedeckte, sondern auch seine Augen teilweise verbarg. Zuerst hatte Autumn angenommen, dass seine fleckig-roten Wangen von der kalten Luft herrührten, aber bei näherer Betrachtung sah es wie eine Art Geburtsmal aus.

»Was ist los?«, brummte er.

»Ihr Geburtstermin ist bald«, antwortete sie, während sie auf die kreisrunden Lichtreflektionen auf den Stiefelspitzen schaute. »Ich kann nicht in ihre Zelle schauen, aber vielleicht sollte jemand nach ihr sehen.«

»Willst du mir etwa widersprechen, Kleine?«

Sie schüttelte heftig ihren Kopf. »Nein, Sir.«

»Dann halt dein Maul und hau ab.«

Als Autumn den Wagen wenden wollte, schaute sie sich

noch einmal zum schwarzen Rechteck um. »Sie könnte verletzt sein.«

»Was hast du gesagt?«, bellte er und marschierte auf sie zu.

Sie wusste, dass es ein Fehler gewesen war. Schon als die Worte ihren Mund verließen, hatte sie sie schnell wieder hinunterschlucken wollen. Sie zeigte auf die Mahlzeit auf dem Tablett – das einzige Essen, das niemand in die Zelle geholt hatte. Nach vielen Jahren Tablettdienst erkannte sie die Warnzeichen. Mädchen waren in diesen Zellen gestorben, weil ihre Rufe ungehört verhallt waren. Einige waren einfach verblutet. Andere waren zusammengebrochen, während sie leichte Bewegungsübungen machten, um das Gewicht, das ihre Körper belastete, leichter ertragen zu können, und waren anschließend in ein Koma gefallen. Das alles hatte Autumn gesehen. Und dass ein Mädchen ihr Tablett nicht in Empfang nahm, war einer der offensichtlichsten Hinweise.

»Ich kann nicht hineinschauen, aber –«

Ihr Satz wurde unterbrochen, als der Wärter sie mit beiden Händen beim Hals fasste und mit dem Rücken gegen das vergitterte Fenster presste. Der Schmerz, den seine Hände an ihrem Kehlkopf verursachten, war ihr nicht ganz fremd; einige der Gäste hatten die Neigung, die Mädchen zu würgen, während sie Sex hatten. Und dann gab es natürlich noch den schrecklichen Halsring im Keller. Aber von den vielen unterschiedlichen Arten von Schmerz, mit denen sie aufs Engste vertraut war, konnte sie sich auf den, wenn ihr Hals zugequetscht wurde, am wenigsten einstellen. Schwarze Punkte tanzten vor ihren Augen, und ihre Arme und Beine erstarrten.

»Du sprichst nicht mit mir, wenn ich dich nicht zuerst anspreche. Du stellst keine Fragen. Du hast mir nichts zu sagen, hast du mich verstanden?«

Autumn konnte nicht nicken oder ein Ja herausbringen. Die Zunge hing ihr aus dem Mund, und ihre Augen waren zugekniffen. Sie konnte spüren, wie sie wegglitt … wegglitt …

Der Griff löste sich so weit, dass sie wieder Luft bekam, aber nicht genug, um sich auch nur ein wenig zu bewegen. Sie hustete.

»Glaubst du, ich bin wie der Waschlappen, der euch vorher bewacht hat? Keine Chance, Kleine, nicht die geringste Chance. Die Zeiten haben sich geändert. Wenn du dich in diesen Fluren aufhältst, dann bin ich der Herrscher über dein Leben, der Gott deiner Welt. Das solltest du besser schnell kapieren. Ich *besitze* dich.« Als er die Worte in ihr Gesicht spuckte, mit übel riechend süßlichem Mundgeruch von Kaugummi, das zu lange gekaut worden war, fasste er sie unter dem Kleid an. Seine Finger legten sich auf ihre Geschlechtsteile, und dann drückte er die Schamlippen zusammen. »Hier unten besitze ich jeden Teil von dir, du kleine Fotze.«

»Ka–«

»Was?« Eine dicke Ader schwoll auf seiner Stirn an, und sein Gesicht wurde rot vor Wut. »Versuchst du, Widerworte zu geben?« Die Hand zwischen ihren Beinen schob Autumn nach oben, bis sie nur noch auf Zehenspitzen stand.

»Kamera«, brachte sie endlich heraus. Sobald sie das gesagt hatte, löste sich der Griff um ihren Hals etwas, und die Sohlen ihrer Sandalen standen wieder fest auf dem Boden.

»Du dumme Scheißschlampe. Denkst du, das betrifft auch mich?«, erwiderte er, aber seine Stimme war leiser und kontrollierter.

»Nein, Sir«, antwortete sie und wartete geduldig, dass er seine Hand wegnahm. »Ich möchte nur nicht, dass jemand Schwierigkeiten bekommt, das ist alles.«

Ihr Blick traf seinen, es gab ein unausgesprochenes Einverständnis zwischen ihnen. Nicht dem Wärter gehörte sie oder irgendein anderes Mädchen in den Zellen, sondern Daddy. Die Angestellten durften nicht, unter absolut keinen Umständen, bei den Mädchen eingreifen. Obwohl es natürlich Ausnahmen gab. Zum Beispiel wurde von den Männern erwartet, dass sie ein Mädchen disziplinierten, das aus der Reihe tanzte – aber ohne sichtbare Spuren zu hinterlassen. Deshalb war die brutale Bestrafung von Mia im Keller so alarmierend, aber auf der anderen Seite herrschte dieser Tage eine Menge Stress und Anspannung, und nach Lenas Flucht mussten Exempel statuiert werden.

Das Funkgerät des Wärters knackte, eine krächzende Stimme lenkte ihn ab.

»Davey? Du musst sofort nach draußen zum Eingang kommen. Sofort«, sagte eine atemlose Stimme. Draußen gingen die Scheinwerfer an und beleuchteten das Grundstück.

Der Aufseher griff nach dem Funkgerät und hielt es sich vor den Mund. »Was ist los?«

»Wir haben eine Ausreißerin.«

Mehr hörte Autumn nicht, denn der Wärter steckte das Funkgerät wieder weg und lief den Flur hinunter. Sie erkannte, dass er eine Pistole zwischen Hosenbund und Rücken geklemmt trug. Als er nicht mehr zu sehen war, drehte sie sich um, ließ ihre Finger zwischen die Gitterstäbe vor dem Fenster gleiten und schaute auf die Wiese hinaus. Einige Wärter liefen mit ihren Schäferhunden durch das nasse Gras. Die Tiere hechelten Atemwolken aus, die Zungen hingen ihnen heraus. Sie hörte den Motor eines Fahrzeugs irgendwo vor dem Haus aufheulen, begleitet von panischem Geschrei. Sie horchte genauer und meinte, Josephs Stimmen zu erkennen, der Befehle herausbellte.

»Was passiert da, Mel?«, fragte Tulip, die ihr Gesicht an die Luke gepresst hatte.

»Jemand ist abgehauen«, antwortete Autumn, ohne ihren Blick vom Geschehen draußen abzuwenden. Joseph stapfte über das Gras, um zwei Wärter zu briefen, bevor er auf die Bäume in der Ferne zeigte. Die Wärter liefen mit zwei Gewehren davon, die am Lauf mit taktischem Licht ausgestattet waren.

»Wer?«, fragte ein anderes Mädchen.

»Ich weiß es nicht«, antwortete Autumn. »Ich kann sie nicht sehen.«

»Wendy«, sagte eine andere. »Ich wette alles drauf.«

»Bitte, lass es nicht Wendy sein«, flüsterte Autumn so leise, dass die anderen es nicht hörten. »Oh, bitte, Wendy, bitte, bitte, bitte nicht.«

Mit ihren Mündern dicht an der Luke unterhielten sich die schwangeren Mädchen von Zelle zu Zelle.

»Hoffentlich kriegen sie sie«, sagte eine. »Noch einmal Keller ertrage ich nicht.«

»Keller? Du wirst dir noch wünschen, dass es der Keller wäre! Die bringen uns doch nicht noch einmal da hinunter, wenn wir die Lektion nicht beim ersten Mal gelernt haben. Nein, sie werden sich etwas Schlimmeres ausdenken.«

»Was denn?«

Autumn drehte sich um. »Hey, sprecht leiser«, zischte sie. »Wollt ihr auch in Schwierigkeiten geraten?«

»Wir sind doch schon in Schwierigkeiten! Selbst wenn sie Wendy schnappen, werden sie uns bestrafen.« Tulip ließ ein so lautes und anhaltendes Stöhnen ertönen, dass es im Korridor widerhallte und die anderen Mädchen ansteckte, die auch eine nach der anderen aufheulten.

»Mel, du musst etwas unternehmen.« Das war die Stimme von India, die nun ihr Tablett genommen hatte.

»Ach, du willst, dass ich etwas unternehme?«, blaffte Autumn. »Warum bist du nicht aufgetaucht, als ich dir das Tablett hingehalten habe? Ich habe gedacht, dass es dir nicht gut ging.«

»Warum? Ich habe geschlafen.«

»Von wegen geschlafen. Hast du nicht mitbekommen, wie er mich hier draußen gewürgt hat, weil ich dir helfen wollte? Tu nicht so, als wenn du es nicht gehört hättest. Er hat mir fast das verdammte Genick gebrochen.«

»Du musst etwas unternehmen«, wiederholte India und ignorierte Autumns Worte. Nicht eines der Mädchen verschwendete einen Gedanken daran, dass eine seiner Schwestern da draußen um ihr Leben lief. Nicht ein einziges sah über den eigenen geschwollenen Bauch hinaus. »Sobald sie sie haben, werden sie uns in die Käfige sperren.«

»Oder in die Kisten«, fügte Janet hinzu. »Die Kisten sind schlimmer.«

»Bitte, Mel, du bist die Einzige, die etwas tun kann«, wimmerte India, ihr aufgequollenes Gesicht füllte die Essensluke ganz aus.

»Was soll ich denn tun? Was?«

»Irgendwas!«, kreischte Tulip. »Geh zu Joseph, sprich mit ihm, geh zu Wie-heißt-er-noch ... dem Neuen, Abraham. Kläre das mit ihnen.«

»Genau, versuch, es mit ihnen zu klären«, fügte India hinzu.

Würde eine von ihnen dasselbe tun, wenn die Rollen vertauscht wären? Nein, natürlich würden sie das nicht, aber im Moment waren sie einfach verrückt vor Angst, eine Herde Kühe in ihrem Pferch, die auf den Schlachter warten. Autumn durfte nicht vergessen, dass sie es mit hochschwangeren Mädchen zu tun hatte, von denen das älteste gerade einmal sechzehn Jahre alt war. Sie waren zu Tode erschrocken, und dazu noch halb verrückt vor Langeweile, weil sie schon so lange eingesperrt waren. Die Mädchen im Schlafsaal konnten wenigstens ihre Beine ausstrecken, ihre Arbeiten erledigen und sogar manchmal draußen auf der Weide ein paar Schritte gehen.

»Wenn es Wendy ist, dann schnappen sie sie«, stellte Autumn fest. »Es gibt nichts, was irgendwer von uns noch tun könnte.«

»Vielleicht kann keiner mehr etwas für *ihren* dummen Arsch tun, aber du könntest vielleicht *uns* noch helfen«, sagte India. »Und damit meine ich nicht nur uns hier in den Zellen, ich meine *uns alle*.«

Autumn schüttelte angewidert den Kopf. Dass sie schon so lange hier im Haus lebte, war ein Fluch für sie, wann immer es eine Krise gab. Während der gesamten Kellerbestrafung waren die geflüsterten Worte zu ihr gehuscht wie blinde Mäuse auf der Suche nach Krumen.

Kannst du uns hier nicht raushauen, Mel? Was werden sie mit uns machen, Mel? Was sollen wir sagen, wenn sie das nächste Mal herunterkommen, Mel?

Sie stapfte den Korridor entlang und ging ins Treppenhaus. Hinter ihr wünschte ihr jemand viel Glück, es klang nach Janet. Sie hörte die Wärter durch die zahlreichen Flure rennen, als sie einer nach dem anderen das Haus verließen. Vielleicht wäre es besser, hier im Treppenhaus abzuwarten, bis sich die Situation wieder etwas beruhigt hatte. Wenn sie mitten in den Aufruhr geriet, würde sie vermutlich umgerannt werden und auf ihrem Hintern landen. Vielleicht würde sie sogar einer für Wendy halten und auf sie schießen.

Und dann kam Autumn eine Idee, die sie wie der Blitz traf und Gedankengänge ausleuchtete, die ihr Dasein so lange im Dunklen gefristet hatten. Nach der Unruhe, die Lenas Flucht verursacht hatte, würde sie darauf wetten, dass Joseph jeden einzelnen Wärter auf die Jagd nach Wendy schickte, um nicht wieder der Lächerlichkeit ausgesetzt zu sein. Wendy war zwar sehr attraktiv und hatte breite Hüften, was sie zu einem wertvollen Besitz machte, aber nicht nur deshalb konnten sie es sich nicht leisten, sie zu verlieren. Die wichtigste Sorge war, dass Lenas Weggang die anderen Mädchen ermutigt und inspiriert haben könnte, den Fluchtfantasien reale Taten folgen zu lassen. Wenn sie Wendy schnappten – und das würden sie –, mussten sie ein Exempel an ihr statuieren. Da hatten die Schwangeren in den Zellen recht. Vielleicht würden sie Wendy in den Käfig stecken und vor den Augen aller anderen Mädchen in Brand setzen, um jegliche Anwandlungen von Wanderlust auszulöschen. Oder sie würden ihr die Zunge abschneiden oder die Ohren abhacken. Es wäre nicht das erste Mal.

In diesem Augenblick jedoch war das alles nicht wichtig. Das Einzige, was jetzt zählte, war, dass es vielleicht zum ersten Mal überhaupt die perfekte Ablenkung gab, damit Autumn ihre eigene Flucht wagen konnte.

Sie lehnte sich über das Geländer und sah das Treppenhaus hinunter. Die Wärter rannten hinaus, Fetzen der Funkgespräche wurden von den Betonwänden zurückgeworfen. Soweit sie sehen konnte, liefen bisher alle Wärter Richtung Nordosten durch die Bäume, aber es wäre dumm von ihr, darauf zu bauen. Obwohl es äußerst wahrscheinlich war, dass sie eine konkrete Spur verfolgten und nach einem richtigen Einsatzplan vorgingen, um Wendy aufzuspüren, könnte es genauso gut sein, dass sie blind losliefen.

Wenn Autumn fliehen wollte, dann musste sie auf der Rückseite des Hauses durch das Fenster der Vorratskammer schlüpfen – diesen Plan hatte sie ausgearbeitet, seit sie als Zehnjährige einen Blick auf die kleine quadratische Öffnung werfen konnte. Niemand wäre jetzt in der Küche, kein anderes Mädchen wäre losgekettet und in den Fluren unterwegs. Autumn war das einzige Mädchen im aktiven Dienst, sie war das einzige Mädchen im gesamten Gebäude, das nicht unter Beobachtung stand.

Sie ließ den Fahrstuhl links liegen und lief stattdessen mit ihren auf den Betonstufen klappernden Sandalen die Treppen hinunter. Als sie das Erdgeschoss erreicht hatte, rechnete sie damit, dass ein Wärter oder ein anderer Angestellter durch die Tür auf sie zustürzte. Für einen Moment stand sie wie ein Reh im Scheinwerferlicht, dann öffnete sie so selbstverständlich wie möglich die Tür zum Flur. Wenn man sie hier überraschte, würde sie behaupten, dass sie Abendessensdienst hatte und nur zurückkam, weil sie nicht wusste, was gerade los war. Die Entschuldigung war schwach, und Autumn würde sie hoffentlich nicht brauchen.

Sie kam zur hell erleuchteten Rezeption. Aufgrund der durchgehenden Fensterfront war sie hier von allen Seiten zu sehen. Auf Zehenspitzen huschte sie zu einer Säule und lehnte sich mit dem Rücken an. Das Herz schlug ihr bis zum Hals. Gleich da vorn war die Küche, aber um dahin zu gelangen, musste sie ihre Deckung aufgeben. Sie schaute durchs Fenster. Ein Geländewagen mit einem riesigen grellen Scheinwerfer auf dem Dach fuhr in den Wald. Wie weit hatte Wendy es schon geschafft? fragte sie sich. Wann genau war sie entwischt? Hatte sie Kochdienst gehabt? Wie viel Vorsprung hatte sie?

Aber es war nicht wichtig, zumindest jetzt gerade nicht. Entweder schnappten sie Wendy oder nicht, und keine der zwei Möglichkeiten war für Autumns Plan von Bedeutung.

Sie rannte bis zur Küche. Stopfte sich vielleicht einer der Wärter noch immer voll? Aber sie wurde nur von ihrem Spiegelbild in den glänzenden Pfannen und Töpfen begrüßt. Als sie die Vorratskammer erreicht hatte, hörte sie Stimmen in der Eingangshalle, in der sie vor wenigen Sekunden noch gewesen war. Sie erstarrte, blieb wie angewurzelt stehen, während ihr Verstand sich unter dem Gewicht ihrer Angst aufzulösen drohte. Sie schluckte und horchte, wie die Stimmen leiser und immer leiser wurden. Und dann blickte sie auf das quadratische Fenster der Vorratskammer.

Sie nahm sich das größte Messer vom Messerblock auf der Arbeitsfläche. Die Regale vor dem Fenster standen voll mit Dosenbohnen, Milchpulver, Suppen und Sardinen. In der Hoffnung, dass die Bretter fest mit der Wand verankert waren und sie nicht von einer Dosenlawine verschüttet werden würde, kletterte Autumn an ihnen hoch wie an einer Leiter. Als sie weit genug oben war, streckte sie ihre Hand aus und benutzte das Messer, um den Haken an dem kleinen Fenster zu lösen. Er war rostig, ließ sich aber bewegen. Sie drückte mit der Handfläche gegen das Fenster. Nichts rührte sich. Nur Gott wusste, wann das Fenster das letzte Mal geöffnet worden war. Vor Jahren?

Möglicherweise Jahrzehnten. Sie stöhnte und drückte mit ihrem ganzen Gewicht dagegen, sodass sie fast von ihrem Hochsitz auf dem Regal fiel. Mit einem Quietschen löste der hölzerne Fensterrahmen sich schließlich aus seiner Befestigung, und ein kalter Luftzug blies ihr ins Gesicht.

Sie verschwendete keine Zeit damit, sich über ihren Sieg zu freuen, sondern warf das Messer durch das Fenster und fing dann an, sich mühsam hindurchzuschlängeln. Es bot gerade genug Platz für ihren Kopf und ihre Schultern, aber es war so eng, dass es fast unmöglich war, sich durch das enge Loch hindurchzuquetschen. Sie fühlte sich, als ob sie sich durch den Geburtskanal des Hauses zwängte, während sie die Gelegenheit ergriff, wiedergeboren zu werden.

Sie konnte es nicht vermeiden, sie musste kopfüber aus dem Fenster fallen. Also streckte sie einfach ihre Arme aus und hoffte, dass diese den größten Teil des Gewichts abfederten. Das taten sie nicht. Sie rollte vorwärts und schlug mit dem Rücken auf dem Boden auf. Einen Moment lag sie da, nach Luft ringend, als wenn sie sich gerade vor dem Ertrinken gerettet hätte. Aber sie durfte keine Zeit verlieren. Noch bevor sie wieder richtig atmen konnte, tastete sie in der Dunkelheit ihre Umgebung nach dem Messer ab. Sie hechtete auf den Zaun vor ihr zu, sprintete mit voller Kraft über das Gras. Hinter sich hörte sie ein Orchester des Chaos: schreiende Wärter, das leise Motorenbrummen eines Jeeps, das Bellen der Schäferhunde. Obwohl es so klang, als wenn die Musik weit weg und in der entgegengesetzten Richtung spielte, wurde Autumn nicht langsamer oder drehte sich um.

Bis zum Zaun waren es vielleicht noch zweihundert Meter. Sie lief jeden einzelnen Schritt, als wenn die Hunde ihr auf den Fersen wären. An der Grundstücksgrenze war eine Stelle, an der der Boden sich zu einer Furche absenkte. Unvoreingenommenen Beobachtern würde sie gar nicht auffallen. Aber Autumn hatte Jahre in diesem Haus gelebt, sich das Vertrauen der Wärter und der Angestellten erarbeitet, sodass sie von Zeit zu Zeit frei auch draußen herumlaufen durfte. Sie kannte die Schwachpunkte des Grundstücks, alle Ecken und Kanten, die genug Platz boten, sich zu verstecken, wenn man klein genug war.

Als sie die Stelle erreichte, legte sie sich blitzschnell auf den Bauch und schlängelte sich unter dem Zaun hindurch. Der Schlamm diente ihr als Gleitmittel. Sobald sie auf der anderen Seite angelangt war, strauchelte sie in den Wald hinein und hielt sich die Arme vors Gesicht, um sich vor den Ästen und dem Dornengestrüpp zu schützen.

Erst als sie tief im Wald angelangt war, mit brennenden Lungen, gab sie dem Bedürfnis nach und drehte sich endlich um. Weit weg konnte sie stecknadelgroße Lichtpunkte sehen, aber hören konnte sie nur noch das Prasseln des Regens gegen die Bäume und den wütenden Wind. Dann, sehr plötzlich, war da ein anderer Laut. Gelächter. Sie brauchte einen Moment, um zu erkennen, dass es ihr eigenes war.

Sie war frei.

19. KAPITEL

Die Straße vor ihr war ein schwarzes Loch, unendlich und gleichförmig wie eine Filmsequenz in Endlosschleife. Francine würde einen Unfall bauen, das spürte sie ganz deutlich, und trotzdem fuhr sie lieber das Auto zu Schrott, als anzuhalten.

Die Anspannung wegen des Einbruchs und der Entführung und die bittersüße Begeisterung über ihre Fortschritte waren schon lange abgeebbt, wie auch die Wirkung des Triple Xplosion. Und nun pirschte sich entschlossen die Müdigkeit an, um die Schulden einzutreiben. Weil sie Glenn Schilling unvorbereitet erwischen wollte, hatte sie alle ihr zur Verfügung stehenden Kräfte aufgebraucht. Ihre Glieder waren bleischwer und knackten in den Gelenken. Ihr Rücken war vom langen Sitzen und dem Schlafen im engen Wagen der personifizierte Schmerz.

Sie schaltete das Radio an, weil sie hoffte, dass das Geräusch sie aufputschte und verhinderte, dass sie hinterm Steuer einschlief. Zusammen mit dem regelmäßig-monotonen Quietschen der Scheibenwischer half es zwar, die Stille zu füllen, zeigte aber keinerlei Wirkung auf ihre Augenlider, die ihr immer wieder zufielen. Ihr Kopf kippte hin und wieder nach vorn, und das Auto begann zu schlingern, aber sie schreckte jedes Mal hoch und konnte den Wagen wieder auf die Spur bringen.

Falls Cindy es bemerkte, ließ sie es sich nicht anmerken. Oder vielleicht wartete sie auf einen Unfall, *hoffte* darauf. Jedenfalls blinzelte sie nicht, sie setzte sich nicht bequemer hin, sie hustete nicht. Sie wischte sich nur den Mund ab, als sie zu sabbern anfing. Mehr tat sie nicht. Wenn Cindy runterkam, würde Francine wahrscheinlich eine ganz andere Seite von ihr sehen, dachte sie. Aber das war gut. Francine wollte, dass Cindy gereizt war und aus dem Gleichgewicht; so könnte sie die Frau leichter manipulieren.

Francine öffnete das Fenster, um kalte Luft hereinzulassen. Regentropfen spritzten ihr ins Gesicht. Sie war am Ende ihrer Kräfte. Da Little Peace laut der Schilder auf dem Highway immer noch knapp zweihundertfünfzig Kilometer entfernt war, nahm sie die nächste Ausfahrt zu einem Ort namens Green Grove und fuhr, bis sie eine Straße mit einigen Motels fand.

»Das ist nicht Little Peace«, bemerkte Cindy, während sie durch die verschwommene Windschutzscheibe spähte.

»Wir bleiben über Nacht hier.«

»Oh.«

Francine bog auf einen mit Kies bestreuten Vorplatz und machte den Motor aus. »Cindy, schauen Sie mich an. Cindy?«

Cindy wandte sich ihr zu, den Mund offen. Sie wirkte, als ob sie gerade aus einem tiefen Schaf aufgewacht wäre und ihre Sinne noch nicht wieder funktionierten.

»Wir werden zu dieser Rezeption da drüben gehen und ein Doppelzimmer für uns beide mieten, und Sie werden Ihren Mund halten. Wenn ich auch nur ansatzweise den Verdacht habe, dass Sie irgendetwas tun, das mich in Gefahr bringt, dann schieße ich. Glauben Sie mir das?«

»Ich werde nicht ... ich werde das nicht.«

»Sie werden was nicht?«

»Ich werde nichts Böses tun, ich schwöre es.«

»Besser nicht, Cindy, ich bete zu Gott, besser nicht, weil ich bisher ziemlich fair zu Ihnen war. Und ich werde weiter fair bleiben, wenn Sie in der Spur bleiben. Das heißt auch, dass Sie, wenn ich jetzt das Zimmer miete, nichts Komisches veranstalten. Haben wir einen Deal?«

»Ja.«

»Gut. Dann steigen Sie aus.«

Francine nahm ihren Rucksack, in dem sich nun mehrere Behälter mit Pillen befanden, und stieg aus. Cindy folgte ihrem Beispiel nur langsam und stieß beim Verlassen des Wagens gegen die Tür. Francine ging um den Wagen herum und nahm sie beim Arm.

»Was ist denn los mit Ihnen?«, flüsterte sie, half ihr hoch und zog sie mit sich über den Kies.

»Müde«, antwortete Cindy.

»Nun, Sie können gleich schlafen, also kommen Sie.«

Eine Glocke erklang, als sie die leere Rezeption des Motels betraten. Es roch nach Alkohol und Zigaretten. Einen Moment später erschien eine Frau in einer mottenzerfressenen Wollstrickjacke. Sie wirkte verärgert, dass Gäste ankamen.

»Ein Zimmer für eine Nacht«, sagte Francine. Sie verschwendete keine Zeit mit Höflichkeiten.

»Wie viele?«, fragte die Frau und überreichte ihnen ein Klemmbrett mit einem Formular.

»Ein Zimmer, eine Nacht«, antwortete Francine.

»Füllen Sie das hier aus. Das wären dann für die Nacht 34,50 Dollar plus Steuern.«

Francine schob Cindy zu einem Sessel aus Kunstleder, bevor sie das Formular ausfüllte.

»Was ist mit ihr?«, fragte die Frau.

»Hat zu viel getrunken.« Francine schob ihr das Klemmbrett wieder hin und holte ihr Portemonnaie aus dem Rucksack. »Nehmen Sie Karten?«

»Klar.« Während die Frau das Kartenlesegerät unter der Theke hervorholte, ließ sie Cindy nicht aus den Augen.

Nachdem Francine die Zahlung abgewickelt hatte, nahm die Frau den Schlüssel vom Korkbrett und händigte ihn ihr aus. »Nummer sechzehn. Check-out ist um halb elf, Frühstück von halb acht bis zehn. Brauchen Sie das WLAN-Passwort?«

»Nein.« Francine ging zu Cindy hinüber, die zusammengesunken mit geschlossenen Augen im Sessel saß. »Aufstehen, los geht's.« Sie fasste Cindy unter die Achseln und zog sie hoch, bis sie stand. Dann legte sie ihr einen Arm um die Hüfte und half ihr, die Anmeldung zu verlassen.

Sobald sie in ihrem Zimmer angekommen waren, schaltete Francine das Licht an, schloss die Tür ab und führte Cindy zum

Bett. Selbst in dem trüben Licht erkannte sie auf einen Blick, dass es kaputt war. Als Cindy sich auf der Matratze bewegte, quietschten die Federn. Das war gut. Francine würde es hören, wenn Cindy auf die Idee käme, heute Nacht aufzustehen. Die Frau hatte die Augen bereits zugemacht, und ihr Kopf war in die schäbigen Kissen gesunken.

»Hey, wachen Sie auf.« Francine schlug Cindy leicht auf die Wange, bis deren Augen sich blinzelnd öffneten. »Noch eine Ansage, bevor Sie einschlafen.«

»Welche?«, krächzte Cindy.

»Ich habe die Tür zugeschlossen und die Schlüssel an meinem Körper, also versuchen Sie es erst gar nicht. Ich habe auch Ihre Pillen, und es wird mir eine große Freude sein, Sie Ihnen morgen früh zu geben, wenn wir weiterfahren.«

»Ich werde mich benehmen«, flüsterte Cindy. »Ich bin hier, um Ihnen zu helfen.«

»Gut.« Francine überlegte, ob sie das Licht ausschalten sollte, entschied sich jedoch dagegen. Sie wollte jederzeit in der Lage sein, etwas zu sehen. Ihr Körper war schwer wie ein Amboss, aber sie brauchte dringend eine Dusche. Den Rucksack nahm sie mit ins Badezimmer und ließ die Tür weit offen. Ihre Beine zitterten, als der Wasserstrahl auf ihre Haut traf. Sie sah an sich hinab. Die Rippen traten hervor. Sie war in keiner guten Verfassung.

Als sie über den Verlauf des Abends nachdachte, fragte sie sich unwillkürlich, was Glenn Schilling wohl gerade machte. War er beunruhigt, dass Cindy verschwunden war? Mittlerweile hatte er höchstwahrscheinlich mit George, dem Hüter des Tores, gesprochen und wusste, dass der mit einem Trick vom Haus weggelockt worden war. Bestimmt war er außer sich vor Sorge. Würde er in seinen Denkraum gehen und die fehlenden DVDs bemerken? Und die Aufnahmen der Sicherheitskamera überprüfen und sehen, dass sie gelöscht waren? Diese Gedanken bereiteten ihr so etwas wie Genugtuung. Sie wollte, dass Schilling verwirrt war, und genoss es, ihn sich als Nervenbündel vorzustellen. Hoffentlich konnte er heute nicht schlafen.

Sie stellte die Dusche ab. Sie hätte gut eine ganze Stunde unter dem heißen Wasser verbringen können, um ihre Anspannung abzuwaschen, aber sie musste etwas Schlaf bekommen, wenn er auch nur kurz sein würde. Sie trocknete sich mit dem kratzigen Motel-Handtuch ab und wühlte auf der Suche nach einer Jogginghose und einem T-Shirt in ihrem Rucksack herum. Sobald sie angezogen war, legte sie sich neben Cindy.

Obwohl sie nun endlich ein wenig hätte schlafen können, ließ sich ihr Gedankenkarussell nicht anhalten. Sie dachte an die morgige Fahrt. Es war wieder eine weite Strecke, bevor die richtige Arbeit dann erst anfing. Bisher hatte sich alles zu ihren Gunsten entwickelt, und erst jetzt, als sie die Ereignisse in ihrem Kopf noch einmal durchging, erkannte sie, wie bemerkenswert ihr Glück gewesen war. Es war fast zu leicht gewesen. Dieser Gedanke beunruhigte sie. Morgen wollte sie Schilling nach Little Peace locken, falls er nicht ohnehin schon auf dem Weg dorthin war. Was, wenn er nicht kooperierte? Was, wenn er ihren Bluff entlarvte? Wenn es morgen nicht gut lief, gab es keinen Plan B, weil sie in Wirklichkeit ja noch nicht einmal einen Plan A hatte. Nur einige lose Ideen und Best-Case-Szenarios.

Francine griff in den Rucksack und fand Lenas Polaroid. Sie starrte es lange an, bevor sie endlich einschlief.

20. KAPITEL

Joseph Eames stand mit dem Funkgerät in seiner schweißnassen Hand auf dem Rasen und zog an seiner neunten Mentholzigarette an diesem Abend. Er rauchte sie gierig bis zum Filter herunter. Sein Hals fühlte sich bereits rau an. Obwohl es in dieser Nacht kalt war, schwitzte er in seinem Anzug, und seine Achseln und Eier waren feucht. Zwei Stunden waren schon seit dem Auslösen des Alarms vergangen.

Wendy hatte unter der Aufsicht eines Wärters bei den Schweinen ausgemistet, als sie allem Anschein nach mit dem Fuß im Dreck umgeknickt war. Lilli, das zweite Mädchen, das zum Schweinefüttern eingeteilt gewesen war, hatte nach Luft gerungen und trotz ihres Halsrings heftig gezittert, als sie ihnen erzählte, was geschehen war. »Der Aufseher befahl Wendy aufzustehen, aber sie sagte, dass sie dazu nicht in der Lage wäre. Dass sie gehört hatte, wie ihr Knöchel gebrochen wäre, und dass sie Hilfe bräuchte. Als er zu ihr kam, hat sie ihn in den Hals gestochen.« Sie stieß ihre Antworten in Schüben hervor, in ihren Augen spiegelte sich die Panik.

»Gestochen? Mit was?« Joseph war im Keller auf- und abgegangen. Die Mädchen hätten so spät abends ohnehin keine Arbeiten da draußen mehr erledigen sollen, aber mit der Veränderung bei den Sicherheitsvorkehrungen brauchten sie alle eine Weile, bis sich die Dinge wieder eingespielt hatten.

»Ich glaube, es war ein Messer, Sir.«

»Was heißt das, du *glaubst*, es war ein Messer?«

»Ich habe es nicht richtig gesehen, Sir«, hatte sie gesagt und ihre Finger unter den Eisenring geschoben, damit der Druck auf ihren Hals etwas nachließ. »Er hatte mir befohlen, nicht so zu trödeln, also war ich rübergegangen und habe den Futterbrei in die Tröge gegossen, Sir. Deshalb habe ich nur ein Geräusch gehört, mich umgedreht und gesehen, wie Wendy wegrannte und der Wärter auf dem Boden lag.«

In den vielen Jahren, in denen Joseph das Haus managte, hatten nur wenige Mädchen versucht zu fliehen, und nie hatte eine Gewalt angewendet. Und nun gab es innerhalb eines Monats eine erfolgreiche Ausreißerin und den ersten Angriff auf einen Aufseher. Er wusste, dass er keine Verantwortung für Leslies ungelegenen Herzinfarkt trug, aber er hatte das unbedingte Gefühl, dass der Mann schon vor einiger Zeit von seinen Pflichten hätte befreit werden sollen. Leslie war sogar noch länger im Haus gewesen als Joseph. Obwohl er wusste, wie man mit den Mädchen umging, war er in den letzten Jahren nicht mehr so aufmerksam gewesen. Das Problem dabei war, dass es lange dauerte, geeignete neue Kandidaten für den Job zu finden. Man musste Hintergrund und Strafregisterprüfungen durchführen und alles mit den höheren Chargen abstimmen. Deshalb war es leichter, die Dinge einfach laufen zu lassen. Denn man soll nicht reparieren, was nicht kaputt ist.

Aber jetzt waren die Dinge mehr als kaputt. Lena, die zu hässlich war, um auf den Partys zu arbeiten, aber trotzdem weiter im Haus lebte, weil sie mittlerweile zum Mobiliar gehörte, war doch tatsächlich clever genug gewesen, es nach draußen zu schaffen. Das überraschte Joseph aus zwei Gründen. Erstens hätte er nie gedacht, dass eins der Mädchen auch nur versuchen würde, Daddy zu verärgern. Und zweitens hätte er Lena keinen einzigen zusammenhängenden Gedanken zugetraut. Sie mochte eine sabbernde Idiotin und vollkommen verrückt sein, aber sie war im Haus wirklich nützlich. Sie hatte sich nie beklagt, sie schien nie müde zu werden, und sie half dabei, die neuen Mädchen ans Haus zu gewöhnen, wenn sie ankamen.

Unabhängig davon, dass er und seine Leute es nicht geschafft hatten, Lena im Wald aufzuspüren, glaubte Joseph nicht einen Augenblick, dass sie den Weg zur Straße gefunden hatte. Selbst einem erfahrenen Wanderer hätte es Schwierigkeiten bereitet, den Wald mit seinen riesigen Ausmaßen zu durchqueren. Nein, aller Wahrscheinlichkeit nach hatte sie sich irgendwo auf dem Boden zusammengerollt und war erfroren.

Egal, wie weit sie es geschafft hatte, das Ergebnis war das Gleiche. Die anderen Mädchen wussten, dass sie in der Lage gewesen war, auszubrechen, und das allein hatte etwas in ihnen entfacht. Oder vielleicht war das alles Teil eines größeren Plans? Dieser zufällige Gedanke geisterte durch seinen Kopf. Vielleicht war Lena gar nicht so schwachsinnig gewesen, wie sie sie hat glauben lassen? Vielleicht war sie klug genug gewesen, sie alle hinters Licht zu führen? Himmel, wie hatte ihm das passieren können?

Er hatte erwartet, dass die neue Garde der Aufseher, die die klare Anweisung hatte, streng mit den Mädchen zu sein und sie nicht aus den Augen zu lassen, einen himmelweiten Unterschied machen würde. Aber was war geschehen? Nach kürzester Zeit hatte ihre Aufmerksamkeit nachgelassen, und einer der Männer war tot. Weniger als zwei Wochen Dienst, und die kleine Schlampe Wendy hatte ihm den Hals durchgeschnitten. Der Typ war ein Kriegsveteran gewesen, mit zwei Runden in Afghanistan; er hatte Kugelhagel, Bomben und Raketen überlebt, nur um sich von einem sechzehn Jahre alten Mädchen umbringen zu lassen. Das war Wahnsinn, das war unglaublich, und es war … erschreckend. Die Mädchen wendeten sich gegen sie, langsam, aber sicher, und das bedeutete Gefahr für das Haus.

Ein Jeep kam zurück, den Suchscheinwerfer ausgeschaltet. Joseph nahm einen letzten Zug von seiner Zigarette und schnippte die Kippe ins Gras. Der Jeep wurde langsamer, als er auf den Rasen zurollte. Joseph ging zur Beifahrertür. »Gibt es Nachrichten?«

Der Wärter hob einen Finger, damit Joseph kurz still war, während er den verzerrten Lauten aus dem Funkgerät zuhörte. Als es stumm war, sagte er: »Sie haben sie.«

»Ist das sicher?«, fragte Joseph.

»Es scheint so.«

»Ich brauche kein ›scheint so‹, ich brauche ein Ja oder ein Nein.«

Der Wärter runzelte die Stirn, und Joseph bemerkte das Geflecht aus dünnen Narben, das bis zu seinem Kinn reichte. »Ja, sie haben sie.«

»Wo ist sie?«

»Charley bringt sie mit.«

»Lebend?«

»Ich weiß es nicht«, sagte der Wärter schulterzuckend.

»Denkst du, ich frage das, weil es mir dann besser geht?«

Joseph schlug sein Funkgerät auf die Jeeptür. Es hatte ihm nichts genützt, weil er wegen des elektrostatischen Rauschens kein einziges verdammtes Wort verstanden hatte. »Finde es heraus!«

Der Wärter sprach, ohne den Blick von Joseph abzuwenden. »Charley, lebt das Mädchen noch? Over.«

Nach einer Pause hörten sie eine Antwort. »Sie atmet. Der Hund hat sich an ihrem Bein festgebissen, sodass es nur noch Hackfleisch ist, aber sie wird überleben.«

Joseph schnappte sich das Funkgerät aus der Hand des Aufsehers. »Bring sie in den Keller. Verbinde ihr Bein, damit sie nicht verblutet. Machst du das für mich, Charley? Over.«

»Verstanden«, bestätigte Charley, und das Gerät wurde ausgestellt.

Joseph atmete aus. Lange hatte die nervöse Anspannung in ihm gewütet, aber nun war die Kuh vom Eis. Noch konnte er nicht darüber lachen, aber die Erleichterung, die er in diesem Moment empfand, war wie eine Art Orgasmus. Er rieb sich über das Gesicht und wischte sich an seinem Handrücken die Nase ab.

»Sag den anderen, dass ich alle Wagen vom Rasen runter und die Hunde wieder in den Zwingern haben will. Wir sollten diese beschissene Vollkatastrophe so schnell wie möglich hinter uns bringen.«

Er drehte sich um und lief die Stufen zum Haus hinauf. Joseph hatte dieses Haus von dem Moment an geliebt, in dem er es das erste Mal betreten hatte. Er bewunderte die Geräumigkeit, die unverhohlen altmodische Inneneinrichtung, die einen glauben machte, in einem früheren Zeitalter zu leben. Als er herausfand, dass Daddy – Mr. Wydebird – das Haus damals in den Fünfzigern ursprünglich als Ergänzung zu seiner Wydebird-Lodge-Hotelkette vorgesehen hatte, war Josephs Liebe für das Gebäude sogar noch gewachsen. Er war bezaubert von der Idee, dass das Haus Teil einer verborgenen Geschichte war, und er war stolz darauf, an einem Ort zu dienen, den nur wenige Menschen je erblicken durften. Ein solches Gefühl hatte er jedoch nicht, als er nun durch die Eingangshalle ging. Kein Luftzug ging hier, und die Stille war bedrückend. Seine Absätze klapperten auf dem Boden, als er zum Fahrstuhl ging. Er drückte den Knopf für den vierten Stock, bevor er seine Erscheinung im Spiegel überprüfte. Das Haar, sonst ordentlich zurückgegelt und mit einem perfekten Scheitel versehen, stand ihm wild vom Kopf ab. Er glättete es, so gut es ging, und rückte seine rote Krawatte zurecht. Seine Wangen waren unregelmäßig von der Kälte gerötet, und seine Stirn glänzte verschwitzt.

Die Fahrstuhltüren öffneten sich, er legte den Weg zu Mr. Wydebirds Gemach zurück und klopfte leicht an die Tür. Er hörte schwere, stampfende Schritte von drinnen, bevor Horace öffnete.

Zwischen dem Diener und einem Neandertaler hätte gut nur eine Generation liegen können, wenn man Horaces Aussehen betrachtete, das große flache Gesicht und die Brauen, die so buschig waren, dass man die Augen fast nicht mehr sah. Horace war nicht gesprächig, und das erforderten seine Pflichten auch nicht, aber sein brutaler Gesichtsausdruck reichte, um Joseph alles mitzuteilen, was er gerade zu wissen brauchte: *Hoffentlich bringst du gute Nachrichten.*

Joseph spazierte an Horace vorbei zu dem Bett, in dem Mr. Wydebird, aufrecht an einen Berg Kissen gelehnt, saß. Der alte Mann sah zerbrechlich und krank aus, mit seiner käsigen Haut, dem Baumwollpyjama und dem Gestank nach Ölen und Antibiotika, den er absonderte. Aber tief in dem knochigen, faltigen Gesicht glänzten die trüben Augen mit grausamer Intelligenz. Weder öffnete er seine Lippen, die ohne sein Gebiss nach innen gestülpt waren, noch reagierte er, als Joseph zärtlich seine Hand nahm und sie küsste.

»Sir, heute war ein Tag voller Überraschungen. Ich wünschte, ich könnte sagen, dass es sämtlich angenehme waren, aber das wäre gelogen. Uns wurden einige Schrecken eingejagt, aber ich freue mich, Ihnen mitteilen zu können, dass alles wieder in Ordnung ist. Alles ist wieder auf Kurs. Wir haben das Mädchen gefasst, es ist im Keller fixiert und erwartet in diesem Augenblick Ihr Urteil.«

Mr. Wydebird bewegte seinen Mund so, als kaute er ein besonders hartes Bonbon. Sein Blick war auf das Fenster gerichtet. »Bist du sicher, dass alles in Ordnung ist?«, fragte er.

»Ja, absolut, hundert Prozent.« Joseph lachte leichthin.

»Du bist ein Lügner«, krächzte Mr. Wydebird und wandte sich langsam wie ein rostiges Maschinenteil um. »Wir sind *nicht* in Ordnung.«

»Entschuldigen Sie mich«, sagte Joseph mit Blick auf den Boden. »Vielleicht habe ich den Kontext Ihrer Frage falsch verstanden.«

»Wir sind weit entfernt davon, in Ordnung zu sein, Joseph. Wir haben also das Mädchen wieder – das ist alles ganz hübsch, nicht wahr? Aber es bringt nichts in Ordnung, *bei Weitem* nicht.« Der alte Mann lehnte sich ruckartig nach vorne. Speicheltröpfchen flogen aus seinem Mund. Horace näherte sich, wurde aber unverzüglich mit einem Winken verscheucht. »Beantworte mir die Frage, Joseph. Geht es Hendricks gut?«

»Hendricks? Ich, hm … ich weiß –«

»Du weißt nicht, wer das ist, oder?« Mr. Wydebird schmatzte mit seinen dünnen Lippen. »Er ist der junge Mann, dem das Mädchen den Hals durchgeschnitten hat. Du hast den verdammten Mann eingestellt, Joseph, da erinnerst du dich doch an seinen verfluchten Namen!«

»Ja, natürlich tue ich das«, sagte Joseph und schloss die Augen, damit er sich besser konzentrieren konnte, als er nun Einzelheiten aus dem Leben des Ex-Soldaten abrufen wollte. »Benson Hendricks, eingeführt durch die Chicagoer Niederlassung der Gruppe, diente vier Jahre –«

»Ich brauche seinen Lebenslauf nicht, du dummer Junge. Er ist tot. Das ist die einzige Information, die derzeit von Bedeutung ist.« Mr. Wydebird hustete in seine Faust, aber der Husten schwoll zu einem Anfall an, und bald schon rang der alte Mann nach Luft. Dieses Mal wedelte er Horace nicht weg, als dieser mit einem Taschentuch herübergestampft kam, um den fast neongelben Schleim von den Lippen seines Meisters zu wischen. Als Horace nach der Schnabeltasse auf dem Nachttisch griff, wandte Mr. Wydebird trotzig seinen Kopf ab, aber Horace gab nicht auf, bis der Strohhalm sein Zuhause fand und der alte Mann einige Schlucke nahm. Zufrieden faltete Horace das mit Schleim bedeckte Taschentuch zusammen und zog sich zurück.

»Der Mann ist gestorben«, sagte Mr. Wydebird und pochte mit einem Zeigefinger auf die Matratze, um seinem Punkt Nachdruck zu verleihen. »Der Mann starb, und das Mädchen konnte fliehen. So hast du dem Haus nicht ein, sondern *zwei* Probleme beschert. Was kannst du zu deiner Verteidigung sagen?«

Joseph schüttelte den Kopf. »Ich kann nichts sagen, was es besser machen würde, nur, dass wir das Mädchen nun wiederhaben.«

»Das Mädchen. Du hast mir noch nicht einmal mitgeteilt, welches weglaufen wollte?«

»Also … Wendy.«

»Ist das eine Frage oder eine Antwort?«

»Es war Wendy. Definitiv Wendy.«

Mr. Wydebird ließ diese Information auf sich wirken, während seine erschöpften Augen langsame Kreise in ihren Augenhöhlen beschrieben. »Ein sehr gut aussehendes Kind. Ein Jammer, dass sie nicht besser bewacht wurde. Wenn du deinen Job von Anfang an korrekt« – er unterbrach sich, hustete und seufzte – »ausgeführt hättest, wären dir die Anzeichen vielleicht früher aufgefallen.«

Der Raum war drückend heiß. Sie beheizten ihn so, weil Mr. Wydebird nicht gern fror und es sich auch nicht erlauben konnte, sich zu unterkühlen. Die Hitze verstärkte die künstlichen Gerüche noch, sodass Joseph sich vorkam, als ob irgendwer aus kurzer Distanz einen Fön auf ihn richtete.

»Mit allem gebührenden Respekt, Sir«, setzte er an. Sein Hals juckte, weil Schweißtropfen ihm vom Kopf in den Nacken rannen. »Wendys Handlung war nicht geplant. Das alles kann auf Lena zurückgeführt werden. Die Mädchen sind dreist geworden, fast schon arrogant. Ich habe den Dienstplan überprüft, und heute war der erste Tag nach Lenas Verschwinden, an dem Wendy draußen arbeiten musste. Sie handelte aus einem Impuls heraus, und sie ist nicht weit gekommen. Ich denke, es war in der Tat eine sehr lehrreiche Übung für die neuen Aufseher.«

»Du glaubst wirklich, sie handelte impulsiv?«, fragte Mr. Wydebird.

»Ja, davon bin ich überzeugt.«

»Dann sollte Horace vermutlich deinen Kopf mal aufstemmen, um zu sehen, was darin vorgeht. Ich glaube langsam, nicht nur die Aufseher müssen hier upgegradet werden.«

Joseph öffnete den Mund, aber brachte nur einen schwachen Pfeifton zustande, der tief aus seinem Hals kam. Sein Mund schloss sich schnell wieder. Er versuchte es erneut. »Es tut mir leid, Mr. Wydebird. Ich bin zwar schon lange hier tätig, aber

Ihre Weisheit besitze ich nicht. Es gibt nur sehr wenige, die das tun. Ich kann Ihnen jedoch versichern, dass ich die Mädchen mit Argusaugen bewache. Die Wärter, die ich eingestellt habe, sind ausnahmslos ausgebildete Fachleute und alle über die Gruppe ausgesucht. Sie –«

»Ach, halt deinen Mund, Junge.« Mr. Wydebird drehte seinen Kopf zur Seite und brachte mit einem Schmatzen seine Abneigung zum Ausdruck. »Wenn ich dich höre, wird mir wirklich schlecht, weißt du das, Joseph? Du bist der Manager hier, aber du kannst noch nicht einmal ins Meer pissen und das Wasser treffen, geschweige denn eine gut gehende Niederlassung dieser Organisation leiten. Deine absolute Missachtung von Diskretion ist für uns alle gefährlich. Erst Leslie und nun das. Wenn du ich wärst, was würdest du nun tun?«

Schweiß brannte in Josephs Augen. Sein Magen krampfte sich zusammen. »Mr. Wydebird, bitte …«

»Mr. Wydebird, bitte«, äffte ihn der alte Mann nach, seine durchdringende Stimme bebte scheußlich. »Ich denke, es sind gar nicht die Mädchen, die für diesen ganzen Kummer verantwortlich sind. Es ist schließlich deine Aufgabe, in deiner Leitungsposition mit gutem Beispiel voranzugehen. Was genau hast du ihnen also beigebracht?«

»Ich weiß nicht«, winselte Joseph, und seine Tränen vermischten sich mit dem Schweiß.

»Ich glaube, heute Abend sollten wir zwei Leichen begraben: den armen jungen Hendricks und Ich-weiß-nicht-Joseph. Was hältst du davon?«

Joseph verschränkte die Hände ineinander und senkte den Kopf. »Mr. Wydebird, Sie müssen das nicht tun. Ich kann die Verantwortung für das Haus wahrnehmen. Ich werde das Problem bereinigen. So etwas wird sich *niemals* wiederholen.«

Mr. Wydebirds Hand glitt herüber und umklammerte Josephs Handgelenk. »Das würde ich dir auch nicht raten.« Die heruntergezogenen Mundwinkel verzerrten sein Gesicht zu einer Grimasse der Missbilligung, während er seine buschigen Augenbrauen nur ganz leicht angehoben hatte. »Denn wenn auch nur noch das geringste Problem auftaucht, Joseph, wirst du Leiden kennenlernen, wie sie kein Mensch zuvor erfahren hat. Ist das klar?«

»Ja, Sir«, sagte Joseph und wischte sich die Nase an der Ellbogenbeuge ab. Er stand auf und trocknete sich die Augen mit dem Handrücken. »Was, gedenken Sie, soll ich mit Wendy machen?«

»Warum sagst du mir nicht, was mit ihr passieren soll?«

»Ich denke, wir könnten sie in Anwesenheit der restlichen Mädchen verbrennen. Und ihnen damit zeigen, dass dieses Verhalten nicht toleriert wird. Wir sollten –«

»Voller grausamer Ideen, was, Joseph?« Mr. Wydebirds Backen blähten sich auf, als er hustete. »Du weißt genau, wie man ein Kind bestraft, aber nicht, wie man verhindern kann, dass das Kind sich gar nicht erst schlecht benimmt. Wie würde es dir gefallen, wenn ich *dich* verbrenne? Vielleicht überlegst du dir die Antwort gut, bevor du sprichst, denn das war eine ernst gemeinte Frage.«

»Ich will sie nicht noch mehr verärgern, als ich es ohnehin schon getan habe, Sir. Bitte.«

»Dann verschwinde aus meinem verdammten Blickfeld. Ich schicke Horace zu den Mädchen hinunter, sobald ich versorgt bin, aber vergiss in der Zwischenzeit eins nicht: Du bewegst dich auf sehr dünnem Eis. Und jetzt geh.«

Joseph nickte. Er überlegte, ob er Mr. Wydebird dafür danken sollte, sein Leben verschont zu haben, entschied sich aber, dass es das Beste wäre, so schnell wie möglich den Raum zu verlassen. Er kam sich vor wie in einer Sauna und spürte den verzweifelten Drang, nicht mehr hier zu sein, bei diesem alten Mann und Horace und diesen chemischen Gerüchen.

Im Badezimmer im dritten Stock machte er einen kurzen Zwischenstopp, um sich kaltes Wasser ins Gesicht zu spritzen.

Er nahm sich einen Stapel Papiertücher aus dem Spender. Das gluckernde Grummeln in seinem Bauch schien sich nun zu einer festen Masse verwandelt zu haben, und er glaubte nicht, dass er seinen Darm leeren könnte, selbst wenn er wollte. Eine Weile stand er so da und stützte sich am Waschbecken ab, während er am ganzen Körper zitterte und kurz davor war, zu hyperventilieren. Für einen Moment drohte er die Kontrolle zu verlieren und in sich zusammenzusacken, aber schließlich beruhigte sein Herzschlag sich wieder.

Er verließ das Badezimmer, nahm die Treppen hinunter ins Erdgeschoss, weil er sich nicht der Beengtheit des Fahrstuhls aussetzen wollte. Das Wichtigste war, sagte er sich, dass er immer noch am Leben war und das Mädchen dort, wo es hingehörte. Gewiss zeigte diese Episode doch nur, wie belastbar er war: Ein Problem tauchte auf, er nahm es in Angriff und fand eine Lösung.

Als er ins Foyer kam, ging er zu einem Schrank auf der gegenüberliegenden Seite beim Treppenhaus und schenkte sich eine großzügige Menge Scotch ein. Während er Schluck um Schluck nahm, schritt er an der Längsseite der Rezeption auf und ab, starrte nach draußen auf die freie Fläche und rollte das kühlende Glas auf seiner Stirn hin und her. Die Flutlichter waren immer noch angeschaltet, ansonsten erinnerten nur noch die tiefen Reifenspuren der Jeeps an die abendliche Exkursion. Er schob die Tür auf, trat in die kalte Nachtluft hinaus und machte sich auf, eine Runde um das Haus zu drehen. Die Lichter im geradeaus vor ihm liegenden Quartier der Wärter waren an, und einige der Männer standen draußen herum und rauchten. Joseph konnte die Verachtung in ihren Gesichtern erkennen, als er näher kam, die bittere Feindseligkeit in ihrer Körpersprache, verursacht durch den Mord an einem ihrer Kollegen. Joseph ging zu Abraham.

»Hat einer von euch die Mädchen durchgezählt?«, fragte er.

»Nicht dass ich wüsste.«

»Warum nicht?«

»Weil es uns niemand gesagt hat.«

»Du bist der Oberaufseher, Abraham. Ich erwarte von dir, dass du wachsamer bist.«

»Ich folge Befehlen. Unsere Priorität war, Wendy zu ergreifen.«

»Ja, aber etwas Eigeninitiative würde dir niemand übel nehmen, um Himmels willen«, erwiderte Joseph.

»Als Hendricks erstochen wurde, habe ich die Mädchen zusammengetrieben und im Schlafsaal eingeschlossen.«

»Alle? Also hast du die Anzahl der Personen ermittelt?«

Abraham schwieg einen Moment. »Ich habe sie nicht gezählt, aber ich bin sicher, dass es alle waren. Sie waren ja alle in der Kantine beim Essen.«

Nein, nicht alle, dachte Joseph. Das Herz stockte ihm in der Brust, und ein Blitz purer weißglühender Panik durchfuhr ihn bis ins Innerste.

»Willst du, dass ich jetzt hochgehe und zähle?«

»Nein.« Joseph schüttelte den Kopf. Seine Lippen waren wie taub, als er sprach. »Ich … ich mache das schon.«

Er drehte sich um und raste ins Haus und die Treppen zum ersten Stock hoch. Sein Schlüsselbund rasselte, als er hektisch den richtigen Schlüssel zum Schlafsaal suchte. Die Lichter waren an, und die Mädchen lagen in ihren Betten – mit zwei sehr offensichtlichen Ausnahmen.

Das Etagenbett, das sich Wendy und Autumn teilten, war leer.

TEIL DREI

21. KAPITEL

Sie ist irgendwo da draußen, dachte Francine, als sie aus dem Auto stieg und auf die sich unter ihr erstreckenden, bewaldeten Hügel blickte. Jenseits der dicht stehenden Bäume konnte sie gerade noch einen Streifen Meer ausmachen, aber bereits das Salz auf ihren Lippen schmecken. Sie atmete die frische Luft tief ein und betrachtete die unheimlichen aschgrauen Wolken. *Ich bin nah dran, ich kann es spüren.* Sie stand an einem steilen Abhang an einer Serpentinenstraße, die sich bis auf Meereshöhe hinabschlängelte. Wie viele Autos waren wohl über diesen Vorsprung geschlittert und auf den zerklüfteten Felsen in Stücke gerissen worden? Dazu brauchte es nicht viel: eine falsch eingeschätzte Kurve, eine nur leicht erhöhte Geschwindigkeit.

Sie hatte angehalten, um sich das Gebiet gut anzuschauen. Man konnte nicht anders, als vor der ungeheuren Ausdehnung des Waldes Angst und Respekt zu empfinden. Der Ernst der Situation wurde ihr plötzlich bewusst. Irgendwo da drin war Autumn. Vielleicht würde Francine auch einfach verschwinden, wenn sie den Wald betrat. Immerhin wusste niemand, wo sie war. Auf der Arbeit fänden sie Ersatz, Will könnte ein neues Buch verkaufen.

»Sie werden sterben, ist Ihnen das klar?«, sagte Cindy vom Auto her, als hätte sie Francines Gedanken gelesen.

»Was haben Sie gesagt?«, fragte Francine, als sie wieder ins Auto stieg.

»Sie werden sterben!«, wiederholte Cindy höhnisch. »Was hatten Sie sich denn gedacht? Dass Sie mit Ihrem kleinen Revolver da hineinstürmen und verlangen, Ihre Tochter zu sehen? Die Typen lachen Sie aus. Dann werden die Sie einer nach dem anderen vergewaltigen. Und danach erst werden sie Sie *richtig* quälen.«

Francine startete den Wagen und fuhr langsam den kurvigen Weg weiter hinab. »Es geht Ihnen also besser.«

»Ich will nur, dass Sie wissen, mit wem Sie es zu tun haben. Noch können Sie Ihren Plan aufgeben.«

»Warum sollte ich das tun?«

»Weil Sie unmöglich gewinnen können.«

Francine lachte leise. »Da könnten Sie recht haben. Aber ich denke, das Risiko müssen wir einfach eingehen, nicht wahr?«

Sie kam zum Wohnviertel der kleinen Stadt und fuhr weiter, bis sie auf der einen Seite einer Kreuzung mehrere Läden erblickte. Sie hielt vor einem kleinen Geschäft, drehte den Zündschlüssel im Schloss und zog ihn ab.

»Ich brauche nicht länger als eine Minute. Sie werden keinen Aufstand machen, in Ordnung?«

»Wie sollte ich das auch anstellen?«

Ach, wenn du wirklich wolltest, könntest du. Und ich bin sicher, das wirst du auch, wenn sich die kleinste Gelegenheit bietet, aber diese hier ist es nicht, Süße.

Francine stieg aus und schloss Cindy im Auto ein. Den Rucksack nahm sie mit, weil sie verhindern wollte, dass Cindy ohne Erlaubnis Medikamente nahm.

Countrymusik begrüßte sie beim Betreten des Shops. Sie schaute zu der alten Frau hinter der Ladentheke, aber diese schien nicht besonders interessiert an ihrer neuen Kundin zu sein. Francine arbeitete sich Gang um Gang vor, bevor sie schließlich bei den Haushaltswaren stehen blieb. Sie hatte nach Klebeband gesucht, entdeckte aber eine Packung Kabelbinder. Perfekt. Sie nahm noch Waffeln für die Mikrowelle und ein paar Croissants mit, bevor sie zur Servicetheke ging.

»Tach auch«, sagte die alte Frau, bevor sie die Preise in die Kasse eintippte.

»Hallo«, erwiderte Francine, die sich das Gestell mit den sinnlosen Spontankauf-Artikeln links neben der Theke anschaute. Es gab Kühlschrankmagneten, Postkarten und sogar Flaschenöffner mit Little Peace drauf, die alle nicht mehr als einen Dollar kosteten. Sie fand auch eine Straßenkarte, auf deren Vorderseite stand: *In dieser Gegend finden Sie immer ein bisschen Frieden (Little Peace, 7000 Einwohner).* Sie legte sie zu ihrem Einkauf dazu, zahlte und ging hinaus.

Am Wagen angekommen, ertappte sie Cindy, wie diese sauer durch die beschlagenen Fensterscheiben schaute. Francine stieg ein, warf Rucksack und Tüte auf den Rücksitz und schaltete den Motor an.

»Sagen Sie mir den Weg zu Glenns Haus.«

»Ich fühle mich nicht gut«, erwiderte Cindy und ließ ihren Kopf gegen das Fenster sinken. »Kann ich eine Pille nehmen? Bitte?«

»Sie dürfen alles nehmen, was Sie wollen, sobald wir da sind.«

»Sie haben gesagt, ich kann was bekommen, wenn wir weiterfahren.«

»Das glaube ich nicht.«

»Kommen Sie, ich brauche etwas, um mich wieder ins Gleichgewicht zu bringen. Ich fühle mich scheiße.«

»Dann müssen Sie schneller sein, mir den Weg anzusagen.«

»Verdammt noch mal! Müssen Sie *die ganze Zeit* eine solche Bitch sein? Ich dachte, ich soll Ihnen helfen, Ihre Tochter zu finden! Aber ich werde Ihnen einen Dreck nützen, wenn ich wegen Ihnen so nervös und angespannt bin, oder?«

»Zu Glenns Haus.«

»Vielleicht kann ich nicht mehr klar denken.« Cindy verschränkte die Arme vor ihren Fake-Brüsten. »Vielleicht sage ich auch kein einziges Wort mehr, bis ich nicht meine Medizin bekomme. Mein verdammter Kopf *bringt mich um.*«

Francine seufzte. »Ich weiß, dass es am Meer liegt. Und ich bin mir ziemlich sicher, dass ich es auch ohne Ihre Hilfe finde. Der Unterschied ist nur, wie lange wir brauchen.«

Cindy schrie auf und schlug auf das Armaturenbrett.

Glenn Schillings Anwesen in Little Peace war viel bescheidener als seine Villa in Oakridge. Das eingeschossige Gebäude war auf einem Felsvorsprung mit Blick auf die anbrandenden Wellen erbaut. Es gab in der näheren Umgebung keine anderen Häuser, nur Bäume und Felsen. Francine stand am Fenster und stellte sich vor, wie der Sonnenuntergang am Horizont wohl aussah, wenn der rot-orangene Himmel sich im Wasser spiegelte.

Hinter ihr trippelte Cindy zum Weinregal und nahm wahllos eine Flasche heraus. Sie holte sich ein Glas und fragte Francine: »Wollen Sie auch einen?«

Francine schaute auf ihre Armbanduhr. Es war zehn vor elf morgens. »Welchen Wochentag haben wir heute?«

»Hä?« Cindy verzog ihr Gesicht.

»Ich weiß nicht, welchen Tag wir heute haben.«

»Ich auch nicht.«

Francine dachte nach und erinnerte sich daran, dass Schilling am Abend zuvor bei den Aufnahmen für seine Show gewesen war – *Saturday Night Splendour* –, also war Sonntag.

»Nein, danke«, erwiderte sie.

Cindy trug die Flasche zum langen Glastisch am Fenster und bohrte den Korkenzieher immer wieder in den Korken, sodass sich Krümel über die gesamte Glasplatte verteilten. Schließlich riss Francine ihr die Flasche aus den Händen und übernahm. Als sie den Korken mit einem Ploppen herausgezogen hatte, blähten sich bei dem dunklen, fruchtigen Duft des Weins ihre Nasenflügel auf, und das Wasser lief ihr im Mund zusammen. Francine gab Cindy die Flasche zurück, bevor sie eine zu enge Bindung zu ihr aufbaute.

»Danke«, murmelte Cindy.

»Keine Ursache.« Francine setzte sich gegenüber von Glenns Ehefrau in einen Sessel und schaute durch das Fenster auf das Meer.

Gierig trank Cindy direkt aus der Flasche und setzte sie nur ab, um zwischendrin Luft zu holen. Als sie genug – und die Flasche sich beträchtlich geleert – hatte, stellte sie den Wein auf den

Tisch, wischte sich den Mund ab und sagte: »Sie haben keinen Plan, nicht wahr?«

»Ich habe einige Ideen«, erwiderte Francine, ohne den Blick vom Wasser abzuwenden.

»Sie haben das nicht durchdacht. Sie handeln rein gefühlsmäßig. Das ist nicht gut. Das sollte Ihnen doch klar sein.«

Francine lehnte sich über den Tisch und konfiszierte die Flasche. »Dann helfen Sie mir, einen Plan zu machen. Weil nämlich zuerst *Sie* dran glauben müssen, wenn das hier schiefläuft. Darauf können Sie sich verlassen, Cindy. Deshalb sollte jetzt auch jedes Wort, das aus Ihrem Mund kommt, dazu beitragen, meine Tochter zu finden, denn Sie reden sich gerade buchstäblich um ihr Leben.«

»Sie werden mich nicht umbringen. Das schaffen Sie nicht. Das kann ich mit einem Blick sehen. Sie sind aufgebracht, und vielleicht ist das gerechtfertigt, aber Sie müssen Ihr Leben deswegen nicht wegwerfen. Sie haben bereits ein ernsthaftes Verbrechen begangen und könnten lange in den Knast wandern, und ich will wirklich nicht, dass das geschieht. Ich –«

Francine stand auf, griff sich die Einkaufstüte und nahm die Kabelbinder heraus.

»Was haben Sie damit vor?«

»Ich werde Ihnen die Hände auf dem Rücken zusammenbinden.«

Cindy schaute zur Tür hinüber, dann wieder zu Francine. Diese schüttelte leicht den Kopf.

»Das brauchen Sie aber gar nicht. Ich werde Ihnen alles erzählen, was Sie wissen müssen.«

»Da bin ich mir nicht so sicher«, erwiderte Francine, riss die Plastikverpackung mit den Zähnen auf und ging um den Tisch zu Cindys Stuhl. Cindy wollte aufstehen, aber Francine schob sie wieder auf den Sitz zurück. »Nein, Cindy. Sie gehen nirgends hin. Seien Sie ein gutes Mädchen und nehmen Sie die Hände auf den Rücken.«

»Ich habe doch gesagt, dass Sie das nicht zu tun brauchen.«

Francine schlug Cindy auf den Kopf, so hart sie konnte. Dabei verhedderten sich ihre Finger in Cindys Haar. Cindys Kopf ruckte zur Seite, und sie wurde fast vom Stuhl geschleudert. Sie schrie und versuchte sich loszuwinden, aber Francine hatte alles unter Kontrolle. Mit einer Hand an ihrem Nacken hielt sie Cindy niedergedrückt. Sie presste ihre Fingernägel tief in die Haut, bis sie die knorrigen Wirbel zwischen ihren Fingern spürte.

»Genug mit dem höflichen Getue, vielleicht verstehst du mich dann besser. Gib mir die Hände, Cindy«, befahl sie. Als Cindy sich weigerte, schlug Francine sie wieder und wieder, hieb ihr die offene Hand kräftig gegen den Kopf. »Ich kann dir auch richtige Schmerzen zufügen, wenn du Tränen willst. Gib mir deine verdammten Hände!«

Schniefend gab Cindy nach und legte die Hände hinter der Stuhllehne zusammen. Francine benutze drei Kabelbinder, um sie zu fesseln – einen um jedes Handgelenk und den dritten, um die beiden anderen wie bei Handschellen zu verbinden.

»Folgendes weiß ich bisher«, setzte Francine an, aber ihre Worte waren neben Cindys Schluchzern nicht zu verstehen. Sie klatschte in die Hände, und Cindy schrak zusammen. »Konzentrier dich, Cindy! Schau mich an. Was ich bisher weiß, ist Folgendes: Es gibt eine Gruppe von Leuten, die Kinder kidnappen und sie mit zu einem Haus im Wald nehmen, das sie ›das große Haus‹ nennen. Dort benutzen sie sie für Sex. Sie lassen die Kinder auch außerhalb für sich arbeiten und veranstalten Sexorgien mit Männern wie deinem. Erzähl mir mehr.«

»Ich weiß nicht mehr«, erwiderte Cindy, deren Mund auf und zu ging wie bei einem Fisch auf dem Trockenen, während sie nach etwas suchte, das Francine zufriedenstellen könnte. »Das ist es. Das ist absolut alles.«

»Erzähl mir mehr.«

»Mit mir hat das alles nichts zu tun. Mit ihm. Mit Glenn.

Und es sind seine Leute. Ich bin ein Nichts. Er hat mich nur geheiratet, um mich in der Öffentlichkeit zu präsentieren. Ein so berühmter Mann wie er kann doch nicht ohne Frau sein, nicht wahr? Jeder würde ihn dann für eine Schwuchtel halten!«

»Wenn ich allerdings eine der DVDs anschauen würde, könnte es passieren, dass ich dich darauf entdecke. Habe ich recht, Cindy?«

Cindys Blick flatterte durch den Raum und richtete sich auf alles außer Francine. Neue Schweißtropfen erschienen auf ihrer glänzenden, ebenmäßigen Stirn. Schweiß sammelte sich in der Halsgrube.

»Ich sehe mir die DVDs sowieso an, Cindy, ich werde es herausfinden.«

»Er zwingt mich mitzugehen. Ich mache aber nichts mit den Mädchen, mit keinem einzigen, ich schwöre es bei Gott. Gib mir eine Bibel, und ich schwöre bei meinem Leben. Manchmal muss ich was mit den anderen Männern machen, aber die sind meistens nur wegen der Mädchen da … der jungen Mädchen.«

Francines Kiefermuskeln traten hervor, als sie die Zähne zusammenbiss. »Du bist schon so weit gegangen, Cindy, da kannst du mir auch alles erzählen.«

»Aber ich sage dir doch, dass ich nicht alles weiß! Ehrlich! Ehrlich, bei Gott da oben.« Als sie das sagte, erkannte Francine einen leichten Südstaaten-Dialekt.

»Erzähl mir mehr.«

Cindys Brustkorb hob sich, als sie tief einatmete und sich ihre vom Wein violett gefärbte Zunge leicht vorschob. »Was wirst du mit mir machen?«

»Ich weiß es noch nicht. Wenn du mithilfst, vermutlich nichts.«

»Wie kann *ich* denn mithelfen? Glenn ist derjenige, den du befragen musst!« Eine Blase aus Schnodder blähte sich aus einem ihrer Nasenlöcher und platzte. »Er gehört dazu. Frag ihn: Er gibt dir die Antworten.«

»Ich *werde* ihn fragen, aber erst frage ich dich. Wie oft finden diese Zusammenkünfte statt?«

»Das ist verschieden. An unterschiedlichen Terminen.«

»Das Haus auf der DVD, die ich angeschaut habe, wo ist das?«

»Ich kann mich nicht daran erinnern.« Sie schaute Francine an und führte ihre Antwort weiter aus, als sie sah, dass diese wieder unzufrieden wurde. »Es ist nur irgendein anonymes Haus. Es gibt viele in der Gegend. Sie wechseln sie häufig.«

»Wie oft habt ihr dieses Haus hier benutzt?«

Cindys Augen weiteten sich. »Nie.«

»Das Mädchen, das mir von Glenn erzählt hat, sagte, dass einige der Mädchen zu diesem einen Haus am Meer gebracht worden sind. Sie hat dieses Haus gemeint. Sag mir also gefälligst, wie oft, und wann das letzte Mal war.«

»Das wusste ich nicht. Dieser verdammte Scheißkerl hat mir versprochen, es nie in einem von unseren Häusern zu machen.«

Francine nahm die Waffe aus ihrem Rucksack, stand auf und ging hinüber zu Cindy. Sie legte die Mündung auf deren Kniescheibe und sah, dass sich erneut Schweißtropfen von Cindys Kopfhaut lösten.

»Ich zähle bis drei, und dann schieße ich, wenn du mir nicht eine ehrliche Antwort gibst. Eins …«

»Ich schwöre, er hat mir nie erzählt, dass er dieses Anwesen benutzt hat.« Cindy legte ihren Kopf in den Nacken und schluchzte grotesk auf. Mit der Menge an Botox, die sie sich hatte spritzen lassen, legte sich die Stirn noch nicht einmal ansatzweise in Falten.

»Ruft Glenn diese Leute an und ordert die Mädchen wie beim Take-away? Wie funktioniert das?«

»Mitglied–«

»Rede lauter.«

»Er hat eine Gold-Mitgliedschaft. Ich kann nicht …«

»Er bezahlt diesen Leuten Geld, richtig?«

Cindy nickte.

»Also müssen sie eine Niederlassung hier in der Nähe haben, wenn er sie geliefert bekommt. Das sind Kilometer um Kilometer an Bäumen da draußen. Das Haus ist irgendwo da in dem Wald, nicht wahr?«

»Glaube ich … ja.«

Francines Herz vollführte einen fast schmerzvollen Sprung in ihrem Brustkorb. »Gibt es irgendeine Möglichkeit, wie wir die Leute dazu bringen können, meine Tochter hierhin zu liefern, ohne dass wir Glenn involvieren?«

Cindy schüttelte den Kopf, ihr feuchtes Haar klebte an ihren milchweißen Wangen. »Nur er kennt ihre Nummer. Ich habe keinen direkten Kontakt zu ihnen. Nur er.«

Francine stand auf und ging in Gedanken versunken auf und ab. Es war nur noch eine Sache von Kilometern. Das Einzige, das ihrem Wiedersehen im Weg stand, waren ein paar Bäume. Und was noch?

»Warst du je im großen Haus? Dem im Wald?«

»Ja.«

»Wie sind die Gegebenheiten? Wie viele Mädchen halten sie dort fest, und welche Sicherheitsvorkehrungen haben sie?«

Cindy sprach nicht sofort. Dann stöhnte sie wieder und antwortete: »Eine Menge Mädchen und eine Menge Wärter.«

»Wie viele Wärter? Komm schon, nur grob. Es muss nicht die genaue Zahl sein.«

»Ich weiß ni-«

»Schätz es einfach, verdammt, Cindy.«

»Fünfzehn? Zwanzig. So in der Richtung.«

»Bewaffnet?«

»Natürlich sind die bewaffnet.« Sie wimmerte wie eine Katze. »Die killen dich … verdammt …«

»Ruft Glenn diese Typen auch an, wenn es keine Zusammenkunft gibt? Nehmen wir an, er würde ein bestimmtes Mädchen bestellen. Brächten sie es hierher?«

»Ich weiß nicht, vermutlich ja.«

Francine nahm ihr Handy aus der Tasche. »Du solltest dir selbst die Daumen drücken, dass sie das auch wirklich tun.«

22. KAPITEL

Der zackige Klingelton des Handys durchdrang die Stille. Durch den Dampf seines frisch zubereiteten Kaffees sah Glenn, wie sich das Gerät beim Vibrieren auf der Küchentheke bewegte. Er ging nicht sofort dran, sondern saß nur da, die Hände um die Tasse gelegt, und wartete darauf, dass es wieder ausging. Eine der Putzfrauen, Rosa, steckte ihren Kopf in die Küche.

»Ihr Telefon klingelt, Mr. Schilling.«

Ohne von dem Handy aufzublicken, erwiderte er: »Ja, ich weiß.«

»Möchten Sie vielleicht, dass ich drangehe?«, fragte sie, verwirrt, warum er das Telefon läuten ließ. Bevor er ihr antworten konnte, verstummte es. Einige Sekunden später klingelte es wieder. Dieses Mal schaffte das Gerät es so weit, dass es über die Kante zu fallen drohte. Sollte er es einfach fallen und auf dem Boden zerschellen lassen? Bevor das passieren konnte, setzte er rasch seine Lesebrille auf und griff nach dem Handy. Er hielt das Display einige Zentimeter von seinem Gesicht entfernt, und mit einem Wischen des Zeigefingers nahm er das Gespräch an.

»Glenn? Glenn, kannst du mich hören?«

»Ich kann dich hören«, sagte er langsam.

»Gut. Was … also …« Sie hustete. »Was machst du gerade?«

»Ich frühstücke«, erwiderte er trocken.

»Ach so, ja. Was isst du denn?«

»Ich trinke Kaffee«, seufzte er. Sie hatte noch nicht realisiert, dass es schon vier Uhr nachmittags war. »Aus irgendeinem Grund bin ich heute nicht besonders hungrig. Kannst du dir vorstellen, warum das so sein könnte?«

Es gab eine Pause. Ihre Atemzüge hörten sich durch den Hörer wie ein kratziges Knistern an, als wenn sie das Mobilteil zu nah an ihren Mund hielt. »Weil ich gestern Abend gegangen bin?«

Er nahm einen Schluck von seinem Kaffee. »Das könnte sein.«

»Ja …« Noch eine Pause. Noch einmal Husten. »Ich musste plötzlich weg.«

»Ja, das habe ich gemerkt. Du hast George auf eine Irrfahrt geschickt. Ich nehme an, du kannst mir eine Art Erklärung liefern?«

»Kann ich. Ich bin im Haus in Little Peace.«

Vorsichtig stellte Glenn die Tasse auf der Theke ab und hielt das Handy fester umklammert. »Was machst du da?«

»Ich musste einfach weg.«

»Tatsächlich?«

»Ja. Ich hatte einfach … ich hatte Angst. Ich habe ein paar Pillen genommen und habe mich erschrocken.«

»Erschrocken?«

»Ja, ich habe nachgedacht über –«

»Sag ja nichts Dummes am Telefon, Cindy.« Das erste Anzeichen von Wut war seiner Stimme anzuhören.

»Entschuldige.« Sie röchelte, hustete und stöhnte.

»Was ist los mit dir? Du klingst wie ein kranker Hund?«

»Zu viel Wein gestern Abend.«

»Hmm. Ich habe bemerkt, dass du keinen der Wagen genommen hast. Mit wem bist du unterwegs?«

Eine Pause. »Ich bin allein.«

»Nein, bist du nicht.«

»Bin ich«, krächzte sie, bevor sie sich räusperte. »Ich habe ein Taxi genommen.«

»Ein Taxi für die über dreihundert Kilometer?«

»Ja. Warum nicht?«

Er strich sich über das Kinn, an dem die ersten Bartstoppeln sprießten. Er nahm sich einen Moment Zeit, bevor er sprach.

»Soll ich Juanita sagen, dir heute Abend Dinner zu kochen?«

»Nein, ich denke nicht.«

»Ich verstehe. Also, lass mich wissen, wann du gedenkst, wieder nach Hause zu kommen. Dann sage ich einer von ihnen, dass sie dir etwas zubereiten soll. Auf Wiedersehen, Cindy.«

»Warte … Glenn, warte, bist du noch dran?«

»Bin ich.«

»Ich dachte, du könntest hierhin kommen. Zum Haus.«

»Warum sollte ich das tun?«

»Das wäre vielleicht schön. Wir könnten wandern, am Strand spazieren gehen …«

Glenn stand vom Barstuhl auf. »Bin ich auf Lautsprecher, Cindy?«

»Es geht mir nicht gut, ich liege auf der Couch. Glenn? Bist du noch da?«

Er ignorierte sie und sagte: »Wer ist bei dir, Cindy?«

»Niemand«, erwiderte sie schlicht.

»Hmm. Du willst mir also wirklich erzählen, dass niemand mit dir im Haus ist?«

»Genau.«

»Dann schicke ich George hoch, um dich abzuholen. Ich will dich wieder hier haben. Wenn du an einem Strand spazieren willst, fahren wir nach Kalifornien.«

»Nein, du solltest wirklich herkommen. Lass mich nicht im Stich, mein Honigkuchen.«

Die Verbindung wurde an ihrem Ende unterbrochen. Glenn hielt das Handy noch einen Moment in der Hand. Unruhig vor Wut und Unsicherheit trommelte er rhythmisch mit den Fingern seiner anderen Hand auf das Display und dachte nach.

Honigkuchen. Josephs Frau backte für jede Zusammenkunft einen, und er schmeckte schrecklich, aber über die Jahre hinweg hatten Glenn und Cindy den Begriff als ihr Codewort benutzt: »Halt dir Freitag im Kalender frei, weil wir Honigkuchen essen.« Doch was hieß das in diesem Kontext? Hielten sie sie aus irgendeinem Grund gefangen? Waren sie wegen irgendwas wütend auf sie – oder wichtiger, waren sie wütend auf *ihn*? Dann bräuchte Cindy allerdings nicht so kryptische Bemerkungen zu machen. Wenn sie ihn wollten, würden sie ihn notfalls direkt während der Live-Übertragung von der Bühne holen.

Er stand auf und ging zur Küchentür, die in den Garten führte, während er weiter über den Anruf nachdachte. Es war auch möglich, dass diese ganze Merkwürdigkeit nicht mehr war als eine drogeninduzierte Paranoia. Gott allein wusste, wie viele ihrer irrationalen Episoden er schon zu erdulden gehabt hatte. Manchmal dachte sie, dass Menschen mit Ferngläsern sich auf dem Rasen herumtrieben, um sie auszuspionieren, oder dass Mitglieder der Gruppe mit Abhörgeräten an ihrem Haus vorbeifuhren, um die Gespräche drinnen zu belauschen. Ihre neueste Sorge war, dass nachts Männer bei ihnen einbrachen und in ihren Sachen herumschnüffelten. Eine fixe Idee, die offensichtlich von dem nächtlichen Knacken und Stöhnen des alten Hauses herrührte.

Die Angst war ein Bestandteil im Leben seiner Frau, den Glenn nicht vollständig kontrollieren konnte. Je mehr sie mit diesen verdammten Pillen herumexperimentiert hatte, desto schlimmer war es geworden, bis sie Cindys Verstand komplett vernebelt hatten. Wenn sie wach war, wusste sie nicht mehr, was real war und was nicht, und wenn sie ausgeknockt war, dann war sie wie tot. Egal, was von beidem gerade zutraf, stellte sie einen belastenden Unsicherheitsfaktor in seinem Leben dar. Aber auch ein notwendiges Accessoire. Ihre Unbedarftheit war es gewesen, die damals seine Aufmerksamkeit geweckt und sie zu einer geeigneten Kandidatin für die Rolle als seine Ehefrau gemacht hatte. Ihre Bereitschaft, ihre Gefühle aus dem Spiel zu lassen, und das vollständige Fehlen eines moralischen Kompasses – einhergehend mit dem einstmals beeindruckend schönen Gesicht – hatten sie zu einem wertvollen Zubehör für ihn gemacht. Ihm war jedoch immer klar gewesen, dass sie ihn eines Tages zu Fall bringen könnte. Als ihr Medikamentenkonsum stieg und sie ans Haus fesselte, hatte er gehofft, dass sich das zu seinem Vorteil auswirken würde. So war sie leichter zu kontrollieren, weniger meinungsstark, weniger geneigt, ihn in der Öffentlichkeit bloßzustellen. Die Beruhigungsmittel massierten ihre ganze Starrsinnigkeit weg, bis sie nur noch willenloses Fleisch war.

Aber nun das.

»Was soll ich tun, was soll ich tun, was soll ich tun …«, murmelte Glenn, während er eine Krähe im Anflug auf den Pool beobachtete.

Er konnte sich drei Varianten vorstellen: Die erste war, dass Cindy die Wahrheit sagte, es mit den Pillen übertrieben, eine psychotische Episode gehabt hatte und geflohen war. Sich von einem Taxi den ganzen Weg nach Little Peace kutschieren zu lassen war zwar in der Tat übertrieben, würde aber ins Bild passen. Die zweite Möglichkeit war, dass einer aus der Gruppe Cindy nach Little Peace beordert hatte, auch wenn Glenn nicht verstand, warum. Wenn sie ihr etwas antun wollten, dann würden sie es gleich hier vor Ort machen. Es wäre nicht notwendig, ein Katz-und-Maus-Spiel zu veranstalten. Er war ihnen gegenüber ohnehin macht- und wehrlos. Das einzige andere Szenario, das ihm einfiel, war, dass Cindy gedachte, ihn in eine Art Falle zu locken. Hatte sie einen Liebhaber? Wollte sie ihn ausschalten, vielleicht dafür sorgen, dass er stürzte, und es wie einen Unfall aussehen lassen? So dumm wäre sie aber nicht, oder?

Vielleicht doch. Glenn überlegte, ob er Joseph kontaktieren sollte, und hatte schon seine Nummer im Kontaktverzeichnis aufgerufen, als er sich doch dagegen entschied. Wenn das alles nichts mit der Gruppe zu tun hatte, würde sein Anruf nur Verdacht erregen. Sie behielten zwar selbstverständlich ständig alle Mitglieder im Auge, aber eine solche Aktion würde eine genauere Überprüfung rechtfertigen, und, ehrlich, diesen Druck brauchte er nicht, nicht in seinem Alter.

Er blieb ruhig, während er durch das Haus Richtung Studio streifte und den Code für die Tür eingab. Die Ruhe in ihm war wie eine spiegelglatte Wasseroberfläche, die sich kräuselte, als er sah, dass alle Monitore abgeschaltet waren. Sie waren nie abgeschaltet. Er machte sie wieder an, loggte sich in den Mac ein und versuchte, die Aufnahmen der letzten vierundzwanzig Stunden zu finden. Es gelang ihm nicht. Er rief Steve an, seinen Computerfachmann.

»Hi, Steve, hier ist Glenn. Wie geht's dir?«

»Ach, Glenn, hi. Mir geht's gut, und dir?«

»Fantastisch, fantastisch. Hör mal – weißt du vielleicht, warum im Studio alle Bildschirme für die Sicherheitskameras ausgeschaltet wurden? Ich nehme an, du warst in der letzten Woche nicht hier?«

»Hm, nein, aber Cindy rief gestern Abend spät an und sprach von den Kameras, also könnte sie es gewesen sein. Hast du sie schon gefragt?«

»Nein, noch nicht. Warum hat sie dich angerufen?« Obwohl die Frage sich nicht wie eine Anklage anhören sollte, war Glenn unfähig, die Besorgnis gänzlich aus seiner Stimme herauszuhalten.

»Sie, also … sie fragte mich, wie man die Aufnahmen der Kameras löscht. Und dann bin ich das mit ihr durchgegangen.«

»Sagte sie, warum?«

»Nein, ich glaube, dazu sagte sie nichts.«

Glenn nickte. »In Ordnung, das ist großartig.«

»Ist alles in Ordnung?«

»Alles ist prima, danke, Steve. Grüß deine Frau von mir, okay?«

»Das mache ich, Glenn. Soll ich vorbeikommen und alles wieder richtig einstellen?«

»Nein, das ist nicht nötig, Steve. Hab noch einen guten Tag.«

Glenn beendete das Gespräch, ging durch das Haus und kam an den zahlreichen Reinigungskräften vorbei, die sich um ihre Pflichten kümmerten. Seine Brust fühlte sich an wie eine geballte Faust, als er schneller wurde und schließlich rannte. Er stürzte ins Hauptschlafzimmer und lief durch den Glastunnel weiter, bis er das Arbeitszimmer erreichte. Mittlerweile hatte er angefangen zu röcheln, und sein Herz schlug wie eine wilde Trommel.

Als er an das Bücherregal trat, wurden die Wogen der Beunruhigung zu einem wilden Strom. Er schob die Tür zur Seite und hetzte die enge Treppe hinauf. Alles sah so aus, wie er es verlassen hatte, aber etwas nagte an ihm. Irgendwas war hier falsch, doch er konnte es nicht gleich identifizieren. War es der Geruch? Nein, das schien es nicht zu sein. War Cindy hier oben gewesen und hatte etwas durcheinandergebracht? Gott, allein der Gedanke, dass sie hier oben in seinem privaten Bereich gewesen war, machte ihn so aggressiv, dass er ihr den Schädel zu Brei schlagen wollte. Er beugte sich hinunter und drückte die Eject-Taste des DVD-Players.

Es war keine DVD drin.

Unwillkürlich musste er husten. Sein Kopf fühlte sich vor lauter Verwirrung ganz leicht an. Erst da bemerkte er, dass seine DVD-Sammlung kleiner aussah, obwohl er nicht ganz sicher sein konnte, ob er sich das nur einbildete. Verdammt, er hätte besser aufpassen sollen. Es hätte ihn nicht viel Mühe gekostet, Hüllen zu kaufen und sie in irgendeiner sinnvollen Reihenfolge zu ordnen.

Er ging nach unten und schob das Regal wieder an seinen Platz. Dann rief er Cindy an. Sie ging nicht dran. Als die Mailbox ansprang, sagte er: »Ich möchte, dass du mich so schnell wie irgend möglich zurückrufst, bitte. Danke.«

Er blieb in seinem Arbeitszimmer stehen und betrachtete das Telefon in seiner Hand, während er darauf wartete, dass das Display aufleuchtete. Nach circa fünf Minuten versuchte er es erneut. Dieses Mal ging gleich die Mailbox dran.

Er lachte. Das hier war das bei Weitem Interessanteste, was sie sich in den all den Jahren, die sie verheiratet waren, geleistet hatte. Er war noch nie so wütend auf sie gewesen wie jetzt.

Bisher war er nie über ein desinteressiertes Genervtsein hinausgekommen, und nun kochte er regelrecht. In diesem Moment wusste er nur eins mit absoluter Sicherheit, und zwar, dass er sie, wenn sie keine gute Erklärung für diese Dummheit hatte, umbringen würde.

23. KAPITEL

Der entfernte Klang von Stimmen weckte sie auf. Autumn spähte aus ihrem Versteck unter einem Geflecht von Wurzeln hervor. Es war gerade groß genug, um nicht gesehen zu werden und während der Nacht vor dem Regen geschützt zu sein. Sie hatte nicht damit gerechnet, dass sie einschlafen würde. Ziellos war sie durch den Wald gerannt, gestolpert und auf nasser Rinde ausgerutscht, hatte sich an den Büschen die Haut aufgeritzt, ihre Zehen an moosbewachsenen Steinen gestoßen und sich bestimmt ein halbes Dutzend Mal fast den Knöchel gebrochen. Erst als ihr Körper rebelliert und jedes Ausatmen sich angefühlt hatte, als wenn ihre Lunge platzen würde, hatte sie ihre Schritte verlangsamt. Sie war durch die Dunkelheit gehumpelt und hatte sich ihren Weg ertastet, da der Halbmond ihr nicht genug Licht bot. Irgendwann hatte sie den Unterschlupf entdeckt und war hineingekrabbelt. Sobald sie sich nicht mehr bewegte, hatte ihr Körper sich wieder an die Kälte erinnert. Zitternd hatte sie sich die Oberarme gerieben, um etwas wärmer zu werden. Schließlich hatte sie sich mit Blättern bedeckt, um eine Art feuchter isolierender Schicht zu schaffen, die ihr tatsächlich die Kälte vom Leib gehalten hatte, bis der Schlaf sie überwältigte.

Sie wusste nicht, wie lange sie weg gewesen war. Starr lag sie da und hielt die Augen offen. Sie wusste, dass der Suchtrupp die Jeeps nicht so tief in den Wald mitnehmen konnte. An eine Sache hatte sie sich gehalten: nicht auf dem natürlich entstandenen Weg zu gehen, der zur Hauptstraße führte, sondern stattdessen bewusst über Hügel zu klettern und an Gräben entlang, um gefällte Baumstämme herumzulaufen, die die Jeeps daran hinderten, voranzukommen. Autumn konnte nur ein halbwegs ausgeglichenes Kräfteverhältnis zu den anderen herstellen, indem sie dafür sorgte, dass die sie zu Fuß verfolgen mussten.

Eins der vielen Probleme, die sie beim Aufwachen erwarteten, war, wie sie nun realisierte, dass sie sich zu weit vom Weg entfernt hatte und nicht mehr wusste, aus welcher Richtung sie gekommen war. Der einzige Hinweis darauf waren die Geräusche der Wärter, aber selbst deren Herkunft war schwer zu bestimmen, weil ihre Stimmen von den Bäumen abprallten und um sie herumschwirrten. Sie hatten auch die Hunde dabei, und jedes Mal, wenn einer bellte, zuckte Autumn zusammen.

Sie wartete und horchte, ließ die Baumgruppe direkt in ihrer Blickrichtung aber nie aus den Augen. Sie bemerkte, dass ihr Atem in kleinen Wölkchen aus ihrem Mund kam, und um das zu verhindern, stieß sie die Luft stattdessen durch die Nase aus. Ihre Zähne klapperten, aber sie war nicht in der Lage, das zu stoppen.

Die Stimmen wurden lauter, und bald konnte sie Worte erkennen und Dialogfetzen verstehen. Nur ab und zu hörte sie das Bellen der Hunde, was sie als gutes Zeichen wertete. Die Wärter waren nicht sonderlich besorgt, dass die Tiere zu laut waren; ganz im Gegenteil. Als ein Aufseher seinem Hund zurief, er sollte sein verdammtes Maul halten, kläffte der Hund als Antwort gleich noch einmal, worauf die Wärter in Gelächter ausbrachen.

Fünf Silhouetten schälten sich vor Autumns Augen aus dem Nebel. Sie kamen direkt auf sie zu. »Ich habe das Gefühl, wir sind nah dran, Jungs«, sagte einer der Männer. Autumn konnte nicht anders, als sich in die Hose zu machen, der Urin lief ihr warm und beruhigend die kalten Beine hinunter.

Die Wärter hielten am Fuß des Hangs an, der direkt zu ihr hoch führte. Jeder hielt ein Gewehr. Plötzlich zogen die Hunde heftig an der Leine.

»Ich hab euch gesagt, haltet euer Maul, ihr doofen Köter«, schrie einer der Aufseher. Er klang müde und gelangweilt.

Als der Hund dem Befehl nicht folgte, sagte ein anderer Wärter: »Vielleicht hat sie eine Spur aufgenommen?«

»Ja, vermutlich wieder ein verdammtes Waldmurmeltier.«

Die Hündin starrte zu Autumn hinauf, als würde sie sie wirklich sehen, aber die Männer, die um das Tier herumstanden, achteten nicht auf dessen Blick.

»Willst du sie von der Leine lassen, nur für den Fall der Fälle?«

»Ich lauf nicht hinter ihr her, um sie zurückzuholen.«

»Hector, sei nicht so ein verdammtes Arschloch. Die Hündin könnte sie gerochen haben.«

»In Ordnung, dann lass ich sie los. Aber schau dir das doch an: lauter Erdlöcher, alle von Zweigen bedeckt. Die sind wie Fallen. Wenn sie in eins reinrutscht und sich ihr Bein versaut, jage ich ihr eine Kugel in den Kopf. Und einer von euch Wichsern kann Joseph erklären, warum wir mit einem Hund weniger wiederkommen.«

Die anderen Wärter lachten. Hector nahm seine Baseballkappe ab, wischte sich die Stirn ab und spuckte auf den Boden. »Sie hat ein Waldmurmeltier gesehen. Ich hab echt keinen Bock mehr.«

Das Tier zog wieder an der Leine, weil es unbedingt jagen wollte.

»Aber darum haben wir doch die Hunde mitgenommen, du Idiot. Ich würde lieber mit einem Hund weniger, aber dafür mit dem Mädchen zurückkehren«, sagte einer der Männer. »Ihr lacht und reißt eure Witze, aber wir sind alle am Arsch, wenn wir die kleine Schlampe nicht finden.«

»Sie ist nicht in dieser Richtung, das sag ich dir«, bemerkte ein anderer. Autumn glaubte, er hieß Danny. Er drehte sich um und zeigte gen Osten. »Wenn wir sie irgendwo finden, dann ist sie in der Nähe der Straße. Sie hat es heute Nacht unmöglich so tief in den Wald geschafft. Viel zu dunkel, verdammt. Wenn sie clever ist, dann hat sie sich an die Straße gehalten. Wenn wir in diese Richtung weitergehen, verlaufen wir uns nur, und dann ist die Kacke noch mehr am Dampfen als mit einem toten Hund. Wir sehen doch ohnehin schon aus wie die Vollpfosten.«

Wieder ließ die Hündin ein paarmal hintereinander ihr brutales Bellen verlauten und knurrte wild.

»Boah, hört euch das an«, sagte einer der Aufseher. »Sie hat unter Garantie was gefunden. Lass sie los, Hector.«

»Und du holst sie wieder?«

»Ich habe dich nicht *gebeten*, ich habe es dir *befohlen*, du Wichser. Mach sie los.«

Die anderen Aufseher lachten, aber Hector bewegte sich nicht. Als die Hunde noch einmal grässlich bellten, gab er nach und ließ das Tier los. Die Schäferhündin hetzte den Hügel hinauf. Instinktiv wollte Autumn schreien, aber sie schaffte es, sich zurückzuhalten. Die Hündin war keine zehn Meter entfernt, nah genug, dass Autumn das Gewirr aus Spuckefäden sah, das von ihren dunklen Lefzen hing. Sie erkannte auch die Muskeln unter dem struppigen Fell und hörte den kehligen Rhythmus des Atems der Hündin. Sie machte sich bereit, indem sie ihre Finger fester um den Schaft des Messers klammerte.

Die Hündin war fast schon auf sie gesprungen, als sie abrupt die Richtung wechselte, die Kiefer zusammenschnappen ließ und davonjagte. Das Tier hatte Autumn komplett ignoriert. Sie hörte, wie sein Gebell und Knurren in der Ferne leiser wurde.

»Scheiße, Mann, wo läuft sie hin?«, fragte Hector, bevor er zwei Finger zum Mund führte und pfiff. Das Geräusch zerschnitt die Stille des Waldes und hallte zwischen den Bäumen nach.

»Verfolgt ein Eichhörnchen, wie es aussieht«, sagte ein anderer Wärter, der die Belustigung in seiner Stimme nicht unterdrücken konnte. »Wenn sie wiederkommt, hat sie Abendbrot dabei.«

»Kacke, wir werden hier noch campen müssen, wenn wir nicht bald die Fährte der kleinen Schlampe finden.«

»Ich habe euch doch gesagt, dass das Mädchen nicht in diese Richtung ist«, sagte Danny. »So weit hier draußen verschwenden wir unsere Zeit. Die anderen werden sie schon auf der Straße aufgreifen. Kommt schon, will einer mit mir wetten?«

Sie diskutierten weiter, während sie den Hang hinauf dahin starrten, wohin die Hündin verschwunden war. Autumn hielt den Atem an. Sie war sicher: Einer der Männer musste noch hinaufblicken und ihr blasses Gesicht entdecken. Sie wusste nicht, ob die knorrigen Baumwurzeln sie ganz verbargen.

»Du läufst der Scheißtöle hinterher«, befahl Hector einem kleineren Aufseher mit einem Schubser.

Autumns Hals schnürte sich zu, als wenn jemand sie erwürgen würde. Sie umklammerte das Messer so fest, dass der Plastikgriff in ihrer Handfläche brannte. Während des Aufstiegs stritten sie sich. Sie kamen alle bis auf circa drei Meter heran. Sie sah die erschöpften Gesichter, konnte ihren Schweiß riechen und den bitteren Kaffee, wenn sie ausatmeten. Das Letzte, bevor die Stimmen allmählich in der Ferne verhallten, war eine Bemerkung darüber, dass die Funkgeräte keinen Empfang mehr hatten und dass sie wieder zum Weg gehen sollten.

Es dauerte lange, bis Autumn den Mut fand, sich aus ihrem Versteck zu winden. Als die Vögel daraufhin laut über ihr zwitscherten, zuckte sie zusammen und sah tief beunruhigt zu, wie sie flügelschlagend zwischen den Bäumen hin und her flogen. Ihre Haut juckte überall, und sie war überzeugt, dass Ameisen auf ihr herumliefen und in ihre Ohren krabbelten. Ab und zu schüttelte sie den Kopf, um eine imaginäre Spinne oder einen Tausendfüßer loszuwerden, die sich bestimmt in ihrem Haar verfangen hatten. Unter ihren Nägeln war es schwarz vor Dreck, und sie war barfuß, konnte sich aber nicht erinnern, wann oder wo sie ihre Sandalen verloren hatte.

Sie rannte durch den Wald, ihr ehemals weißes Kleid bauschte sich hinter ihr auf. Die Fußsohlen hatten sich zwar an den Schmerz gewöhnt, aber die Wucht des Aufpralls beim Laufen spielte ihren Knien übel mit. Am schlimmsten waren jedoch die Kopfschmerzen. Zuerst konnte sie sich nicht erklären, warum ihre Schläfen pochten und ihr Gehirn sich anfühlte, als würde es wie aufgeblasen von innen gegen die Schädeldecke drücken. Hatte sie sich vielleicht irgendwo den Kopf gestoßen? Sie konnte sich nicht daran erinnern. Dann erkannte sie, dass es am Durst lag. Sie hatte in der vergangenen Nacht eine Menge Flüssigkeit ausgeschwitzt und dann noch das bisschen Wasser, das in ihrem Körper verblieben war, ausgepinkelt. Wenn sie den Bach erreichte, würde sie niederknien und wie ein durstiger Hund das Wasser aufschlabbern. Sie musste den Bach nur vorher finden.

Je tiefer sie in den Wald vordrang, desto größer lasteten die Zweifel auf ihr. Sie musste sich unaufhörlich mit dem Gedanken ermutigen, dass Lena es nicht nur geschafft hatte, aus dem Haus zu fliehen, sondern auch den Weg aus dem Wald zu finden. Die einzige Möglichkeit, das wussten sie beide, war, dem Bachlauf zu folgen. Man musste komplett irre sein, um den Weg zu wählen, wo es für die Autos ein Leichtes war, einen aufzugreifen. Und Lena mochte viele Dinge sein, aber dumm war sie nicht.

Lena war wie eine Schwester für sie gewesen, eine Mentorin, die Autumn mit allem vertraut gemacht hatte, als sie dort neu ankam. Schon zu Beginn hatte Autumn gespürt, dass etwas mit Lena nicht ganz in Ordnung war, aber als sie mehr und mehr Zeit mit ihr verbrachte, erkannte sie, dass das Mädchen sehr viel smarter war, als es nach außen zeigte. Lena war diejenige gewesen, die ihr von dem Bach erzählt hatte, und dass man ihm nur lang genug folgen musste, bevor er einen fast direkt zum Highway führte.

Obwohl Lena versucht hatte, die anderen Mädchen dazu zu bewegen, ein richtiges Fluchtkomitee zu gründen, hat sie niemand ernst genug genommen, das Vorhaben in die Tat umzusetzen. Der einzige Beweis dafür, dass Lenas Plan funktionieren würde, war ihre Behauptung, dass sie vor Jahren von einem Gast im Auto mitgenommen worden war, sie den Highway entlanggefahren waren und Lena durch die Bäume hindurch Wasser gesehen hatte, als er ihr erlaubte, die Augenbinde abzunehmen. Und das war derselbe Bach, den Lena gefunden hatte, als sie die Erlaubnis bekommen hatte, nach Beeren und Blumen für das große Fest zu suchen, alles unter Les' scharfer Beobachtung natürlich. Da niemand Lenas Theorie bestätigen oder als falsch entlarven konnte, war es einfacher, diese als Hirngespinst abzutun. Und selbst wenn sie zutraf, welchen Unterschied hätte das gemacht? Niemand von ihnen hatte den Mut gehabt zu fliehen. Niemand außer Lena.

Eine Weile hatte Autumn sich erlaubt, daran zu glauben, dass Lena bestimmt irgendwie Alarm geschlagen hatte, obwohl man sie nicht ernst nehmen würde. Aber nie im Leben hätte sie zur Polizei gehen können, und welche Alternativen wären dann noch geblieben? Was hatte Autumn erwartet? Dass ein versprengter Haufen von der Bürgerwehr auftauchen und sich eine wilde Schießerei mit den Aufsehern liefern würde, bevor er die Mädchen retten und zu ihren Eltern bringen würde? Nein, das war absurd. Wenn Lena es bis zur Straße geschafft und einen gefunden hatte, der sie im Auto mitnahm, dann hatte die tief in ihr verborgene Vernunft ihr befohlen, für immer zu verschwinden.

Autumn kam auf eine Lichtung und fühlte sich sofort in Gefahr. Schnell drehte sie sich einmal um sich selbst und suchte ihre Umgebung ab. Wie sollte sie nun vorgehen? Wenn sie weiter in diese Richtung lief, träfe sie sehr wahrscheinlich auf Wasser, aber vielleicht waren dort auch nur noch mehr Bäume, mehr Hügel oder sogar Bären. Vorhin hatte sie in einiger Entfernung stolz paradierende Hirsche gesehen, aber als sie den flüchtigen Umrissen folgen wollte, waren sie im Dickicht verschwunden. Wie weit ging der Wald noch? Würde sie, wenn sie weiter in diese Richtung ging, irgendwann den Waldrand erreichen? Keine Chance. Selbst wenn sie im Auto gefahren wurden, brauchten sie dafür mehr als eine Stunde, und ihre Augen waren immer verbunden.

Autumn suchte das Gelände nach weiteren Möglichkeiten ab. Alles sah gleich aus, egal, wohin sie blickte. Bäume, Zweige, Stämme, Nebel. Die kühle Luft fraß sich in ihre Haut, und Autumn legte die Arme um sich, um warm zu bleiben. Ihr kam es vor, als ob sich der ganze Wald verschoben hatte, um sie zu verwirren. Ihr Verstand spielte ihr einen Streich, eine optische Täuschung der Natur.

Sie schloss ihre Augen und spulte in ihrer Erinnerung dahin zurück, wo sie den falschen Weg genommen hatte. Sie war, selbst wenn sie es gewollt hätte, vermutlich zu tief im Wald, um wieder zum Haus zurückzugehen. Und sie würde keine zweite Nacht hier draußen durchhalten. Sie nieste bereits, ihre Hustenanfälle kamen tief aus der Brust, und ihre Nase hörte gar nicht auf zu laufen.

Ihre Gedanken wanderten zurück zu Wendy. Sie versuchte sich vorzustellen, wie Wendy den Aufsehern nachts davongerannt war, sich aus dem Wald und auf die Straße gekämpft hatte. Vor ihrem inneren Auge sah sie Wendy aus den Büschen kommen, sah ein Auto kreuzen, das kurz, bevor es sie überrollen würde, anhielt. Die Fahrerin – eine freundliche, ältere Dame – drängte Wendy dazu, mitzukommen, und fuhr mit ihr nach Hause. Vielleicht hatte die Frau vor Jahren eine Tochter verloren und wollte Wendy deshalb besonders beschützen. Sie nahm sie auf, fütterte sie mit heißer Suppe und warmem Brot, gab ihr saubere Kleidung und ein Bett. Die beiden heilten sich gegenseitig und füllten jeweils die Leerstellen in ihren Leben aus.

Diese Fantasie lenkte Autumn von der Angst ab, dass sie sich verirrt hatte. Sie hätte das Haus nie verlassen dürfen. Nun konnte sie nur hoffen, dass sie sich bestenfalls einfach zusammenrollen und in der kommenden Nacht an Unterkühlung sterben würde, aber selbst das kam ihr unwahrscheinlich vor.

Wie sie ihr Glück kannte, hielt sie vermutlich eine ganze Woche durch, durstig, hungrig und bitterkalt. Sie würde so sterben, wie sie gelebt hatte: erbärmlich und schmerzvoll.

»Nein«, sagte sie sich und wischte sich den Schnodder mit den Handrücken ab. »Ich habe alles unter Kontrolle.«

Sie ging ein Stück weiter und bemerkte – beziehungsweise glaubte zu bemerken –, dass die Bäume dichter standen und höher wuchsen. War es ein gutes Zeichen, dass die Bäume sich veränderten? Sie wusste es nicht. Das Einzige, was sie mit Sicherheit sagen konnte, war, dass ihre Zunge vom Durst auf die doppelte Größe angewachsen war und ihr langsam schwindlig wurde. Sie kam zu einem moosbewachsenen Baum, der sich mit dem Alter niedergebeugt hatte, zog einen Ast zu sich hinunter und leckte die feinen Regenwassertropfen von den Blättern. Sie reichten nicht, aber die Feuchtigkeit war gut für ihren Mund. Es war lächerlich, was für einen Unterschied ein paar Regentropfen machten. Sie war drauf und dran zu glauben, dass sie doch noch nicht dem Untergang geweiht war.

Es gab einen Weg aus dem Wald, und Lena hatte ihn gefunden.

Jetzt musste sie nur noch zufällig auf einige Beeren stoßen, dann könnte sie das hier schaffen. Die Kälte war immer noch ein ernsthaftes Problem, aber wenn sie etwas zu essen finden würde, und vielleicht irgendeine Vertiefung, in der sich Regen gesammelt hatte, dann wäre das ein verdammt guter Start.

Sie würde weitergehen, bis die Blasen an ihren Füßen platzten. Sie würde sich ein anderes Versteck für die Nacht suchen, und sie würde eine Lösung finden, damit sie sich nicht unterkühlte. Sie wusste nicht, wie man ein Feuer machte, aber es hätte ihr auch nichts genützt, wenn man sich ansah, wie nass alles war. »Scheiß aufs Feuer«, sagte sie laut und redete sich ein, dass die Vorstellung von warm züngelnden Flammen sie kaltließen. Immerhin hatte sie ein Messer, mit dem sie ein Kaninchen töten konnte, sollte sie eins sehen – und zu fassen kriegen.

In einiger Entfernung bemerkte sie einen großen Felsbrocken. Den erklärte sie zu ihrem Ziel. Dort wollte sie eine Pause machen, ihre Füße untersuchen und schauen, ob sie irgendetwas gegen diese Kälte unternehmen konnte. Immerzu hielt sie Ausschau nach etwas, das ihr als Kleidung dienen konnte. Mehr als der Hunger, der Durst und die verschiedenen Schmerzen quälte sie die Kälte. Sie befürchtete schon, die Zähne könnten ihr abbrechen, so heftig schlugen sie aufeinander.

Als sie den Felsblock endlich erreichte, setzte sie sich mit angezogenen Knien darauf und legte ihre Arme um die Unterschenkel. Sie hauchte warmen Atem auf ihre Arme und hielt danach ihr Kinn in den Ausschnitt ihres Kleides, um auch auf ihre Brust zu pusten. Auch wenn der Atem nur wenig Wärme verbreitete; es war, als ob man ein Feuerzeug neben ein geöffnetes Tiefkühlfach hielt. Ihre Augenlider wurden schwer, und kurz überlegte sie, ob sie sich für eine Schlafpause irgendwo verstecken sollte, aber sie bekämpfte das Bedürfnis umgehend wieder. Sie war heute noch nicht weit genug gekommen, und je länger sie in diesem Wald blieb, desto näher kam sie dem Tod.

Ihre Fußsohlen waren ein solcher Anblick des Grauens, dass sie nur einmal kurz draufschaute, sich zu einem zweiten Blick aber nicht überwinden konnte. Schwarze Blutblasen auf dem Fußballen und der Ferse pochten quälend, die Zehenzwischenräume waren blutrot, ohne dass sie wehtaten. Ihre Füße waren wie zwei Eisblöcke, vom Knöchel an taub.

Als Autumn sich hinunterbeugte, ging ein Feuerwerk der Schmerzen in ihrem Kopf los, das ihr fast die Luft nahm. Ihr ganzer Körper zog sie nach unten, und jetzt, wo sie einmal saß, war sie vielleicht nicht mehr in der Lage, je wieder aufzustehen. Könnte sie einfach hier liegen bleiben und einschlafen? Vielleicht würde der Tod sie sanft holen, und sie wäre von der Last, überleben zu müssen, befreit.

Sie hörte einen dumpfen Aufprall und brauchte einen Moment, um zu verstehen, dass das Messer aus ihrer Hand gerutscht war. Leise begann sie zu weinen. Die Gefühle bahnten sich ihren Weg nach draußen wie Blut aus einer offenen Wunde.

Als sie alle Tränen, die ihr Körper sich leisten konnte, geweint hatte, wischte sie sich mit den Handballen über die Augen. Diese Geschichte hatte doch kein Happy End. Sie hob das Messer auf und hielt die Klinge an die Innenseite ihres Handgelenks. Ein gut gesetzter Schnitt würde reichen, und dann wäre es schnell vorbei. Eins der Mädchen hatte es ihnen vor Jahren in der Küche gezeigt, als sie Eintopf zum Mittagessen gemacht hatten.

Autumn lag schon auf dem Boden und wappnete sich für das Sterben, da hörte sie das ferne Plätschern von Wasser.

24. KAPITEL

»Ein Dummkopf ist er nicht.«

»Nein, er ist ein Kinderschänder und Vergewaltiger.«

»Er wird nicht ohne Verstärkung hier runterkommen. Er wird dich in nicht einmal zwei Sekunden plattmachen, Lady. Die ganze Veranstaltung hier wäre dann umsonst gewesen.« Cindys Gesicht war schaurig grau. Sie war in den letzten zwei Stunden um zehn Jahre gealtert.

»Aber das willst du doch, oder? Mich ausbooten, damit du wieder in deine hübsche Villa zurückkannst, zu deinen Medikamenten und deinen abstoßenden Scheißpartys.« Francine überprüfte die Waffe alle paar Minuten und ließ ihren Blick zwischen Fenster und Tür hin- und herwandern, immer darauf gefasst, dass jemand hineingestürmt kam.

»Nein, du hast mich von all dem befreit. Ich war nie wie er. Nie. Aber ich hatte keine Wahl, das verstehst du doch, nicht wahr? Ich durfte keinen Mucks tun in dieser Sache. Ich musste ihm einfach nur gehorchen«, krächzte Cindy, für die jedes Wort eine Anstrengung war. »Nur das tun, was mir befohlen wurde.«

»Ihr quält Kinder«, erwiderte Francine ohne eine Regung in ihrem Gesicht und starrte auf die Frau hinab.

»*Er* macht das alles. Er und seine Freunde. Glaubst du mir etwa nicht, dass er mich für sein eigenes Vergnügen herumgereicht hat? Glaubst du mir nicht, dass ich genauso ein Opfer bin wie diese Mädchen?«

»Nein, das tue ich nicht.«

Die drohend über dem Meer heraufziehenden Wolken sahen wie stählerne Mutterschiffe auf. Unter ihnen brachen sich die mächtigen Wellen so kraftvoll auf den zerklüfteten Felsen, dass Schaumfetzen aufstoben. Das Tageslicht schwand rasch. In einer Stunde würde es komplett dunkel sein. Francine behagte das nicht.

»Er ist mit der Polizei und den Richtern befreundet«, sagte Cindy schwer atmend. »Selbst wenn ich zu den Cops ginge, würde nichts geschehen. Sie würden mich aufhängen.«

»Warum erzählst du mir das alles?«

Cindys Kopf rollte zur Seite. »Ich will nicht in die Hölle kommen.«

Das Lachen überraschte sie selbst, aber nachdem Francine einmal angefangen hatte, konnte sie nicht mehr aufhören. Sie beugte sich vor und stütze ihre Handflächen auf den Knien ab, während ihr die Tränen die Wangen hinabliefen.

»Lach nur. Aber darüber solltest auch du nachdenken. Besonders angesichts dessen, was du geplant hast.«

Francine hörte auf zu lachen, und ihr Gesicht versteinerte wieder. »Ich habe die letzten zehn Jahre in der Hölle verbracht. Mir kann keiner etwas antun, was mein Leben schlimmer machen würde, als es ohnehin schon ist.«

»Dann erlaub mir, dir *richtig* zu helfen«, bat Cindy sie schwach. »Was immer ich für dich tun soll, das mache ich.«

»Ich brauche nichts anderes von dir, also halt den Mund.«

»Aber du kennst Glenn nicht so wie ich.«

»Was für ein Auto fährt er?« Francine schaute mit zugekniffenen Augen auf die Wagen, die auf der kurvigen Straße weit unter ihnen rasten.

»Er hat viele Autos.«

Francine beugte sich zu ihr hinunter und hielt die Lippen nahe an Cindys Ohr. »Von jetzt an machst du kein einziges Geräusch mehr. Wenn du auch nur zu laut atmest, werde ich deinem Gesicht ein paar Falten verpassen, die kein Arzt je wieder herausbügeln kann. Sei ein gutes Mädchen, oder du fährst viel früher zur Hölle als gedacht. Nicke, wenn du mich verstanden hast.«

Cindy nickte.

Schatten bemächtigten sich des Wohnzimmers. Jetzt, wo die Dunkelheit hereingebrochen war, entschied Francine, dass sie sie doch mochte. Sie würde überhaupt kein Hindernis darstellen. Francine ging in eine Ecke des Wohnzimmers hinüber, wo sie nicht zu sehen war, wenn die Tür geöffnet wurde und Glenn hereinkam. Sie prüfte, ob ihre Waffe geladen war, entsicherte sie und machte sich bereit.

Draußen ließen Reifen einige Kieselsteine aufspritzen, als der Wagen um die Ecke bog. Der Motor, der ohnehin nur ein leises Schnurren von sich gab, wurde ausgestellt. Francine hielt den Revolver auf die Tür gerichtet. Ihre Arme zitterten nicht, ruhig lag die Waffe in ihren Händen.

Das Klingeln durchdrang die Stille im Haus. Cindy schreckte hoch und rutschte auf dem Stuhl hin und her. Das Schellen erklang erneut, und Francine drehte ihren Kopf so abrupt zur Seite, dass ein Halswirbel knackte. Sie dehnte ihren Nacken und hielt den Revolver noch fester umklammert.

»Cindy? Bist du zu Hause?« Es war Glenn. Seine Stimme klang lange nicht so glücklich wie im Fernsehen, sondern wie die eines übellaunigen alten Mannes. Francine hörte, wie ein Schlüssel ins Schloss geschoben wurde, dann einen leise pfeifenden Windstoß, als die Eingangstür sich öffnete. Sie schloss ihre Augen und konzentrierte sich, horchte auf die Fußtritte und das Klicken des Lichtschalters.

»Cindy?« Sie versuchte, die Schritte zu lokalisieren, um festzustellen, wie viele Leute wohl hereingekommen waren. Als sie die Augen öffnete, sah sie einen hellen Lichtstreifen unter der Tür durchscheinen. Francine hielt die Luft an, als der Türknauf sich zu bewegen begann.

»Cindy, bist du hier drin?«

Als Antwort röchelte Cindy. Glenn schaltete das Wohnzimmerlicht an.

Das helle Licht, das von den weißen Wänden noch verstärkt wurde, blendete Francine so, dass sie kurz ihre Augen zusammenkniff. Sie sah Glenn, seinen Hinterkopf, die gerötete Kopfhaut unter seinem dünner werdenden, grauen Haar.

»Himmel, Cindy. Was ist passiert?«

Cindy riss die Augen auf, und ihre geweiteten Pupillen bewegten sich Richtung Tür, hinter der sich Francine versteckt hatte. Schilling drehte sich langsam um. Als er Francine erblickte, machte er instinktiv einen Satz von ihr weg und hob die Hände.

»Sie haben das Sagen«, sagte er betont lässig mit seiner Show-Stimme.

»Gehen Sie nicht zu ihr. Gehen Sie da rüber.« Francine zeigte mit dem Revolverlauf hinüber zum Sofa. »Setzen.«

»Geht es um Geld?«, fragte Glenn und ließ langsam seine Hände sinken. »In diesem Haus bewahre ich nie welches auf. Aber es gibt hier eine Menge anderer wertvoller Dinge. Selbst das Geschirr hat Tausende Dollar gekostet. Es gehört Ihnen. Ich helfe Ihnen, es hinauszutragen. Ich kann mir wieder neues kaufen. Kein Problem.«

Francine nahm die Fernbedienung, und der Bildschirm ging an. Er zeigte einen Raum in demselben Haus, in dem das erste Video aufgenommen worden war. Glenn stand über ein Mädchen gebeugt, das mit dem Gesicht nach unten auf einem Bett festgekettet war. Er hämmerte wild mit einem Fleischklopfer auf dessen Pobacken. Die Schreie des Mädchens wurden durch einen Ballknebel gedämpft, aber die panische Todesangst, die es empfand, strahlte in den gesamten Raum aus. Die Kamera zoomte auf seine wunden, blutigen Backen, bevor sie den verwackelten Fokus auf Glenns erschlafften Penis richtete. Glenn sprach zwar im Video, man konnte jedoch bei der lauten Musik im Hintergrund nicht verstehen, was gesagt wurde. Aber die Stimmung war eindeutig auszumachen. Er lachte, weil er sich amüsierte.

Glenn drehte nun den Kopf Richtung Bildschirm, damit er den Film sehen konnte. In seinem Gesicht war nicht das geringste Anzeichen von Angst. Stattdessen sah er aus, als wenn er ein Kunstwerk in einem Museum betrachtete. Er seufzte und sagte: »Sie müssen mich entschuldigen. Ich habe meine Brille im Auto vergessen. Ohne sie kann ich nicht besonders gut sehen.«

Francine schnappte sich Cindys Handy vom Tisch und warf es ihm zu. »Ich will, dass Sie sie anrufen.«

»Wen anrufen?«

»Wem immer diese Mädchen gehören. Rufen Sie sie an und sagen Sie ihnen, dass sie ein Mädchen namens Melody hierhin liefern sollen.«

»Ich verstehe.«

»Machen Sie schon.«

»Ich befürchte, das kann ich nicht.« Er drehte sich auf dem Sofa zu ihr hin. »Das geht einfach nicht.«

Francine hatte das erwartet. Sie hielt den Revolver an Cindys Schläfe. Diese stieß unwillkürlich einen Atemzug aus und röchelte, als sie sich anschließend wieder mit Sauerstoff versorgte. »Glenn, mach, was sie sagt, sie ist verdammt verrückt.«

»Nein, das ist sie vermutlich nicht«, erwiderte Glenn ruhig und trotzig zugleich. »Ich glaube, sie ist vernünftig. Ich glaube auch, dass wir da einen gemeinsamen Weg finden, aber diese spezielle Forderung steht leider nicht zur Diskussion.«

»Rufen Sie sie an. Letzte Chance.«

»Ich glaube nicht, dass ich das tun werde«, sagte Glenn.

Im Video schwenkte der Kameramann nun zu Cindy, die nackt und mit einem Cocktail in der Hand in einer Ecke der Folterkammer stand. Als sie sah, dass die Kamera auf sie gerichtet war, lächelte sie und winkte, und machte sogar einige betrunkene Jig-Tanzschritte. Sie giggelte – die weiße Farbe ihrer Zähne wurde im Kerzenlicht des Schlafzimmers noch betont –, während ihr Mann ein schmächtiges, anonymes Mädchen windelweich schlug wie ein Stück Rindfleisch.

Francine sah auf Cindys Gesicht hinunter. Stumm bewegten sich Cindys Lippen in dem Versuch, die richtigen Worte zu finden. Das Einzige, was ihr einfiel, war *»Bitte«*.

Francine richtete ihre Aufmerksamkeit nun auf Glenn und sorgte dafür, dass er ihr direkt in die Augen schaute. Er zuckte nur mit den Schultern, schaute zum Bildschirm hinüber und dann wieder zurück zu ihr. »Was immer Sie von nun an tun, wird Ihnen nichts als Elend bringen. Sie könnten mich umbringen, was sie vermutlich ohnehin geplant haben, aber dann werden Sie festgenommen und verbringen den Rest Ihres Lebens im Gefängnis.«

»Sie werden jetzt dieses Telefon in die Hand nehmen und Ihre Leute anrufen. Sie werden verlangen, dass ein Mädchen namens Melody hierhergebracht wird. Sie werden darauf *bestehen.*«

Glenn fing an zu lachen. Nicht über Francine, sondern über die Vorstellung zu tun, was sie von ihm verlangte. »Nein, das wird nicht funktionieren. Bekomme ich Ihre Erlaubnis, mir einen Drink zu mixen? Ich bin sehr müde von der Autofahrt, und auch die ganze Aufregung hat mich etwas erschöpft.«

Nun war Francine mit Lachen dran. »Glauben Sie ernsthaft, dass ich Sie dann nicht umbringen würde?«

Er strich sich übers Kinn. »Ich nehme an, Sie werden mich so oder so umbringen.« Er schien über seine Bemerkung nachzudenken, bevor er hinzufügte: »Also, wie ich das momentan sehe, bin ich tot, egal, was ich tue.«

»Dann können wir das ja auch gleich erledigen.« Sie stand auf und hielt die Waffe an seine Stirn.

»Warten Sie, warten Sie!« Er hob seine Hände und duckte sich weg. »In Ordnung. Lassen Sie uns einen Moment zur Ruhe kommen und eine Lösung finden, okay?«

»Es gibt keine Lösung zu finden. Sie rufen da an.«

»Also gut, ich rufe da an, aber nur, wenn Sie verstehen, was geschehen wird, sobald ich das wirklich tue. Ich will, dass Sie die Konsequenzen voll und ganz verstehen, weil Sie offensichtlich keine Ahnung haben, mit wem Sie es hier zu tun haben.«

»Ich werde bis drei zählen …«

»Okay, mein Gott, Sie brauchen mich doch nicht noch mehr zu bedrohen.«

»Stellen Sie das Telefon auf Lautsprecher«, befahl Francine ihm, als Glenn die Nummer eintippte. Das Freizeichen dudelte einige Sekunden, bevor jemand dranging.

»Joseph? Wie geht's, alter Junge?«

»Entschuldigung, wer ist da dran?«, erwiderte Joseph schroff.

»Glenn, Glenn Schilling.«

»Glenn, ich bin gerade etwas beschäftigt. Könnten Sie es kurz machen?«

»Klar doch. Ich bin hier oben im Haus in Little Peace und fragte mich, ob es wohl auch nur im Entferntesten die Möglichkeit gäbe, jemanden herzubestellen.«

Es entstand eine kurze Stille. »Ihr nächster Termin für eine Zusammenkunft ist erst nächste Woche.«

»Ja, ich weiß. Ich hatte gehofft, dass Sie dieses eine Mal vielleicht in der Lage wären, eine Ausnahme zu machen. Meine Frau und ich langweilen uns, und da dachten wir, dass wir vielleicht für ein paar Tage etwas zu spielen bekommen könnten.«

»Glenn, gerade ist wirklich kein guter Zeitpunkt für einen solchen Anruf. Sie kennen die Geschäftsbedingungen.«

»Ich weiß. Ich dachte mir schon, dass es schwierig ist. Würde es einen Unterschied machen, wenn ich den Preis verdoppeln würde, nur für ein Mädchen, natürlich.«

»Nein, das denke ich nicht.«

»Es ist also vollkommen unmöglich, dass ich ein Mädchen hierhin geliefert bekomme? Auch nicht, wenn ich den dreifachen Preis zahle?«

Noch eine Pause. Joseph seufzte gereizt. »Mir stehen heute nicht genügend Angestellte zur Verfügung. Bis zu Ihrer nächsten Zusammenkunft werden keine Auslieferungen vorgenommen. Hören Sie, ich muss Schluss machen.«

Dann war die Leitung tot. Glenn schaute zu Francine hoch und zuckte mit den Schultern. »Ich habe es versucht.«

»In Ordnung. Wenn sie Autumn nicht hierherbringen, dann müssen Sie mich zu denen fahren.«

Glenn öffnete seinen Mund, um zu protestieren.

»Und sagen Sie mir nicht, dass Ihnen nicht bekannt ist, wo das Haus ist, weil Ihr Miststück von Frau mir schon gesagt hat, dass Sie es wissen.«

Er schaute mit einem Ausdruck von Abscheu zu Cindy. »Also gut. Gut, gut, gut.«

Francine nahm ihren Rucksack und gab ihm mit einem Wink zu verstehen, dass er zur Tür gehen sollte. Cindys erbärmliches Flehen ignorierten sie beide.

Draußen taumelte Glenn zur Beifahrertür.

»Sie fahren«, befahl Francine.

»Aber ich kann nicht«, erwiderte er und blinzelte sie an.

»Sie können und Sie werden.«

Er schaute hinunter auf die sich um das Cliff windende Straße. »Ich bin tief im Innern davon überzeugt, dass das keine gute Idee wäre. Mein Augenlicht ist schlimm. Es war noch hell, als ich hergefahren bin, im Dunkeln kann ich den Wagen unmöglich heil die Straße runterbringen.«

»Sie lügen.«

»Ich lüge nicht, das verspreche ich Ihnen. Warum fesseln Sie mich nicht, und ich sage Ihnen den Weg? Ich bin sicher, dass Sie viel besser fahren als ich, obwohl Sie eine Frau sind.« Ein Lächeln blitzte auf seinem Gesicht auf, dann schüttelte er seinen Kopf. »Ich entschuldige mich. Ich mache unangemessene Witze, wenn ich nervös bin.«

Francine schaute zu, wie er sich auf den Beifahrersitz setzte, bevor sie um den Wagen herum zur Fahrerseite ging und einstieg. Sie wühlte in der Tüte und nahm die Kabelbinder heraus. Fast hätte sie die Waffe auf das Armaturenbrett gelegt, um seine Handgelenke zusammenzubinden, aber es fiel ihr gerade noch rechtzeitig auf. Er mochte zwar wie ein schwacher alter Mann aussehen, aber er fand bestimmt noch irgendwo ungenutzte Kräfte, wenn sich eine gute Gelegenheit bot.

»Geben Sie mir Ihre Hände«, sagte sie und band diese dann ungeschickt mit den Kabelbindern zusammen.

»Oh, das ist ein bisschen eng.«

Sie ignorierte ihn, hielt seine Handgelenke innen an den Türgriff auf seiner Seite und band sie mit einem weiteren Binder daran fest.

Dann startete sie den Motor und fuhr die enge Straße hinunter. Sie hatte Fernlicht eingeschaltet, und der Lichtkegel bohrte sich durch die Dunkelheit. Da es eine trügerische Gefällstrecke war, die einen dazu zwang, auf der Mitte der Straße zu fahren, war sie nun doch froh, dass sie Glenn nicht gezwungen hatte, sich hinter das Steuer zu setzen.

Als sie unten angekommen waren, fragte sie ihn nach dem Weg.

»Fahren Sie weiter in diese Richtung, bis Sie bei der Kreuzung sind, die auf den Highway führt. Da biegen Sie dann rechts ab.«

Sie folgte seinen Anweisungen. »Wie weit sind wir?«

Er dachte einen Augenblick nach. »Wirklich schwer zu sagen. Sie nehmen von da die Schnellstraße, bis wir zu einer Abzweigung kommen, die Stack's Point heißt – bis dahin dauert es vermutlich nicht länger als eine Stunde. Danach wird es etwas verzwickter, aber meiner Einschätzung nach sind wir in etwa zwei Stunden bei dem Grundstück.«

Francines Puls raste. In zwei Stunden würden sie und ihre Tochter wieder vereint sein. Es gab nichts, das sie nun noch zum Scheitern bringen könnte. Sie trat stärker auf das Gaspedal, die Tachonadel stieg auf 160, die Nacht raste verschwommen vorbei.

Obwohl ihre Gedanken immer wieder abschweiften, versuchte sie, sich auf das Fahren zu konzentrieren. Es war allzu leicht, der Vorstellung vom Wiedersehen nachzuhängen, aber wenn sie in ein Schlagloch rauschte oder auf den nassen Straßen ins Schleudern geriet und sich einen platten Reifen holte, dann könnte das ganze Vorhaben ganz plötzlich zu einem bremsenquietschenden Halt kommen. Bisher hatte alles geklappt. Es war einfach, ihren Erfolg mit so etwas Trivialem wie Glück zu erklären, aber sie mochte den Gedanken, dass es vielleicht etwas mehr als nur Glück war. Francine holte sich zurück, was rechtmäßig zu ihr gehörte. Man schuldete ihr Gerechtigkeit. In diesem Augenblick fühlte sie sich unbesiegbar, als wenn keine Macht der Welt sich gegen sie stellen könnte. Gott selbst könnte einen Blitz aus dem Himmel auf sie hinabwerfen, und sie würde ihn einfach auffangen und ihn da oben auslachen.

Sie würde ihr Baby wiederbekommen.

25. KAPITEL

Vor über vierundzwanzig Stunden war sie geflohen, und nun fing Autumn an, unter Wahnvorstellungen zu leiden. Sie hatte hohes Fieber – sie spürte nicht mal mehr die Kälte –, und sie hatte viel zu wenig geschlafen. Sie fühlte sich benommen, und der Kopf tat bei der kleinsten Bewegung weh.

Um einen besseren Überblick zu bekommen, kletterte sie sehr langsam einen Hang hoch, indem sie sich mit zugekniffenen Augen an den Bäumen entlangtastete. Sie hatte *mit Sicherheit* Halluzinationen, denn eine andere Erklärung gab es nicht für das, was sie sah. Sie sank auf die Knie, hielt sich ihren schmerzenden Kopf und wiegte sich vor und zurück.

Irgendwie war sie wieder beim Haus gelandet.

Nein, das konnte nicht sein. Sie krallte ihre Finger in den Schlamm. Sie merkte nicht, dass sie vor sich hin summte, dass sie unzusammenhängendes Zeug brabbelte, dass die Welt ihr langsam entglitt.

Die Krankheit hatte sie überwältigt, daran musste es liegen. Durch ihre strähnig-stumpfen Haare hindurch sah sie den Konvoi der Autos und die umherlaufenden Aufseher. »Das ist nicht echt. Nicht echt. Nein, nichts davon ist real. Nein, nein, nein, nein. Ich muss nur zur Ruhe kommen. Bitte Gott, lass mich bitte einfach nur ausruhen.«

Sie kniff ihre Augen zu und versuchte, sich daran zu erinnern, wie sie hierhergekommen war. Kurz vor Sonnenuntergang hatte sie den Bach gefunden, und das hatte sie vor ein unlösbares Problem gestellt. Sollte sie in die Richtung gehen, in die das Wasser floss, oder gegen den Strom? Es gab keine Antwort, die eindeutig richtig oder falsch war, aber wenn sie der Strömung folgte, würde es sie ja irgendwohin führen. Vielleicht war auch ihre Wahrnehmung verzerrt gewesen. Verrückt vor Durst hatte sie als Erstes viel bitteres, dreckiges Wasser getrunken. Danach war sie auf eine weitere Goldgrube gestoßen: einen dicht gewachsenen Brombeerstrauch, dessen Früchte zwar sauer waren, ihr aber genug Kraft gaben, um weiter einen Fuß vor den anderen zu setzen. Eine Stunde später hatte sich jedoch ihr Magen verkrampft, und sie hatte nichts mehr bei sich behalten können. Sie hoffte, dass die Beeren nicht giftig gewesen waren.

Nun kroch sie zu einem Baum auf der Hügelkuppe und beobachtete von dort das Haus. Fiebrig wie sie war, empfand sie die Szene wie einen unscharfen Amateurfilm, wie einen fernen Traumfetzen, der seine Klarheit verlor, je mehr sie ihn zu fassen suchte.

»Sch, sch, es ist in Ordnung«, sagte sie sich selbst und wiegte sich mit geschlossenen Augen vor und zurück. »Alles ist nun in Ordnung.« Sie schmeckte Blut, aber hielt es für Einbildung, bis sie die roten Tropfen auf ihrem Knie sah. Unwillkürlich führte sie die Finger zu ihrem Mund und bemerkte erst jetzt, dass sie sich auf die Lippe biss. »Bitte, Gott, bitte erhöre mich. Bitte ... hilf mir, Gott.«

Das Brummen eines Automotors, das aus dem Wald hinter ihr drang, befreite sie schlagartig aus der Erstarrung. Doch als sie den Kopf herumriss, konnte sie kein näher kommendes Licht sehen. Es war nicht unwahrscheinlich, dass sie sich das Geräusch nur eingebildet hatte, besonders wenn sich diese ganze Episode ohnehin nur in ihrem Kopf abspielte.

Aber nein, sie halluzinierte nicht. Sie war dem Bach in die falsche Richtung gefolgt, zurück zum Weg, und hatte sich direkt wieder an den Ort geschleppt, vom dem sie so verzweifelt fliehen wollte.

Es gab keinen Gott. Davon war sie nun überzeugt.

»Ich bin so dumm, ich bin so verdammt dumm!« Als sie sich mit geballten Fäusten auf den Kopf schlug, sah sie in der Ferne Autoscheinwerfer. Sie hatte es nicht nur fertiggebracht, einen ewig langen Kreis zurück zum Haus zu beschreiben, sondern sich auch noch genau im Sichtfeld eines jeden Autos positioniert, das aus dem Wald kam.

Aber noch war sie nicht bereit, aufzugeben.

»Macht es Ihnen etwas aus, wenn ich Ihnen eine Frage stelle?«, fragte Glenn und räusperte sich.

»Ja«, antwortete Francine. »Es macht mir etwas aus.«

»Wenn man die Umstände in Betracht zieht, bin ich nicht scharf darauf, mit Ihnen zu streiten, aber ich denke, es könnte vernünftig sein, herauszufinden, was genau Sie vorhaben.«

Francine hörte nicht zu; ihre gesamte Aufmerksamkeit widmete sie der Suche nach dem Schild, bei dem sie von der Straße abbiegen mussten.

»Ich nehme an, Ihre Tochter ist in dem Haus. Wie, sagten Sie noch, heißt sie? Meg?« Als Francine immer noch nichts erwiderte, sprach er einfach weiter. »Es macht ohnehin keinen großen Unterschied, denke ich. Sie wollen sie sich wiederholen, oder?«

»Ich werde sie mir wiederholen. Das steht so fest wie das Amen in der Kirche.«

»Nun, so weit würde ich nicht gehen, aber Ihr ehrgeiziges Ziel ist bewundernswert, wenn auch durch und durch wahnsinnig. Sie werden es noch nicht einmal in fußläufige Distanz zum Grundstück schaffen. Die haben Wärter und Hunde und Gewehre. Das Einzige, was Sie damit erreichen, ist ein grausamer Tod für uns beide. Sie werden uns gefangen nehmen, foltern und dann den Schweinen zum Fraß vorwerfen. Ich habe schon gesehen, dass sie das machen.« Er lachte freudlos auf. »Und das wäre noch ein gnädiger Weg zu sterben, wenn man die anderen Möglichkeiten in Betracht zieht.«

»Sie verdienen es«, erwiderte Francine. »Sie verdienen Schlimmeres.«

»Tue ich das? Nun, vielleicht haben Sie recht.«

»Sie haben Kinder vergewaltigt und gequält, Sie kranker Scheißkerl. Sie bekommen, was Sie verdienen. Das schwöre ich Ihnen.«

Glenn atmete tief ein und sammelte seine Gedanken. »Wir sind beide bestimmter Taten schuldig, das stimmt. Aber wenn wir uns schon ein Urteil über den jeweils anderen erlauben, dann sollten wir alle unsere Karten offen auf den Tisch legen.«

»Halten Sie Ihren verdammten Mund.«

»Oder was? Fahren Sie rechts ran und erschießen mich? Bitte schön, machen Sie nur«, sagte er mit einer Stimme, die ins Amüsierte umschlug. »Ich würde einen raschen Tod begrüßen. Glauben Sie mir, das wäre mehr, als ich erhoffen darf, sobald Sie vor dem Haus vorgefahren sind.«

»Sie sind ein langweiliger alter Mann«, antwortete sie mit einem Kopfschütteln.

»Das kann ich wohl nicht bestreiten.« Er bemühte sich angestrengt, sich im Sitz zu ihr hin zu drehen, sodass er sie anschauen konnte. »Stars sind nun mal langweilig. Wir sind ein Haufen verwöhnter, unglücklicher, aufgeblasener Idioten. Deshalb suchen wir uns manchmal Dinge, die das Leben etwas aufregender machen.«

»So sehen Sie das, Glenn? Sie haben wirklich kein Gewissen, was? Sie sind ein kranker, verdorbener Wichser.«

»Hören Sie auf mit der Mutter-Teresa-Nummer. Ich ertrage es nicht, Ihrem gequälten Redeschwall zuzuhören, so dramatisch er auch sein mag.«

»Sie sind wirklich ein Monster.«

»Ja, natürlich: ein Monster, ein kranker, verdorbener Wichser, ein langweiliger alter Mann, all das bin ich. Sie können mich ruhig noch mehr beleidigen, wenn es Ihnen dann besser geht.« Er stieß ein abschätziges Ts-ts aus. »Sie sind nicht in der Lage, sich eine Vorstellung von meinem Leben zu machen. Wie sollten Sie auch? Arbeiten Sie als Putzfrau? Oder in einem Supermarkt oder so etwas Ähnliches? Ich verdiene mehr Geld, als ich je ausgeben könnte. Ich hatte Sex mit den schönsten Frauen der Welt. Ich kann mir alles leisten, was es für Geld zu kaufen gibt. Und wissen Sie, was? Es ist langweilig. Nichts davon bedeutet mir etwas.« Er inspizierte seine manikürten Fingernägel. »Ich glaube nicht, dass es einen Gott gibt, junge Frau. Wenn man stirbt, dann war's das, die Show ist vorbei. Meine Philosophie ist, so viel Spaß wie möglich zu haben, solange ich am Leben bin. Das ist alles, was ich tue, meine Liebe. Das muss man aber nicht persönlich nehmen.«

Francine nahm ihren Blick von der Straße und starrte ihn wütend an. »Ich hoffe, Sie haben recht mit der Folter. Das ist das Einzige, was mir gerade hilft: zu wissen, dass Sie diese Welt schreiend und in Todesangst verlassen.«

Er seufzte. »Sie sind eine ganz schöne Dreckschleuder, was? Aber ich muss sagen, so wahnsinnig, wie Sie eindeutig sind, kommt es mir doch merkwürdig vor, wie ... wie heuchlerisch Sie sind. Auf der einen Seite tun Sie so, als wären Sie der Racheengel, der darauf aus ist, seine Tochter zu retten, wenn auf der anderen Seite *Sie* doch diejenige waren, die ihre Tochter in diese Situation gebracht hat.«

Francines Fingernägel bohrten sich in das weiche Gummi des Lenkrads.

»Wie haben die das Mädchen mitgenommen? Haben Sie nicht auf es aufgepasst? Sie können jetzt nicht weinend angelaufen kommen, wo der Schaden doch schon angerichtet ist.«

Das verwitterte Schild nach Stack's Point war teilweise durch die Zweige eines Baums verdeckt, aber Francine entdeckte es rechtzeitig, um noch abfahren zu können. Sie verließ den Highway und fuhr auf der nichtssagenden Straße in die unveränderliche Dunkelheit hinein. Das Auto ruckelte und wackelte, als die Bodenbeschaffenheit sich änderte.

»Sie sollten zuerst Ihren Frieden mit der Tatsache schließen, dass Sie eine schlechte Mutter waren«, fuhr Glenn fort. »Wenn Sie besser auf ihre Tochter aufgepasst hätten, wären Ihnen Jahre der Qual erspart geblieben. Aber immerhin, wir leben und lernen dazu, nicht wahr? Ich gehe nicht davon aus, dass Sie denselben Fehler noch einmal begehen würden. Haben Sie noch andere Kinder?«

»Sie wollen mich nur aus der Fassung bringen. Das funktioniert aber nicht.«

»Aus der Fassung bringen? Habe ich Ihnen nicht vor zwei Minuten gesagt, dass Sie mich ruhig erschießen sollen? Das könnte mir nicht gleichgültiger sein, mein Liebe. Ich bin gefesselt, ich habe nicht versucht zu fliehen. Was geht mich das an?«

Francine scherte aus und fuhr den Wagen fast einen Hang hinunter. Sie riss das Steuer herum und lenkte wieder geradeaus. »Wo soll ich langfahren?«

»Bleiben sie auf diesem Weg, mehr nicht.«

»Wie tief müssen wir in den Wald hinein?«

»Es ist noch ein Stück. Lange genug, damit Sie nachdenken können.«

»Über was nachdenken?«

»Umzudrehen.« Er seufzte wieder und schüttelte seinen Kopf. »Sie wollen das wirklich durchziehen, das sehe ich. Sie handeln aus einem fehlgeleiteten Stolz heraus. Sie denken, wenn Sie jetzt Widerstand leisten, wird es in Ordnung kommen, dann wird es Eindruck machen. Sie machen das alles, damit Sie nachts wieder schlafen können, oder? Aber sterben wollen Sie nicht.«

»Sterben ist mir egal. Ich will nur meine Tochter da rausholen.«

»Sagen kann man das leicht. Aber das werden wir ja früh genug sehen.«

Die Bitten klangen mit jeder Stunde verzweifelter. Joseph war den ganzen Tag in der Villa hin und her gelaufen, kettenrauchend und einen Brandy nach dem nächsten kippend, und hatte dem Rauschen des Funkgeräts zugehört. Die Mädchen blieben im Schlafsaal eingesperrt, und mittlerweile bettelten sie auch, auf die Toilette gehen zu dürfen. Sie wussten, dass sie Strafen erwarteten, wenn sie ihre Unterkunft schmutzig machten. Einige riefen nach Essen, andere boten ihre Dienste für ein Glas Wasser an. Joseph ignorierte sie alle. Er war gefangen in einem hilflosen Rhythmus: zur Unterkunft der Aufseher hinübergehen, um Updates einzufordern, und dann wieder die übrig gebliebenen Mädchen durchzählen. Jedes Mal erwartete er, dass eins der Schafe abhandengekommen war. Das würde zu seinem Pech passen, so wie die Dinge sich entwickelt hatten. Wenn noch eine einzige Sache schiefging, würde er unter der Belastung zusammenbrechen.

Er rieb sich mit den Händen über das Gesicht, um das Taubheitsgefühl loszuwerden, und ging zum zweiten Mal in dieser Stunde zum Quartier der Wärter hinüber. Als er die Tür aufgedrückt hatte, sah er zwei Aufseher auf ihren Pritschen sitzen, während Abraham am gegenüberliegenden Ende des Saals drohend aufragte. »Irgendwas Neues?«, rief Abraham zu ihm herüber.

»Das sollte ich dich fragen«, fauchte Joseph. »Und was soll das hier?« Er zeigte auf die zwei Wärter auf den Betten. »Soll ich euch zudecken? Und eine Gutenachtgeschichte vorlesen?« Er klatschte auffordernd in die Hände, was in der Stille des Raums schrill klang. »Raus mit euch, findet sie! Wir werden hier zum absoluten Gespött gemacht! Wisst ihr, was mit euch geschieht, wenn das Mädchen nicht gefunden wird? Seid ihr euch der Konsequenzen bewusst?«

»Hey, mach mal halblang«, sagte Abraham und ging den Gang entlang auf ihn zu. Seine Augen waren rot gerändert und blutunterlaufen. »Ich lasse meine Männer ausruhen. Wir gehen in Gruppen raus. Während ein Trupp jagt, ruht sich der andere Trupp aus.«

»Ausruhen? Ich habe seit fast zwei Tagen nicht geschlafen, und du willst mir was von Ausruhen erzählen?«

»Halblang«, wiederholte Abraham leise. »Wir werden sie finden. Aber du musst mich die Dinge auf meine Weise regeln lassen.«

»Deine Weise hat keine Ergebnisse geliefert. Das ist das Problem«, platzte es aus Joseph heraus. Speichel flog aus seinem Mund, während er sprach.

Abraham wischte sich die Spucke vom Gesicht. »Was schlägst du dann vor?«

»Lass uns eine Sache klarstellen, Abraham. Ich bin nicht hier, um etwas *vorzuschlagen*. Ich bin hier, um dir zu *sagen*, was du tun sollst, hast du das verstanden? Und jetzt sage ich dir, dass ihr da rausgeht und sie findet. Ihr alle.«

»Mindestens eine Person muss für die Kommunikation hierbleiben.«

»Für die Kommunikation? Bring mich nicht zum Lachen. Ich habe ein Funkgerät, siehst du? Ich kann mit dir sehr gut kommunizieren.«

Abraham kratzte sich mit seinen Fingerspitzen den roten Bart und sagte müde: »Wenn das ein Befehl ist …«

»Ist es. Und hier kommt noch einer: Bringt sie schnell wieder nach Hause oder betrachtet euch als Feinde der Gruppe.«

Abraham wandte sich von Joseph ab und sprach ohne Begeisterung zu seinen Männern: »Okay, ihr habt ihn gehört. Legen wir einen Zahn zu.«

Langsam standen die anderen Aufseher von ihren Pritschen auf und nahmen ihre Gewehre und Rücksäcke. »Dir ist aber klar, dass du, wenn du uns nun alle wegschickst, das Haus völlig unbewacht lässt?«

»Sag's nicht – ein Mädchen könnte verschwinden, meinst du das? Bestimmt nicht, denn das passiert ja nur, wenn *du* Aufsicht hast.«

Abraham zuckte mit den Schultern und führte seine Männer aus dem Schlafsaal in die neblige Nacht.

Autumn beobachtete weiter das Haus. Es war so hell erleuchtet, dass sie die Umrisse der Männer, die hinter den Fenstern oder auf dem Rasen liefen, gut sehen konnte. Selbst aus dieser Entfernung erkannte sie Joseph an seinem schlendernden Gang, und daran, wie er immerzu seine Haare glatt strich, nur damit der Wind sie zehn Sekunden später wieder in einen wilden Heuhaufen verwandelte. Er sah besorgt und gestresst aus, was ihr fast den Hauch eines Lächelns auf die Lippen zauberte. Wann immer sie die Augen zukniff, sah sie Lichtgestirne und farbenfrohe Muster auf dem Innern ihrer Augenlider tanzen. Sie hatte den Eindruck, ein Funkgerät in nicht allzu großer Ferne zu hören, aber sobald sie sich auf das Geräusch zu konzentrieren versuchte, verschwand es.

Eine Bewegung auf dem Rasen lenkte sie ab. Sie blinzelte und sah, wie das Fernlicht eines Jeeps anging, bevor sie das übertriebene Röhren des Motors hörte. Dann raste der Wagen über das Gras und stoppte nur kurz, damit das elektronisch betriebene Tor sich öffnen und er durchfahren konnte. Er ruckelte hin und her, während er den Hügel hinauf zum Weg fuhr. Dabei streiften die Lichtkegel über genau den Abschnitt des Waldes, in dem Autumn sich versteckte. Plötzlich brach das Heck aus, und der Jeep schlitterte seitwärts. Es gab ein lautes Quietschen, als die Räder blockierten, dann Geschrei aus dem Fahrzeuginneren. Die Männer waren weniger als zehn Meter von Autumns Versteck entfernt.

»Verdammte Scheiße, was ist los?«, knurrte Abraham. »Was ist das Problem?«

»Ich glaube, wir stecken fest«, sagte Davey. »Aber ich habe sie gesehen. Ich habe sie gesehen.«

Er stieg aus dem Auto aus, das Gewehr über die Schulter gehängt, und rannte in Richtung der Bäume. Abraham holte ihn ein und stoppte ihn, indem er ihm mit der flachen Handfläche auf den Brustkorb stieß.

»Was machst du da, Davey?«

»Das Mädchen!«, schrie er. »Komm schon, das Mädchen ist gleich hier vorn.«

»Zwanzig Leute haben diesen Bereich schon durchkämmt. Wenn es hier gewesen wäre, hätten die Hunde doch seine Fährte aufgenommen.«

»Ich weiß doch, was ich gesehen habe.« Davey umklammerte Abrahams Handgelenk und wollte den Arm wegschieben. Abraham schubste ihn gegen den Jeep.

»Bau jetzt keinen Mist, Davey. Lass dir nicht von dem, was der widerliche Typ gesagt hat, Angst einjagen. Du bist stärker als das hier, und ich brauche dich mit einem klaren Kopf. Wir sind alle müde, und wir wollen sie alle finden.«

»Dann komm mit mir mit, bevor sie wieder entwischt!« Davey wich Abraham aus und lief in den Wald, die Stiftlampe des Gewehrlaufs auf den Weg vor sich gerichtet.

»Davey!«, rief Abraham ihm nach. »Wehe, du schießt da drin! Komm sofort zurück, verdammt!«

»Sie ist in dieser Richtung!«, rief Davey keuchend über die Schulter.

»Willst du ihm hinterherlaufen?«, fragte Dane, der inzwischen auch ausgestiegen war. Er spuckte einen Haufen Kautabak auf den steinigen Weg und wischte sich den Mund mit dem Handrücken ab.

»Er hat nur ein Reh gesehen«, sagte Abraham. »Ich knöpfe ihn mir vor, wenn er wieder da ist. Komm jetzt, du fährst.«

Dane ging um die Kühlerhaube herum und setzte sich auf den Fahrersitz, während Abraham widerwillig auf der Beifahrerseite Platz nahm und die Tür heftig zuknallte. Dane schaltete auf Drive und drückte das Gaspedal hinunter, aber der Jeep bewegte sich nicht. Die rechte Seite des Wagens steckte in einer Art Graben fest. Die Reifen machten ein sirrendes Geräusch, als sie gegen den Schlamm kämpften.

»Sag mir nicht, dass wir feststecken, Dane«, sagte Abraham mit geschlossenen Augen.

Er massierte sich den Nasenrücken. »Das ist das Letzte, was ich gerade hören will.«

Ohne zu antworten, ging Dane hinaus, um sich ein Bild von der Lage zu machen.

»Wir stecken im Schlamm fest. Ich glaube, wir brauchen nur wen, der uns anschiebt, das ist alles.«

»Ich fasse es nicht!« Abraham stieg wieder aus dem Jeep und schlug die Tür zu. »Wir sind keine fünf Minuten unterwegs, und schon kommen wir nicht mehr weiter.«

»Es ist grausam hier draußen. Zu nass«, sagte Dane und schob mit dem Fuß einen Klumpen Erde vom hinteren Reifen weg.

»Von wegen nass. Ich bringe Davey um, wenn ich ihn finde.«

Kurz hatte sich das Zeitfenster geöffnet, aber nur einen ganz kleinen Spalt. Autumn dachte eine Nanosekunde nach, ob sie es nutzen sollte. Der Wärter Davey war in ihre Richtung gelaufen, mit seiner Waffe, sein Atem war sichtbar gewesen in dem Lichtstrahl, der vom Gewehrlauf ausging. Er konnte sie offenbar nicht sehen, denn er hatte keinen Versuch unternommen, einen Schuss abzugeben, oder sie aufgefordert, stehen zu bleiben.

Autumn kauerte sich hinter einen breiten Baumstamm und wartete auf den Aufseher, der den schlammigen Abhang zu bewältigen suchte. In seiner Eile lief er zu schnell, verlor den Halt und überschlug sich plötzlich, sodass er auf dem Bauch den Hang herunterrutschte. Sein Gewehr ruckelte am Riemen hin und her und lag schließlich quer über Daveys Rücken, während dieser mit dem Gesicht nach unten im Dreck liegen blieb. Autumn schnellte hinter ihrem Baum hervor, sprang auf ihn und drückte ihn nach unten. Dann griff sie in seine Haare, zog seinen Kopf nach hinten und stieß das Messer in seinen Hals. Er wehrte sich und wollte sie abwerfen, aber das führte nur dazu, dass sie umso heftiger schnitt und zustieß. Sie fühlte das warme Blut auf ihre kalten Hände pulsieren, und der scharfe, metallische Geruch stieg ihr in die Nase.

Davey machte ein gurgelndes Geräusch und versuchte zu schreien, aber aus seinem Mund kam nur Atemdampf. Wild schlenkerten seine Glieder, während er mit dem Tod kämpfte. Autumns Herzschlag beschleunigte sich. Sie fühlte sich wieder stark. Sie dachte an Lena, an Wendy, die schwangeren Mädchen in den Zellen und begann, so energisch mit dem Messer zu sägen, dass ihre Armmuskeln verkrampften. Sie hatte mit erstaunlicher Klarheit von diesem Moment geträumt. Wenn es etwas gab, das sie mehr wollte, als zu fliehen, dann war es, einen von denen zu verletzen. Sie hätte jedoch nicht einmal in ihren wagemutigsten Tagträumen gedacht, dass sie einmal den Mut finden würde, das auch zu tun. Aber jetzt, wo es Wirklichkeit geworden war, wusste sie, dass es richtig war. Dass es *das einzig Richtige* war.

Als er sich nicht mehr bewegte, nahm Autumn sein Gewehr.

Francine stieg auf die Bremse und merkte, wie das Heck ausbrach. Sie kämpfte mit dem Lenkrad, um zu verhindern, dass sie die Kontrolle über den Wagen verlor oder er in den Graben schlitterte. Sie schob ihre Hand vor, um die Scheinwerfer auszuschalten.

»Dezent«, sagte Glenn. »Ich bin sicher, die haben nichts gesehen.«

Ein paar hundert Meter vor ihnen blockierte ein quer stehender Jeep den Weg. Im Scheinwerferlicht des Geländewagens konnte sie zwei Männer sehen, die um ihn herumgingen.

»Wer ist das?«, flüsterte sie, als befürchtete sie, dass man ihre Worte dort hinten am Jeep hören könnte.

»Woher soll ich das wissen? Ich kann nichts sehen.«

»Wo ist das Haus? Sie sagten, es ist nicht mehr weit.«

»Ist es auch nicht. Wir sind ziemlich nah dran. Zumindest glaube ich das. Das ist bei dieser Dunkelheit schwierig einzuschätzen.«

»Spielen Sie ein Spiel mit mir, alter Mann?«

»Spiel? Nein, warum sollte ich?«

»Aber wo ist es dann?«

»Direkt hinter dem Hügel. Glaube ich.«

Schweigend starrte sie zum Jeep. Dann lehnte sie sich zu Glenn hinüber, nahm sich den Zigarettenanzünder und hielt diesen an den Kabelbinder, der Glenns Handgelenke an den Türgriff fesselte.

»Autsch, was tun Sie? Sie verbrennen mich noch! Stopp!«

Es war ein Leichtes, mit dem Anzünder das Plastik durchzuschmoren. Francine stieg aus, ging hinüber zu Glenns Tür und packte ihn an seinem Hemdkragen. Seine Proteste ignorierend, zog sie ihn aus dem Wagen und schubste seinen schwachen Körper Richtung Heck.

»Was tun Sie?«

Sie öffnete den Kofferraum, griff mit der Hand in seinen Nacken und zwang ihn einzusteigen. Ungeschickt kletterte er hinein, seine Arme und Beine waren ein einziges Durcheinander, und stieß sich den Kopf. »Nicht, bitte, das dürfen Sie nicht! Ich leide an Klaustrophobie. Ich verspreche Ihnen, ich werde einen Herzinfarkt haben. Warten Sie einen Moment, okay?« Er klang den Tränen nahe.

Francine kümmerte sich nicht um ihn, sondern schnürte im engen Kofferraum jeweils seine dürren Arme und Beine zusammen. Als er anfing zu schreien, schlug sie ihm mit der Waffe grob ins Gesicht – sie konnte nicht sehen, wo genau sie ihn traf, hoffte aber, dass sie seinen Mund erwischt hatte. Sie hörte ihn wie einen Hund jaulen. Und dann schien er zusammenzuklappen.

»Ich sterbe, wenn Sie mich hier drin lassen«, sagte er schwach.

Sie stopfte ein paar DVDs in die Vordertasche ihrer Jacke und warf den Rucksack zu ihm in den Kofferraum, bevor sie die Heckklappe zuschlug. Dann setzte sie sich wieder hinter das Steuer, stellte die Automatik auf Drive und bewegte den Wagen ganz langsam auf den Jeep zu. Sie fuhr im Schneckentempo.

Sie brauchte Zeit, damit sich die Szenerie vor ihr entfalten und offenbaren konnte. Wenn Glenn recht hatte, dann befand sich direkt hinter dem Jeep das Haus. Dann waren die Männer bei dem Jeep die Sicherheitsleute. Sie waren die Feinde.

Nichts, was sie jetzt tun konnte, war Erfolg versprechend. Sie könnte den Jeep frontal rammen, um ihn aus dem Weg zu schieben, und dann weiter hinunter zum Haus rasen, würde so aber einen Kugelhagel riskieren. Und selbst wenn sie das alles überleben sollte, würde sie anschließend im Haus auf der Suche nach ihrer Tochter verloren herumirren.

Nein, sie durfte beim Planen nicht mehr immer nur den Sechser im Lotto im Kopf haben. Es war extremes Glück, dass sie überhaupt noch am Leben war. Tatsache war aber auch, dass sie bislang alles aus reinem Impuls entschieden und ihren Instinkten das Feld überlassen hatte. Falls sie nun wirklich versuchte, ihre nächsten Schritte vernünftig zu begründen, und sich Zeit nahm, um die Dinge zu durchdenken, befürchtete sie, dass sie sich ihr Vorhaben noch ausreden oder zumindest den Schwung verlieren würde.

Ihre Handflächen auf dem Lenkrad waren feucht, und sie rieb sie sich an ihrer Kleidung trocken. Die Waffe schob sie wieder in die Vordertasche ihrer Jacke. Das war zwar nicht besonders ausgefeilt, aber so kam sie schnell an sie heran, wenn es nötig war. Und wenn die Wachmänner einen Ausweis sehen wollten, würde es auch ganz normal aussehen, dass sie hineingriff.

Schnell war sie so nah an den Jeep herangekommen, dass sie die Männer besser sehen konnte. Sie trugen auch Waffen. Allem Anschein nach hatten sie Francines Auto noch nicht gesehen – so beschäftigt waren sie, sich um das Heck des Fahrzeugs zu kümmern. Francine beobachtete sie einen Moment, während sie an der Nagelhaut kaute, bevor sie langsam im Rückwärtsgang zurücksetzte und das Auto weg vom Weg in die Büsche rollen ließ, wo es hoffentlich nicht mehr zu sehen war. Sie öffnete die Tür und stieg aus. Glenn schlug von innen gegen die Kofferraumabdeckung und bettelte um seine Freiheit. Da die Männer beim Jeep ihn aus dieser Entfernung nicht hören konnten, machte Francine sich nicht die Mühe, ihn zum Schweigen zu bringen.

Sie nahm die Waffe aus der Tasche, entsicherte sie und steckte sie wieder ein. Dann stapfte sie in Richtung der Männer. Ihre Zähne schlugen aufeinander, und ihre Füße fanden im Matsch keinen Halt. Blitze zuckten über den Himmel, und der Regen prasselte hinab und durchnässte sie.

26. KAPITEL

Als sie näher kam, konnte Francine die Unterhaltung der Männer verstehen. Einer erklärte sich einverstanden, sich hinter das Steuer zu setzen, während der andere von hinten schieben wollte. Anscheinend waren sie im Schlamm stecken geblieben. Das aggressive Aufjaulen des Motors erschütterte den Wald, und dieser plötzliche Lärm zerrte an ihren Nerven. Das härteste Stück Arbeit lag hinter ihr, die schwierigsten Entscheidungen waren getroffen. Es gab für sie keinen Weg zurück, das erkannte sie nun. Es ging um alles oder nichts. Finde Autumn oder stirb beim Versuch, sie zu finden.

Obwohl sie höchstens noch sechs oder sieben Meter entfernt war, hatten die Männer sie immer noch nicht bemerkt. Deren ursprünglicher Plan war nicht aufgegangen, sodass der Fahrer nun wieder ausgestiegen war und zusammen mit dem anderen am Heck des Jeeps versuchte, den Wagen mit gebündelten Kräften aus dem Schlamm zu schieben.

»Entschuldigen Sie«, rief Francine aus und stolperte über ihren Fuß, während sie über den Weg taumelte. »H-hilfe, bitte, bitte …«

Die zwei Männer griffen zu ihren Gewehren und zielten auf den schummrigen Umriss, der auf sie zuwankte. »Wer sind Sie?«, fragte einer von ihnen barsch.

»Bitte … ich bin … Sie müssen mir helfen … « Francine wimmerte.

»Wer sind Sie?«

»Ich wurde angegriffen … Sie müssen mir helfen … bitte schießen Sie nicht.« Sie trat in den gleißenden Lichtkegel des Jeeps und blieb taumelnd und geblendet stehen. »Sie müssen … « So vorsichtig und authentisch wie möglich sank sie auf ein Knie nieder. *Zeig ihnen, dass du keine Gefahr darstellst.*

»Sind Sie von der Armee?«, fragte sie und legte die Hand über die Augen, um diese vor dem Licht abzuschirmen.

»Was machen Sie hier draußen?«, fragte einer der Männer im Befehlston und kam aus dem Schutz hinter dem Auto hervor. Das Gewehr hielt er immer noch auf sie gerichtet.

»Antworten Sie mir!«

»Wir hatten eine Panne und ein Ma-ann …«

»Was für ein Mann?«

»Ein verrückter Mann griff meinen Ehemann an. Ich glaube, er ist tot. *Bitte …*« Sie dehnte das Wort und machte einen Ton wie ein Schluchzen. Gleichzeitig senkte sie den Kopf, damit sie nicht sahen, dass sie gar nicht weinte. *Ich habe keine Tränen für euch übrig, ihr Wichser. Noch nicht einmal falsche.*

»Sie sollten nicht hier draußen herumlaufen«, sagte ihr der Mann mit dem roten Bart.

»Abe, da stimmt was nicht«, sagte der andere Mann. »Was willst du tun?«

»Das hat nichts mit uns zu tun«, antwortete Abe und gestikulierte Richtung Francine. »Das da ist nicht unser Auftrag.«

»Sie sind doch von der Armee, oder? Sie müssen mir helfen. Rufen Sie die Polizei. Ich flehe Sie an«, krächzte Francine.

»Was, zum Teufel, geht hier vor?«, sagte der andere Mann. »Das behagt mir gar nicht, Abe.«

»Dane, funk Davey an und hol ihn her.«

Dane hielt das Funkgerät an seinen Mund. »Dave, verstehst du mich? Davey, bist du da draußen? Over.« Es gab ein Zischen, gefolgt von Stille. Francine füllte diese mit einem übertriebenen Stöhnen und Schniefen. »Davey? Kannst du mich hören? Du musst sofort zurück zum Jeep kommen. Over.«

»Gib mir das verdammte Ding.« Abe riss ihm das Funkgerät aus den Händen und knurrte: »Davey, das hier ist kein Spiel, verdammt. Wenn du nicht in den nächsten fünf Minuten zurück bist, dann laufe ich nicht mehr dem Mädchen hinterher, sondern komme *dich* suchen, und wenn ich dich gefunden habe, dann werde ich höchstpersönlich eine Kugel in deinen Scheißkopf jagen. Over.« Er stieß Dave das Funkgerät vor den Brustkorb.

»Sie sind nicht bei der Armee?«, fragte Francine. *Welches Mädchen suchten sie? Waren sie immer noch auf Patrouille, um Lena zu finden? Das konnte nicht sein.* »Bitte tun Sie mir nicht weh.«

»Vielleicht ist er zu weit gegangen. Er hat vermutlich keinen Empfang mehr«, nahm Dave an.

Abe schaute in den pechschwarzen Wald, bevor er seine Aufmerksamkeit wieder auf Francine lenkte. »Wie heißen Sie?«

»Francine«, sagte sie.

»Francine, Sie befinden sich auf einem Privatgrundstück. Sie verstehen, dass das Betreten widerrechtlich ist?«

»Wir … wir haben uns verfahren … es tut mir so leid …«

Abe musterte sie skeptisch von oben bis unten, während er seine riesigen Schultern kreisen ließ. Seine Hände hielten weiter den Schaft des Gewehrs fest. »Hier ist kilometerweit nichts drum herum. Wie haben Sie hierhergefunden?«

»Verfahren …«, sagte Francine. »Mein Mann hat die falsche Abfahrt genommen. Er dachte, hier wäre ein …« Sie hielt sich die Hand vor den Mund und stockte demonstrativ.

»Wir sollten sie mitnehmen«, sagte Abe leise zu seinem Kollegen.

»Warum?«

»Um sicherzustellen, dass sie uns hier nicht in die Quere kommt, unter anderem. Geh zu ihr und durchsuch sie.«

Dane schnaufte. »Und was ist mit Davey?«

»Was soll mit ihm sein? Mach, was ich dir gesagt habe, und ich kümmere mich um den verdammten Idioten.«

Geräuschvoll zog Dane Schleim aus dem Hals hoch und spuckte ihn in den Dreck. Mit einem Arm über das Gewehr gelegt und dem anderen locker an der Seite hängend kam er zu Francine herüber. Sein Körper befand sich in Abes Schusslinie und schützte sie, und gleichzeitig konnte Abe sie nicht sehen. Als Dave sich hinunterbeugte und seinen Arm ausstreckte, um nach ihr zu greifen, zog sie in einer einzigen schnellen Bewegung ihre Waffe und drückte ab.

Obwohl sie einige Sekunden lang nur das Mündungsfeuer und sonst nichts sehen konnte, wusste sie genau, dass sie danebengeschossen hatte – dass sie es auf wundersame Weise geschafft hatte, ihn aus nächster Nähe zu verfehlen, auch wenn sie ihn immerhin vom Weg in Deckung gescheucht hatte. Ein unregelmäßiges Krachen von Gewehrsalven war die Antwort an sie, aber sie war aufgesprungen und in den Wald verschwunden, bevor die Kampfinstinkte der Männer wiedergekehrt waren. Sie konnte die Stimmen hinter sich hören.

»Die verdammte Bitch hat einen Revolver.«

»Bist du getroffen? Hat sie dich erwischt?«

»Nein«, schrie Dane. »Wer ist sie, verdammt?«

»Ich weiß es nicht«, sagte Abe.

»Was, zum Teufel, geht hier vor?«

Francines Lethargie verschwand, und sie jagte mit Bewegungen, die zu einer zwanzig Jahre jüngeren Frau passten, zwischen den Bäumen hindurch. Die ganzen langweiligen, qualvollen Stunden mit Bergauf-Sprints auf dem Laufband im Gym zahlten sich nun aus, sogar mit Zinsen. Ihre Beine waren stark, und sie konnte einige Kilometer in dieser Geschwindigkeit laufen – oder springen, klettern, sich auf dem Boden rollen, das machte keinen Unterschied. Sie war perfekt auf diesen Moment vorbereitet. Sie hörte, wie sie sie verfolgten und ziellos in die Dunkelheit schossen. Die Kugeln zischten an ihr vorbei und ließen an den umstehenden Bäumen Holzsplitter auffliegen. Sie preschte nach links und suchte die Umgebung ab, um zu sehen, wo sich die beiden genau befanden. Sie konnte nur einen von ihnen ausmachen, zielte auf ihn und drückte dreimal ab, ohne wirklich zu hoffen, dass einer der Schüsse auch traf. Ein Ra-ta-ta-ta-ta war die unmittelbare Reaktion, die Kugeln pfiffen rechts und links an ihr vorbei. Sie rannte weiter, blieb aber geduckt, während sie nach einer

Stelle suchte, die ihr Schutz bieten könnte. Als sie in nicht allzu großer Ferne einen gefällten Baum sah, lief sie schnell zu ihm, legte sich flach und so bewegungslos, wie es ihr möglich war, auf den Boden, während sie ihre Waffe ziellos auf die Dunkelheit richtete. Sie strengte sich an, die Bewegungen der Männer zu hören. Sie knackten durch die Äste und schnauften. Verglichen mit ihr waren sie dick und untrainiert. Das war ein Nachteil für die beiden.

Einen konnte sie nun sehen – war es Dane? –, und sie ließ ihn nicht mehr aus den Augen. Er verlangsamte seine Schritte, bis er nur noch trabte, aber dann erkannte er, dass er sich plötzlich völlig ungeschützt auf freiem Feld bewegte. Er hockte sich hin und schlich wie ein ausgebildeter Marinesoldat mit dem Gewehr im Anschlag voran. Francine hielt die Waffe auf ihn gerichtet. Ihr war klar, dass sie, wenn sie auf ihn schoss und nicht treffen sollte, leichte Beute wäre. Er würde den Stamm unter Dauerfeuer nehmen, und sie zerfetzen.

»Siehst du sie irgendwo, Abe?«, rief Dane. Als er sprach, sah Francine die Atemwolken vor seinem Mund. Sie wartete auf Abes Antwort und hoffte, dass diese ihr einen Hinweis darauf geben würde, wo er sich befand. »Abe? Hast du sie unter Kontrolle?«

Dane kroch weiter auf ihren Baumstamm zu, während sein Kopf wie bei einem Vogel ununterbrochen in alle Richtungen zuckte. Francine stützte sich leicht auf und bereitete sich darauf vor, zu schießen.

»Abe? Hörst du mich?«

»Ich höre dich«, sagte Abe. Seine Stimme kam von ganz nah hinter ihr.

Sie fühlte, dass etwas gegen ihren Hinterkopf stieß.

»Nicht bewegen. Lassen Sie die Kanone fallen.«

Francine zuckte zusammen. Dane hatte sie nun auch entdeckt und lief zu ihr, das Gewehr immer noch auf sie gerichtet.

»Ich habe gesagt, fallen lassen!«, befahl Abe und stieß ihr

den Gewehrlauf so hart gegen den Kopf, dass dieser nach vorne ruckte.

Ihre Knie wurden weich. Sie ging ihre Optionen durch. Lohnte es sich, Dane zu erschießen, nur um wenigstens einen von ihnen zu töten? Sie wusste, dass es aussichtslos war. Denn bevor sie den Abzug auch nur berührt hätte, würde ihre Gehirnmasse schon an den Bäumen kleben wie Saft. Sie ließ die Waffe fallen.

Etwas krachte auf ihren Kopf. Ihre Kiefer schlugen so fest aufeinander, dass sie sich auf die Zunge biss. Sie schmeckte Blut. Innerhalb weniger Sekunden war sie ohnmächtig.

27. KAPITEL

Autumn fantasierte häufig von ihrer Mutter. Bis vor Kurzem war sie oft nachts aufgewacht, vollkommen überzeugt davon, dass ihre Mutter neben ihrem Bett stünde und sie mit einem Schlaflied beruhigte. Als sie jünger war und noch naive Vorstellungen davon hatte, was im Haus vor sich ging, hatte sie sich eingebildet, ihre Mutter würde versuchen, sie zu retten. Andere Male hatte sie sich vorgestellt, wie ihre Mutter mit ihr redete, sie fragte, wie es ihr ginge, und sie hatte ehrlich geantwortet. Aber als sie älter und weiser wurde und die Berührungen der Männer sie härter werden ließen, erkannte Autumn, dass die Vorstellung, die sie sich von ihrer Mutter machte, nur dazu da war, sich selbst zu trösten. Vielleicht hatte ihre Psyche das so eingerichtet, damit Autumn nicht vollkommen verrückt wurde.

Selbst jetzt, nachdem sie einen Wärter wie ein Schwein abgeschlachtet hatte und der Gestank seines Bluts überall an ihren Händen klebte, hatte Autumn den Eindruck, dass sie immer noch ganz bei Sinnen war. Trotzdem hätte sie nicht darauf schwören können, was sie gerade beobachtet hatte. Täte sie es als reine Wahnvorstellung ab, würde sie das Innerste ihres ureigenen Wesens verspotten, diesen stillen, widerhallenden Ort, an dem keine Lügen erlaubt waren. Denn nach allem, was sie die letzten Tagen getan hatte, nach all den Qualen, die sie überstanden hatte, all den psychologischen Tricks, auf die sie vertraut hatte, um zu verhindern, dass ihr Verstand in die Schlangengrube des Irrsinns rutschte, nach all dem war sie nun fest überzeugt davon, dass sie soeben die Stimme ihrer Mutter gehört hatte.

Starr stand Autumn im Wald, war unfähig, sich zu bewegen, und vergaß zu atmen, bis die Luft in ihren Lungen stockte. Das Gewehr in ihren Händen wurde ihr Anker. Es war das Einzige, was sie noch am Boden hielt, sonst hätte der nächste kalte Windstoß sie vermutlich weggeweht.

Sie hatte die ganze Szene beobachtet, während sie geduckt neben dem Mann lag, den sie getötet hatte. Als sie die Frau auf dem Weg das erste Mal gesehen hatte, konnte sie zuerst nicht entschlüsseln, was genau da drüben passierte, deshalb war sie langsam näher gekrochen, während die zwei Wärter mit ihrem Jeep beschäftigt waren. Die Stimme der Frau war wie ein Eimer eiskalten Wassers gewesen, der ihr ins Gesicht geschüttet wurde. Die Jahre der Gefangenschaft in dem großen Haus hatten das Gesicht ihrer Mutter verblassen lassen. Als sie nun aber ihre Stimme hörte, konnte Autumn sie sich perfekt vorstellen. Erinnerungen hämmerten wild auf sie ein, persönliche kleine Aufnahmen, an die sie seit Jahren nicht gedacht hatte.

Wenn du müd' bist, kleines Mädchen, schließ die Augen und …

Aber dann hatte die Frau eine Waffe gezogen und geschossen, bevor sie zwischen den Bäumen verschwunden war.

Das starke Gefühl, sie wiedererkannt zu haben, ließ Autumn am ganzen Körper zittern. Sie hatte gerade gesehen, wie ihre Mutter die zwei Aufseher töten wollte. Als Autumn mühevoll diese merkwürdige Szene in ihrem Kopf zusammenstückelte, fing sie zu weinen an, ohne dass sie hätte sagen können, ob es Tränen der Freude, der Traurigkeit oder der Wut waren. Die Fülle ihrer Emotionen vernebelte ihre Sinne, sie wusste nicht, was sie denken, was sie fühlen sollte. Verzweifelt wollte sie daran glauben, dass diese Frau ihre Mutter war, weil sie wie sie aussah und wie sie klang. Aber sie könnte es nicht ertragen, wenn sie sich geirrt hatte. Und nun kroch ein weiteres, neues Gefühl in ihr hoch: Angst. Natürlich hatte sie die tiefsten Tiefen der Angst so viele Male durchschritten, dass sie wie alte Freundinnen waren, aber das hier war etwas Neues, eine andere Gefühlsebene, von deren Existenz sie vorher nichts gewusst hatte.

Sie wartete, bis ihre Gedanken weniger laut in ihr rauschten, und traf eine Entscheidung.

Der große Aufseher, Abe, hatte die Frau mit einem Kolbenhieb außer Gefecht gesetzt. Dann hatten die beiden Männer sie hochgehoben und weggeschleppt, zurück durch das Tor und auf das Haus zu. Autumn wusste, wohin die beiden sie bringen würden.

Sie hängte sich das Gewehr über den Rücken und lief auf den Zaun zu, der das gesamte Grundstück umgab. Sie hatten zwar das Tor offen und unbewacht gelassen, aber Autumn war nicht verrückt genug, um einfach durchzugehen, egal ob mit oder ohne Waffe. Sie wählte stattdessen die malerische Route durch die Bäume, während sie die Szene, die sie beobachtet hatte, noch einmal in Gedanken durchging. Es musste ihre Mutter sein. Das war das Einzige, was irgendeinen Sinn ergab.

Sie folgte dem Zaun, bis sie zu der Senke kam, die ihr erlaubte, unter der Einfriedung hindurchzukriechen. Schon war sie wieder auf dem Grundstück und folgte den Fußspuren zum Haus, die sie selbst hinterlassen hatte. Das brachte sie fast zum Lachen. Sie war an den Ort zurückgekommen, an dem sie nie im Leben nach ihr suchen würden. Das war ihr aber egal, denn nun war *sie* es, die hinter *ihnen* her war.

Während sie nun über den Rasen marschierte, spürte sie das erste Mal seit Tagen Kraft in den Beinen. Vielleicht war es die Waffe, die sie ihr verlieh, oder der Anblick ihrer Mutter, das wusste sie nicht genau. Aber letztlich machte es keinen Unterschied. Alles käme heute zu einem Ende, so oder so.

Sie schlich zum Schlafsaal der Wärter auf der Rückseite und stellte sich auf die Zehenspitzen, um hineinschauen zu können. Der Raum war leer. Ein Geräusch erschreckte sie, und sie fiel, das Gewehr umklammert, auf den Boden. Mit dem Rücken an die Wand gelehnt, horchte sie sorgfältig, bis sie erkannte, dass es das Geräusch eines Funkgeräts sein musste, das sie auf einem der Betten hatte liegen sehen. Sie kam wieder auf die Füße und hielt sich im Schatten direkt neben dem Lichtkegel der Flutlichter verborgen, während sie sich auf den Hintereingang des Haupthauses zubewegte. Er stand weit offen.

Das Haus war völlig still, bis auf das Geräusch, das ihre schlammverschmierten Füße auf dem Küchenboden machten, und das Brummen des Kühlschranks. Ihre Fußspuren würden sie garantiert verraten, aber daran konnte sie jetzt nichts ändern. Schritt für Schritt ging sie vorwärts, systematisch, das Gewehr immer im Anschlag, sodass sie sofort auf alles, was sich bewegte, schießen konnte.

Sie genoss es, wie weich der Teppich sich unter ihren Füßen anfühlte, die Behaglichkeit, drinnen in der Wärme zu sein, ohne dass der Regen auf ihr Gesicht prasselte. Die Stille klang laut in ihren Ohren. Sie musste sich erst wieder daran gewöhnen, dass der Wind nicht mehr um ihren Kopf pfiff. Durch die Eingangshalle kam sie zu der Steintreppe, die in den Keller führte. Bevor sie die Stufen betrat, blieb sie stehen und horchte angestrengt. War das das Klirren einer Kette, oder hatte sie sich das eingebildet? Da sie definitiv keine Stimmen hörte, machte sie sich an den Abstieg, Schritt für Schritt …

Und stoppte. Da war ein Geräusch, aber nicht aus dem Keller, sondern von *draußen*. Sie verrenkte sich den Hals, um durch die verstärkten Glasschiebetüren zu schauen. Unter dem Vordach entdeckte sie die zwei Aufseher mit Joseph.

»Jetzt erklär es mir endlich richtig!«, befahl Joseph mit einer hohen und zittrigen Stimme, der man die hysterische Nervosität anhörte.

»Du musst dich beruhigen«, sagte Abe zu ihm. »Ich kann nicht mit dir reden, wenn du so drauf bist.«

Das tintenschwarze Haar hing Joseph schlaff in das blasse Gesicht. »Jetzt erklär es mir schon.«

»Vielleicht sollten wir lieber drinnen reden«, schlug Abe vor.

»Warum nicht genau hier? Wen kümmert das, verdammt?«

»Den Mann da oben kümmert es vielleicht«, erwiderte Abe und wartete, dass Joseph die Bedeutung seiner Worte erfasste.

Joseph warf die Arme in die Luft und lehnte sich kraftlos gegen das Fenster. »Okay. Okay, wie du willst. Ich habe vergessen, dass du nun der Boss bist und nicht ich.«

»Keiner von uns beiden ist der Boss«, korrigierte ihn Abe, während er mit dem Finger nach oben zeigte. »Sondern er. Sollen wir nun also reingehen, oder willst du hier draußen bleiben und noch ein bisschen rumheulen?«

Ohne zu antworten, drehte sich Joseph schnell um und stürzte in die Empfangshalle. Autumn duckte sich, war aber, so auf die Stufen gekauert, immer noch in der Lage, die Männer zu sehen.

»Die Frau hat uns, als wir auf dem Weg standen, völlig überraschend angegriffen. Sie hatte eine Waffe. Sie hat einfach angefangen zu schießen«, sagte Dane, bevor Abe ihm seine große Hand auf die Schulter legte, um ihn zum Schweigen zu bringen.

»Wir wissen nicht, wer sie ist«, sagte Abe. »Wir haben sie durchsucht, aber sie hatte keinen Ausweis bei sich. Wir haben sie unten im Keller eingesperrt. Mit Halsring. Sie kann also nicht weg.«

Joseph verbarg sein Gesicht in den Händen und schüttelte den Kopf. Ohne aufzuschauen, sagte er: »Und das Mädchen? Ich nehme an, ihr habt keine weiteren Informationen, stimmt's?«

»Wir mussten uns um die Frau kümmern«, erwiderte Abe.

»Ich scheiße auf diese Frau«, schrie Joseph und griff sich mit beiden Händen in die Haare. Autumn wollte auflachen. »Ihr hättet ihr einfach eine Kugel in den Kopf jagen, sie auf dem Weg zurücklassen und dann mit eurer Aufgabe weitermachen sollen. Diese Frau ist Mr. Wydebird egal, aber das Mädchen ist ihm nicht egal! Warum muss ich das immer wieder betonen?«

»Ich verstehe, wie wichtig das Mädchen ist, vollkommen«, sagte Abe ruhig. »Ich und Dane werden sofort zurückgehen und die Suche wiederaufnehmen.«

»Nein, stopp, noch eine Minute! Wir müssen mit der Frau im Keller reden«, hielt Joseph sie zurück, während er sich die Augen rieb. Er ging vor in Richtung Treppe, blieb dann aber plötzlich stehen. »Du« – er zeigte auf Dane – »gehst raus und suchst weiter. Im Keller brauche ich nicht euch beide. Los jetzt.«

Dane drehte sich um wie ein verprügelter Hund und verließ das Haus.

»Mehr als ein Dutzend von euch suchen *ein* Mädchen.« Joseph schüttelte voll Abneigung seinen Kopf. »Ihr seid alle ausgebildete Männer. Aber in was denn eigentlich? Es klingt, als ob die Frau euch fertiggemacht hat, genau wie die Mädchen. Habt ihr keine Ehre im Leib?« Er nuschelte und stolperte über seine Worte.

Als Abe nicht antwortete, sagte er: »Ihr Männer solltet in der Lage sein, den Wald zu durchkämmen. Ihr wart sogar auf Auslandseinsätzen. Trotzdem habt ihr nichts vorzuweisen – NICHTS!«

Nach einem Moment des Schweigens sagte Abe: »Bist du fertig?«

»Gott, du bist wirklich nur ein großer Trottel, was? Komm schon, bring mich zu der Frau!«

Das Gewehr bebte in Autumns Hand, als die Schritte sich näherten. Ihre Lungen wurden eng, sie musste unbedingt ihren Atem unter Kontrolle bringen. Die zwei Männer erschienen oben an der Treppe, blieben jedoch abrupt stehen, als sie jemanden im Schatten stehen sahen.

»Bleib, wo du –«, setzte Abe an, aber Autumn hatte bereits abgedrückt. Der Gewehrlauf wurde nach oben gerissen, als die Kugeln herausschossen und Bauch und Brustkorb des Wärters durchsiebten. Er ließ seine Waffe fallen und hielt sich verkrampft den Bauch, während das Blut aus ihm herausspritzte und er auf den Boden fiel.

Auf der einen Hälfte war Josephs Gesicht voll Blut. Er hob den Arm, um seine Wange zu berühren, und betrachtete dann zutiefst erschrocken seine rote Handfläche. Lautlos bewegte er seinen Mund. Als er wieder zu sich kam, versuchte er ungeschickt, die Stufen hochzustolpern.

»Nicht bewegen«, befahl Autumn ihm. Er blieb augenblicklich stehen, brachte es jedoch nicht über sich, sie anzuschauen. Seine Augen wurden magisch angezogen von Abes Bauch, davon, wie die Lichter der Deckenbeleuchtung in dem Gewühl der Innereien glänzten. Er war in den Bann geschlagen von dem Dampf, der von dem Blut aufstieg.

»M-M-Melody …«

»Halt den Mund.«

»Ja, du bist der Boss«, gab er sich geschlagen und hielt seine Hände hoch, sodass sie sie jederzeit sehen konnte.

»Komm runter und schließ die Kellertür auf.«

Er befolgte die Order und hielt sich am Geländer fest, weil seine Beine so zitterten, als hätte er sie noch nie benutzt. »Ja, du hast vollkommen recht. Bitte erschieß mich nicht, Melody. Ich habe eine Frau. Ich habe zwei Söhne. Erinnerst du dich, ich habe dir von ihnen erzählt. Jack und Ben. Erinnerst du dich?«

»Schließ die Tür auf!«

Er zwängte sich vor sie, die Schlüssel klimperten in seiner Hand. Er brauchte eine Weile, bis seine Finger ihm gehorchten und er den richtigen Schlüssel für die Tür erwischte. Einige Zeit kratzte er mit dem Schlüssel um das Schloss herum, dann konnte er ihn endlich hineinstecken. Die Tür quietschte beim Öffnen.

»Mach das Licht an«, sagte Autumn. Joseph ging vor und fand den Schalter. Stück für Stück wurde der Korridor erleuchtet.

Vom Licht geblendet, kniff Francine die Augen zu. Die Schmerzen arbeiteten sich Stück für Stück von unten die Wirbelsäule bis zu ihrem Kopf hoch, wie ein Fahrstuhl auf dem Weg ins oberste Stockwerk.

Dann erblickte sie Autumn, und da war kein Schmerz mehr. Da war kein Geräusch. Da war nichts auf der ganzen Welt außer ihnen beiden. Sie versuchte aufzustehen, wurde aber qualvoll auf den kalten, harten Beton zurückgerissen. Der Schmerz verbrannte ihr den Nacken, und sie bekam einen Hustenanfall.

»Schließ den Ring auf!«, schrie Autumn. »Mach schon!«

Beflissen eilte Joseph zu Francine hinüber. Diese schaute Autumn aus blutunterlaufenen Augen an, ihre Blicke trafen sich, aber ihre Tochter blieb bei den Stufen stehen. Francine hörte ein *Klick*, und sie war frei.

»Bist du das?«, fragte Autumn schließlich. »Sag mir, ob du es bist!«, bettelte sie.

Ihren Nacken massierend, stürzte Francine an Joseph vorbei und ging auf ihre Tochter zu. Sie war nicht mehr das kleine Mädchen, das sie in Erinnerung hatte, aber gleichzeitig war sie es doch noch – und dieser Widerspruch verwirrte Francine. Die Erinnerungen hallten durch ihr Gedächtnis: wie Autumn am Weihnachtsmorgen ihre Geschenke aufriss; wie Autumn im Garten auf dem Gras hockte und einen Regenwurm bewunderte; wie Autumn auf dem Spielplatz der Schule mit ihren Freundinnen lachte; wie Autumn sich in der Shoppingmall beschwerte, dass Francine so lange im Schuhladen war, wo Autumn doch einen Donut wollte …

»Bleib, wo du bist! Komm nicht näher.« Autumn weinte, ihr Gesicht war von der Anstrengung tiefrot. Aber Francine ging weiter. Sie streckte die Arme nach ihrer Tochter aus und zog Autumn an sich, ganz fest, und gab ihr einen Kuss auf ihr Haar. Francine sprach kein Wort, sondern stand nur da, hielt ihre Tochter fest und ließ sich einhüllen von ihrem Duft, ihrer Berührung, ihrer Wärme. Sie war in einem Traum. Autumn zu berühren, machte sie wieder ganz, und im Handumdrehen waren die letzten zehn Jahre der Qual wie weggewischt. Sie hatte immer gedacht, dass Autumns Geburt der glücklichste Moment in ihrem Leben gewesen wäre, aber das stimmte nicht.

Das hier war mehr als Glück, es war sogar mehr als Euphorie. Es gab keine Worte für das, was sie fühlte.

Schließlich löste sie die Umarmung und hielt Autumn eine Armlänge von sich.

»Gib Mama das Gewehr«, krächzte sie so leise, dass Autumn sie kaum verstehen konnte. »Nun ist es fast vorbei, Schatz. Gib mir die Waffe.«

Rotz und Speichel liefen von Autumns Mund herunter, während sie nickte, den Gewehrgurt über den Kopf zog und Francine die Waffe gab.

»Gutes Mädchen«, sagte Francine. Sie bemühte sich, ihre Stimme fest klingen zu lassen und nicht die Fassung zu verlieren. »Wir umarmen und küssen uns und kuscheln und weinen, wenn wir hier raus sind. Aber wir müssen zuerst noch ein paar Dinge erledigen.«

»Was … Mom …«

»Halt noch ein bisschen durch, Autumn.« Sie beugte sich vor und gab ihrer Tochter einen Kuss auf die Stirn. Dann drehte sie sich zu Joseph um, der zusammengekauert in einer Ecke des stinkenden, feuchten Kellers stand. Er zitterte wie ein verängstigter Welpe.

»Du hast eine Chance zu überleben«, wandte sich Francine an ihn. »Mach das Mädchen los.«

»Wendy«, flüsterte Autumn. Sie hatte sich vorher so auf ihre Mutter konzentriert, dass sie ihre Freundin gar nicht gesehen hatte. Sie lief zu Joseph hinüber, um ihm beim Aufschließen zu helfen. Francine bewachte ihn, das Gewehr auf seinen Kopf gerichtet. Ihr Finger streichelte über den Abzug. Als er den Ring von Wendys Hals gelöst hatte, sackte das Mädchen nach hinten, als wenn sie keine Knochen mehr im Körper hätte. Autumn legte ihr zwei Finger an den Hals, um den Puls zu fühlen. Dann drehte sie sich um und schlug Joseph so kräftig, wie sie konnte, quer über das Gesicht. Der Schlag hallte im gesamten Keller wider.

»Lebt sie noch, Liebes?«

»So gerade eben.«

»In Ordnung. Hilf ihr zu atmen, wenn du kannst. Sieh zu, dass sie wieder zu sich kommt.« In dem Moment musste Francine an Lena denken, dieses arme, geschändete Mädchen. Sofort überrollte sie eine neue Welle des Hasses. »Du, steh auf«, zischte sie mit zusammengebissenen Zähnen Joseph zu. Er kam auf die Füße und hielt die Hände hoch. »Wie viele Männer sind draußen im Wald unterwegs?«

»Circa ein D-dutzend.«

»Kommt das ungefähr hin, Autumn?«

»Ja«, antwortete Autumn, ohne davon abzulassen, Wendy wiederzubeleben.

»Ist das hier der Mann, der die Verantwortung trägt?«, fragte Francine.

»Nein. Das ist Daddy. Er wohnt im obersten Stockwerk«, erwiderte Autumn, die Wendy Luft in den Mund blies, nun aber kurz aufblickte. Wendy rührte sich, hustete, aber blieb ansonsten regungslos.

Daddy? »Und was weiß dieser Mann hier?«

»Ich weiß, wie man aus dem Wald herauskommt«, bot Joseph an. »Ich kann ... ich kann die Männer abziehen und sie mit einer sinnlosen Verfolgungsjagd ablenken.«

»Wir brauchen einen der Wagen«, sagte Autumn über die Schulter hinweg.

»Gib mir den Schlüssel zu einem der Autos. Und zwar fix«, befahl Francine.

Er strauchelte, als er die Hand in die Tasche steckte und einen Bund mit Autoschlüsseln hervorzog. »Ein schwarzer BMW. Der einzige BMW, der da steht. Bitte ... ich kann Sie rausbringen. Lassen Sie mich nur am Leben. Ich habe eine Frau ... zwei Söhne ... bitte.«

Francine schnappte sich die Schlüssel. »Autumn?«

Autumn versuchte, Wendy so unter die Achseln zu fassen und hochzuziehen, dass diese sitzen konnte. »Was?«

»Brauchen wir noch etwas anderes von ihm?«

»Sein Buch«, antwortete Autumn. Als er sie überrascht anblickte, hielt sie seinem Blick stand. »Sein großes Buch der Namen. Aber wir brauchen ihn dafür nicht. Ich weiß, wo es ist.«

Francine nickte. »Gibt es sonst noch was?«

Autumn verneinte.

»In Ordnung. Halt dir die Ohren zu.«

28. KAPITEL

Sie trugen Wendy nach draußen, indem sie sie in die Mitte nahmen und sich jede einen ihrer Arme um die Schultern legten. Das Mädchen wog zwar bestimmt noch nicht einmal fünfzig Kilo, aber es war totes Gewicht. Wendy war nur ansatzweise bei Bewusstsein, ihre Augen waren zu Schlitzen geöffnet, ihre Füße schleiften über den Boden. Oben auf der Treppe angekommen, legten sie sie so ab, dass sie aufrecht sitzend mit dem Rücken an der Wand lehnte.

»Die suchen mich da draußen alle«, sagte Autumn und hielt sich im letzten Moment zurück, ›Mom‹ zu sagen. Sie wollte die Illusion nicht zerstören, es war, als wenn sie mit dem Aussprechen des Wortes diesen ganzen perfekten Traum zerstören würde.

»Daran können wir im Moment nichts ändern«, sagte Francine. »Es gibt noch andere hier im Haus, oder? Andere Mädchen wie dich?«

Autumn nickte.

»Wo sind sie?«

»Sie sind vermutlich im Schlafsaal eingeschlossen. Ich hätte erwartet, dass sie im Keller sind, aber das waren sie ja nicht, also müssen sie oben sein.«

»Dann möchte ich, dass du Folgendes tust. Geh hoch, schließ die Tür auf und erzähl ihnen, was los ist. Wir können sie nicht alle mitnehmen, aber wenn sie in kleineren Gruppen gehen, finden sie vielleicht den Weg. Sag ihnen, dass sie in den Wald gehen und sich versteckt halten sollen, und dass wir Hilfe schicken, sobald wir draußen sind. Denkst du, das kannst du für mich machen, Süße?«

»Ja.« Autumn nickte. »Was ist mit Wendy?«

»Wir nehmen sie mit, aber für den Moment müssen wir sie hier allein lassen.«

»Wohin gehst du?«

»Ins oberste Stockwerk.«

»Nein.« Autumn streckte ihre Hand aus und hielt Francine am Jackenkragen fest. »Lass uns abhauen, solange noch Zeit ist.«

Francine umfasste das Gesicht ihrer Tochter mit ihren Händen. Das Gefühl, ihre Tochter anzuschauen, dieses Teenager-Mädchen, das sie nicht kannte, war, als hätte sie ihren Körper verlassen.

»Wir *werden* hier wegkommen. Du musst aber noch stark sein. Du musst durchhalten.«

»Wieso bist du da so sicher? Du kannst doch nicht garantieren, dass wir es schaffen.«

»Du musst mir vertrauen, Autumn. Ich werde dich nicht noch einmal im Stich lassen. Schau mich an. Wir werden hier rauskommen, und wir werden nie wieder zurückblicken. Gott sei mein Zeuge.«

Autumn blinzelte einige Tränen fort und nickte.

»Geh und lass die anderen Mädchen raus. Eine Sache muss ich noch erledigen. Und beeil dich, ja? Tu, was du tun musst, und dann triff mich wieder hier. Aber wenn du irgendwen siehst, dann lauf weg und warte beim Auto. Verstanden?«

»Ja«, sagte Autumn atemlos.

»Gut.« Francine gab ihr einen festen Kuss auf das Haar und ging los.

Autumn hatte jegliche Vorsicht abgelegt. Sie rannte wie eine aufgescheuchte Antilope, sauste durch die Flure. Der Boden schmolz unter ihren Füßen, während sie lief. Sie kam an den vergitterten Fenstern im Flur des zweiten Stocks vorbei und warf einen schnellen Blick hinaus. Auf der Rassenfläche war niemand. Sie erreichte Josephs Büro. Die vage Erinnerung, wie der Wärter sich in sie hineinzwang, flackerte in ihrem Gedächtnis auf, als sie verschiedene Schlüssel für das Schloss probierte. Und schon stand sie in dem stillen Raum, in dem ihr nur das

Geräusch ihres eigenen rasenden Herzens Gesellschaft leistete. Das Buch lag seitlich auf dem Tisch: ein großes ledergebundenes Grabmal. Um sicherzustellen, dass es das richtige war, öffnete sie es. Ihre dreckigen Finger blätterten durch die Seiten, bis sie schließlich zufrieden war. Dann verließ sie damit eilig das Büro.

Francine folgte der Treppe ganz nach oben. Sie nahm immer zwei Stufen auf einmal. Ihr war sofort klar, dass Daddy hinter der Flügeltür ganz am Ende des Korridors wartete, und ihr drehte sich der Magen um.

Die Türen öffneten sich ohne das geringste Geräusch und gaben den Blick frei auf einen großen Raum, der merkwürdig klinisch aussah. Ein uralt aussehender Mann lag in einem Bett, zugedeckt mit Laken und Decken, nur eine kleine Lampe zu seiner Linken verbreitete ein wenig Licht. Francine ging zum Fußende des Betts. Die Augenlider des alten Mannes flatterten auf, und sein zahnloser Mund gab ein schmatzendes Geräusch von sich, als er seine Zunge herausstreckte, um seine Lippen zu befeuchten. Durch die Haut seines wächsernen und von Leberflecken übersäten Gesichts zogen sich so viele Furchen, dass es aussah, als wenn sich gleich sein ganzer Schädel zusammenfalten würde.

»Wer sind Sie?«, fragte er. Seine Stimme knarzte wie Stiefel auf einem Schotterweg.

Francine starrte in seine Augen. Sie atmete durch zusammengebissene Zähne, ihre Schultern hoben und senkten sich, während sie versuchte, den giftigen Hass unter Kontrolle zu halten, der in ihr überzukochen drohte. »Ich heiße …«, fing sie an, aber das Gift war zu toxisch. Es zersetzte ihre Kraft, sodass ihr das Sprechen schwerfiel. »Ich heiße Francine Cooper. Ich bin die Mutter von Autumn Cooper-Wright. Sie kennen sie unter dem Namen Melody.« Sie sprach laut und deutlich, weil sie unbedingt wollte, dass er die Worte beim ersten Mal verstand. Sie würde es vermutlich nicht schaffen, sie zu wiederholen.

Der alte Mann blinzelte und sagte dann: »Was wollen Sie hier?«

»Sie haben mir mein Leben gestohlen. Sie haben mir mein Herz aus der Brust gerissen. Und nun bin ich hier, um mich zu revanchieren.« Sie zielte mit dem Gewehr auf ihn und ließ ihn nicht aus den Augen. Er machte weder den Versuch, mit ihr zu verhandeln, noch sich wegzudrehen. Stattdessen verzerrte sich sein hässliches kleines Gesicht zu einem höhnischen Grinsen.

»Mel ist ein gutes Mädchen. Prall, fruchtbar. Sie hat eine gute Leistung erbracht.«

Ihn zu erschießen wäre zu barmherzig. Sie nahm den Gewehrgurt ab und warf die Waffe auf den Boden. Dann marschierte sie zu dem alten Mann hinüber, legte ihre Hände um seinen dürren, zerbrechlichen Hals und drückte zu. Sie spürte die Speiseröhre gegen ihre Handflächen pulsieren, sie spürte die Knochensäule in seinem Hals. Er schaffte es nicht, seine Hände von der Decke zu befreien, als sie ihn würgte, lag einfach nur da, während seine Gesichtsfarbe von Gelb zu Rot wechselte, weil die Blutgefäße platzten.

Den Mann hinter ihr hörte sie nicht. Selbst als er ihr auf den Kopf schlug, reagierte sie nicht. Erst als er ihr Gesicht zerkratzte und sie von Daddy wegziehen wollte, wurde ihr bewusst, dass sie angegriffen wurde. Der Mann lehnte sich zurück und legte all seine Kraft in den nächsten Schlag. Er traf sie mitten auf ihrer Stirn, und ihr Schädel wurde nach hinten geschleudert. Sie brach zusammen und fiel auf den Boden. Der Mann stieg über ihren hingestreckten Körper hinweg und stellte sich nah ans Bett.

»Können Sie mich hören, Mr. Wydebird? Ich bin's, Horace. Geht es Ihnen gut?« Er beugte sich über ihn, und Francine hörte, wie er den alten Mann beatmete. »Was haben Sie gemacht?«, schnauzte er sie zwischen den Atemzügen an. »Was haben Sie nur getan?«

Das Gewehr lag am Fuß des Betts auf dem Boden. Francine streckte ihre Arme danach aus, sah aber drei Hände, und alle drei bewegten sich in unterschiedliche Richtungen. Sie schüttelte den Kopf, um den Schleier vor ihren Augen loszuwerden, verstärkte damit jedoch nur den Schmerz. Sie wollte sich auf die Knie aufstützen, aber ihre Beine verweigerten ihr den Dienst. Wie Spinnenbeine krochen ihre Finger zum Gewehrlauf.

»Kommen Sie schon, atmen Sie«, bettelte Horace. Sobald ihm klar wurde, dass seine Versuche, den alten Mann wiederzubeleben, erfolglos blieben, griff seine Hand nach dem Telefonhörer. In seiner Eile stieß er das ganze Gerät zu Boden. Hektisch beugte er sich hinunter und hob es auf. Mit seinem Zeigefinger hackte er auf die Tasten. Als er gerade die letzte Ziffer wählte, zerfetzte eine Gewehrsalve seinen Schädel.

Die Mädchen waren bereits an der Tür und scharrten mit den Füßen wie ein Rudel Hunde, das darauf wartete, herausgelassen zu werden. Autumn beschwichtigte sie, während sie den richtigen Schlüssel suchte. Sie befahl ihnen, still zu sein und kein einziges Wort zu sagen. Nachdem sie die Tür aufbekommen hatte, schob sie alle Mädchen zurück in den Raum und schloss die Tür hinter sich ins Schloss.

»Wir müssen auf die Toilette!«, brach es aus Elaine hervor.

Keins der Mädchen kam auf den Gedanken, Autumn zu fragen, wo sie gewesen oder warum sie so dreckig war. *Bring deine eigenen Schäflein ins Trockene*, das war doch die Regel, oder? Nein, das war sie nicht. Und vielleicht war Autumn auch nur so weit gekommen, weil sie sich um die anderen kümmerte, weil sie gut war an diesem bösen Ort. »Seid alle mal für zwei Minuten still!«, rief sie. »Ihr müsst mir zuhören.«

Die Mädchen verstummten, auch wenn einige auf der Stelle tänzelten, weil sie so dringend auf die Toilette mussten.

»Die Zeit reicht nicht, euch das genau zu erklären, und auch nicht, um es zu wiederholen. Alle Aufseher sind im Moment draußen im Wald. Die Türen nach draußen sind offen. Wer von euch das Haus verlassen will, muss jetzt sofort gehen.« Die Mädchen fingen an zu murmeln und sie mit Fragen zu bedrängen. »Haltet den Mund, hört mir zu! Ihr werdet es nicht schaffen, wenn ihr als eine große Gruppe loslauft, aber es könnte klappen, wenn ihr euch aufteilt und in verschiedene Richtungen marschiert. Versteht ihr, was ich sage?« Ausdruckslos starrten sie sie an. »Schaut, ich weiß nicht, wie viel Zeit ihr habt, aber ich haue jetzt sofort ab. Ich kann keine von euch mitnehmen, aber ich schicke euch Hilfe. So, wie Lena es getan hat.«

»Blödsinn!«, rief eine von ihnen. »Du willst uns nur reinlegen.«

»Das will ich nicht«, wimmerte Autumn nun fast, während ihr die Energie fehlte, Überzeugungskraft in ihre Worte zu legen. »Warum sollte ich euch reinlegen? Also, bleibt oder haut ab. Mehr kann ich nicht für euch tun.« Als sie sich umdrehte, um zu gehen, hörte sie die Mädchen murren und miteinander sprechen, aber das Geräusch von schlurfenden Füßen hörte sie nicht. Sie wandte sich wieder um und sah die Mädchen immer noch aneinandergeschmiegt im Raum stehen. »Kommt schon, ihr alle! Ihr könnt hier nicht bleiben. Bitte bleibt nicht hier.«

»Wir haben Angst«, sagte die kleine Alma, deren Augen feucht wurden. »Bitte lass uns nicht allein, Mel.«

»Ich kann nicht bleiben.« Autumn schüttelte den Kopf und konnte die Tränen selbst kaum zurückhalten. »Und von euch darf auch keine bleiben. Seid mutig. Kommt schon. Bitte seid mutig.«

»Wir sollten lieber auf die Wärter warten«, sagte eine. Und so wechselten sie vom Thema Flucht zu der Frage, in welche Schwierigkeiten sie alle geraten würden, wenn die Wärter sahen, dass die Tür unverschlossen war und die Mädchen nicht in ihren Betten lagen. »Vielleicht können wir zur Toilette und wieder zurück rennen, bevor einer der Aufseher überhaupt merkt, dass eine von uns weg war«, sagte ein anderes Mädchen. In dem Augenblick erkannte Autumn, dass es sinnlos war.

Sie lief hinunter ins Erdgeschoss. Bestimmt würden die Wärter da dort schon auf sie warten wie bei einer Horror-Überraschungsparty. Den letzten Treppenabsatz lief sie vorsichtig, aber doch zügig hinab. Das Haus war still. Sie spähte um die Ecke. Wendy saß immer noch gegen die Wand gelehnt, ihr Kopf hing schlaff zur Seite. Autumn gab die Deckung auf und raste an die Seite ihrer Freundin. Sie schlitterte über den Boden und schürfte sich die Knie auf.

»Mel … mich hat es richtig erwischt, Melly«, flüsterte Wendy. Eine ihrer Pupillen war schwarz und so groß wie ein Penny. »Ich glaube, ich sterbe.«

»Nein, tust du nicht. Du stirbst nicht. Aber wenn es dir wieder besser geht, muss ich dich nach den Schwierigkeiten, in die du mich gebracht hast, vielleicht umbringen.«

»Schwierigkeiten?«

Autumn schüttelte den Kopf. »Ich mach nur Spaß. Du hast mich in keine Schwierigkeiten gebracht. In Wirklichkeit hast du mir wahrscheinlich das Leben gerettet.«

»Wo bin ich, Mel? Ich kann nichts mehr sehen.«

»Wir sind im Haus.«

»Oh Gott, es tut weh, Mel, es tut überall weh.«

»Ist schon in Ordnung«, beruhigte Autumn sie. »Wir fahren gleich los. Jeden Moment.« Sie legte das Buch ab, ließ sich neben Wendy auf den Boden sinken und hielt den Kopf des Mädchens vorsichtig in ihren Armen. Sie konnte nichts anderes machen, als zu warten. Die längste Nacht ihres Lebens ging dem Ende zu. Während sie geradeaus aus dem Fenster blickte, spürte sie, wie der Rhythmus von Wendys Atemzügen sich verlangsamte, bis sie schließlich ganz zum Stillstand kamen.

Autumn biss sich auf die Unterlippe. »Wendy? Bist du noch bei mir?«

Es gab keine Antwort. Autumn strich dem Mädchen die Haare aus dem Gesicht. »Es tut mir so leid«, flüsterte sie in Wendys blutverkrustetes Ohr. Sie küsste sie leicht auf die Wange. »Es tut mir so leid.«

Autumn weinte um ihre Freundin. Als sie sich über die Augen wischte, sah sie, dass ihre Mutter am anderen Ende des Korridors stand und sie beobachtete. Ihre Stirn war blutverschmiert.

»Zeit zu gehen«, sagte Francine.

29. KAPITEL

Der schwarze Lack des BMW glänzte im Scheinwerferlicht. Als sie einstiegen, sagte Francine abwesend: »Hier, das ist nun deine Verantwortung.« Sie übergab Autumn das Gewehr, bevor sie hinzufügte: »Schnall dich an.« Sie stellte ihren Sitz ein. »Stimmt es, dass es nur die eine Zufahrt gibt? Die da oben?« Sie zeigte auf das Tor in einiger Entfernung.

»Ja«, erwiderte Autumn und drückte das Buch der Namen an ihre Brust.

»Kennst du dich im Wald aus?«

»Nein«, gab sie zu. »Ich habe versucht zu fliehen, bin aber im Kreis gelaufen.«

»Da ist doch eine Art Wirtschaftsweg, der direkt zum Haus führt«, sagte Francine und steckte den Schlüssel ins Zündschloss. Surrend ging der Motor an. »Auf dem bin ich hierhergekommen. Hast du nicht versucht, dem einfach nach draußen zu folgen?«

»Natürlich nicht. Weil das der einzige Weg durch den Wald ist, rechnen die doch damit, dass ich genau den nehme.«

Francine hatte die Automatik immer noch nicht auf Drive gestellt. Aufrecht saß sie auf ihrem Sitz. Abwechselnd umfassten die verschwitzten Hände das Lenkrad, bevor ihre Finger es wieder losließen. Auf einer Seite lief ihr Blut das Gesicht hinunter. »Kann sein, dass wir da draußen auf sie treffen. Wenn das geschieht, sollten wir die Karre stehen lassen und zu Fuß weiterlaufen. Immerhin haben wir eine Waffe. Wir müssen einfach unser Glück versuchen.«

Vorsichtig setzte sie aus der Parkbucht zurück und lenkte den Wagen über die Rasenfläche, ohne die Scheinwerfer einzuschalten. Niemand wartete am Tor, und Francine sah auch kein Licht irgendwelcher anderer Wagen. Es war beinahe zu perfekt, und diese Erkenntnis schnürte ihr die Luft ab. Es fühlte sich an, als würde sie nur durch einen Strohhalm atmen. Sie schwitzte stark und hatte Schwierigkeiten mit dem Sehen – ihr linkes Auge war fast ganz zugeschwollen, und der Regen ließ den Blick durch die Windschutzscheibe verschwimmen. Später im Wald würde sie keine Wahl haben. Sie müsste das Fernlicht einschalten und damit ihren Aufenthaltsort preisgeben.

»Hast du es geschafft, einige der anderen Mädchen zu befreien?«

»Ich habe die Tür aufgeschlossen, aber sie wollten nicht gehen.«

»Kein einziges?«

»Nein … Warte!« Autumn drehte sich so schnell in ihrem Sitz um, dass der Gewehrlauf mit einem Klirren gegen das Fenster stieß. »Halt das Auto an!«

»Gibt es ein Problem?«

»Ich habe die schwangeren Mädchen nicht rausgelassen.«

»Was?« Francine fuhr durch das offene Tor in den Wald. »Wovon redest du?«

»Wir müssen zurück! Halt das verdammte Auto an!«

»Ich kann nicht anhalten, Autumn. Was ist das Problem? Erklär es mir, Schritt für Schritt.«

»Ich habe die schwangeren Mädchen im dritten Stock vergessen. Sie sind in Zellen gesperrt. Einige sind schon bald fällig. Wir müssen zurückfahren.«

Francine dachte darüber nach, aber machte keine Anstalten, langsamer zu werden. Das Haus war bereits nur noch ein Lichtfunkeln im Rückspiegel.

»Es tut mir leid, Autumn, aber wir können nicht zurück. Wir können das einfach nicht machen.«

Autumn hämmerte mit ihren Fäusten auf das Armaturenbrett und fing an, ihren Kopf gegen das Fenster zu schlagen. »Verdammt! So ein Scheißblödsinn! Halt das beknackte Auto an!«

»Hey, beruhig dich.« Francine streckte eine Hand zu ihrer Tochter aus, um diese daran zu hindern, sich noch mehr

Schmerz zuzufügen. Mit der anderen Hand hielt sie das Lenkrad fest. Autumns Ausbruch machte ihr Gänsehaut.

»Es ist allein meine Schuld. Sie werden sterben, nur wegen mir.«

Francine stoppte den Wagen nun doch.

»Schau mich an, Autumn.« Sie wollte Autumn an der Schulter fassen, aber sie hielt sich besser zurück. Körperkontakt war jetzt vermutlich nicht das Richtige.

»Autumn, konzentrier dich für eine Sekunde und schau mich an. Nichts von dem hier ist deine Schuld. Du trägst für nichts, was all die Jahre in dem Haus geschehen ist, irgendeine Verantwortung, verstehst du mich?«

»Ich hätte ihnen helfen können. Ich hätte …« Autumn verstummte und schüttelte den Kopf. »Ich weiß nicht, was ich hätte tun können.«

»Wenn sie schwanger sind, kannst du ohnehin nicht viel tun. Wir hätten gar nicht den Platz gehabt, sie alle mitzunehmen, nicht wahr?« Als Autumn nichts sagte, fügte Francine hinzu: »Hör mal, wenn wir hier raus sind, rufe ich die Polizei an und erkläre ihnen –«

»Sei einfach still«, sagte Autumn und sank in ihren Sitz zurück. »Hör auf zu reden und fahr einfach. Die Polizei wird einen Scheiß tun. Die schicken noch nicht einmal einen Streifenwagen.«

Francine schaltete das Licht an und fuhr los. »Es tut mir leid«, sagte sie leise.

»Mir auch.«

Zehn Minuten später fuhr Francine an dem Auto vorbei, mit dem sie gekommen war. Ob Glenn Schilling wohl schon erstickt war? Vermutlich nicht. Aber es war unwahrscheinlich, dass irgendjemand ihn bald finden würde, und selbst wenn, Francine war das vollkommen egal. Auf die eine oder andere Weise würde sie davon erfahren. Alle Sender würden darüber berichten, sobald etwas Entscheidendes geschehen wäre. Aber dann wäre sie, so der Plan, schon weit weg; nur sie beide, irgendwo weit, weit weg.

Vielleicht Hawaii.

»Wie hast du mich gefunden?«, fragte Autumn, den Kopf an die Fensterscheibe gelegt. »Durch Lena, oder?«

»Ja.«

Autumn lachte betrübt. »So ein verrücktes Mädchen. Wo ist sie jetzt?«

Francine stockte. »Sie ist tot.«

»Was ist passiert?«, fragte Autumn, ohne im Geringsten überrascht zu sein.

»Ich nehme an, sie ist eine Brücke heruntergesprungen. Ich weiß nicht wirklich, warum.«

Autumn schluckte hörbar. »Scheinwerfer«, sagte sie und zeigte durch die Windschutzscheibe.

Obwohl sie wusste, dass es zu spät war, stellte Francine sofort das Licht aus. Sie lenkte den Wagen vom Weg und ließ ihn eine kleine Böschung hinunterrollen, wobei sie nur knapp ein Gehölz verfehlte. Keinen Augenblick ließ sie das Fahrzeug in der Ferne aus den Augen, das auf dem Weg in Richtung des Hauses heranraste. Der BMW kam zum Stillstand, und als sie die Zündung ausschaltete, erstarb das Surren des Motors. Schweigend beobachteten Mutter und Tochter, wie der Jeep über den Weg holperte, ohne dass es ein Anzeichen dafür gab, dass die Insassen des anderen Wagens sie bemerkt hätten.

Die beiden Frauen warteten ein paar Minuten, um sicher zu sein, dass der Jeep ganz verschwunden war, bevor Francine das Auto wieder startete und auf den Weg zurücklenkte. Da es nicht mehr lange dauern würde, bis die Männer im Jeep die Leichen im Haus fänden, ließ Francine alle Vorsicht fahren und trat das Gaspedal ganz durch. Sie ruckelten im Wageninneren hin und her, während sie über den unebenen Weg rasten.

»Es ist bald aufgebraucht, weißt du«, sagte Autumn.

Francine schaute auf die Tankanzeige. »Der Tank ist noch halb voll. Damit sollten wir weit genug kommen.«

»Ich meinte unser Glück.«

»Das ist kein Glück«, erwiderte Francine. »Dass ich dich gefunden habe, hat nichts mit Glück oder dergleichen zu tun. Ich habe dich nie aufgegeben. Ich habe nie aufgehört, daran zu glauben, auch wenn alle anderen es getan haben.«

»Hat Dad es getan?«

»Ich kann nicht für deinen Vater sprechen«, sagte Francine. »Autumn, ich möchte dir etwas sagen. Ich weiß, dass du in all den Jahren durch die Hölle gegangen bist, aber ich bin mit dir durch sie hindurchgegangen. An manchen Tagen fühlte es … fühlte es sich an, als wäre ich dir ganz nah, als ob ich direkt bei dir wäre. Vielleicht liegt das nur an der Verbindung, die eine Mutter mit ihrer Tochter hat, aber ich denke, dass es mehr ist. Was ich dir damit sagen will …« Sie lachte auf. »Diesen Moment habe ich mir jeden Tag vorgestellt, seit sie dich mir weggenommen haben. Ich habe an jedes einzelne Wort gedacht, das ich zu dir sagen würde, und jetzt –«

Es gab ein lautes Krachen. Francine und Autumn wurden nach vorne geschleudert. Der BMW ruckte und brach mit dem Heck aus, als Francine verzweifelt versuchte, ihn wieder auf Kurs zu bringen. Licht durchflutete den Innenraum. Es kam von dem Jeep, der sie gerammt hatte. Autumn schrie. Das Geräusch durchbohrte nahezu Francines Trommelfell.

»Sie sind es! Sie sind es! Bring uns hier raus! Bring uns –«

Als der Jeep sie noch einmal rammte, ruckte Autumn heftig nach vorne. Das Auto schlitterte zur Seite. Francine packte das Steuer fester und kämpfte damit, den Wagen wieder unter Kontrolle zu bringen. Aber das Heck des BMW zog nach rechts. Sobald sie das Lenkrad zur entgegengesetzten Seite riss, ertönte unter dem Wagen ein lautes metallenes Kreischen.

»Mom, was soll ich tun?«, schrie Autumn und schnallte sich ab.

Francine schaute in den Rückspiegel, aber der Jeep hatte die Scheinwerfer auf die höchste Stufe gestellt, um sie zu blenden. Der BMW fuhr immer noch in Schlangenlinien, trotz der butterweichen Servolenkung. Francine bekam das verdammte Ding nicht unter Kontrolle.

»Soll ich schießen?«, rief Autumn.

»Nein!«, fuhr Francine sie in dem Moment an, als die Heckscheibe zerbarst. Ein Sturmgewitter von Glassplittern prasselte auf sie nieder. Sie hörten das Rattern von Geschützfeuer. Francine brauchte einen Moment, um zu begreifen, dass nicht Autumn die Schüsse abfeuerte, sondern die Männer im Jeep.

Autumn hatte sich in den Fußraum gekauert, ihr Bauch drückte gegen den Beifahrersitz. »Mom! Haben sie dich getroffen?«

Francine wusste es nicht. Ihr gesamter Körper war taub, und trotzdem fuhr sie immer noch um ihrer beider Leben, blieb auf dem Weg und tat ihr Bestes, den Jeep hinter ihnen abzuschütteln. »Bleib ja unten! Bleib –«

Eine weitere Gewehrsalve traf das Auto. Francine konnte spüren, wie sich die Kugeln durch die Karosserie bohrten und an ihrem Kopf vorbeizischten, bis sie ihr Ziel in der Windschutzscheibe fanden. Diese war irgendwie bisher noch ganz geblieben, obwohl sie über und über mit Rissen übersät war.

Nun werden wir doch noch sterben, dachte Francine. Sie fuhr nun, ohne etwas sehen zu können. Jeden Moment würden sie an einen Baum fahren oder von der Straße abkommen.

Autumn schnellte hoch und benutzte den Gewehrkolben, um alles Glas aus der beschädigten Windschutzscheibe herauszubrechen. Jetzt, wo das Auto vorne und hinten offen war, jagte der kalte Wind so schnell durch den Wagen wie ein Hochgeschwindigkeitszug. Der Jeep wollte dem BMW einen weiteren Stoß versetzen. Da Francine diesen jedoch erwartet hatte, war es ihr gelungen, gerade noch rechtzeitig etwas Abstand zwischen ihren Wagen und den Jeep zu bringen.

»Fahr, fahr, fahr, fahr!«, feuerte Autumn sie fieberhaft an, als Francine beschleunigte und der Motor aufheulte wie ein wildes Tier. Obwohl der Jeep mit dem Untergrund besser zurechtkam, war immer noch genügend Platz zwischen ihnen.

»Auf sie mit Gebrüll!«, rief Francine.

Ohne zu antworten und so gut, wie sie es konnte, legte Autumn das Gewehr an. Durch das Ruckeln des Wagens verlor sie jedoch das Gleichgewicht. Der Lauf wackelte hin und her, als sie versuchte, die Waffe auf den Jeep auszurichten. Der Geländewagen war nah genug, dass Autumn sehen konnte, wie sich die Augen der Aufseher überrascht weiteten, als sie abdrückte. In dieser Nanosekunde, bevor das Gewehr sich entlud, hatten Autumn und die Männer im Jeep ein telepathisches Erlebnis. Beide Seiten wussten, dass Autumn aus dieser kurzen Entfernung nicht vorbeischießen würde. Man hätte einem Blinden das Gewehr in die Hand drücken können, und jede Kugel hätte bei einem so großen Ziel getroffen.

Autumn schrie, als der Kugelhagel die gesamte Windschutzscheibe des Jeeps durchlöcherte. Sie ließ den Abzug los. Die Lautstärke der Schüsse in dem beengten Raum trieb Francine die Tränen in die Augen.

Fast unmittelbar verschwand das Licht aus dem Innenraum des BMW. Francine schaute in den Rückspiegel. Der Jeep rollte von der Straße, so wie ein torkelnder Betrunkener nachts vom Weg abkommt. Nur noch ein Scheinwerfer funktionierte. Sanft fuhr der Geländewagen gegen einen Baum und blieb stehen.

Hinter sich hörten sie das leise Wehklagen einer Autohupe.

30. KAPITEL

Gleich nachdem sie auf den Highway gefahren waren, fing der Wagen an zu stottern.

»Wir müssen abfahren«, sagte Francine und nahm die nächste Ausfahrt. Sie fühlte sich nicht besonders wohl dabei, keine zehn Kilometer nach Stack's Point schon wieder anzuhalten, aber der BMW war nicht viel mehr als ein Schrotthaufen. Da das Auto zu einer Seite zog, nahm sie an, dass einer der Hinterreifen zerschossen war. Als sie in einer Seitenstraße stoppte und die Reifen überprüfte, bestätigten sich ihre Vermutungen. Im Licht einer einsamen Straßenlaterne standen sie da und starrten auf den Wagen, während auf dem nun weit entfernten Highway leise die Autos vorbeisirrten. Über und über war die Karosserie von Kugeln durchsiebt. Es sah aus wie das Auto, in dem Bonnie und Clyde zu Tode gekommen waren.

»Was willst du tun«, fragte Autumn.

»Der Wagen ist fertig. Wir lassen ihn hier«, erwiderte Francine und streckte ihren Arm durch das Fenster, um die Fingerabdrücke vom Lenkrad zu wischen. Dann erkannte sie, wie sinnlos das Vorhaben war, und hörte auf. Sie überlegte, das Gewehr mitzunehmen, aber sie hatten keine Munition mehr. In ihrem Zustand wirkten sie ohnehin nicht gerade unverdächtig, ein Sturmgewehr würde es nicht besser machen. »Scheiß drauf«, sagte sie. »Lass uns einfach abhauen.«

Seite an Seite gingen sie die ruhige Straße entlang, wie die letzten zwei Überlebenden auf der Erde. Nicht, dass es Francine viel ausgemacht hätte, wenn sie das tatsächlich gewesen wären. Sie streckte ihren Arm aus und nahm Autumns Hand. »Gib Mama die Hand«, murmelte sie. Blut rann aus einer klaffenden Wunde über ihrem rechten Auge. Sie war sich nicht sicher, woher sie kam, vielleicht hatte sie sich den Kopf gestoßen, als der Jeep sie gerammt hatte. Oder die Glassplitter hatten sie geschnitten. Mit der freien Hand wischte sie sich das Blut weg.

Dann brach sie zusammen.

»Mom!« Autumns Stimme hallte auf der Straße wider. Sie kniete sich hin und kauerte neben ihrer Mutter.

»Ist schon in Ordnung, Süße. Ich bin müde. Ich muss mich nur wieder zurechtfinden, in Ordnung?«

»Lass mich Hilfe holen.«

»Nein«, bat sie Autumn, woraufhin eine ganze Galaxie von Sternen vor ihrem inneren Auge tanzte. Mit ihrem letzten Rest Kraft nahm sie Autumns Gesicht in ihre Hände und streichelte ihr mit dem Daumen über die Wange. »Nein, bleib bei mir. Verlass mich nicht. Nie mehr. Du bist nicht … du bist nicht …«

Ein schwarzer Vorhang fiel, und Francine lag nicht mehr auf dem kalten, nassen Boden, sondern schwebte so leicht wie ein Seerosenblatt auf der Oberfläche eines warmen Pools. Sie kam kurz zu sich, verlor aber immer wieder das Bewusstsein. Der Schmerz wütete in ihrem Schädel wie ein Gewitter.

Als sie richtig aufwachte, stellte sie fest, dass sie taub war. Sie konnte zwar sehen, dass Autumn mit ihr sprach, aber sie konnte kein Wort hören. Sie wollte ihrer Tochter mitteilen, dass sie einen Moment warten sollte, aber sie konnte auch ihre eigene Stimme nicht hören. Als Francine versuchte, sich aufzusetzen, hatte sie den Eindruck, dass die gesamte Straße ruckartig zurückwich. Ihr Gleichgewichtssinn funktionierte nicht mehr. Der sternenlose schwarze Himmel wurde zu einem kreiselnden Strudel, ihr Schädel war zu klein für die Abertausend wütenden Schmerzen. Immer wenn sich ein neues Pochen irgendwo bemerkbar machte, schienen die Lichter trüber zu werden. Starb sie? Wenn sie es zuließ, dass die Lichter komplett ausgingen, ja, dann würde sie vielleicht sterben.

Sie rollte sich von Autumn weg und stützte sich auf ihrem Ellbogen ab. Dickes rotes Blut tropfte von ihrem Gesicht auf den Betonboden unter ihr. Sie bemühte sich, auf Hände und Füße zu kommen. Autumn legte den Arm um ihre Taille und zog sie ein Stück hoch. Als Francine aufrecht stand, sanken ihre

Füße in den Boden. Sie verlor jegliches Gefühl für Gewicht und Balance. War sie angeschossen worden und hatte es nicht einmal gemerkt? Aber das Einzige, was sich in ihrem Körper sonst noch falsch anfühlte, war das merkwürdige taube Stechen, das entlang ihrer Wirbelsäule ziepte. Gelähmt, dachte sie. Die Wirbelsäule wurde getroffen, und jetzt nach dem ersten Schock, bin ich gelähmt. Allerdings konnte sie mit Autumns Hilfe nun tatsächlich gehen, wenn auch langsam und unbeholfen.

»Kannst du mich hören, Autumn? Weil ich dich nämlich nicht hören kann«, murmelte sie.

»Ich kann dich verstehen, Mom«, sagte Autumn, für die es sehr anstrengend war, ihre Mutter zu stützen.

»Ich weiß nicht, ob du mich hören kannst … aber ich glaube, ich sterbe vielleicht.«

»Du stirbst nicht, Mom. Du bist nur ernsthaft verletzt.«

Francine fuhr ohne Unterbrechung fort: »Ich weiß nicht, ob ich weitermachen kann. Hier verlässt mich wohl mein Glück.«

Autumn ignorierte die Worte und führte die Mutter weiter die Straße hinunter in Richtung eines hell erleuchteten Schilds für einen Diner. Obwohl das Lucky 13 nicht so weit weg aussah, hätte es unter den gegebenen Umständen auch auf dem Mond sein können. Wenn sie es bis dahin schafften, gab es immerhin eine geringe Chance, dass sie sich dort waschen könnten und vielleicht jemand ihre Wunden verband, ohne sofort den Rettungswagen oder die Polizei zu rufen. Wie ihnen Letzteres gelingen sollte, darüber war sich Autumn allerdings nicht im Klaren. Wenn sie sich ihr Spiegelbild in den Scheiben der an der Straße parkenden Autos anschaute, würden die Gäste des Lucky 13 garantiert nach einem kurzen Blick auf sie die 911 wählen.

»Warte einen Moment«, sagte Autumn und stützte ihre Mutter so, dass diese sich an die Tür eines Chevys anlehnen konnte. Autumn war schweißnass, und ihre Beine zitterten heftig. Wie lange würden sie sie noch tragen, so unterernährt und dehydriert, wie sie war? Irgendwie musste sie die Kraft aufbringen.

»Alles in Ordnung mit mir«, sagte Francine, die mittlerweile die Hände auf die Kühlerhaube des Chevys gelegt hatte. »Es ist wieder okay.« Sie streckte den Arm aus und strich Autumn über das Gesicht, als wenn sie sich selbst davon überzeugen wollte, dass sie die Wahrheit gesagt hatte. »Ich war gerade für einen Moment ein bisschen durcheinander. Alles war plötzlich so« – sie drehte ihren ausgestreckten Zeigefinger neben ihrer Schläfe – »komisch. Ich glaube, die Drähte sind nur etwas locker, aber es scheint nun besser zu sein.«

»Kannst du mich hören?«

»Zum Teil. Es klingt, als wenn du von ganz weit weg mit mir redest.« Francine lachte, und Autumn sah, dass die Zähne ihrer Mutter blutverschmiert waren. »Es ist nur der Schock. Gleich bin ich wieder auf dem Damm.«

»Bist du angeschossen worden? Wo tut es weh?«

»Es geht nur um das Gesicht und den Kopf. Darum bin ich so verwirrt. Ich kann nicht richtig denken. Habe heute Abend ein paar Schläge abbekommen.«

Autumn nickte. Trotz des Bluts, das ihr in die Augen lief, konnte Francine etwas Schreckliches im Blick ihrer Tochter erkennen. Die Augen waren so wild wie bei einem Tier geworden.

»Wir müssen auf den Highway zurück«, sagte Autumn. »Je schneller, desto besser.«

»Das sehe ich auch so, Schatz. Hundertprozentig.«

»Ich kann aber nicht Autofahren, und ich glaube nicht, dass du in deinem Zustand fahren kannst.«

»Wir haben keine große Wahl.«

»Du siehst auch nicht richtig. Ich besorge uns einen, der uns fährt.«

»Dann musst du ihm erklären … ich kann nicht …«

»Gleich da drüben ist ein Diner. Ich warte, bis wer herauskommt und zu seinem Wagen geht, und dann« – sie zog das Küchenmesser unter dem Baumwollgürtel hervor, den sie um ihr Kittelkleid geschlungen hatte – »werde ich dafür sorgen, dass er mit uns kommt.«

»Das geht nicht.« Francine nutzte das geparkte Auto, um sich mit den Handflächen abzustützen und Schritt für Schritt zum Bordstein zu gehen, bevor sie sich langsam auf die Kante niedersetzte. »Das wird nicht funktionieren.«

»Nichts von all dem, was wir heute Abend gemacht haben, hätte funktionieren dürfen. Aber trotzdem hat es geklappt. Das hier ist ein Kinderspiel verglichen mit dem vorhin.«

»Ich will nicht, dass du mich hier allein lässt«, sagte Francine. »Vielleicht kommst du nicht zurück.«

»Ich komme zurück. Aber ich muss das machen, und zwar jetzt, Mom. Es wird bald hell.«

Francine nickte. »Warte, hör mal, ich kann doch mitkommen …« Sie versuchte aufzustehen, aber sackte sofort wieder zurück.

»Nicht bewegen«, zischte Autumn. »Sei nicht so dumm. Bleib hier sitzen und beweg dich nicht. Ich bin bald wieder zurück, das verspreche ich.«

»Süße, bitte … Sei einfach vorsichtig.«

»Nimm das.« Autumn beugte sich hinunter und legte das große Buch der Namen neben Francine. »Behüte das mit deinem Leben.«

Und mit diesen Worten drehte sie sich um und ging auf das Lucky 13 zu.

Gelb strahlt die Sonne vom blauen Himmel herab und lächelt sie an. Es ist ein heißer Sommertag, sie sitzen in einem Park an einem Picknicktisch, dem ein prachtvoller Eichenbaum Schatten spendet. Die leichte Brise weht das Gelächter von Kindern herüber und betörenden Blumenduft.

Will stellt den Picknickkorb auf den Tisch und nimmt das Essen heraus. Da sind Roastbeef-Sandwiches mit Mayo und

Senf, eine große Schüssel mit einem grünen Salat, ein Plastikbehälter mit reifen Erdbeeren und ein Becher mit Sahne. Er nimmt auch einen in Alufolie verpackten, vorgegrillten Maiskolben heraus, glänzende dunkelrote Trauben, die vor Saft fast platzen, große gesunde Äpfel und zum Schluss eine Schale mit Kartoffelsalat. Aber nein, da ist noch mehr. Eine Flasche mit Champagner, der irgendwie kalt geblieben ist, und drei Champagnergläser aus Kristall.

»Okay, los geht's«, sagt er und entfernt die Metallfolie vom Flaschenhals, bevor er mit dem Daumen den Korken aus der Flasche schiebt. Es gibt ein Plopp, und der Champagnerschaum läuft ihm über die Finger, während alle drei vor Freude kreischen. Er lässt sich Zeit, den Schaumwein auszuschenken, während Francine und Autumn die Teller mit den Köstlichkeiten befüllen.

Will bringt keinen Toast aus, als er den beiden je ein Glas reicht, aber »Cheers« sagen sie immerhin, bevor sie den ersten Schluck genießen. Francine sagt, dass sie nicht glauben kann, dass der Champagner immer noch gekühlt ist, genauso wie sie nicht begreift, wie die Roastbeef-Sandwiches immer noch warm sind. Sie nimmt einen Bissen von einem Toast, wartet eine Sekunde. Nachdem die verschiedenen Aromen ihre Geschmacksnerven getroffen haben, weiß sie, dass das einfach das Beste ist, das sie je probiert hat. Sie essen alle drei, nehmen von diesem und von jenem, verputzen das Essen in keiner erkennbaren Reihenfolge. Will beißt in ein hart gekochtes Ei, dann zupft er sich ein paar Trauben ab und mampft zufrieden vor sich hin. Autumn beißt geräuschvoll in einen knackigen glänzenden Apfel, und der Saft läuft ihr das Kinn hinunter. Sie lacht, wischt den Saft weg und lächelt Francine an.

Sie sitzen und essen, und sie beobachten eine andere Familie auf der anderen Seite der Grünfläche. Die Familie – eine Mutter, ein Vater, drei junge Kinder und ein Labrador – kicken mit einem Fußball herum; die Kinder scheinen gegen die Erwachsenen zu spielen. Es gibt keine Tore und keine von außen erkennbaren Ziele des Spiels, aber die Kids sind außer Atem und verschwitzt und lachen wie verrückt. Die Eltern sind genauso glücklich, ermuntern die Kinder, brüsten sich dann aber wieder spielerisch damit, wenn es ihnen gelingt, den Kleinen den Ball abzuluchsen. Das vielstimmige Gelächter erschallt in ungewöhnlichen, aber erfreulichen Tonfolgen, wie bei einer Person, die das erste Mal die Harfe spielt.

Francine ist die Erste, die die dunklen Wolken am Horizont aufziehen sieht, die finster und drohend über dem Hügel näher kommen. Langsam, aber sicher breiten sie sich aus, verseuchen den ansonsten perfekten blauen Himmel. Die Familie mit dem Fußball bemerkt sie auch, woraufhin das Spiel zu einem abrupten Ende kommt. »Schaut aus, als wenn es gleich regnet«, sagt der Vater und hebt den Ball auf. Enttäuscht stöhnen die Kinder auf, als ihr Vater ihnen erklärt, dass sie das Spiel an einem anderen Tag fortsetzen müssen.

»Typisch«, merkt Francine an und wischt sich mit einer Serviette den Mund ab. »Das war fast ein perfekter Tag.«

Will nickt. Dann lächelt er. »Aber wer hat gesagt, dass irgendwas von dem hier überhaupt real war?«

Sie runzelt die Stirn, ist verwirrt von dieser Frage. Sie will ihn gerade bitten, seine Bemerkung zu erklären, als Autumn sie unterbricht. »Mom, geht es dir gut? Kannst du mich hören?«

Gott grollt. Und nun ist der ganze Himmel dunkelgrau, gleißend zucken die Blitze. Francine streckt ihre Hand aus, um zu prüfen, ob es schon regnet. Sie hofft, dass der Wolkenbruch wunderbarerweise ihren Flecken verschont und sie mit dem perfekten Tag weitermachen können.

Ihre Handfläche wird nass.

»Mom, kannst du …«

»… mich hören?«

Der Regen pladderte gegen das Fenster neben ihr. Es war,

als wenn sie sich fortbewegte. Sie öffnete ein Auge – das, das nicht vollständig zugeschwollen war – und erkannte, dass sie sich zusammengepfercht mit Autumn auf der Sitzbank eines Lieferwagens befand.

»Sag etwas, wenn du mich hören kannst, Mom«, forderte Autumn sie auf. Sie saß neben einem dicken Mann in Latzhosen, der den Transporter fuhr. Er blickte kurz zu Francine hinüber, dann wieder auf die Straße vor ihm. Mit dem guten Auge sah Francine zu Autumns Hand hinunter. Diese hielt das Messer an seine Rippen.

»Ich kann dich hören«, krächzte Francine. Sie setzte sich auf und bemerkte, dass es schon taghell war. Der Himmel war weiß, und sie fuhren wieder auf dem Highway.

»Wohin soll der Mann uns bringen, was soll ich ihm sagen?«, fragte Autumn.

»Sycamore«, antwortete Francine. Sie nahm sich etwas Zeit, wieder ganz zu sich zu kommen, soweit das überhaupt möglich war, bevor sie zu dem Mann sagte: »Entschuldigen Sie mich, Sir. Wie heißen Sie?« Ihre Stimme war heiser.

»Fred«, antwortete der Mann, dessen Hängebacken sich im Takt mit den Vibrationen des fahrenden Wagens bewegten.

»Fred, ich sehe, Sie haben meine Tochter bereits kennengelernt. Ich bin froh, dass sie Sie nicht verletzt hat, weil Sie, zumindest auf den ersten Blick, wie ein netter Mann wirken.« Sie machte eine Pause, hielt sich den pochenden Kopf und fuhr fort. »Ich bin mir sicher, dass Sie uns hassen, weil wir Ihnen den Tag verderben. Es tut mir sehr leid, dass es sich für Sie so anfühlt, denn Sie sind die erste freundliche Person, die meine Tochter und ich seit gestern Abend gesehen haben, auch wenn das nicht Ihre Absicht ist. Ich muss mich für uns beide für das Messer entschuldigen – es ist unverzichtbar. Aber ich weiß auch, dass Sie ein unschuldiger Mann sind, der nur seinem Job nachgehen will, deswegen teile ich Ihnen nun mit, wie es von jetzt an weitergeht.« Sie machte erneut eine Pause, weil die

Mühe zu sprechen einem Schlaghammer gleichkam, der das Innere ihrer Schädeldecke bearbeitete. »Wenn wir in Sycamore ankommen, werden Sie ranfahren und bei Clucky's parken, und dann steigen Sie aus dem Wagen aus. Wir werden ihn mitnehmen und ausleihen.«

Fred schüttelte seinen Kopf, sein Gesicht rot vor Wut.

»Wenn Sie irgendwelche Dummheiten vorhaben, wird meine Tochter Ihnen wehtun, darauf können Sie sich verlassen. Kooperieren Sie aber, kann ich Ihnen Folgendes versprechen: Wenn Sie mir eine Nummer geben, unter der ich Sie erreichen kann, rufe ich Sie in ein paar Tagen an und lasse Sie wissen, wo Sie Ihren Wagen finden können. Vermutlich wollen Sie der Polizei mitteilen, dass Sie beraubt worden sind. Aber wenn Sie uns nicht reinlegen, haben Sie den Lieferwagen am Ende der Woche wieder.«

»Rufen Sie meinen Chef auch an? Halten Sie ihn davon ab, mich rauszuschmeißen? Was? Ich habe zu Hause eine Frau und ein Kind. Was soll ich denen sagen, wenn ich die Scheißmiete nicht zahlen kann?«

»Wenn die Sie feuern, nur weil man Sie beklaut hat, dann können Sie sie verklagen, auf ungerechtfertigte Entlassung«, sagte Francine und wusste selbst nicht, wo sie diese Information aufgeschnappt hatte. Hatte sie es im Fernsehen bei *Judge Judy* gesehen oder es sich nur ausgedacht?

»Na klar. Wegen Ihnen werde ich arbeitslos sein, wissen Sie das? Sie reißen meinem Baby das Essen aus dem Mund. Sie –«

»Wir werden darüber nicht diskutieren, Fred«, schnauzte Francine ihn an. Der Schmerz dröhnte in ihrem Kopf, und sie krümmte sich zusammen, um ihn auszuhalten. »Sie machen genau, was ich Ihnen sage, oder Sie gehen überhaupt nicht nach Hause. Verstehen wir uns?« Als er nicht antwortete, wiederholte sie: »Fred, verstehen wir uns?«

Mit zusammengebissenen Zähnen sagte er: »Ja.«

»Gut. Machen Sie einfach nur, was wir Ihnen sagen, und Sie sind uns in Nullkommanichts los.«

Francine schaute zu ihrer Tochter, aber die starrte ununterbrochen durch die Windschutzscheibe, verzaubert von der Welt, die vor ihr lag. Autumns Augen funkelten vor Aufregung, während sie jeden Baum, jedes vorbeifahrende Auto, die Anordnung der Straßenlaternen in sich aufsaugte. Sie war betrunken vor Freiheit.

Francine nahm die freie Hand ihrer Tochter in ihre und betrachtete die Welt mit ihr.

Sie fuhren bei der Ausfahrt Syracuse ab. Das Logo von Clucky's war nicht erleuchtet, aber vor dem Drive-in warteten bereits einige Autos auf das Frühstück. Fred hielt direkt vor der Einfahrt des Parkplatzes und ließ den Motor laufen.

»Also, was soll ich nun tun?«, fragte er.

»Steigen Sie aus und fragen Sie wen da drinnen, ob Sie telefonieren können. Sie rufen die Polizei an, nehme ich an«, erwiderte Francine.

»Worum geht es hier?« Fred schüttelte seinen Kopf. »Glaubt mir doch sowieso kein Mensch, dass ich von einem Mädchen mit einem Messer und einer verrückten Frau bedroht worden bin.«

»Doch, das werden sie«, sagte Francine mit einem Seufzen. »Vielleicht nicht gleich, aber bald.«

»Bin ich frei? Kann ich gehen?«

»Frei wie ein Vogel«, erwiderte Francine. Er öffnete die Tür und sprang auf den Asphalt. Sein Gesicht hatte Flecken und war gerötet. »Flieg nun los, Fred.«

Sie beobachtete, wie er sich im Watschelgang entfernte, bevor auch sie ausstieg und um den Lieferwagen herum zum Fahrersitz ging. Autumn rutschte ganz auf die Beifahrerseite.

»Geht es dir gut genug, dass du fahren kannst?«

»Mir geht es gut.«

»Wohin fahren wir?«

»Nach Hause. Wir sind nicht allzu weit von meiner Wohnung entfernt, aber es ist trotzdem noch ein Stück. Wir lassen das Ding ein paar Blocks von meinem Apartment entfernt stehen und laufen den Rest.«

Am Anfang fuhr Francine besonders langsam und vorsichtig, um sich an das Gewicht des Wagens und ihr beeinträchtigtes Blickfeld zu gewöhnen. Durch ein Auge konnte sie zwar noch so gerade sehen, aber ihre Sicht war verschwommen. Sie fuhr wieder auf den Highway und blieb auf der äußersten rechten Fahrbahn. Sie behielt ihre Geschwindigkeit bei und versuchte nicht, andere Wagen zu überholen. Sie wollte kein unnötiges Risiko eingehen. Es wäre ein wirklich ausgesprochen großer Jammer gewesen, das alles zu erreichen, nur um es durch einen Autounfall wieder zu verlieren.

»Also, was machen wir nun, Mom?«

»Zuerst fahren wir nach Hause und ruhen uns aus. Das haben wir uns beide verdient.«

»Werden wir Schwierigkeiten bekommen?«

»Ich glaube, wir haben einige gute Argumente auf unserer Seite, und einen kleinen Vorsprung, aber wir müssen wirklich klug sein. Schauen, wie sich die Dinge entwickeln.« Francine war eine ganze Weile still und atmete unregelmäßig durch ihren Mund. Auf ihrer Zunge lag der Geschmack ihres eigenen Bluts. »Lena hat mir erzählt, dass sie an dem Tag geholfen hat, dich wegzulocken.«

»Sie hatte keine Wahl. Ihr allein verdanke ich, dass ich da so lange überlebt habe ...« Autumns Stimme brach. »Aber sie ist nicht der Grund, warum ich mitgenommen wurde.«

»Was meinst du damit?«

Autumn hielt das große Buch der Namen unter den Arm geklemmt. »Ich meine damit, dass wir beide Pech hatten.«

Francine glaubte zu verstehen, was ihre Tochter meinte, und bedrängte sie nicht weiter. Die beiden hatten eine Menge zu besprechen, es lag ein ganzer Schrottplatz voller Fragen vor ihnen, den sie durchflöhen mussten. Aber das würde später kommen. Für den Moment war am wichtigsten, dass sie lebte, und dass sie zusammen waren. Das reichte ihr.

»Dir ist klar, dass wir abhauen müssen, oder?«, fragte Autumn. »Sie werden das nicht auf sich beruhen lassen.«

Francine war drauf und dran, trotz ihrer Verletzungen zu lachen. »Lena hat mich gewarnt. Sie wollte nach Hawaii fliehen.« Beim letzten Teil des Satzes musste sie schlucken, weil sie von Dankbarkeit für Lena fast überwältigt wurde. »Das ist vielleicht gar keine so schlechte Idee. Sie hat mich bisher immer in die richtige Richtung gelenkt. Viel Geld habe ich nicht, anders als dein Vater. Er kann dafür sorgen, dass wir irgendwo neu anfangen können.«

»Ihr seid nicht mehr zusammen?«

»Nein. Er hat eine neue Frau, und sie erwarten ein Baby.«

»Wirklich? Ich kann mir vorstellen, dass meine Rückkehr dem Ereignis etwas Glanz nimmt.«

Francine zuckte mit den Schultern. »Er wird außer sich vor Freude sein, dich zu sehen. Da bin ich sicher.«

»Und dann reiten wir in den Sonnenuntergang«, lachte Autumn, ohne dass sich Freude dahinter verbarg. »Es gibt noch eine andere Sache, die wir bei unseren Plänen berücksichtigen müssen, Mom.«

»Ach wirklich? Was denn?«

»Ich bin schwanger.«

31. KAPITEL

Nichts hätte Francine auf die Gefühlswogen vorbereiten können, die über ihr zusammenschlugen, sobald sie das Apartment betraten. Es kam ihr vor, als wenn sich zwei Zeitebenen übereinanderschoben. Es gab Momente, in denen sie das kleine Mädchen vor sich sah, das sie im Einkaufscenter verloren hatte. Und dann waren da diese sehr zwiespältigen Augenblicke, in denen sie diese junge Frau nicht wiedererkannte. Autumn war gleichzeitig ihre Tochter und eine vollkommen Fremde. Der innere Konflikt, der sich daraus ergab, überforderte Francine. Francine wusste, dass sie lange brauchen würde, um sich daran zu gewöhnen. Trotzdem besiegte dieser schwierige, in ihr pulsierende Zusammenprall von Glücksgefühl und Bedauern nie das Hochgefühl. Nicht in einer Million Jahren würde das geschehen, denn ihr gegenüber am Küchentisch, da saß ihre Tochter. Sie mussten sich nicht mehr beeilen, sie kämpften nicht mehr, und sie waren nicht mehr verrückt vor Angst; sie schauten einander nur an, bewundernd und fragend. Unter dem grellen Licht der Küchenlampe erfreute sich Francine an jeder einzelnen Sommersprosse in Autumns Gesicht. Aber was sie nicht losließ, das waren die Augen, die großen schwarzen Pupillen, die wie poliertes Onyx glänzten. In diesen Augen konnte sie das eigene Spiegelbild erkennen, und dieses Gefühl ließ ihr Schauer den Rücken hinunterlaufen.

Sie schenkte sich einen großen Wodka ein und trank ihn schweigend. Nach ein paar weiteren Gläsern ließ sie Autumn ein Bad einlaufen. Autumn zog sich aus und stieg mit Francines Hilfe in die Badewanne. Augenblicklich verfärbte sich das Wasser dunkel. Francine griff sich einen Schwamm und begann, damit sanft über Autumns Rücken zu streichen, befreite sie von Dreck und Schmiere und legte die pinken und violetten Striemen und Kratzer frei. Autumn saß mit angezogenen Knien da, während die Mutter ihr Wasser über den Kopf schüttete, die verfilzten Locken entwirrte und die Knoten mit ihren Fingern herauskämmte.

»Bist du irgendwo verletzt, Baby?«, fragte Francine und war kaum in der Lage, die Tränen zurückzuhalten. Was für eine Frage war das? Autumn musste überall Schmerzen haben, so wie sie über all die Jahre gefoltert worden war. Wo nahm Francine nur die Dreistigkeit her, dieses Kind nach Schmerzen zu fragen?

Autumn schüttelte den Kopf. Als sie genug hatte, stand sie auf, nahm sich ein Handtuch und wickelte es sich um ihre Hüfte, bevor sie aus dem Wasser stieg. Sie ließ das schmutzige Badewasser ab- und gleich danach wieder warmes einlaufen. »*Du* bist aber verletzt«, sagte sie ernst. »Dein Gesicht ist ein Schlachtfeld.« Sie nahm den Schwamm vom Rand der Badewanne, hielt ihn in den Wasserstrahl und tupfte vorsichtig die Augenbraue ihrer Mutter ab. »Du blutest. Und ich glaube, dass deine Nase gebrochen ist.«

»Ich werde es überleben«, erwiderte Francine und lächelte. Beim Sprechen tat ihr Gesicht weh.

»Du brauchst einen Arzt«, stellte Autumn fest und drehte den Wasserhahn zu. »Und dein Kopf hat hier oben viele kleine Schnitte abgekriegt.« Vorsichtig berührte sie die wunde Stelle direkt über Francines Augenbraue. »Ab in die Wanne.«

Francine stöhnte immer wieder auf, als sie sich langsam auszog. Sie stieg ins Wasser, schöpfte etwas davon mit ihren zwei Händen ab und spritzte es sich ins Gesicht. Es brannte höllisch.

»Lass das lieber«, sagte Autumn. »Ich ziehe dir erst die Glassplitter heraus. Wo finde ich eine Pinzette?«

Francine deutete auf den Medizinschrank. Autumn nahm auch Aspirin heraus und suchte nach Pflastern. Dann legte sie alles nebeneinander auf das Waschbecken und setzte sich auf den Rand der Badewanne. »Halt dein Gesicht zu mir hoch«, sagte sie, und Francine gehorchte.

Autumn machte sich an die Arbeit. Francine rührte sich nicht. Tatsächlich bemerkte sie die Schmerzen nicht mehr. Sorgfältig klebte Autumn die Pflaster über die Schnitte, um die Blutung zu stoppen. Dann tastete sie vorsichtig Francines Kiefer ab, um zu prüfen, ob sich da etwas verschoben hatte.

»Ich kann nicht mit Sicherheit sagen, ob er gebrochen ist«, stellte sie fest. »Deine Nase ist aber bestimmt kaputt. Du musst ins Krankenhaus.«

»Ich brauche nur etwas Ruhe, das ist alles.«

Autumn sagte nichts mehr. Stattdessen half sie ihrer Mutter, aus der Wanne aufzustehen und sich in ein Handtuch zu hüllen. Sie gingen ins Schlafzimmer.

»Geh zum Kleiderschrank und such dir was zum Anziehen heraus. Meine langärmeligen T-Shirts sind in der untersten Schublade«, sagte Francine, nahm sich das Handtuch ab und rubbelte damit durch ihre Haare. Wann immer sie ihre Kopfhaut berührte, schossen dumpfe Schmerzen durch ihren Kopf. Sie suchte sich ein T-Shirt und Sweathosen aus, schlüpfte in sie hinein und legte sich dann ins Bett. Autumn kam nach und schmiegte sich an sie.

»Werden wir es schaffen?«, flüsterte sie.

»Ja.«

»Bist du sicher?«

Francine sprach nicht sofort, sondern dachte darüber nach, wie sie die Antwort am besten formulieren sollte. Die Wahrheit war ein Nein, dass sie nicht sicher war, aber dass sie ein verdammt gutes Gefühl hatte, dass sie beide das durchstehen konnten, wenn sie zusammenhielten und es schlau angingen. Sie öffnete den Mund, um immerhin das zu sagen, aber Autumn war bereits eingeschlafen und schnarchte sanft an Francines Hals. Francine küsste sie auf die Stirn und atmete ihren Duft ein.

»Danke, Gott«, flüsterte sie. »Ich danke dir so sehr.«

Sie schloss die Augen.

Um 10:37 Uhr am folgenden Morgen wurde Marsha Grains ein Anruf von der Rezeption durchgestellt. Sie verfasste gerade eine E-Mail, um einer Agentin das offizielle Angebot für den Erstabdruck der Babyfotos einer von ihr repräsentierten Klientin zu unterbreiten. Ihre manikürten Fingernägel klackten so schnell auf die Tastatur, wie die Regentropfen draußen vor dem Büro auf den Bürgersteig prasselten. Der schrille Klingelton der internen Leitung fiel Marsha noch nicht einmal mehr besonders auf vor der lauten, vieltönenden Geräuschkulisse der fieberhaft arbeitenden Zeitungsredaktion. Das Klingeln stoppte. Sie schaute kurz auf das Telefon, dann richtete sie ihren Blick wieder auf den Bildschirm.

»Marsha?«

Sie löste den Blick wieder von der E-Mail und wendete sich Sharon zu, der Rezeptionistin, die zögerlich neben Marshas Schreibtisch stand, den Notizblock in einer ihrer prallen Hände und den Stift in der anderen. Ihr Gesicht war ganz matt vor Besorgnis.

»Was ist los, Sharon?«, sagte Marsha, ohne das Tippen zu unterbrechen.

»Es tut mir wirklich leid, dich zu stören, Marsha. Ich, also … ich habe versucht, dich anzurufen, aber –«

»Ja, spuck's einfach aus. Was gibt's?«

»Ich habe da eine Frau in der Leitung, die sagt, dass sie dringend mit dir sprechen muss.«

Sharon stieß den Satz übergangslos aus, da sie nicht wagte, auch nur eine Sekunde ins Stocken zu kommen.

»Woher kommt sie?«

»Woher?«

»Von welcher Firma?«

»Ach so, sie ist bei keiner Firma.«

»Wie heißt sie?«

Ein ängstliches Zucken ließ Sharons Mundwinkel nach unten wandern. »Das sagt sie nicht.«

Marsha drehte sich in ihrem Stuhl zu ihr herum. »Nun gut, hat sie wenigstens gesagt, worum es geht?«

»Ja.« Sharon nickte eifrig und las von ihrem Block ab: »Es ist eine Sache von großer Bedeutung, es geht um Leben und Tod, die größte Story des Jahres.«

»Was für eine Story?«, fragte Marsha gereizt.

»Das sagt sie nicht.«

Marsha verschränkte ihre Finger ineinander und ließ die Gelenke knacken. »Gib ihr meine E-Mail-Adresse.«

»Ich … das habe ich bereits versucht, aber sie sagte, das reicht nicht. Sie muss direkt mit dir sprechen.«

Marsha fühlte Wut in sich aufsteigen. Sie hasste es, ihre E-Mails zu unterbrechen, um Anrufe entgegenzunehmen. Es brachte sie aus dem Konzept und aus dem Rhythmus, aber die waren nun ohnehin verschwunden, und Sharon bewegte sich immer noch keinen Zentimeter von ihrem Schreibtisch weg.

»In Ordnung. Stell sie durch.« Sie wedelte mit der Hand Richtung Rezeptionistin, um sie zu verscheuchen.

Als das Telefon klingelte, riss Marsha den Hörer von der Gabel. »Bin dran.« Sie wartete, dass Sharon mit dem Herumfummeln beim Durchstellen fertig war. Als es klickte, sagte sie: »Hallo, hier ist Marsha Grains.«

Eine Frau räusperte sich, man hörte Verkehrsrauschen im Hintergrund. »Hallo, Marsha. Haben Sie einen Stift zur Hand?«

»Ja. Wer spricht da, bitte?«

Die Frau ignorierte die Frage. »Glenn Schillings Frau wurde entführt, und Glenn Schilling selbst könnte tot sein.«

»Was? Wer sind Sie?«

»Er hat ein Apartment in Little Peace. Seine Frau müsste noch da sein. Haben Sie nun den Stift?«

Verdattert geriet Marshas Denken ins Stocken. »Ja, ja, ich habe einen Stift.«

»Schreiben Sie das auf. Wenn man den Magenta Highway Richtung Oldcole nimmt, kommt man an einer Abzweigung vorbei, die Stack's Point heißt. Sie ist nicht auf Hinweisschildern vorher angekündigt. Sie führt auf einen unbefestigten Weg, der wiederum zu einem Grundstück führt, das vermutlich Privatbesitz ist. Haben Sie das aufgeschrieben?«

»Stack's Point, Magenta. Was ist denn –«

»Hören Sie nur zu, bitte. Biegen Sie auf diesen Wirtschaftsweg ein, und Sie werden auf einen Wagen stoßen, der Glenn Schilling gehört, zumindest sollte das der Fall sein, wenn sie ihn nicht weggeschafft haben. Schilling liegt im Kofferraum. Neben ihm befindet sich ein Rucksack mit einigen DVDs. Ich schicke ein Muster einer dieser DVDs zu Ihren Händen in die Redaktion. Es zeigt, wie Schilling und andere Männer Kinder missbrauchen. Haben Sie das so weit verstanden, Miss Grains?«

»Ähm ... ja, habe ich. Aber das ist eine sehr schwerwiegende Anschuldigung. Woher wissen Sie das?«, fragte sie, während sie ihre Hand über die Sprechmuschel hielt, um das Bürogeplapper fernzuhalten.

»Das tut nichts zur Sache.«

»Hören Sie, können wir das nicht in einem persönlichen Treffen besprechen, von Angesicht zu Angesicht?«

»Das wird nicht nötig sein. Sie müssen nur nach Stack's Point fahren. Aber beeilen Sie sich. Ich habe auch die Kollegen von *Scribe* und den *Daily News* angerufen, sodass die einen Vorsprung haben. Natürlich werden Sie nichts davon ernst nehmen, bis Sie nicht die DVD haben. Sie bestätigt, was ich gesagt habe. Wenn Sie wirklich Furore machen wollen, sollten Sie sie an *Fox News* und *CNN* verkaufen.«

»In Ordnung, also wann wird –«

Die Verbindung wurde unterbrochen.

EPILOG

Der Weihnachtsbaum war viel zu groß für das Wohnzimmer. Lächerlich sah es aus, besonders wie die Tannenspitze an die Decke stieß und sich zur Seite bog, und wie der klobige Goldstern auf die Äste hing, die sich direkt darunter befanden. Will hatte genau dieses Argument auf dem Markt vorgebracht, aber Sheila hatte auf diesen Baum bestanden. »Der wird so stattlich aussehen«, und hatte so lange mit diesem Adjektiv auf Will eingedroschen, bis er aufgegeben hat. Mit der bunt leuchtenden Lichterkette – und nicht mit der ausschließlich weißen, wie er sie sich gewünscht hatte – sah der Baum alles andere als stattlich aus. Er wirkte kitschig und protzig. Die Kugeln hatten verschiedene Größen und Formen. Sie waren wie zufällig über den Baum verstreut aufgehängt, und von den Ästen hing glänzendes Lametta hinunter. Will hasste alles an dem Baum, genau wie er angefangen hatte, alles an Weihnachten zu hassen. »Aber *dieses Jahr* kannst du kein Grinch sein und Weihnachten sabotieren«, bemerkte Sheila. »Dieses Jahr muss besonders sein. Die Zeit für Neuanfänge.«

Klar, dachte Will. Weil ich es einfach an- und abstellen kann. Es ist so verdammt simpel, nicht wahr?

Letzten Endes, das wusste er, hatte sie jedoch recht. Er sollte fröhlich und herzlich sein, besonders wenn man das Geschenk, mit dem sie beide gesegnet worden waren, betrachtete, sonst wäre er ein absolutes Arschloch. Am ersten Weihnachtstag würde er sich fünf Minuten Zeit nehmen, sich einen großen Whiskey einschenken und an seine Tochter denken. Dann würde er zu den Feierlichkeiten zurückkehren. Am Abend würde er ein Gebet für sie sprechen und vielleicht sogar die eine oder andere Träne für sie vergießen.

Sheila und er saßen auf dem Sofa und schauten auf den Fernsehbildschirm über dem brennenden Kamin. Sie sahen sich *Schwere Jungen, leichte Mädchen* von 1955 an, was für Will eine merkwürdige Wahl für Weihnachten war, aber den Film gab es nun einmal im Fernsehen, und dann schauten sie ihn eben. Auf den anderen Sendern gab es spezielle Comedy-Shows und -Filme oder auch *Die Geister, die ich rief* mit Bill Murray – verdammt, er liebte diesen Film abgöttisch –, aber sie saßen hier fest mit Marlon Brando in dem am wenigsten weihnachtlichen Film, den er kannte.

»Ich brauche einen neuen Drink«, sagte Sheila und löste sich von Will. Er fühlte sich gleich zehn Grad kühler, wenn sie nicht an seinem Brustkorb klebte wie eine Blutsaugerin.

»Solltest du so viel trinken?«, fragte Will sie, obwohl er genau wusste, dass sie Unmengen von Milchpulver im Küchenschrank und flaschenweise abgepumpte Muttermilch im Kühlschrank hatte. Er hatte vorhin den Witz gemacht, dass sie einen Spritzer Rum in die Milch rühren sollten, damit das Baby besser schlief. Daraufhin hatte Sheila ihn so zurechtgewiesen, als hätte er es ernst gemeint. Vielleicht lag es an seinem Tonfall. Er wusste sehr genau, wie schlecht gelaunt er war. In letzter Zeit hatte er viele PR-Termine wahrgenommen und so viele Auftritte in seinen Kalender gequetscht, wie er nur halbwegs bewältigen konnte. Weihnachten war gut fürs Geschäft.

»Ich trinke nur noch ein Glas«, erwiderte sie, während sie sich eine große Portion Sherry einschenkte. »Willst du auch einen oder nicht?«

»Könntest du mir ein Bier mitbringen?«

»Bier?« Sie stand mit den Händen in die Hüften gestemmt da. »Komm schon, Will. Es ist Weihnachten. Bier kannst du jeden anderen Tag trinken.«

»Sherry kann ich auch an jedem anderen Tag trinken, aber ich hasse das Zeug nun einmal und hatte schon ein ganzes verdammtes Glas davon. Ich möchte ein Bier, bitte.«

Sie schnaufte. »Wie wäre es mit Glühwein?«

»Ich werde mir mein Bier wohl selbst holen.« Er stand auf,

aber sie stellte sich ihm in den Weg und schob ihn mit ihren Händen auf seinem Wollpullover wieder zurück.

»Nein, setz dich wieder hin. Es tut mir leid. Ich bringe dir gern dein Bier mit.« Hoffnungsvoll lächelte sie ihn an. Er drehte sich weg und setzte sich hin.

Als sie mit einer Flasche Ale zurückkam, fragte er sich, ob sie das mit Absicht gemacht hatte. Mehr als zwei Dutzend Flaschen Budweiser lagen im Kühlschrank, und drei Flaschen Ale, die noch von Thanksgiving übrig waren. Will hatte versucht, sie ihrem Bruder mitzugeben, aber der hatte das abgelehnt und noch so getan, als täte er ihm damit einen Gefallen.

»Ich sehe besser mal nach Summer«, sagte er und stellte die Flasche auf den Tisch neben ihm.

»Es geht ihr gut«, erwiderte Sheila schnell mit einem so nervösen Gesichtsausdruck, dass sie wie ein Kind wirkte. »Schau doch, das Babyfon ist an, wenn sie etwas braucht, dann meldet sie sich.«

Oh Mann, er konnte es nicht mehr ertragen. *Dann meldet sie sich*. Das war Sheilas Ausdruck für das Gurgeln im Baby-Monitor, als würde Summer sie anrufen, um ihnen mitzuteilen, dass etwas nicht stimmte.

»Ich weiß, dass es ihr gut geht, aber ich habe irgendwas gehört. Ich schaue nur, ob auch nichts umgekippt ist.« Wie beispielsweise der andere idiotische, viel zu große Baum, den Sheila unbedingt vor dem Badezimmer aufstellen musste, sodass ihn bei jedem nächtlichen Pinkeln die Kiefernadeln in die Füße pikten.

Er ging die Treppe hinauf. Als er das Kinderzimmer erreichte, sah er durch die geöffnete Tür, dass der Sternenhimmel-Projektor eingeschaltet war. Er war sicher, dass er vorhin aus gewesen war, aber vielleicht hatte Sheila daran herumgefummelt. Warum sie ihn einschaltete, wenn das Kind doch schon schlief, entzog sich seiner Kenntnis, aber er hatte längst aufgegeben, auch nur zu versuchen zu verstehen, warum sie etwas tat. »Sei nicht so ein Miesepeter, das ist meine Stilldemenz.« Stilldemenz. Ein weiterer wundervoller Begriff dafür, dass sie eine hohle Idiotin war. Wie oft musste er ihr sagen, dass der Projektor über Nacht nicht an sein sollte, falls er überhitzte und es einen Kurzschluss gab?

Er betrat das Schlafzimmer, ging auf die Krippe zu und erstarrte.

Das Baby war verschwunden.

Er öffnete seinen Mund, um Sheila zu rufen, um zu hören, ob sie Summer vielleicht in eins der anderen Zimmer gebracht hatte, aber ein Geräusch stoppte ihn.

Die Tür des Kinderzimmers wurde geschlossen. Eine junge Frau stand da, hielt sein Kind und sprach sanft und leise mit ihm.

»Was?« Will atmete schwer, während sich seine Augen an das grünliche Licht im Raum gewöhnten. Das konnte nicht sein, oder? Nein.

»Es ist keine Einbildung«, sagte eine Stimme im angeschlossenen Badezimmer. Will drehte sich um und sah Francine mit dem Babyfon in der Hand. »Das ist Autumn«, sagte sie und deutete auf das Mädchen. Das Babyfon leuchtete nicht auf, als sie sprach.

»Was machst du hier drin?«, fragte er, bevor er herumschnellte, um sich dieser Teenager-Erscheinung zu stellen, die aussah wie eine ältere Version seiner Tochter. »Tu meinem Baby nicht weh«, flüsterte er scharf.

»Ich werde ihr nicht wehtun, Dad. Sie ist doch meine Schwester, stimmt's? Ihr habt sie Summer genannt?« Sie schaute an Will vorbei und lächelte Francine an. »Sie ist im Herbst geboren. Vielleicht hättet ihr sie lieber Autumn Zwei-Punkt-Null nennen sollen. Hätte mehr Sinn ergeben. Auf der anderen Seite ist es auch nicht schlecht, beim Jahreszeitenmotiv zu bleiben.«

»Ich weiß nicht … ich weiß nicht …«

»Du musst nichts sagen, Dad. Noch nicht. Du musst nur zuhören, sehr aufmerksam zuhören.«

Er machte einen Laut, der sich zwischen einem Ausatmen und einem Schluckauf bewegte, und ging dann mit ausgebreiteten Armen auf Autumn zu.

»Nein, das würde ich nicht, Will«, warnte Francine ihn.

Er tupfte sich seine Augen am Pulloverärmel trocken. »Ich kann das nicht glauben. Gütiger Gott, das ist ein Wunder.«

»Nein, kein Wunder, Dad. Setz dich doch da vorne hin«, sagte Autumn sanft.

»Lasst mich eben noch Sheila holen, sie will dich bestimmt unbedingt –«

»Setz dich hin, Will. Sheila braucht das nicht zu hören. Das sollte zwischen uns dreien bleiben.«

Will wandte sich Francine zu und blinzelte sie verwirrt an. »Worum geht es hier? Ich will nicht … Wie …«

»Setz dich hin, Will. Wir haben nicht viel Zeit.«

Benommen ging Will zu einem schmalen Rattansessel und ließ sich hineinfallen. Er konnte seinen Blick nicht von Autumn abwenden, starrte sie unablässig mit offenem Mund und mit vor Überraschung weit aufgerissenen Augen an.

»Ein kleines Mädchen wird aus einem Einkaufscenter mitgenommen«, sagte Autumn, während sie das Baby behutsam im Arm schaukelte. »Jeder denkt, es ist eine Entführung, aber trotzdem hört man nie wieder etwas von ihr. Bis jetzt. Kannst du so weit folgen?«

Sein Mund zuckte, weil er etwas sagen wollte, aber sie fuhr fort: »Dieses Mädchen wird zu einem Haus in einem Wald gebracht, wo bereits einige andere Mädchen leben. Sie alle sind ihren Eltern genommen worden. In diesem Haus werden sie vergewaltigt, und sie werden auf auswärts stattfindende Partys gebracht, wo sie vergewaltigt werden, und dann werden sie schließlich schwanger. Weißt du, was mit den Babys passiert, die sie gebären? Sie werden woanders hingebracht, um dort in einem anderen Haus aufzuwachsen, von dem aus sie für andere Partys an einen Haufen kranker Stars und wichtiger Leute verliehen werden, und so weiter, und so weiter.«

»Autumn … ich … mein Gott …«

»Ich habe es dir gesagt, Will, nicht wahr?«, sagte Francine und zeigte wieder auf Autumn. »All diese Jahre. Und hier ist sie. Unsere Autumn.«

Er schlug die Hände vors Gesicht und schüttelte den Kopf. »Das kann nicht … Ich weiß nicht, was das hier ist. Ich weiß nicht, was all das bedeuten soll.« Er fing an zu schluchzen, stammelte unter Tränen, und der Rotz lief ihm aus seiner Nase, ohne dass er ihn wegwischte. »Das muss ein Traum sein.«

»Erinnerst du dich, was ich dir über Glenn Schilling gesagt habe?«, fragte ihn Francine. »Du hast mich nicht ernst genommen, nicht wahr, Will? Und jetzt schau es dir an. Der größte Skandal seit O.J. Simpson. Ich bin nur wütend, dass er sich erschossen hat, bevor er vor Gericht kam. Das hätte ich mir gern angeschaut, das kannst du mir glauben. Dein guter alter Kumpel Glenn Schilling: Comedian, Performer, Pädophiler, ein Allroundtalent. Wie hast du ihn noch genannt, Will? Eine Ikone.«

Will schaute zwischen seinen Fingern hindurch. »Ich habe versucht, dich anzurufen, Francine. Aber dein Handy …«

»Ja, ja, ich habe es entsorgt. Ich habe es so weit geschafft, und da denkst du, ich setze das aufs Spiel? Nie im Leben. Glaubst du, das war ein Zufall? Ich komme auf Knien zu dir und bitte dich um Hilfe, und du scheuchst mich wie einen Hund weg? Ich habe dir gesagt, dass Glenn Schilling etwas mit unserer Tochter zu schaffen hat, und du sagtest mir, ich bin verrückt. Aber die Zeitungen hielten mich nicht für verrückt, als sie seine Videos anschauten, oder?«

»Francine, um Himmels willen, versetz dich doch in meine Lage«, jammerte er. »Schiebst du etwa mir die Schuld zu? Es klang damals wirklich verrückt.«

»Glaubst du immer noch, dass ich gaga bin, Will? Es ist nämlich wirklich Autumn, die vor dir steht.«

»Als ich die Nachrichten über Glenn sah, wusste ich nicht, was ich glauben sollte, ich wusste nicht, was ich tun sollte. Ich hatte das Gefühl, dass du dahintersteckst, aber … ich bin … Was kann ich sagen, um das wiedergutzumachen, Francine?«

»Ich brauche keine Worte, Will.«

Von unten rief Sheila: »Will? Geht es ihr gut? Warum dauert das so lange? Dein Bier wird warm.«

Sehr leise begann Autumn, Summer vorzusingen. »Wenn du müd' bist, kleines Mädchen, schließ die Augen und schlaf ein, schließ die Augen und schlaf ein, schließ die Augen und schlaf ein …«

Will öffnete die Tür. »Ich bin am Telefon«, rief er möglichst leise hinunter. »Gib mir zehn Minuten.«

Sheila murmelte etwas davon, das Bier wieder in den Kühlschrank zu stellen.

»Was tun wir jetzt?«, fragte Will Francine, während er die Tür zumachte. »Die Polizei –«

»Vergiss es«, unterbrach Autumn ihn. »Die wussten es von Anfang an. Denen kann man nicht trauen. Die versuchen mit Sicherheit, das alles zu vertuschen.«

Francine ging zu Autumn, blieb neben ihr stehen und streichelte mit einem Finger die Wange des Babys. Sie zog eine Grimasse, und Summer strahlte. Ohne Will anzuschauen, sagte sie: »Autumn und ich machen uns auf den Weg. Wir müssen ziemlich weit weg, denn wir sind immer noch in Gefahr. Sie kennen Autumn, und sie werden sauer auf sie sein.«

»Sie?«

»Es geht weit über Glenn Schilling hinaus«, sagte Francine, während Summer ihren Finger griff und ihn umklammert hielt. »Es ist ein ganzes Netzwerk. Ich muss noch viel mehr herausfinden. Aber das Wichtigste ist, dass wir nicht an einem

Ort bleiben können. Zumindest im Moment.«

»Und was dann?«, fragte Will. Jedes Mal, wenn er zu Autumn hinüberschaute, wurde ihm schwindlig. Sein Herz pumpte schmerzhaft in seiner Brust.

»Dann attackieren wir sie wieder«, erwiderte Autumn tonlos und mit einem Gesichtsausdruck wie matter Stahl. »Wir finden alle ihre Nester und entlarven sie.«

»Wenn die Zeit reif ist«, fügte Francine hinzu. »Wir müssen erst vieles planen. Wir haben ein paar Freunde in den Medien gewinnen können, aber wir brauchen mehr. Und da kommst du ins Spiel.«

»Will? Es ist Heiligabend.« Sheilas Stimme tönte von unten herauf. »Ruf doch später zurück!«

Will ging wieder zur Tür. »Kannst du nicht einfach deinen Mund halten und deinen Film schauen?«, zischte er. »Ich muss das hier jetzt erledigen.«

Schweigen von unten. Summer machte sich in Autumns Armen bemerkbar, aber Autumn schaukelte sie vor und zurück und beruhigte das Kind.

»Autumn, ich …«, setzte Will an, bevor er seinen Kopf schüttelte. »Ich liebe dich. Ich habe nie aufgehört, dich zu lieben. Ich kann nur nicht glauben, dass irgendwas von dem hier wirklich gerade passiert. Ich weiß nicht, was ich sagen soll. Vielleicht gibt es auch nichts, was ich sagen *kann.*« Plötzlich fing er wieder an zu schluchzen. Dieses Mal versuchte er nicht, sein Gesicht hinter den Händen zu verbergen.

»Ich weiß.« Autumn legte Summer wieder in ihre Wiege und drückte den Knopf ihres Spieluhr-Mobiles. Als es *Funkel, funkel, kleiner Stern* spielte, ging sie hinüber zu Will und legte ihm eine Hand auf die Schulter. Leise sagte sie: »Die Zeit für Tränen ist schon lange vorbei, Dad.«

Will wischte sich über sein nasses, verquollenes Gesicht und umfasste ihre Hand. »Es tut mir leid, Autumn. Es tut mir so unendlich viel mehr leid, als ich es dir je werde sagen können.

Ich will …« Er verstummte, als er ihren Bauch unter der gefütterten Jacke vorstehen sah.

»Du wirst Großvater«, sagte Francine, ohne zu lächeln. Will erstarrte. Nur seine Augen bewegten sich noch und zuckten hin und her, während er sich angestrengt einen Reim auf das alles zu machen suchte. »Will, Will?« Francine schnippte mit den Fingern, um seine Aufmerksamkeit wiederzuerlangen. »Wir brauchen Geld. In ein paar Wochen, ich rufe dich an. Wir können dann alle Vorkehrungen treffen. In der Zwischenzeit halte deine Augen offen, hörst du?«

Er war immer noch zu fassungslos, um das alles zu verarbeiten. Fest umklammerte Francine seine Handgelenke. Er schaute sie verwirrt an.

»Dieses Mal wirst du mir helfen, Will. Und Gott steh dir bei, wenn nicht.«

Er nickte unmerklich. Autumn umarmte ihn und flüsterte etwas in sein Ohr, das nur er hören konnte.

Und dann verschwanden sie.